ERIKA SWYLER

Das Geheimnis der Schwimmerin

Das Buch

Simon Watson lebt allein in einem verwitterten Haus an der Küste Long Islands. Seine Eltern sind lange tot, seine Schwester Enola reist als Schaustellerin durchs Land und meldet sich nur selten bei ihm. An einem Sommertag erhält Simon von einem Unbekannten ein rätselhaftes altes Buch. Es enthält die Aufzeichnungen einer Wandertruppe, die Ende des 18. Jahrhunderts durch Neuengland tingelte, und scheint voller Hinweise auf Simons außergewöhnliche Familiengeschichte zu sein – angefangen bei einer rätselhaften jungen Frau mit einem ganz besonderen Geheimnis.

Neuengland, 1798: Der junge Amos ist vollkommen auf sich allein gestellt, als er von einer Gruppe von Schaustellern wie in eine Familie aufgenommen wird. Wenig später schließt sich ihnen auch die junge und schöne Evangeline an. Ihr geheimnisvolles Wesen ist faszinierend und unheimlich zugleich, und das Mädchen übt eine schier magische Anziehungskraft auf Amos aus. Doch das Schicksal der beiden scheint bereits besiegelt …

Die Autorin

Erika Swyler besuchte die New York University und hat bereits für die Bühne sowie diverse Literaturmagazine und Anthologien geschrieben. Geboren und aufgewachsen in Long Island, lernte sie schwimmen, noch bevor sie laufen konnte. Vor Kurzem zog sie von Brooklyn zurück in ihren Heimatort, der sie zu ihrem Debüt Das Geheimnis der Schwimmerin inspirierte.

ERIKA SWYLER

Das GEHEIMNIS *der* SCHWIMMERIN

Roman

Aus dem Amerikanischen von
Werner Löcher-Lawrence

blanvalet

Die Originalausgabe erschien 2015 unter dem Titel
»The Book of Speculation« bei St. Martins Press, New York.

FSC
www.fsc.org
MIX
Papier aus verantwortungsvollen Quellen
FSC® C014496

Verlagsgruppe Random House FSC® N001967

1. Auflage
Taschenbuchausgabe 2018 bei Blanvalet,
einem Unternehmen der Verlagsgruppe Random House GmbH,
Neumarkter Straße 28, 81673 München

Umschlaggestaltung und -motiv: www.buerosued.de
JB · Herstellung: wag
Satz: Buch-Werkstatt GmbH, Bad Aibling
Druck und Bindung: GGP Media GmbH, Pößneck
Printed in Germany
ISBN 978-3-7341-0608-8

www.blanvalet.de

Für Mom. Es gibt keine Worte.

1

20. Juni

Vorn auf dem Hochufer hockt das Haus und ist in Gefahr. Der Sturm letzte Nacht hat Land weggerissen und das Wasser aufgewühlt, der Strand liegt voller Flaschen, Seetang und Panzer von Pfeilschwanzkrebsen. Der Ort, an dem ich mein gesamtes Leben zugebracht habe, wird die Herbststürme wohl nicht überstehen. Ich sehe hinaus auf den Long Island Sound, er ist durchsetzt mit den Resten von Häusern und Lebzeiten, die er in seinem gierigen Schlund zu Sand zermahlen hat. Sein Hunger ist unermesslich.

Maßnahmen hätten ergriffen, Befestigungen gebaut, Abstufungen des Geländes vorgenommen werden müssen – nichts ist geschehen. Die Antriebslosigkeit meines Vaters hat mir ein unlösbares Problem hinterlassen, viel zu teuer für einen Bibliothekar in Napawset, doch wir Bibliothekare sind für unseren Einfallsreichtum bekannt.

Ich gehe zur Holztreppe hinüber, die hinunter auf den Sand führt. Ich habe meine Schwielen dieses Jahr nicht gepflegt, und meine Füße schmerzen auf den harten Steinen. An der Nordküste sind wenige Dinge wichtiger als harte Füße. Meine Schwester Enola und ich sind im Sommer immer so lange barfuß herumgerannt, bis die Straße so heiß wurde, dass unsere Zehen im Teer versanken. Wer nicht von hier ist, kommt auf dieser Küste barfuß nicht weiter.

Unten an der Treppe steht Frank McAvoy und winkt mir zu, bevor er den Blick aufs Steilufer richtet. Er hat sein Skiff dabei, ein wunderschönes Boot, das aussieht wie aus einem einzigen Stück Holz geschnitzt. Frank ist Bootsbauer und ein guter Kerl, er kannte meine Familie schon, als es mich noch gar nicht gab. Wenn er lacht, wird sein Gesicht zur verwitterten, fleckigen Faltensammlung eines Iren, der zu viele Jahre in der Sonne verbracht hat. Die Brauen biegen sich nach oben und verschwinden unter der Krempe des alten Leinenhutes, den er nie abzusetzen scheint. Wäre mein Vater älter geworden, über sechzig, hätte er vielleicht wie Frank ausgesehen, mit den gleichen vergilbten Zähnen und rötlichen Sommersprossen.

Wenn ich Frank ansehe, muss ich daran denken, wie ich als kleiner Kerl zwischen dem Holz für ein großes Lagerfeuer herumgekrochen bin und mich seine riesige Hand von einem umkippenden Balken weggezogen hat. Sofort denke ich auch an meinen Vater und sehe ihn über einen Grill gebeugt Maiskolben wenden. Ich rieche die verkohlten Blätter und Grannen. Frank erzählte uns Fischergeschichten, und natürlich log er, dass sich die Balken bogen. Meine Mutter und seine Frau stachelten ihn an, und ihr Lachen verschreckte die Möwen. Zwei von diesen Menschen leben nicht mehr. Ich sehe Frank an und sehe meine Eltern vor mir, und ich stelle mir vor, dass es ihm nicht anders geht, und er mich nicht ansehen kann, ohne an seine verstorbenen Freunde denken zu müssen.

»Sieht so aus, als hätte dich der Sturm übel erwischt«, sagt er.

»Ich weiß. Ich hab anderthalb Meter verloren.« Das ist noch untertrieben.

»Ich habe deinem Dad gesagt, dass er das befestigen und Bäume pflanzen muss.« Das Grundstück der McAvoys liegt westlich von meinem Haus, weiter vom Wasser weg, und das Ufer davor ist terrassiert, befestigt und bepflanzt, um Franks Haus vor Tod, Teufel und Hochwasser zu schützen.

»Dad war nie gut darin, auf andere Leute zu hören.«

»Nein, das war er nicht. Trotzdem, die eine oder andere Verstärkung des Ufers hätte dir eine Menge Ärger erspart.«

»Du weißt doch, wie er war.« Das Schweigen, die Resignation.

Frank saugt Luft durch die Zähne und lässt dabei einen trockenen Pfeifton hören. »Wahrscheinlich hat er gedacht, er hätte mehr Zeit, um die Dinge zu richten.«

»Wahrscheinlich«, sage ich. Wer weiß schon, was mein Vater gedacht hat?

»Die letzten paar Jahre kommt das Wasser aber auch besonders hoch rein.«

»Ich muss was unternehmen. Kennst du eine Baufirma, der man trauen kann?«

»Absolut. Ich kann jemanden vorbeischicken.« Er kratzt sich am Nacken. »Ich will dir allerdings nichts vormachen: Billig wird das nicht.«

»Nichts ist heutzutage mehr billig, oder?«

»Nein, das stimmt wohl.«

»Vielleicht muss ich am Ende verkaufen.«

»Das würde mir gar nicht gefallen.« Frank zieht die Stirn in Falten und damit den Hut tiefer in die Augen.

»Das Grundstück ist schon was wert, selbst ohne Haus.«

»Denk ein bisschen drüber nach.«

Frank kennt meine finanziellen Zwänge. Seine Tochter Alice arbeitet ebenfalls in der Bibliothek. Die rothaarige

Alice sieht gut aus, hat das Lächeln ihres Vaters geerbt und einen guten Draht zu Kindern. Sie kommt ganz allgemein besser mit Leuten zurecht, weshalb sie sich um die Veranstaltungen kümmert. Ich bin fürs Nachschlagen und Recherchieren zuständig. Aber wir sind nicht wegen Alice oder wegen der heiklen Lage meines Hauses hier, sondern um die Bojen neu zu setzen, die den Schwimmbereich abgrenzen. Seit zehn Jahren kümmern wir uns darum. Der Sturm war so stark, dass er die Dinger mit ihren Ankern auf den Strand geworfen hat. Ein Haufen rostiger Ketten voller Seepocken und verwickelter orangefarbener Seile liegt da. Kein Wunder, dass ich Land verloren habe.

»Sollen wir?«, frage ich.

»Warum nicht. Was getan ist, ist getan.«

Ich ziehe mein Hemd aus, hieve mir die Ketten und Seile über die Schulter und beginne meinen langsamen Gang ins Wasser.

»Bist du sicher, dass ich nicht mit anfassen soll?«, fragt Frank und schiebt sein Boot ins Wasser. Der Kiel knirscht durch den Sand.

»Nein danke, ich hab's schon.« Ich könnte es auch allein machen, aber es ist sicherer, wenn Frank mir folgt. Er ist nicht wirklich meinetwegen hier, sondern aus dem gleichen Grund, aus dem ich das immer wieder mache: um meiner Mutter zu gedenken, Paulina, die hier ertrunken ist.

Dafür, dass wir Juni haben, ist der Sund eisig, aber ich fühle mich gut, als ich erst einmal im Wasser bin, und meine Füße und Zehen legen sich um die algenbedeckten Steine, als wären sie dafür gemacht. Die Ankerketten wiegen schwer, Frank bleibt rudernd auf meiner Höhe. Ich gehe, bis das Wasser meine Brust erreicht, den Hals, und kurz bevor ich untertauche, atme ich aus und tief ein, genau wie meine

Mutter es mir vor langer Zeit an einem warmen Julimorgen beigebracht hat (und ich es später meiner Schwester).

Der Trick beim Luftanhalten ist es, durstig zu sein.

»Schnell und kräftig ausatmen«, sagte meine Mutter mit sanfter Stimme direkt neben meinem Ohr. Ihr dickes schwarzes Haar trieb in Ranken durchs flache Wasser. Ich war fünf Jahre alt. Sie drückte auf meinen Magen, bis der Muskel sich nach innen stülpte und der Nabel beinahe das Rückgrat berührte. Sie drückte fest, ihre scharfen Fingernägel piksten. »Und jetzt einatmen, schnell. Schnell, schnell, schnell. Dehn die Rippen weit aus. Denk es. Weit.« Sie atmete ein, und ihr Brustkorb weitete sich, vogeldünne Knochen weiteten sich, bis ihr Leib einem Fass glich. Ihr Badeanzug war ein helles weißes Leuchten im Wasser. Ich blinzelte. Sie klopfte mit einem Finger auf mein Brustbein. *Klopf, klopf, klopf.* »Du atmest oben, Simon. Wenn du oben atmest, ertrinkst du. Damit blockierst du den Raum im Bauch.« Eine sanfte Berührung. Ein kleines Lächeln. Meine Mutter sagte, ich solle mir vorstellen, durstig zu sein, völlig ausgetrocknet und leer, und dann die Luft in mich hineintrinken. *Dehn die Knochen, trink sie weit und tief in dich hinein.* Und als sich mein Leib zu einer fetten Tonne rundete, flüsterte sie: »Wundervoll, *wundervoll.* Jetzt tauch unter.«

Ich tauche unter. Weiche Lichtstrahlen dringen um den Schatten von Franks Boot nach unten. Manchmal höre ich sie noch, wie sie durchs Wasser treibt, und hin und wieder erhasche ich auch einen flüchtigen Blick auf sie, hinter Algenvorhängen, das schwarze Haar durchsetzt mit Tang.

Mein Atem fährt mir als feiner Nebel über die Haut.

Paulina, meine Mutter, war eine Zirkusartistin und Kirmesattraktion, eine Zaubererassistentin und Wassernixe, die ihr Geld damit verdiente, die Luft anzuhalten. Sie brachte mir bei, wie ein Fisch zu schwimmen, und zauberte ein Lächeln auf das Gesicht meines Vaters. Oft verschwand sie, gab einen Job auf oder hatte gleich zwei, drei auf einmal, wohnte in Hotels, nur um andere Betten auszuprobieren. Mein Vater Daniel war Maschinenschlosser und ihr fester Halt im Leben. Er blieb zu Hause, lächelte, wartete auf ihre Rückkehr und darauf, dass sie ihn *Liebling* nannte.

Simon, Liebling. Mich nannte sie auch so.

An dem Tag, als sie ins Wasser ging, war ich sieben Jahre alt. Ich habe versucht, es zu vergessen, doch es ist meine intensivste Erinnerung an sie. Sie verließ uns morgens, nachdem sie das Frühstück gemacht hatte. Hart gekochte Eier, die seitlich am Teller angeschlagen und mit den Fingernägeln gepellt werden mussten. Kleine Stückchen blieben darunter hängen. Ich pellte auch das Ei meiner Schwester und schnitt es in Scheiben, damit sie es mit ihren Kleinkinderfingern besser zu fassen bekam. Dazu gab es trockenen Toast und Orangensaft. Die frühen Sommerstunden machten die Schatten dunkler, die Gesichter heller und alle Höhlungen noch hohler. Paulina war an dem Morgen eine Schönheit, schwanengleich und wie nicht von dieser Welt. Dad war in der Fabrik, sie war allein mit uns, sah uns zu und nickte, als ich Enolas Ei schnitt.

»Du bist ein guter großer Bruder, Simon. Pass auf Enola auf. Sie wird dir davonlaufen wollen. Versprich mir, dass du sie nicht lässt.«

»Versprochen.«

»Was für ein wundervoller Junge du bist. Ich hätte das nie erwartet. Ich habe dich überhaupt nicht erwartet.«

Das Pendel der Kuckucksuhr schwang hin und her. Meine Mutter klopfte mit dem Fuß aufs Linoleum und sagte nichts mehr. Enola bekleckerte sich mit Ei und Krümeln. Ich hatte damit zu tun, zu essen und meine Schwester einigermaßen sauber zu halten.

Nach einer Weile stand meine Mutter auf und strich sich den Stoff ihres Sommerrocks glatt. »Bis später, Simon. Tschüss, Enola.«

Sie küsste ihre Tochter auf die Wange und drückte mir ihre Lippen oben auf den Kopf. Sie winkte zum Abschied, lächelte, und ich dachte, sie ginge zur Arbeit. Wie konnte ich wissen, dass es ein Abschied für immer war? In kleinen Wörtern wohnen oft große Dinge. Als sie mich an jenem Morgen ansah, wusste sie, ich würde mich um Enola kümmern. Sie wusste, wir würden ihr nicht folgen. Es war ihre Gelegenheit zu gehen.

Nicht lange danach, Alice McAvoy und ich veranstalteten gerade ein Autorennen auf unserem Wohnzimmerteppich, ertränkte sich meine Mutter im Sund.

Ich lehne mich gegen das Wasser, drücke mit der Brust und grabe die Zehen in den Grund. Noch ein paar Schritte, und ich setze den ersten Anker ab. Mit einem gedämpften Schlag landet er auf den Steinen. Ich sehe zum Schatten des Bootes hinauf. Frank ist nervös. Die Ruder schlagen aufs Wasser. Wie muss es sein, Wasser zu atmen? Ich stelle mir das verzerrte Gesicht meiner Mutter vor und gehe weiter, bis ich den anderen Anker absetzen kann, lasse die Luft aus meiner Lunge und gehe weiter in Richtung Strand. Ich versuche so lange wie möglich am Grund zu bleiben, das ist ein Spiel, das Enola und ich immer gespielt haben. Ich schwimme nur, wenn es zu schwierig wird, beim Gehen die Balance zu halten, dann bewegen sich meine Arme mit stetigen Zügen und schneiden wie eines von Franks Booten durch den Sund. Wenn das Wasser gerade noch tief genug ist, dass es meinen Kopf bedeckt, setze ich die Füße wieder auf den Grund. Was jetzt folgt, ist für Frank.

»Langsam, Simon«, erklärte mir meine Mutter. »Halt die Augen offen, auch wenn es sticht. Beim Herauskommen tut es mehr weh als beim Hineingehen, aber halt sie offen. Ohne zu blinzeln.« Salz brennt, aber sie hat nie geblinzelt, weder im Wasser, noch wenn die Augen wieder an die Luft kamen. Sie war eine sich bewegende Skulptur. »Atme nicht, auch wenn deine Nase über der Wasseroberfläche ist. Atmest du zu schnell, gibt es einen Mundvoll Salz. Warte«, sagte sie und dehnte das Wort wie ein Versprechen. »Warte, bis dein Mund aus dem Wasser kommt, aber atme durch die Nase, sonst sieht es aus, als wärst du müde. Du darfst nie müde sein. Dann lächle.« Obwohl sie einen kleinen Mund und schmale Lippen hatte, war ihr Lächeln weit wie das Wasser. Sie zeigte mir, wie man sich richtig verneigt: die Arme hoch, die Brust vorgewölbt, wie ein Kranich, der sich in die Lüfte erhebt. »Die Zuschauer mögen sehr kleine und sehr große Leute. Verbeuge dich nicht aus der Taille wie ein Schauspieler, das macht dich kleiner. Lass sie denken, dass du größer bist.« Sie lächelte mich zwischen ihren erhobenen Armen hindurch an. »Und du wirst sehr groß werden, Simon.« Ein kleines Nicken zu einem unsichtbaren Publikum hin. »Sei anmutig. Immer anmutig.«

Ich verbeuge mich nicht, nicht für Frank. Das letzte Mal habe ich mich verbeugt, als ich es Enola beigebracht habe und uns das Salz so schlimm in den Augen stach, dass wir aussahen, als hätten wir gekämpft. Trotzdem lächle ich, atme tief durch die Nase ein, dehne meine Rippen und fülle mir den Leib.

»Ich dachte schon, ich müsste dich heraufholen«, ruft Frank.

»Wie lange war ich unten?«

Er sieht auf seine Uhr mit dem rissigen Lederarmband und atmet hörbar aus. »Neun Minuten.«

»Mom hat elf geschafft.« Ich schüttele mir das Wasser aus dem Haar und hüpfe zweimal, um es auch aus dem Ohr zu bekommen.

»Ich habe das nie verstanden«, murmelt Frank und hebt die Ruder aus den Dollen. Sie klappern, als er sie ins Boot legt. Es gibt eine Frage, die wir beide nicht stellen: Wie lange dauert es, bis jemand wie meine Mom ertrinkt?

Ich schlüpfe zurück in mein Hemd, es ist voller Sand. Lebst du an der Küste, ist der Sand immer überall, im Haar, unter den Zehennägeln, in den Falten des Bettzeugs.

Frank schnauft vor Anstrengung, als er hinter mir das Boot aus dem Wasser zieht.

»Du solltest dir dabei von mir helfen lassen.«

Er klopft mir auf den Rücken. »Wenn ich nicht hin und wieder etwas tue, werde ich nur alt.«

Wir reden über ein paar Dinge im Zusammenhang mit dem Jachthafen. Er beklagt, dass die Fiberglasboote überhandnehmen, und wir werden poetisch, als wir auf die *Windmill* kommen, die Segeljacht, die er sich mit meinem Vater teilte. Nach Moms Ertrinken verkaufte Dad das Boot ohne Erklärung. Es war Frank gegenüber gefühllos, aber der hätte es ja kaufen können, wenn er gewollt hätte. Über das Haus reden wir nicht mehr, obwohl klar ist, wie sehr ihn der Gedanke mitnimmt, dass ich es womöglich nicht halten kann. Ich hätte es auch lieber anders. Stattdessen tauschen wir Nettigkeiten über Alice aus. Ich sage, ich achte auf sie, obwohl es unnötig ist.

»Wie geht es deiner Schwester? Hat sie sich schon irgendwo niedergelassen?«

»Nicht, dass ich wüsste, und um ehrlich zu sein, bin ich nicht sicher, ob sie es je tun wird.«

Ein Lächeln huscht über Franks Gesicht. Wir denken beide, dass Enola genau so rastlos wie meine Mutter ist.

»Legt sie immer noch Tarotkarten?«, fragt er.

»Sie kommt zurecht.« Sie ist mit einem Kirmesunternehmen unterwegs. Als auch das gesagt ist, sind unsere Themen erschöpft. Wir trocknen uns ab und hieven das Skiff zum Ufer hinauf.

»Gehst du hoch?«, frage ich. »Dann gehe ich mit.«

»Es ist ein so schöner Tag«, sagt er. »Ich glaube, ich bleibe noch etwas.« Das Ritual ist beendet. Wir trennen uns, nachdem wir unsere Geister ertränkt haben.

Ich steige die Treppe hinauf und vermeide den Giftsumach, der über das Geländer wächst. Das Zeug wuchert wild über das ganze Steilufer. Niemand reißt es aus. Alles, was im Sand wurzelt, ist wertvoll, wie übel es auch sein mag. Quer durch den Strandhafer gehe ich zurück nach Hause. Wie viele Häuser in Napawset ist auch meines ein waschechtes Kolonialhaus, gebaut im späten 17. Jahrhundert. Bis es vom Nordostwind weggerissen wurde, hing ein Schild der Historischen Gesellschaft neben der Tür. »Das Timothy-Wabash-Haus.« Mit seiner abblätternden Farbe, den vier schiefen Fenstern und der schräg abfallenden Treppe zeugt das Haus von fortgesetzter Vernachlässigung und einem ernsten Mangel an Geld.

Auf der verblichenen grünen Eingangstreppe (um die muss ich mich kümmern) hält ein Päckchen das Fliegengitter auf. Der Bote lässt die Gittertür immer offen stehen, egal wie viele Zettel ich auch schon aufgehängt habe, dass er es nicht tun soll. Das Letzte, was ich brauche, ist eine vom Wind weggerissene Tür, die ich an einem Haus erneuern muss, an dem es seit seiner Errichtung keinen rechten Winkel gegeben hat. Ein Päckchen? Ich habe nichts bestellt, und mir will niemand einfallen, der mir etwas schicken könnte. Enola ist selten länger an einem Ort, um Zeit dafür zu finden, mehr als eine Postkarte zu schicken. Und selbst auf denen steht für gewöhnlich kaum etwas.

Das Päckchen ist schwer, plump, die Spinnenschrift auf dem Adressaufkleber die einer älteren Person. Ich kenne diese Art Schrift, gehören doch auch die Bibliotheksbesucher eher der älteren Generation an. Das erinnert mich daran, dass ich mit Janice reden muss, ob sich nicht ein paar dehnbare Dollars im Bibliotheksetat finden lassen. Vielleicht ist alles nicht so schlimm, wenn ich das Ufer oben ein bisschen befestigen kann. Es wäre keine Gehaltserhöhung, eher vielleicht ein einmaliger Bonus nach all den Dienstjahren. Den Absender kenne ich nicht, eine oder einen M. Churchwarry aus Iowa. Ich nehme einen Stapel Papiere vom Tisch, ein paar Artikel über Zirkusse und Volksfeste, die ich über die Jahre gesammelt habe, um mit dem Leben meiner Schwester Schritt zu halten.

In dem Päckchen ist ein ziemlich großes, sorgfältig eingeschlagenes Buch. Noch bevor ich es auswickle, signalisiert der muffige, leicht bittere Geruch altes Papier, Holz, Leder und Leim. Unter dem Zeitungs- und Seidenpapier kommt ein dunkler Ledereinband mit ehedem wohl feinen Verzierungen, die durch einen heftigen Wasserschaden in Mitleidenschaft gezogen wurden, zum Vorschein. Mein Herz schlägt etwas schneller. Es ist ein sehr altes Buch, im Grunde keines, das man mit bloßen Händen anfasst, doch da ich sehe, dass es bereits ruiniert ist, gebe ich mich dem stillen Kitzel hin, etwas so Altes, etwas mit Geschichte, zu berühren. Die Ränder des unbeschädigten Papiers sind grobkörnig, aber weich. Die Walfangsammlung der Bibliothek ist mit genug archivarischer und Restaurationsarbeit verbunden, dass ich sagen kann, dieses Buch fühlt sich an, als stamme es wenigstens aus dem 18. Jahrhundert. So was lässt sich nur mit Termin ansehen und ist nicht einfach zu bestellen. Aus meinen Papieren baue ich zwei kleine Stapel, um den Band zu stützen, was ein schlechter Ersatz für die Ständer ist, die er eigentlich verdient, aber so wird es gehen.

Vorne im Buch steckt ein Brief, geschrieben mit derselben zittrigen Hand wie die Adresse.

Lieber Mr. Watson,
ich habe dieses Buch bei einer Auktion als Teil eines größeren Bestands erworben. Der Schaden macht es unbrauchbar für mich, aber ein Name darin, Verona Bonn, lässt mich glauben, dass es für Sie oder Ihre Familie von Interesse sein könnte. Es ist ein entzückendes Buch, und ich hoffe, es findet bei Ihnen ein gutes Zuhause. Bitte zögern Sie nicht, mich zu kontaktieren, wenn Sie Fragen haben, von denen Sie annehmen, dass ich sie beantworten kann.

Unterzeichnet ist der Brief von einem Mr. Martin Churchwarry von Churchwarry & Söhne, einem auf alte und antiquarische Bücher spezialisierten Buchhändler. Ebenfalls vermerkt ist eine Telefonnummer.

Verona Bonn. Was der Name meiner Großmutter in diesem Buch macht, ist mir schleierhaft. Als umherreisende

Darstellerin wie meine Mutter hatte sie in ihrem Leben keinen Platz für so ein Buch. Mit dem Rand des Fingers blättere ich eine Seite um. Das Papier knistert vor Anstrengung. Ich muss daran denken, zusammen mit dem Ständer Handschuhe mitzubringen. Die Innenseite ist mit kunstvoll gestochener Schrift bedeckt, über die Maßen verziert mit skurrilen Schnörkeln, die das Ganze so gut wie unlesbar machen. Es scheint das Geschäfts- oder Tagebuch eines gewissen Mr. Hermelius Peabody zu sein und mit etwas zu tun zu haben, das die Worte *»reisende«* und *»Wunder«* enthält. Andere mögliche Hinweise sind dem Wasserschaden zum Opfer gefallen, und Mr. Peabodys Faible für Kalligrafie. Beim Durchblättern sehe ich Zeichnungen von Frauen und Männern, Gebäuden und Wagen mit fantasievoll gerundeten Dächern, alles in Braun. Ich habe meine Großmutter nicht mehr kennengelernt. Sie starb, als meine Mutter noch ein Kind war, und die hat kaum etwas von ihr erzählt. Mir ist nicht klar, was dieses Buch mit meiner Großmutter zu tun hat, interessant ist es auf jeden Fall.

Ich ignoriere das Gestotter, das mich auf eine Nachricht hinweist, und wähle die Nummer. Es klingelt außerordentlich lange, bis sich ein Anrufbeantworter meldet und die zittrige Stimme eines Mannes erklärt, dass ich mit Churchwarry & Söhne verbunden bin und Datum und Uhrzeit sowie eine detaillierte Angabe zu dem Buch hinterlassen soll, das ich suche. Die Handschrift hat mich nicht getäuscht. Es ist ein alter Mann.

»Mr. Churchwarry, hier ist Simon Watson. Ich habe das Buch von Ihnen erhalten. Ich bin nicht sicher, warum Sie es mir geschickt haben, aber ich bin neugierig. Heute ist der 20. Juni, gerade sechs Uhr. Es ist ein fantastisches Buch, und ich würde gern mehr darüber erfahren.« Ich hinterlasse mehrere Nummern: vom Handy, vom Haus und der Bibliothek.

Auf der anderen Seite der Straße steuert Frank auf seine Werkstatt zu, eine Scheune am Rand seines Grundstücks. Er trägt ein Stück Holz unter dem Arm, eine Art Spannvorrichtung. Ich hätte ihn nach Geld fragen sollen, nicht nach der Nummer eines Bauunternehmers. Arbeiter werde ich schon finden, das Geld, um sie zu bezahlen, ist das Problem. Ich brauche eine Gehaltserhöhung. Oder einen anderen Job. Oder beides.

Mein Blick fällt auf ein blinkendes Lämpchen. Eine Nachricht. Okay. Ich gebe die Nummer ein. Die Stimme am anderen Ende ist nicht die, die ich erwartet habe.

»Hey, ich bin's. Ach, Scheiße, rufe ich oft genug an, um eine ›*Ich bin's*‹ zu sein? Ich hoffe, du hast eine. Eine ›*Ich bin's*‹, meine ich. Das wäre gut. Also, ich bin's, Enola. Ich will dich vorwarnen. Ich komme im Juli nach Hause. Es wäre toll, dich zu sehen. Wenn du Lust hättest, da zu sein. Eigentlich möchte ich, dass du da bist. Also, noch mal, ich komme im Juli, und du solltest zu Hause sein. Okay? Bye.«

Ich spiele die Nachricht noch einmal ab. Sie ruft nicht oft genug an, um eine *»Ich bin's«* zu sein. Im Hintergrund sind Leute zu hören, die reden und lachen, ich meine, sogar ein Fahrgeschäft oder zwei zu hören, aber vielleicht bilde ich mir das auch nur ein. Kein Datum, keine Nummer, nur Juli. Enola hat ein anderes Zeitverständnis, für sie ist es ganz normal, sich auf die Monatsangabe zu beschränken. Es tut gut, ihre Stimme zu hören, ist aber auch leicht besorgniserregend. Sie hat seit über zwei Monaten nicht angerufen und war seit sechs Jahren nicht zu Hause, nicht seit sie verkündet hat, wenn sie noch einen Tag mit mir in diesem Haus verbringe, werde sie sterben. Es war typisch für sie, so was zu sagen, aber doch auch anders, weil wir beide wussten, dass sie es ernst meinte, und ich mich die letzten vier Jahre, seit Vaters Tod, um sie gekümmert hatte. Seitdem ruft sie von Zeit zu Zeit an und hinterlässt weitschweifige Nachrichten. Unsere Gespräche dagegen sind kurz und nüchtern. Vor zwei Jahren hatte sie die Grippe. Ich fand sie in einem Hotel in New Jersey, wo sie die Toilettenschüssel umarmte. Ich blieb drei Tage. Sie weigerte sich, mit nach Hause zu kommen.

Sie will mich besuchen. Das kann sie. Ich habe ihr Zimmer nicht angerührt, seit sie weg ist, wahrscheinlich weil ich gehofft habe, dass sie zurückkommt. Ich habe schon daran gedacht, eine Bibliothek daraus zu machen, aber es gab immer dringlichere Dinge, leckende Hähne und Rohre mussten abgedichtet, Kurzschlüsse beseitigt, Fenster ersetzt werden. Das Zimmer meiner lange enteilten Schwester einer neuen Bestimmung zuzuführen, hatte keine Priorität. Aber vielleicht war das auch einfach nur eine bequeme Ausflucht.

Das Buch liegt neben dem Telefon, ein verführerisches kleines Rätsel. Heute Nacht werde ich nicht schlafen. Das geht mir oft so. Ich werde wach sein und über Verschiedenes nachgrübeln. Über das Haus, meine Schwester, Geld. Mit dem Daumen folge ich den Windungen eines verschnörkelten *H*. Wenn dieses Buch für mich bestimmt ist, sollte ich besser herausfinden, warum.

2

Der Junge kam als Bastard zur Welt, auf einer Tabakfarm in den fruchtbaren Hügeln Virginias. Wäre seine Geburt registriert worden, wären es die 1780er gewesen. Das war, als die Farmer den Preis für ein Fass Tabak nicht mehr selbst festsetzen durften, aber noch bevor sie von der alles verschlingenden Baumwolle geschluckt wurden. Das Haus war wenig mehr als eine Holzhütte, winzig, bemoost und mit ständig geschlossenen Fensterläden, gegen den Regen, die Fliegen und den alles durchdringenden Tabakgeruch aus dem Trockenschuppen.

Seine Mutter war die Farmersfrau, die kräftige Eunice Oliver, sein Vater Lemuel Atkinson, ein attraktiver junger Mann und Besitzer einer reisenden Medizinshow. Durch wenig mehr als ein paar sanfte Koseworte und die Verlockung geschmeidiger Gentlemenhände kam Eunice zu drei Flaschen von Atkinsons Elixier und einer Schwangerschaft.

Der Farmer, William Oliver, hatte bereits drei Kinder und wollte kein viertes, uneheliches mit durchfüttern. Als der Junge stehen und gehen konnte und ihm die Reste vom Tisch zum Überleben nicht mehr reichten, führte Oliver ihn tief in den Wald und überließ ihn seinem Schicksal. Eunice weinte bitterlich, weil ihr der Sohn genommen worden war. Der Junge blieb still. Sein großes Unglück war nicht, dass er unehelich, sondern dass er stumm das Licht der Welt erblickt hatte.

Er überlebte ein paar Jahre ohne die Worte, mit denen er von ihnen hätte erzählen können. Bei Tag war er hungrig und ernährte sich, wovon immer er konnte, pflückte mit seinen dreckverkrusteten Händen wilde Beeren, und kam er an einer Farm vorbei, bediente er sich auf leisen Sohlen. Ein Schuppen zum Fleischtrocknen bedeutete Schutz für eine Nacht und Verpflegung für Wochen. Wurde es dunkel, schlief er, wo immer es warm war. Seine Tage schrumpften, wurden zu Nebel, Bergen und einem Wald so dicht, dass die Welt darin verschwand. Der Junge selbst verschwand – er lernte, sich unsichtbar zu machen.

Menschen können hundert Jahre leben, ohne das Geheimnis des Verschwindens zu entdecken. Der Junge tat es, weil er frei war, dem Summen der Erde zu folgen, ihren feinen Bewegungen und dem Atmen des Wassers, einem Flüstern, das den Herzschlag kaum übertönte. Das Wasser war der Schlüssel. Wenn er seiner Tiefe und seinem Rhythmus lauschte und ihm den Atem anglich, wenn er sein Herz verlangsamte, bis es kaum mehr schlug, ging seine dünne braune Gestalt in ihrer Umgebung auf. Hätte es jemand beobachtet, hätte er einen schmuddeligen Jungen gesehen, der sich seitwärts wandte, zwischen den Bäumen des Waldes auflöste und am Rand des großen Wassers zu einem Sandkorn wurde, unmöglich vom Rest der Küste zu unterscheiden. Der Hunger, sein ständiger Begleiter, war das Einzige, was ihm sicher zeigte, dass er lebte.

Die Fähigkeit zu verschwinden erleichterte sein Überleben und gewährte ihm Zutritt zu Vorrats- und Räucherkammern, ließ ihn essen, bis Hitze und Rauch ihn wieder vertrieben. Er stibitzte Brot von Tischen und Kleider von Bäumen und Büschen, auf denen sie trockneten. Er stahl, was immer er konnte, um die Bedürfnisse seines Körpers zu befriedigen.

Nur einmal wagte er sich zu dem Haus, aus dem er verstoßen worden war. Da war seine Erinnerung daran schon so vage, dass er dachte, es wäre alles nur Einbildung. Doch dann stieß er ganz zufällig auf das graue Haus mit dem schiefen Dach, und es erschreckte ihn, feststellen zu müssen, dass es tatsächlich existierte und kein Relikt eines Traumes war. Er hob den Riegel eines Fensterladens und öffnete ihn gerade so weit, dass er mit einem tiefbraunen Auge hineinblicken konnte. Was er sah, war das Innere eines Schlafraums, erleuchtet von dem bisschen Mondlicht, das am schlecht passenden Fensterladen vorbei nach drinnen fiel.

Ein Mann und eine Frau schliefen auf einer Matratze aus Stroh. Der Junge musterte die groben Züge des Mannes, die rauen dunklen Stoppeln auf dem Kinn und fühlte nichts. Die Frau lag auf der Seite, und ihr braunes Haar floss über den Rand ihres Kittels. Etwas erwachte in dem Jungen, eine Erinnerung daran, wie ihm eine Strähne dieses Haares über die Hand strich. Er schlich sich ins Haus, an einem langen Tisch und dem Bett eines schlafenden Kindes vorbei, und schlüpfte in den Raum, in dem die Frau und der Mann lagen. Sein Körper erinnerte sich an den Weg, als wäre er ihn Tausende Male gegangen. Sanft hob er die Decke, glitt darunter und schloss die Augen. Der Geruch der Frau war ihm gleich vertraut, Laugenseife und trocknender Tabak. Tief in ihm hatte dieser Geruch geschlafen, und er hatte ihn vergessen. Ihre Wärme ließ seine Brust erbeben.

Er floh, bevor sie erwachte.

Er floh, bevor die Frau den Mann weckte, hörte nicht, wie sie ihm erklärte, das Gefühl gehabt zu haben, dass sie jemand betrachtete. Von ihrem Sohn geträumt zu haben. Der Junge kehrte nicht wieder zum Haus zurück. Er ging zurück in die Wälder, suchte sich anderes Obdach, anderes Essen und Orte, die seine Haut nicht brennen ließen.

Am Ufer des schlammigen Dan River, nicht weit von Boyd's Ferry, lag die Stadt Catspaw, die nach der Form des Tales, in der sie lag, benannt worden war. Sie war ockerfarben wie der Lehm des Flusses und voller Staub von den Pferde- und Maultierpfaden. Die Hochwasser, die Boyd's Ferry plagten, würden Catspaw später in die Hügel schmelzen lassen, aber im Moment war es eine aufblühende Siedlung am Fluss. Der Junge kam an den Windungen des Dan entlanggewandert und stieß so auf die Stadt, die furchterregend, aber voller Möglichkeiten war. Waschfrauen kochten Kleider in riesigen Zubern und kippten Seife und Waschwasser in den Fluss. Männer stießen flache Boote mit Stangen übers Wasser, Pferde zogen Wagen am Ufer entlang und hinauf durch die Straßen, Wagen mit Frauen und Männern. Das misstönende Durcheinander von Wasser, Menschen und Wagen erschreckte den Jungen. Sein Blick schoss herum, bis er am hellblauen Kleid einer Frau hängen blieb und sah, wie der schwere Stoff vor- und zurückschwang. Er versteckte sich hinter einem Baum, hielt sich die Ohren zu und versuchte seinen Herzschlag zu beruhigen, dem Atem des Flusses zu lauschen.

Dann – ein wundersames Geräusch.

Angekündigt von einer herrlichen Stimme, kam eine Truppe reisender Künstler in die Stadt, eine kaum zusammenpassende Mischung aus Jongleuren, Akrobaten, Wahrsagern, Schlangenmenschen und Tieren, angeführt von

Hermelius H. Peabody, dem selbst ernannten Visionär der Unterhaltung und Edukation, der Schausteller und Tiere (ein zählendes, als gelehrt geltendes Schwein, ein Miniaturpferd und ein spuckendes Lama) für Instrumente hielt, um den Geist zu bilden und seine Brieftasche zu füllen. An besseren Tagen fühlte Peabody sich professoral, an schlechteren zeigten sich die Stadtleute unempfänglich für jedwede Erleuchtung und jagten ihn aus der Stadt. Der Schweinewagen, frisch blau gestrichen und stolz mit dem Namen des Tieres, »Toby«, geschmückt, trug die Narben unglücklicher Begegnungen mit Mistgabeln.

Der Junge sah, wie sich die Leute um einen grün-gelben Wagen drängten, der auf den offenen zentralen Platz rollte. Gleich dahinter nahten ein paar langweiligere Karren und Kutschen, einige mit runden Dächern aus riesigen Fässern in allen Farben der Schöpfung, alle angefüllt mit einem Mischmasch aus Mensch und Tier. Die Wagen beschrieben einen Kreis, Frauen zogen Kinder an ihre Röcke, damit sie den Rädern nicht zu nahe kamen. Der vorderste Wagen war mit so kunstvoller Schrift bemalt, dass man sie fast nicht lesen konnte, und auf ihm fuhr, stehend, ein beeindruckender Mann in einem prächtigen Gewand: Peabody. Die Bürger der Stadt waren allein reisende Jongleure und Musiker gewohnt, doch solch ein Spektakel hatten sie noch nicht erlebt.

Nie hatte es einen Mann wie Hermelius Peabody gegeben, und dem verlieh er gern Ausdruck. Seine schiere Größe und Erscheinung forderten Aufmerksamkeit. Sein Bart mündete in eine gezwirbelte Spitze, die ihm über die Brust fuhr, und sein makellos weißes Haar hing ihm bis auf die Schultern, gekrönt von einem gewellten Hut, der mit seinem Zerfall kokettierte. Dass er überhaupt noch zusammenhielt, schien einem Zaubertrick geschuldet. Peabodys Bauch verspottete unverfroren die Schwerkraft, ragte hoch und rund vor, forderte die Messingknöpfe der Weste heraus, ihn zu halten, und dehnte die rote Samtjacke bis an die Grenze ihrer Belastbarkeit. Doch das Bemerkenswerteste an Hermelius Peabody war seine Stimme. Mit einer Kraft, die tief aus seinem Leib kam, hallte sie lautstark durch das Tal.

»Hochverehrtes Publikum, Ihr habt ein solches Glück!« Er bewegte sich zu einem schlanken Mann hinter sich, an dessen Mundwinkel eine mächtige Narbe zerrte und der Peabody etwas ins Ohr flüsterte. »Bürger Virginias«, rief Peabody, »werdet Zeugen des erstaunlichsten Spektakels, das Ihr je zu sehen bekommen habt. Fern aus dem Osten bringe ich Euch die großartigste orientalische Schlangenfrau!« Ein schlankes, biegsames Mädchen kletterte auf ein Wagendach, legte ein Bein hinter den Kopf, beugte sich vor und machte einen einhändigen Handstand.

Der Junge war fasziniert und bewegte sich Zentimeter um Zentimeter hinter seinem Baum hervor.

»Aus dem Herzen der Karpaten«, rief Peabody und reckte die Arme in Richtung Himmel, »eingehüllt in die Tiefen des slawischen Mystizismus, aufgezogen von Wölfen und geschult in der uralten Kunst des Wahrsagens: Madame Ryschkowa!« Ein Raunen ging durch die Menge, als eine in ein weites Seidentuch gehüllte, bucklige Frau aus einem Runddachwagen trat und eine verkrüppelte Hand ausstreckte.

Peabodys Stimme hallte im wilden Teil des Jungen wider, summend und beruhigend. Er schob sich auf die Zuschauer zu, auf die Wagen, schlängelte sich durch die Körper, bis er hinter einem Rad den Platz mit dem besten Blick auf den weißhaarigen Mann mit der Stimme wie ein Fluss fand. Er ging in die Hocke, stellte sich auf die Zehenspitzen, lauschte und zählte die Atemzüge des Mannes.

»Einmal im Leben, hochverehrtes Publikum. Wann sonst werdet Ihr einen Mann sehen, der ein ausgewachsenes Pferd mit einem Arm in die Höhe hebt? Wann sonst, frage ich Euch, werdet Ihr das nächste Mal ein Mädchen erleben, das sich in einen Seemannsknoten winden kann, wann eine Seherin, die Euch sagt, was Gott selbst in Euer Schicksal geschrieben hat? Niemals wieder, Ihr edlen Damen und Herren!« In einem hastigen Gewimmel sprangen die Schausteller zurück in ihre Karren und Wagen, rollten dicke Stoffbahnen herunter, schlugen und schlossen Türen zu. Peabody blieb, lief langsam auf und ab und fuhr mit einer Hand über die Knöpfe seiner Weste. »Am Mittag und in der Abenddämmerung, hochverehrtes Publikum. Drei Pence fürs Zusehen, und wir nehmen gern auch spanische Scheine. Am Mittag und in der Abenddämmerung!«

Die Menge zerstreute sich und kehrte zu ihren Alltagsverrichtungen zurück, zu ihren Fuhren, ihrer Wäsche und ihren Käufen und Verkäufen, zum Hin und Her des Catpaw'schen Lebens. Der Junge blieb neben dem Karren stehen. Peabodys scharfe blaue Augen richteten sich auf ihn.

»Junge«, rief die Stimme.

Der Junge fiel nach hinten, und alle Luft fuhr aus ihm hinaus. Sein Körper weigerte sich, dem Befehl zur Flucht Folge zu leisten.

»Das ist ein toller Trick«, fuhr Peabody fort. »Das Verschwinden, das kurz Reinschauen und sich wieder Verabschieden. Wie nennst du es? Flüchtig, ephemer vielleicht? Uns fällt schon was ein, oder wir erfinden einfach etwas.«

Der Junge verstand die Laute nicht, die aus dem Mann

purzelten. »*Junge*« fühlte sich vertraut an, doch der Rest war ein Wirrwarr schöner Geräusche. Er wollte den Stoff fühlen, der den Bauch des Mannes umschloss.

Peabody kam näher. »Wen haben wir denn da? Du bist ein Junge, richtig? Und scheinst doch eine Mischung aus Dreck und Stecken. Seltsame Kreatur.« Er machte ein lockendes Geräusch. »Was sagst du?« Peabody legte ihm eine Hand auf die Schulter. Seit Monaten hatte der Junge keinen Menschen mehr getroffen. Die Berührung nicht gewohnt, erschauderte er unter dem Gewicht der Hand und tat, was Angst und Instinkt geboten: Er pinkelte sich in die Hose.

»Verdammnis!« Peabody fuhr zurück. »Das müssen wir dir abgewöhnen.«

Der Junge blinzelte. Ein Kratzen entfuhr seinen Lippen.

Peabodys Blick wurde mitfühlend. Ein Zucken seiner Wange verriet ein Lächeln. »Sorg dich nicht, Junge, wir werden uns bestens vertragen. Ja, ich verlass mich darauf.« Er griff nach dem Arm des Jungen und zog ihn in die Höhe. »Komm. Ich zeig dir alles.«

Voller Angst, aber fasziniert folgte ihm der Junge.

Peabody führte ihn zu dem grün-goldenen Wagen, wo sich hinter einer sauber eingepassten Tür ein gut ausgestatteter Raum mit Schreibtisch, Bücherstapeln, einer Messinglampe und sämtlichen Zutaten für eine bequeme Heimstatt des Reisenden auftat. Der Junge setzte einen Fuß hinein.

Peabody musterte ihn. »Du bist dunkel genug, um als Muselmann oder Türke durchzugehen. Das Kinn hoch.« Er beugte sich hinunter und hob den Kopf des Jungen mit einem Finger an, um ihn besser betrachten zu können. Der Junge zuckte zurück. »Nein, dafür bist du zu wild.« Peabody ließ sich schwer auf einen kleinen dreibeinigen Hocker fallen. Der Junge wunderte sich, dass das Ding unter dem Gewicht des Mannes nicht zusammenbrach.

Er sah zu, wie der Mann nachdachte. Seine Finger waren sauber, die Nägel geschnitten. Ganz anders als die des Jungen. Wenn die Größe des Mannes auch furchterregend war, hatte er doch etwas Sanftes an sich. Der Junge sah die Fältchen um seine Augen, trat an den Tisch, an dem der Mann saß, und lauschte dessen Worten.

»Indien hatten wir noch nicht. Indien«, sagte der Mann zu sich selbst. »Ja, ein indischer Wilder, denke ich.« Er gluckste. »Mein neuer Wilder.« Er beugte sich hinunter, als wollte er dem Jungen den Kopf tätscheln, hielt jedoch inne. »Würde es dir gefallen, ein Wilder zu sein?« Der Junge antwortete nicht. Peabody hob die Brauen. »Kannst du nicht sprechen?«

Der Junge drückte sich mit dem Rücken an die Wand. Er fühlte sich kribblig und angespannt, starrte auf die komplizierte Schnürung der Schuhe des Mannes und reckte seine Zehen über den Boden.

»Das macht nichts, Junge. Du bekommst keine Sprechrolle.« Seine Mundwinkel zuckten. »Du löst dich in Luft auf.«

Der Junge streckte die Hand nach den Schuhen des Mannes aus.

»Die gefallen dir, wie?«

Der Junge wich zurück.

Peabody legte die Stirn in Falten, und sein Bart senkte sich entsprechend. Seine Augen füllten sich mit Mitgefühl, und er sagte sanft: »Du bist nicht gut behandelt worden. Das bringen wir wieder ins Lot, Junge. Du bleibst über Nacht, sehen wir mal, ob dich das beruhigt.

Der Junge bekam eine Decke aus einer Truhe. Sie war kratzig, aber es gefiel ihm, sich damit über die Schläfe zu fahren. Er drängte sich an den Schreibtisch des Mannes und zog die Decke um sich. In der Nacht ging der Mann einmal hinaus, und der Junge fürchtete, verlassen worden zu sein, aber kurz darauf kam der Mann zurück, mit Brot. Der Junge verschlang es. Der Mann sagte nichts, sondern begann etwas in ein Buch zu schreiben. Gelegentlich senkte sich seine Hand, um dem Jungen die Decke über die Schulter zu ziehen.

Als ihn der Schlaf überkam, beschloss der Junge, dem Mann überallhin zu folgen.

Am Morgen zeigte Peabody dem Jungen die im Kreis stehenden Wagen, ging dabei einige Schritte voraus und erwartete, dass er ihm folgte. Als sie zu einem mächtigen Käfig auf einem Zugwagen kamen, blieb Peabody stehen.

»Ich habe es mir überlegt. Der hier ist für dich. Du sollst unser junger Wilder sein.«

Der Junge untersuchte den Käfig, war sich der Blicke nicht bewusst, die sich aus den anderen Wagen auf ihn richteten. Der Boden war mit Stroh und Sägespänen bedeckt, die abends Wärme spendeten, was gut war, denn der Jungen würde barfuß und nackt sein. Draußen vor dem Käfig hing ein aufwendiger, üppiger Samtvorhang, den Peabody aus dem Wohnzimmer seiner Mutter befreit hatte. Er war mit Gewichten beschwert (um das Licht draußen zu halten, sagte Peabody) und über Rollen hochziehbar. Peabody demonstrierte, wie man das Publikum überraschen konnte, indem man ihn in dem Moment hochzog, in dem der junge Wilde gerade defäkierte oder etwas ähnlich Widerliches tat.

»Er ist von unserem früheren jungen Wilden, aber jetzt gehört er dir.«

Dem Jungen gefiel seine Rolle. Er mochte das kühle Metall auf der Haut, und der Käfig bot ihm ebenso viel Gelegenheit zur Beobachtung, wie er selbst darin beobachtet wurde. Gesichter glotzten ihn an, und er glotzte zurück, ohne Angst. Er versuchte zu verstehen, warum Frauen ihr Haar eingerollt trugen, warum ihre Hüften breiter zu sein schienen als die der Männer und warum sich die Männer das Haar in ihrem Gesicht so seltsam striegelten. Er sprang, krabbelte, kletterte, aß und entleerte sich, wo und wie es ihm gefiel. Wenn er jemanden nicht mochte, konnte er ohne Angst höhnen und spucken, im Gegenteil, er wurde dafür noch belohnt. Er erlebte Ansätze von Behaglichkeit.

Ohne dass es dem Jungen bewusst geworden wäre, studierte und organisierte Peabody seine Zurschaustellung. Er machte sich mit den Umständen seines Verschwindens vertraut und verstand sie wahrscheinlich besser als der Junge selbst. Wenn er ihn den Morgen über im Käfig ließ, legte sich der Junge auf den Boden, und sein Atem ging immer flacher, bis sich seine Brust kaum mehr hob, und dann, von einem Moment auf den anderen, verschwand er. Peabody lernte, den Vorhang vor dem verschwundenen Jungen langsam und vorsichtig zu heben.

»Psst, liebe Leute«, instruierte er das Publikum mit gedämpfter Stimme. »Es liegt kein Heil darin, ein wildes Tier zu erschrecken.«

Den Vorhang zu heben, reichte, um den Jungen aus seiner Auflösung zu holen, und als die Zuschauer näher an den, wie es den Anschein hatte, leeren Käfig herantraten, zeigte er sich. Das abrupte Erscheinen eines Wilden, wo vorher keiner gewesen war, ließ die Kinder aufschreien. Im Übrigen musste der Junge kaum etwas tun, außer stumm und nackt zu bleiben, um die Menge zur Raserei zu bringen. Dem Jungen gefiel sein neues Leben. Wenn er seinen Penis hüpfen ließ und die Hoden vorschob, so fand er heraus, konnte es sein, dass die eine oder andere sittsame Dame in Ohnmacht fiel. Worauf Peabody den Vorhang fallen ließ und die Vorführung für geglückt erklärte. Der Junge begann nach Wegen zu suchen, wie er noch furchterregender wirkte, indem er zischte und fauchte und Speichel aus seinem Mund triefen ließ, und wenn Peabody ihm auf die Schulter klopfte und »Gut gemacht«, sagte, spürte er eine Fülle in seinem Leib, die besser als Essen war.

Obwohl der Käfig des jungen Wilden seiner war, schlief er nicht darin. Unter den Sägespänen und dem Heu gab es eine versteckte Tür, und wenn der Vorhang zugezogen war, öffnete er den Riegel und kletterte in den Raum unter dem Käfig, in dem eine Wolldecke für ihn lag. Von dort lief er zu Peabodys Wagen, wo es frische Kleider für den geschätzten jungen Wilden gab. Peabody saß hinten im Wagen, kaute auf seiner Pfeife, schrieb und zeichnete im Laternenlicht und warf ab und zu einen verschwörerischen Blick in seine Richtung.

»Eine ausgezeichnete Vorführung, mein Junge«, sagte er. »Du hast das gewisse Etwas und bist vielleicht der beste junge Wilde, den ich je hatte. Hast du die Frau in Ohnmacht fallen sehen? Die Röcke sind ihr über den Kopf gerutscht.« Sein Bauch zitterte, als er dem Jungen auf den Rücken klopfte, und der Junge begriff, dass der Mann ihn mochte. Er begann sich an Wörter vor seiner Zeit im Wald zu erinnern, Wörter wie *»Junge«* und *»Pferd«, »Brot«, »Wasser«,* und daran, dass Lachen gut war. Je mehr er Peabody zuhörte, desto mehr Sprache begann sich zu verbinden.

Peabody sprach anders mit dem Jungen, mit ruhigerer Stimme als den anderen gegenüber. Der Junge wusste nicht, dass Hermelius Peabody ihn schon nach wenigen Wochen der Bekanntschaft als Sohn betrachtete.

Es fing damit an, dass Peabody nicht wollte, dass der Junge eine ungewöhnlich kalte Nacht im Käfig des jungen Wilden verbrachte. Vielleicht empfand er Mitleid mit ihm, weil er so mager war, auf jeden Fall beschloss Peabody, dass es eine gute Investition war, ihn im Warmen schlafen zu lassen, und das im Übrigen ein gutes Licht auf seine Seele warf. So rollte sich der Junge denn auf einem Strohsack zusammen, demselben Strohsack, auf dem auch schon Peabodys Sohn Zachary geschlafen hatte. Etwas in Peabody bewegte sich. Zachary war vor Jahren schon in die Welt gezogen, um sein Glück zu versuchen, was Peabody stolz, aber verloren zurückließ. Jetzt betrachtete er den schlafenden Jungen und begriff, dass ihr letzter Zugang eine Lücke füllen mochte. Als der Junge aufwachte, wartete ein Stapel Kleider auf ihn, die fortan ihm gehören sollten. Die Kniebundhosen und langärmeligen Hemden waren nicht einfach nur abgelegt und von irgendwem, sie hatten einmal Zachary gehört.

Abends saß der Junge auf dem Boden in Peabodys Wagen, lauschte, hörte Namen, Orte und Shownummern heraus. *Nat, Melina, Susanna, Benno, Meixel.* Peabody brachte ihm keine sozialen Nettigkeiten bei, da er sie selbst für nutzlos hielt, sondern unterrichtete ihn in Schaustellerei und Selbstsicherheit, die daher rührte, dass man das Publikum verstand. Erst wollte der Junge nichts über die Menschen wissen, die ihn durch die Gitterstäbe ansahen, sondern war froh, dass sein Käfig sie von ihm fernhielt. Aber die Neugier erwachte, als Peabody ihn andere Vorführungen sehen ließ, den Akrobaten, die Schlangenfrau und den Starken.

»Sieh doch«, sagte er. »Benno sieht die Frau direkt an, zieht sie in die Sache hinein, und dann tut er so, als würde er gleich umfallen.« Der Akrobat balancierte auf einer Hand, wackelte gefährlich, und die Frau keuchte erschrocken auf. »Er ist in keiner größeren Gefahr als du oder ich. Er macht den Trick mit der Wackelei, seit ich ihn in Boston aufgegabelt habe. Wir verlocken sie, Junge, wir verlocken sie und machen ihnen ein bisschen Angst. Das mögen sie. Dafür geben sie uns ihr Geld.« Der Junge verstand, dass die, die ihnen zusahen, die »anderen« waren. Er selbst, Peabody und die Schausteller waren »wir«.

Über mehrere Wochen lehrte Peabody seinen jungen Wilden die Kunst, Menschen zu lesen. Vor jeder Abendvorführung setzte er sich zu ihm in den Käfig und studierte mit ihm, hinter dem schweren Vorhang verborgen, die Menge.

»Die da drüben«, flüsterte Peabody. »Die hält sich an der Hand des Mannes neben ihr fest. Die hat schon Angst. Ein einziger Sprung in ihre Richtung, und sie kriegt Zustände.« Er kicherte, und die runden Backen blähten sich über dem weißen Bart. »Und der Dicke da? Der aussieht wie aufgeblasen?« Der Blick des Jungen schoss zu einem Mann, schwer wie ein Ochse. »Sehen wir mal, ob der nicht gegen unseren Starken antreten mag.« Er murmelte etwas davon, dass er ein zweites Paar Gewichte für die Vorführung brauche.

Der Junge begann die Leute mit Tieren zu vergleichen, jedes mit seinem eigenen Temperament. Peabody war ein Bär, kräftig, Schutz bietend und immer geneigt loszubrüllen. Nat, der Starke, mit seiner breiten Stirn und dem ruhigen Wesen, war ein Zugpferd. Benno, mit dem zusammen der Junge neuerdings aß, besaß die Verspieltheit einer Ziege. Die gerippte Narbe, die Bennos Mund beim Sprechen nach unten zog, faszinierte den Jungen. Die Wahrsagerin war etwas Fremderes. Madame Ryschkowa war ein Vogel und ein Raubtier zugleich. Trotz ihres hohen Alters bewegte sie sich ruckartig und flink. Sie sah die Leute an, als wären sie ihre Beute, ihr Blick hatte stets etwas Hungriges. Ihre Stimme stellte ihm die Nackenhaare auf.

Nachdem sie in aller Frühe eine Stadt namens Rawlson verlassen hatten, errichteten sie ein neues Lager.

»Dir geht es gut bei mir«, sagte Peabody, fasste den Jungen, der seinen Käfig fegte, bei der Schulter und nahm ihn beiseite. »Es ist an der Zeit, dass wir etwas ändern. Wir können dich nicht auf ewig ›Junge‹ nennen.«

Peabody führte ihn in den Kreis der Wagen, wo ein paar Mitglieder der Truppe Kaninchen und Fisch über dem Feuer brieten. Einige dunkelhäutige Männer, die manch einer vielleicht Zigeuner genannt hätte, waren bei einem Würfelspiel. Susanna, das Schlangenmädchen, dehnte sich an einer Weide und ließ die Gelenke krachen, während Nat im Schneidersitz dahockte, das Miniaturpferd auf dem Schoß hielt und mit dunkler Hand über sein raues Fell strich. Vor Wochen noch hätte dem Jungen das alles Angst gemacht, jetzt zog Peabody ihn zu der Versammlung, und er verspürte nur Neugier.

Peabody fasste den Jungen unter den Achseln, hob ihn hoch in die Luft und setzte ihn auf einen Baumstumpf beim Feuer.

»Freunde und Komplizen.« Seine silbrige Showstimme ließ alle innehalten. »Heute Abend obliegt uns eine anstrengende, aber freudige Pflicht. Ein Wunder reist mit uns in Gestalt dieses jungen Wilden.« Die Truppe kam näher. Wagentüren öffneten sich. Melina, die Jongleurin mit den erstaunlichen Augen, trat näher. Meixel, der kleine blonde Kunstreiter, kam zwischen den Bäumen hervor, bedeckt mit Stroh und Spucke des Lamas. Die Tür Madame Ryschkowas knarzte. »Dieser Bursche tut bei uns seinen Teil der Arbeit und ist auf dem besten Wege, uns reicher zu machen. So ist es denn unsere Pflicht, ihm einen Namen zu geben, damit er eines Tages, meine höchstgeschätzten Freunde, Herr seiner Welt ist.« Ein Scheit im Feuer platzte und schickte einen Funkenwirbel hoch in die Luft, sternengleich. »Einen starken Namen«, sagte Peabody.

»Benjamin«, rief eine Stimme.

»Einen wahren Namen.«

»Peter.«

»Einen Namen, der Bedeutung in sich trägt«, sagte Peabody. Seine Stimme hallte im Inneren des Jungen wider, unausweichlich, füllte ihm juckend den Kopf. Er starrte ins Feuer und spürte, wie sein Herz schneller schlug.

»Er heißt Amos.« Madame Ryschkowas Stimme war leise, und doch schnitten die Worte durch die Luft. »Amos ist der Träger der Bürden, wie es dieser Junge sein wird. Amos ist ein Name, der stark und traurig in dieser Welt besteht.«

»Amos«, sagte Peabody.

Amos, dachte der Junge. Die Augen der Wahrsagerin funkelten ihn an, zwei schwarze Perlen. Der Name klang lang und kurz, rund und flach. Er gehörte ihm.

Meixel holte seine Fiedel und spielte eine fröhliche Melodie, die Susanna tanzen und alle trinken und lachen ließ. Amos sah und hörte eine Weile zu, schlich sich jedoch davon, als er merkte, dass sie ihn wieder vergessen hatten. Die Nacht, in der er seinen Namen erhielt, verbrachte er ausgestreckt auf der Matratze in Peabodys Wagen. Stumm wiederholte er seinen neuen Namen und hörte die Silben so, wie sie auf Madame Ryschkowas Lippen geklungen hatten. *Amos,* dachte er. *Ich bin Amos.*

Später kam Peabody in den Wagen, setzte sich und zeichnete in seinem Buch. Es dauerte noch lange, bis er das Licht löschte. Als er es tat, warf er einen Blick über die Schulter auf den Jungen. »Gute Nacht, mein Junge. Schöne Träume, Amos.«

Und Amos lächelte in die Dunkelheit.

3

22. Juni

Es ist eine absurde Zeit für einen Telefonanruf, aber je absurder die Zeit, desto größer die Wahrscheinlichkeit, dass jemand zu Hause ist. Obwohl sich die Sonne gerade erst aus dem Wasser gehoben hat, klingt Mr. Churchwarry, als wäre er schon seit Stunden wach.

»Mr. Churchwarry? Ich bin so froh, dass ich Sie erreiche. Hier ist Simon Watson. Sie haben mir ein Buch geschickt.«

»Oh, Mr. Watson«, sagt er. »Es freut mich zu hören, dass es heil bei Ihnen eingetroffen ist.« Er scheint aufgeregt, fast ein wenig außer Atem zu sein. »Es ist ziemlich fantastisch, nicht wahr? Es tut mir nur leid, dass ich es selbst nicht behalten konnte, aber Marie hätte mich umgebracht, hätte ich einen weiteren Streuner mit nach Hause gebracht.«

»Absolut«, sage ich nachdenklich, und nach einer kurzen Pause: »Ich glaube nicht, dass ich Ihnen folgen kann.«

»Es ist das Berufsrisiko des Buchhändlers. Je länger sie im Geschäft sind, desto stärker verwischt die Grenze zwischen Geschäft und Privatem. Oh, seien wir ehrlich. Da gibt es überhaupt keine Grenze mehr, und Marie, meine Frau, duldet es nicht, wenn ich noch mehr Platz mit Büchern fülle, die ich nicht verkaufen kann, die mir aber gefallen.«

»Verstehe.«

»Aber Sie rufen sicher nicht wegen meiner Frau an. Sie werden eine Frage haben.«

»Ja. Und zwar, woher haben Sie das Buch, und warum haben Sie es gerade mir geschickt?«

»Natürlich, natürlich. Ich habe erwähnt, dass ich auf antiquarische Bücher spezialisiert bin, richtig? Tatsächlich bin ich ein wenig wie ein Spürhund. Ich suche bestimmte Bände und Ausgaben, nach denen meine Kunden verlangen. Ihres war Teil eines Postens in einer Reihe von Nachlassversteigerungen. Speziell darauf hatte ich es eigentlich nicht abgesehen, sondern war einer wunderschönen Ausgabe von *Moby-Dick* auf der Spur. Ein Kunde von mir leidet da unter einer gewissen Besessenheit.« Da ist ein freundlicher Schwung in seiner Stimme, und ich stelle mir einen älteren Mann wie einen Elfen vor. »Es gab eine 1930er-Lakeside-Press-Ausgabe, die ich mir nicht entgehen lassen konnte. Ich hatte Glück, gewann die Auktion, bekam jedoch etwa zwanzig andere Bände dazu, nichts Besonderes, wenn auch verkäuflich, Dickens, ein paar Woolfs – und dann war da noch Ihr Buch.«

Mein Buch. So habe ich es noch nicht gesehen, obwohl das Leder angenehm in der Hand liegt. »Aus wessen Nachlass?«

»Die Sache wurde von einer Verwaltungsgesellschaft ausgeführt. Ich wollte die *Moby-Dick*-Ausgabe direkt kaufen, aber sie waren nicht sehr hilfreich. Wenn etwas keine Provenienz hat, ist das Interesse generell gering, und der Posten gehörte zu einem gemischten Ganzen von mehr Umfang als Qualität. Alles zusammen hat einem John Vermillion gehört.«

Den Namen kenne ich nicht. Ich weiß nicht viel von meiner Familie. Dad war ein Einzelkind mit älteren Eltern, die noch vor meiner Geburt starben, und Mom hat nicht lange genug gelebt, um mir viel zu erzählen. »Warum haben Sie das Buch mir und nicht seiner Familie geschickt?«

»Der Name, Verona Bonn. Klingt wunderbar. Die Hälfte des Reizes alter Bücher liegt in den Lebenszeugnissen, die sich in ihnen finden. Die Art, wie der Name geschrieben war, schien Besitz auszudrücken, und das Buch war zu hübsch, um es wegzuwerfen oder weiter verrotten zu lassen, ich selbst konnte es jedoch nicht behalten. Also habe ich dem Namen ein wenig hinterherrecherchiert. Eine Turmspringerin, im Zirkus, wie außergewöhnlich. Ich fand eine Todesnachricht, die mich zu Ihrer Mutter und damit zu Ihnen führte.«

»Ich bezweifle, dass das Buch meiner Großmutter gehört hat«, sage ich. »Soweit ich weiß, hat sie aus einem Koffer gelebt.«

»Nun, dann vielleicht jemand anderem aus der Familie? Oder einem Verehrer Ihrer Großmutter? Die Leute lieben eine gute Geschichte.«

Ja, eine Geschichte. Natürlich sind wir eine gute Geschichte. Plötzlich rutscht meine Hand weg, mein Kaffee landet auf dem Küchenboden und fließt auf dem rissigen Linoleum zusammen.

Ich greife nach einem Küchentuch, um ihn aufzuwischen und stoße die Zuckerdose um. Das alte bittere Gefühl macht sich in meiner Brust breit, die vertraute Empfindung, der tragische Fall der Stadt zu sein. Eine Mutter, die sich ertränkt, ein Vater, der an seiner Trauer stirbt, ein junger Mann, der seine Schwester großzieht.

»Machen Sie das oft? Die Familien von Leuten ausfindig machen, denen Ihre Bücher einmal gehört haben?«

»Öfter, als Sie denken würden, Mr. Watson … Simon. Darf ich Sie Simon nennen?«

Blut pocht aus der Sohle meines Fußes, eine dunkelrote Blüte vermischt sich mit Kaffee und Zucker. Ich muss in eine Scherbe der Tasse getreten sein. »Wenn Sie mögen.«

»Wunderbar. Gerade erst letztes Jahr bin ich auf eine hübsche Ausgabe von Scotts *Die Jungfrau vom See* gestoßen. Sie hatte einen schön gepolsterten, geprägten Leineneinband. Drinnen lag eine getrocknete Veilchenblüte, mindestens vierzig Jahre alt. Ein kleines Wunder. Die Besitzerin, Rebecca Willoughby, hatte ihren Namen innen auf den Einband geschrieben. Rebecca war natürlich längst verschieden, doch mir gelang es, ihre Nichte ausfindig zu machen, die sich sehr gefreut hat über das Buch, das ihre Tante als Mädchen ganz offenbar geliebt hat. Sie sagte, es sei ein bisschen wie sie noch einmal zu treffen. Ich hatte gehofft, mit diesem Buch etwas Ähnliches auszulösen. Hat es das bei Ihnen?«

Das Gespräch hat Erinnerungen hochgebracht, aber keine angenehmen. »Sie haben mich gefunden, also müssen Sie wissen, dass meine Eltern tot sind.«

Ich höre ein unbeholfenes Husten. »Es tut mir schrecklich leid. Ich entschuldige mich, wenn ich Ihnen Kummer bereitet habe.«

»Es ist lange her.« Ich atme aus. Und das Buch ist faszinierend und irgendwie mit jemandem verbunden, der ein Interesse an meiner Großmutter hatte.

»Ich verstehe, wenn Sie es nicht wollen. Ich würde Sie nur bitten, es mir zurückzuschicken und es nicht wegzuwerfen. Ich bezahle Ihnen gerne das Porto. Es ist ein so hübsches Buch und so alt. Ich denke, ich kann Marie überzeugen, mich doch noch eines behalten zu lassen.«

Der Gedanke, etwas wegzuwerfen, das so viel überlebt

hat, ist abscheulich. »Nein, nein, ich behalte es. Und ich bin absolut in der Lage, es sicher zu verwahren. Wie es sich trifft, haben Sie es an die richtige Person geschickt. Ich bin Bibliothekar. Ich arbeite mit Archiven.«

»Das trifft sich wunderbar.« Churchwarry lacht, und ich fange an, seine Freude daran zu verstehen, Bücher weiterzugeben. Es ist ein glücklicher Zufall, ein kleines Licht, das in meiner Brust angegangen ist.

Er bittet mich um einen Gefallen, vorsichtig, als erwarte er meine Ablehnung. »Würden Sie es mich wissen lassen, wenn Sie herausfinden, warum der Name Ihrer Großmutter in dem Buch steht? Es ist natürlich nicht wichtig, ich kenne nur gern die Geschichte meiner Bücher. Das ist so eine Marotte von mir.«

Ich werde dem nachgehen, nicht weil er gefragt hat, sondern weil ich es tun sollte. Zu viel von meiner Familie ist im Nebel der Zeit und des Vergessens verloren gegangen. »Das werde ich«, versichere ich ihm, bevor ich auflege.

Meine Hände fühlen sich groß und ungeschickt an. Ich klebe ein Pflaster auf meinen Fuß, ziehe meine Schuhe an und sehe zu, wie die Sonne über dem Wasser aufsteigt. Den Kaffee und den Zucker wische ich nicht auf. Später. Eine Stunde vergeht, nachdem ich das verwirrende Gespräch mit Churchwarry beendet habe. Wie ich sie verbringe, kann ich nicht sagen.

Um die Tür zu schließen, muss man unvermittelt an ihr ziehen, ohne dieses Überraschungsmoment geht es nicht. Das Haus ist alt, und auch das Wegbrechen des Landes bleibt nicht ohne Folgen. Ich werde die Tür neu ausrichten müssen. Vielleicht kann Frank mir eine passende Angel drehen. Ich werfe das Buch auf den Beifahrersitz und zucke zusammen. Es ist ein Verbrechen, etwas so Altes so zu behandeln.

Die Fahrt zur Grainger-Bibliothek führt quer durch Napawset, durch den drei Blocks Kolonialkästen umfassenden historischen Teil, in dem alles von den Williams stammt (den Brüdern, die die Stadt 1694 unter sich aufteilten), die geschwungene Hafenstraße entlang, vorbei am Jachthafen mit den von Frank so gehassten Fiberglasbooten und zwischen dem Hafen und den von den Touristen so geliebten Kapitänshäusern hindurch. Der Hafen steht voller Autos, die auf die Fähre nach Connecticut wollen, und der Riesenpott hat den Schlund bereits geöffnet und verschlingt Limousinen und Sportwagen. Die Hafenstraße erklimmt einen Hügel mit einem Kloster und sinkt gleich wieder ab, quert das salzige Marschland und wendet sich schließlich dem Inneren der Insel zu. Auf einem flachen Stück Land steht dort die Grainger-Bibliothek.

Leslie und Christina an der Buchausgabe bestätigen, dass ich zu spät bin. So früh am Morgen ist nie jemand da, und die Kinderlesegruppen fangen nicht vor zehn an, aber die Schmach des Zuspätkommens ist dennoch vorhanden, als ich den Gang hinunter am Büro der Direktorin vorbei zu meinem Schreibtisch bei den Nachschlagewerken gehe. Ich höre das hohle Klacken von Janice Kupfermans Absätzen in ihrem Büro. Ja, sie hat mich gesehen.

Mich auf meinen Stuhl gleiten zu lassen, fühlt sich normalerweise an wie ein Nachhausekommen, heute jedoch scheint alles in Schieflage. Ich lege mein Buch auf den Tisch und starre es an. Ich sollte mit den Zuschussanträgen anfangen, oder dem nie enden wollenden Strom von Anschaffungsvorschlägen, die unvermeidlich abgelehnt werden. Nach ein paar Versuchen, unseren Bedarf an einem Update unserer elektronischen Kataloge auszuformulieren, erwische ich mich dabei, die Anfragestapel vor mir anzustarren. Die Grainger ist wie Mehltau und wird von einer Atmosphäre des Verfalls durchweht.

Das Herz der Bibliothek ist ihr Archiv zur Walfanggeschichte. Obwohl Napawset selbst kaum je etwas mit Walfang zu tun hatte, war Philip Grainger, der Gründer der Bibliothek, wie besessen davon. Bei seinem Tod vermachte er der Bibliothek seine gesamte Dokumentensammlung zum Walfang und zu Long Island. Schifffahrtsregister, Kunst, Seekarten, Preislisten für Walöl und Seifen, Ladungsverzeichnisse – das Ergebnis von sechzig Sammlerjahren ist oben im ersten Stock in zwei großen fensterlosen Räumen untergebracht. Es ist Janices Lieblingsprojekt und die Basis unserer Förderung, wobei die meisten von uns nichts dagegen hätten, wenn wir den Kram loswürden.

Drüben bei einem uralten Mikrofiche-Lesegerät füllt Alice McAvoy die Regale auf. Ihr dicker roter Zopf hat etwas Hypnotisches. Richtig rot ist er nicht, eher erdbeerblond. Ich sehe zu, wie er hin- und herschwingt, und stimme meinen Atemrhythmus auf ihr Haar ab. Fast kann ich das leise Wischen hören, ich verschwinde fast darin.

Alice wendet sich dem kratzenden Rascheln eines Tweedkostüms zu, das in meine Richtung steuert. Janice Kupferman ist unterwegs.

»Simon? Könnten Sie einen Moment in mein Büro kommen?«, fragt Janice.

»Sicher.«

Janices Büro hat eine niedrige Decke und passt zu ihrer Hydrantenstatur, was mich eindeutig fehl am Platz wirken lässt. In ihrem Bürosessel zu sitzen, hebt mir die Knie vors Gesicht.

»Tut mir leid«, sagt sie mit Blick auf meine missliche Sitzposition. »Es ist einfach kein Geld für Möbel da.«

»Ist schon gut. Ich bin es gewohnt.«

»Ja, das sollten Sie wohl sein.« Ein müdes Lächeln rundet die sich ausbildenden Hängebacken, die den längst vollzogenen Eintritt in ihre mittleren Jahre bezeugen. »Wie lange arbeiten Sie hier schon? Zehn Jahre wenigstens.«

»Könnte sein. Ich habe den Überblick verloren.«

Sie setzt sich mir gegenüber und bringt damit einen Meter Resopaltisch im Holzdesign zwischen uns. »Ich hasse das«, sagt sie und markiert dabei jedes einzelne Wort mit einem Kopfschütteln, was ihre Ohrringe wackeln lässt, an ihren Schwanzflossen aufgehängte Delfine, die unter ihrem akkuraten braunen Bob hervorlugen. »Ich hasse es wirklich.«

Ich sinke noch tiefer in den Sessel, er ist so schmal. Ich weiß, was jetzt kommt. »Der Etat?«

»Die Stadt streicht uns dieses Jahr Gelder. Heftig. Ich versuche dagegen anzukämpfen, so gut es geht, aber …«

»Es hilft nicht?«

Als sie nickt, löst sich jede Hoffnung auf einen Bonus zur Rettung meines Hauses in Luft auf.

»Es muss doch noch Möglichkeiten geben. Irgendeinen Zuschuss von einer Stelle, die wir noch nicht angefragt haben.«

»Ich versuche alles, doch die Realität ist, wie sie ist.« Das muss sie nicht erst sagen. Eine Rezession fördert nicht unbedingt das Interesse an der Geschichte des Walfangs. »Ich will es nicht, aber ich muss womöglich jemanden gehen lassen. Damit meine ich jetzt nicht direkt Sie, ich führe dieses Gespräch mit allen. Aber wenn sich die Stadt nicht bewegt, muss jemand gehen.«

Jemand. Es ist kein Zufall, dass sie die Zeit anspricht, die ich schon hier bin. Alice ist die Einzige, die ähnlich lange wie ich angestellt ist. Ich habe ihr nur drei Jahre voraus. Alice programmiert, was sich auch durch einen upgedateten elektronischen Katalog nicht ersetzen lässt. »Ich verstehe.«

»Ich tue, was ich kann, Simon. Nichts ist beschlossen, aber es fühlte sich falsch an, nicht allen zu sagen, wie die Dinge stehen.«

»Sicher«, sage ich. Als ich in der Grainger anfing, hielt ich Janice für eingebildet, über die Jahre habe ich jedoch begriffen, dass sie schon am Tag meiner Einstellung von Kürzungen, Zuschussverweigerungen und dem Zwang zur Bettelei geplagt wurde. Wenn sie zwei der Mädchen in der Ausleihe nach Hause schickt, kann sie mich oder Alice vielleicht retten, doch ihr resignierter Blick, selbst die Art, wie sie sich über den Tisch beugt, als wolle sie mich beruhigen, sagt mir, dass sie nicht zwei Leute feuern wird, um einen zu retten. Uferbefestigungen, Fundamentreparaturen, Dachausbesserungen, nichts von all dem wird möglich sein. Ich muss einen anderen Weg finden.

»Ich gebe mein Bestes«, sagt sie, als ich aufstehe. »Würden Sie Alice hereinschicken?«

»Sicher. Sie bekommen das Geld schon, Janice. Sie bekommen es immer.« Das sind leere Worte. Wir wissen es beide.

Ich muss Alice nichts sagen. Die Wände von Janices Büro sind nicht dick, und ich kann von ihrem Gesicht ablesen, was sie gehört hat.

»Ich bin sicher, dass es mich erwischt«, sagt sie.

Ich ringe mir ein Lächeln an. »Ich bin sicher, wir bleiben alle.« Janices Tür schließt sich mit einem schweren Klacken.

Zwei Frauen sitzen vorn am Fenster und stricken. Das Klappern ihrer Nadeln hallt zwischen den Stapeln durch bis zu mir hin. Im Moment ist noch alles ruhig. Wieder sitze ich an meinem Schreibtisch. Ich rufe in den Bibliotheken von Springhead und Moreland an, um zu erfahren, ob sie genauso sehr von Kürzungen betroffen sind. Es geht ihnen nicht anders als uns, was bedrückend ist. Ich wähle die Nummer von Liz Reed in North Isle. »Erzähl mir was Positives, Liz.«

»Wie positiv?«

»Freiwillige Zuschüsse. Neue Geldquellen.«

»Sag so was nicht, Simon. Ich bin eine verheiratete Frau.« Auch wenn ich kichere, weiß sie, dass es ernst ist. »Auf Jobsuche?«

»Noch nicht. Es könnte immer noch zu einem spontanen landesweiten Interesse an regionaler Walfanggeschichte kommen.«

Sie lacht nicht. »Ich kann dir einen Link zu einer Website mit hilfreichen Adressen schicken. Denk immer daran: Wir sind keine Bibliothekare, sondern Informationsprofis. Du kannst mich als Referenz angeben.«

»Danke, Liz.«

Ich lege auf und warte auf ihre E-Mail. Von der Seite des Schreibtischs starrt mich das Buch an. Es ist an sich schon ein interessantes Objekt und scheint Tagebuch und Geschäftsbuch einer reisenden Schaustellertruppe in einem zu sein. »Peabodys reisende Wunder und Wunderlichkeiten«, ein lächerlicher, grotesker Name. Warum der Name meiner Großmutter innen auf dem Einband steht, ist ein Geheimnis. Die ersten Seiten handeln von der Leitung der Truppe, listen verschiedene Städte auf, was jeweils eingenommen wurde, und die Reiserouten. Die aufwendige Handschrift macht das Lesen der erzählenden Abschnitte schwierig, aber sie konzentrieren sich auf die Entwicklung einer Shownummer mit einem stummen Jungen namens Amos. Der letzte Teil des Buches ist böse beschädigt, das Leder hinten völlig ruiniert, und die Tinte auf den letzten Seiten nur mehr ein ineinander verflossenes Braun, Blau und Schwarz, durch Chromatografie und Zeit auf ihre Grundelemente zurückgeführt. Das Durchblättern lässt einen zweiten Besitzer erkennen. Die Seiten vorne sind voller Skizzen, die nachfolgenden weit ordentlicher, ohne jede Zeichnung, es gibt nur noch Listen mit Einnahmen, Datumsangaben und Namen. Dann folgt der Wasserschaden.

Janices Tür öffnet und schließt sich wiederholt, während sie die gesamte Belegschaft informiert. Marci, die sich um die Kinder- und Jugendbücher kümmert, ist gerade hineingegangen, als ich ihn sehe. Einen Namen, in klaren schwarzen Buchstaben: »Bess Visser. Tot. 24. Juli 1816. Ertrunken.«

Ich kenne den Namen irgendwoher und, schlimmer noch, auch das Datum. Ich zucke unwillkürlich zusammen, es ist fast wie ein Schmerz. Meine Mutter ist an einem 24. Juli ertrunken.

»Simon?« Alice sieht mir über die Schulter. Müde. Franks Tochter ist eine Frau, bei der alles am Platz ist. Ich kenne sie zu gut, um sie schön zu nennen, auch wenn sie es mit ihrer Stupsnase, dem spitzen Kinn und den nachdenklichen Augen zweifellos ist. Für mich ist sie einfach nur Alice, alles und nichts und Gegenstand leichter Befangenheit, denn ich sehe sie jeden Tag, seit ich denken kann. Unverwirklicht oder unerwidert, Worte ändern nichts daran, was mit Alice und mir ist, oder dass sie tabu ist. Wegen Frank. Wegen meiner Eltern. Ich fahre mir mit der Hand über das Gesicht. Sie seufzt.

»Janice wird das Geld auftreiben«, sage ich.

»Das tut sie immer«, sagt Alice. »Vertrau auf das Archiv.«

»Richtig, wir vertrauen auf das Archiv. Liz aus North Isle schickt ein paar Adressen. Nur für den Fall.«

»Nur für den Fall. Klar.« Ihr Blick landet auf dem Buch, und sie fährt mit einem Finger über den Einband. »Das ist echt alt.«

»Jemand hat es mir geschickt. Ich weiß noch nicht genau, warum.«

»Ah, ein Rätsel. Du magst Rätsel.«

Ich würde ihr zustimmen, doch meine Gefühle dem Buch gegenüber haben sich etwas geändert, seit ich diesen Namen darin gefunden habe, der mir so bekannt vorkommt. Ertrunken am 24. Juli, wie meine Mutter. Das hat etwas Schreckliches. »Es ist leicht beschädigt. Der Name meiner Großmutter steht drin. Ich habe mit dem Mann geredet, der es mir geschickt hat. Er ist Buchhändler, Antiquar. Sagt, er hat es bei einer Auktion erstanden. Ich weiß nicht recht, was ich von ihm halten soll.«

»Hast du nach ihm recherchiert? Das hier ist eine Bibliothek, eine Recherche ist da nicht unmöglich.« Sie lehnt sich gegen den Tisch. Die sanfte Biegung zwischen Taille und Hüfte neben Bücherstapeln. Alice vor Enzyklopädien.

»Ich hatte noch nicht die Zeit dazu. Ich bin hereingekommen, da kam schon Janice ...«

Wir schweigen. Es ist schwer, frei zu atmen, wenn der stechende Geruch drohender Entlassungen in der Luft hängt.

»Heute Abend. Lad mich zum Essen ein«, schlägt Alice vor.

»Bitte?«

»Ich helfe dir. Gib mir den Namen des Typen, der dir das Buch geschickt hat, und ich sehe mal, was ich über ihn herausfinde. Dafür lädst du mich zum Essen ein. Aber nicht ins Pump House. Ich will in ein hübsches Restaurant mit gutem Wein. Heute ist ein fürchterlicher Tag, und ich will ausgehen.« Sie stößt sich vom Tisch ab und wippt auf den Zehen.

»Ich verspreche, wir gehen nicht ins Pump House.« Aus so vielen Gründen. Weil es voller plärrender Fernseher ist, voller aufgedunsener Leute, die über ihrem schalen Bier hocken, und weil ich selbst dort gearbeitet habe und so oft dort verköstigt worden bin, dass der bloße Gedanke daran schon etwas Widerliches hat.

»Perfekt. Hol mich um sieben ab, dann kann ich erst noch duschen. Wie heißt der Typ gleich noch?«

»Martin Churchwarry. Buchhandlung Churchwarry & Söhne, Iowa.«

Alices Wohnung in Woodland Heights liegt neben den Überresten einer Erdbeerfarm, und als ich bei ihr vorfahre, wartet sie bereits. Ich gehe mit ihr ins La Mer, weil das der Ort ist, wohin man Frauen zum Essen ausführt. Es liegt direkt am Wasser, und abends leuchten die Lichter Connecticuts über den Hafen, als würden sie weinen. Die Kellner sprechen mit Akzent, und die Speisen werden mit Soßen serviert, vielleicht gibt es sogar einen Saucier. Alice trägt ein kurzes rosa Kleid für Leute, die ihre Beine bewundern. Wie mich. Bei der Arbeit trägt sie praktische Hosen und flache Schuhe zum In-die-Hocke-Gehen und Sich-Recken. Bibliotheken sind eine staubige Angelegenheit. In der Highschool habe ich ihre Beine unter ihrem Feldhockeyrock gesehen. Sie waren toll, jetzt sind sie noch toller. Das Haar ist halb hinter ein Ohr gestrichen, der Rest hängt ihr locker auf den Rücken hinunter. Das ist kein Rendezvous, das ist Alice.

Sie lächelt, als ich ihr sage, dass sie hübsch aussieht, und ihr Mund zuckt leicht hoch.

»Du hast dich auch nett zurechtgemacht«, sagt sie. Dann kommt der Kellner, und Alice bestellt ein Glas Wein. »Keine Angst, ich sprenge deine Bank nicht.«

Ich lache. Es ist schwer, nicht hinzustarren, wenn die Lippen ihr Glas berühren. »Hast du was über Churchwarry herausgefunden?«

»Ich hab ja noch kaum angefangen. Den Laden gibt es wirklich. Churchwarry & Söhne sind auf antiquarische Bücher spezialisiert, wobei er beides zu sein scheint, sowohl Churchwarry als auch der Sohn. Es ist ein Einmannunternehmen. Ich habe allerdings kaum etwas über ihn selbst gefunden. Vielleicht ist er einsam und versucht, Kontakte zu knüpfen.«

Ich zucke mit den Schultern. »Das wäre eine merkwürdige Art, und er kam mir nicht so einsam vor. Eher ziemlich munter, um die Wahrheit zu sagen. Absolut auf der Höhe.«

»Ich wollte noch etwas mehr über seinen Laden herausbringen, musste dann aber im Kinderraum aushelfen.«

»Was war mit Marci?«

»Ich habe sie nach dem Gespräch mit Janice heulend in der Toilette getroffen.«

Wir beschließen, dass wir was zu trinken verdienen, solange wir noch Jobs haben, um dafür zu bezahlen.

»Du wirst das überstehen«, sagt sie. »Du bist der Einzige, der die Verschlagwortung aushält.«

»Vielleicht. Aber mein Job kann zur Hälfte von einem Computer erledigt werden. Hast du je einen Zuschuss beantragt, der die Hälfte deiner Arbeit überflüssig machen könnte?«

»Nein, aber das liegt nur daran, dass ich mit den Zuschüssen nichts zu tun habe.« Sie klopft mit einem Nagel gegen den Rand ihres Glases. »Die Frage ist, ob *du* einen Zuschuss beantragt hast, der *mich* halb überflüssig macht.«

»Ist mir nie in den Sinn gekommen.«

»Siehst du? Und deshalb wirst du gefeuert.«

Wir trinken unseren Wein aus und bestellen mehr davon. Bald werden wir lockerer, lächeln und reden über einen 4. Juli, an dem Frank meinem Vater beinahe die Hand mit einem Römischen Licht weggebrannt hätte. Alice schwört, es war andersrum, und dass sie sich erinnert, wie ihre Mutter Frank die Hand verbunden hat. Es ist schwer, die Frau da vor mir mit dem Mädchen in Verbindung zu bringen, das sich früher in vollem Schwung von der Schaukel katapultiert hat. Ich glaube, sie hat immer einen Freund gehabt. Leute aus Rocky Point oder Shoreham, die ich nie kennengelernt habe. Vielleicht hat sie im Moment auch einen. Unser Essen kommt.

»Mein Dad macht sich Sorgen wegen deines Hauses«, sagt sie und schiebt ein Stück Spargel über ihren Teller. »Letzte Woche, als ich mit ihm telefoniert habe, konnte er nicht davon aufhören.«

»Da geht's ihm wie mir«, sage ich.

»Ich verstehe nicht, warum du es nicht längst verkauft hast.«

»Da steckt eine Menge Geschichte drin.« Mein Telefon klingelt, und Alice verdreht die Augen. Ich verspreche, den Anruf gleich abzuwürgen, egal wer es ist, doch als ich antworte, weiß ich, dass es nicht so sein wird.

»Ich bin's.«

Ich flüstere Alice zu, dass es meine Schwester ist, und sie hebt die Hand. Der Vorteil, wenn man jemanden sein Leben lang kennt, ist, dass man ihm nicht lange erklären muss, warum man einen bestimmten Anruf nicht wegdrücken kann. Ich entschuldige mich und gehe nach draußen. »Hey. Wo bist du?«

»In einer Kneipe.« Im Hintergrund ist Klirren zu hören, Glas trifft auf Glas. Ich frage noch einmal, wo sie ist.

»Ich weiß nicht. Auf dem Parkplatz eines Einkaufszentrums. Ist das wichtig?«

»Nicht wirklich. Aber du klingst nicht gut. Was ist? Ich bin gerade beim Essen.«

»Ich hatte eine wirklich schlechte Legung«, sagt sie.

»Was? Tarot?«

»Ja. Ich bin etwas verstört und möchte mit dir reden. Kann ich mit dir reden?«

Ich sehe durchs Fenster zu Alice hinein, die an ihrem Wein nippt und isst. Ich fange ihren Blick auf. Sie winkt. »Ja, aber nur kurz.«

»Erinnerst du dich daran, wie ich mir die Beine aufgerissen habe? Ich weiß auch nicht, wie ich darauf komme, aber ich fuhr gerade, mir taten die Beine weh, und da musste ich mit dir reden.«

»Warum?« Einen Moment lang denke ich, die Leitung ist tot. Dreimal sage ich ihren Namen, bevor sie antwortet.

»Erinnerst du dich? Ich bin die Felsen runtergerutscht, und du hast mich getragen. Ich muss schwer gewesen sein.«

»Warst du nicht.« Ich war dreizehn und sie acht. Sie wog nichts. »Soll ich dich abholen?« Ich könnte sie zu einem Arzt bringen, in ein Hotel, könnte ihr etwas zu essen besorgen, alles. »Alice ist bei mir, sie kann mitkommen, wenn du willst.« Immer angenommen, sie ist noch da, wenn ich zurückkomme.

»Wir sind auf den Felsen herumgeklettert, voller Seepocken waren die. Ich weiß auch nicht, warum wir das gemacht haben. Haben wir nach Schnecken gesucht?«

»Ja. Enola, soll ich kommen und dich holen?«

»Nein, nein. Ist schon in Ordnung. Ich hatte diesen Badeanzug an, den schwarzen mit den rosa Punkten. Du warst oben auf dem großen Felsen, Toaster. Wie wir bloß auf den Namen gekommen sind. Ich wollte zu dir.«

Drinnen unterhält sich Alice mit dem Kellner, der lacht und mit ihr flirtet. Mein Rendezvous – das ist es doch? – geht ohne mich weiter.

»Ja, ich erinnere mich«, sage ich. Bei Ebbe sind die Felsen voller Leben. Seepocken, Algen, Sandflöhe, Schnecken. Wir krochen auf allen vieren, balancierten über Vorsprünge und hakten die Finger in Spalten.

»Ich bin auf einem Fleck Algen ausgerutscht.«

Ich höre noch das Geräusch, wie sie auf den Felsen klatschte, wollte sie festhalten, aber sie war klein und nass, und ich stand nicht sicher. Sie rutschte bis ganz nach unten.

»Enola, kann ich dich zurückrufen?«

Sie hört nicht zu. »Die Seepocken haben mich aufgeschlitzt, und das verdammte Salzwasser brannte, als wollte es mich auffressen. Dieses Stechen. Mir wurde schwindelig, und alles zog sich zusammen.«

»Ich sah dich wegrutschen, und dann warst du auch schon unter Wasser.«

»Ich bin bis auf den Grund gesunken. Meine Füße blieben im Sand stecken. Ich schrie und schrie, und dann warst du hinter mir. Du warst so schnell da.«

Ich packte sie und fühlte die offene Haut an ihren Beinen. Nein, da war keine Haut mehr, Fetzen davon hingen an den Felsen. Ich drehte sie auf den Bauch und hielt sie fest.

Alice sieht aus dem Fenster, ich forme mit dem Mund:

»Eine Minute.« Sie zuckt mit den Schultern und trinkt ihren Wein.

»Du hast mich nach Hause getragen«, sagt Enola.

Sie sah die blutige Spur nicht, die wir im Sand hinterließen. Als ich das Haus erreichte, fühlte es sich leer an, obwohl es das nicht war. Dad saß am Küchentisch, las Zeitung und trank das, was einmal eine Tasse Kaffee gewesen war. Er sah nicht auf. Ich trug Enola in ihr Zimmer, legte sie auf ihr Bett, auf den Bauch und durchsuchte das Schränkchen, das halb mit Moms Medikamenten gefüllt war. Seit sechs Jahren abgelaufen, und Dad bewahrte immer noch alles auf.

Seepockenschnitte sind ein Wunder der Natur, so viele Bakterien, dass es unmöglich ist, eine Infektion zu vermeiden.

»Das ist Jod, du Mistkerl.«

»Ich weiß nicht, was ich sonst tun soll.«

Ich warf mich auf sie und hielt sie fest, während sie schrie. Mir kam es wie Stunden vor, ich auf Enolas Rücken, Enola auf dem Bett, Moms Medizin überall auf dem Badezimmerboden, und Dad saß mit seiner leeren Kaffeetasse am Küchentisch.

»Du warst gut zu mir, Simon«, sagt sie.

Ich tat, was ich konnte. Sie klingt jetzt ruhiger als zu Anfang. »Bist du sicher, dass bei dir alles in Ordnung ist?«

»Ja. Ich wollte nur deine Stimme hören. Manchmal sorgst du dafür, dass ich mich besser fühle.«

»Okay.« Bess Visser. Plötzlich erinnere ich mich, wo ich den Namen gesehen habe. Er stand auf einem gelben Zettel, zusammen mit zwei anderen Namen, die Mom aufgeschrieben hatte. Letztes Jahr habe ich ihn gefunden, als ich ihren Toilettentisch zur Seite schob, weil ich ein Leck abdichten musste. Der Zettel lag ganz hinten in einer Schublade versteckt. Mom kannte ihren Namen.

»Moment mal, sagtest du, Alice McAvoy ist bei dir?«

»Ja.«

»Alice. Schön. Ich sollte auflegen. Ich sehe dich in ein paar Wochen.«

»Enola?«

»Danke.« Es klickt, und sie ist weg.

Zurück am Tisch. Alice hat gegessen und bezahlt. Ich muss schlecht aussehen, weil sie gleich fragt, ob alles okay ist. Ich sage ihr, dass Enola nur reden musste. Sie hebt eine Braue, sagt aber nichts. Ich entschuldige mich ausgiebig, doch es fühlt sich alles falsch an. Meine Füße fühlen sich falsch an. Als ich Alice zum Wagen bringe, merke ich, dass sie leichte Schlagseite hat. Sie murmelt etwas über ihre Absätze und lehnt sich an mich, es ist ein angenehmes Gewicht.

»Es ist nicht fair«, sagt sie, nachdem wir uns angeschnallt haben und zurück nach Woodland Heights fahren. »Du hast dich immer um sie gekümmert. Ich weiß, dass du das hast. Dann verschwindet sie und erwartet von dir, alles stehen und liegen zu lassen, wenn sie anruft.« Sie scheint drauf und dran, dem noch einiges hinzuzufügen, hält dann aber mit einem Seufzer inne. »Entschuldige. Ich bin betrunken.«

Ich lächle. »Nein, bist du nicht. Du hast recht, aber so sind die Dinge nun mal.«

»Manchmal.«

Wir stehen noch eine Weile vor der Tür zu ihrer Wohnung herum. Ich entschuldige mich wieder und sage, ich revanchiere mich für das Essen. Sie sagt, deswegen soll ich mir keinen Kopf machen. Ihre Haut wird blasser, wo ihre Hand auf dem Türrahmen liegt.

»Ich brauche einen Kaffee«, sagt sie. »Magst du auch einen?« Und dann, weil sie sich für mich über meine Familie beklagt, das Essen bezahlt und ein Kleid angezogen hat, weil wir in ein paar Wochen vielleicht keine Jobs mehr haben und weil sie auf eine ganz bestimmte Art die Augen schließt, als sie »Kaffee« sagt – und weil sie Alice ist und das den Unterschied macht, gehe ich das Risiko ein und beuge mich vor. Ihre Lippen sind weich und einladend. Und auch darin ist sie besser als ich. Perfekt.

Ihr Schlafzimmer ist so praktisch wie verrückt. An einer Wand steht ein mächtiger, schwerer Schreibtisch. Saubere, quadratische Regale sind perfekt mit Büchern und Bildern bestückt. Nahe beim Fenster hängt ein kleines Mobile aus Strandschnecken, zerbrochenen Mondschnecken und winzigen Krebspanzern, wie es nur ein Strandmädchen lieben kann. Es passt zu ihr. Das Bett ist eine andere Sache. Ein Berg aus Kissen mit verschiedenen Stoffen in verschiedenen Größen, verschiedenen Rosatönen. Ich fange an zu lachen, aber ihre Hände liegen auf meinen Schultern, sie stößt mich zurück, und ich falle, und es ist wundervoll.

Es gibt Druckknöpfe und Schnallen, Reißverschlüsse und Häkchen und dann Haut, und ja, die Sommersprossen auf ihren Brüsten sind genauso faszinierend wie die um ihren Nabel, auf ihrem Hals und zwischen den Schenkeln. Und der Atem, die Berührungen, das Auffinden all der Orte, die wir voreinander verborgen haben. Da wir es gewohnt sind zu flüstern, fühlt sich auch unser Lachen gedämpft an, geheim. Ihre Hand streicht meinen Rücken herunter.

»Hi«, sagt sie.

»Hi.«

Und da sind der Geschmack und das Gefühl unserer Körper.

Alice schläft auf der Seite mit den Knien fast an der Brust. So ist sie auch schon beim Sonnenbaden am Strand eingeschlafen, als wir noch Kinder waren. Ich liege wach und denke über Enolas Anruf nach, das Buch, das Haus und meine Stelle in der Bibliothek. Ich werde das Haus nicht halten können, wenn ich meinen Job verliere. Trotz allem, was ich Frank erzählt habe, will ich das Haus nicht verkaufen, nicht solange meine Eltern noch in den Wänden wohnen. Ich brauche Geld. Zeit. Ich muss mir die Adressen von Liz ansehen. Auf dem Tisch steht ein Foto von Alice, auf dem sie einen riesigen Blaubarsch in Händen hält. Da muss sie etwa dreizehn gewesen sein. Damals hatte sie noch einen Pony. Frank wird das Foto gemacht haben. Auch wenn er selbst nicht drauf ist, sehe ich doch, wie er mich aus ihrem grinsenden Gesicht anstarrt. Ich sollte meinen Arm um sie legen, aber es fühlt sich komisch an. Ich habe mit Franks Tochter geschlafen.

»Bist du wach?« Sie klingt schlaftrunken, glücklich.

»Nein.«

»Lügner. Ich spüre doch, wie du mit den Fingern auf das Kopfteil trommelst. Du bist so ein Hibbel.«

»Entschuldige.«

»Machst du dir Sorgen?«

»Nein.«

»Du bist schrecklich.«

»Ich will dich nicht wachhalten. Du siehst so hübsch aus, wenn du schläfst.« Sie sieht perfekt aus.

Sie steckt die Nase in ihr Kissen und sieht mich aus einem dunkelbraunen Auge an. »Danke. Du musst nicht bleiben, weißt du.«

»Ich möchte.«

»Ich weiß nicht, ob ich so weit bin, dein Frühstücksgesicht zu sehen. Geh. Es ist okay.«

»Bist du sicher?«
»Ja. Ich weiß ja, wo du wohnst.«

In der Kurve bei der Salzmarsch lasse ich die Reifen meines Ford durchdrehen. Da endlich kommt die Beklommenheit, die ich zu vermeiden versucht habe. Ich stehe kurz davor, meinen Job zu verlieren. Und das Haus. Und ich habe mit der Tochter des einzigen Menschen geschlafen, der gewillt sein könnte, mir das Geld zu leihen, um es zu retten. Dabei fühle ich mich nicht so schlecht deswegen, wie ich sollte. Ich fühle mich ganz und gar nicht schlecht. Was es noch schlimmer macht.

Zu Hause angekommen, weiß ich, es hat keinen Sinn, wieder ins Bett zu gehen. Ich brauche nicht lange, bis ich den Zettel wiederfinde, er liegt immer noch in der Schublade. Drei Namen stehen darauf, der meiner Großmutter, ein zweiter, Céline Duvel, und da, in runder, breiter Schreibschrift: Bess Visser. Alice hatte recht. Ich kann Rätseln nicht widerstehen.

Auf Franks Veranda brennt Licht. Frank hat den Panzer eines Pfeilschwanzkrebses zum Trocknen ans Geländer gehängt. Er schwingt in einer leichten Brise hin und her. Ich denke an Alice, allein in ihrem Bett, und wünschte, ich wäre dageblieben.

Ich schreibe die Namen in ein Notizbuch und lege es auf den Schreibtisch. Morgen werde ich über sie ausgraben, was es auszugraben gibt. Dann schreibe ich sämtliche Namen aus der Familie meiner Mutter auf, die ich je gehört habe, es ist nicht mehr als eine erbärmliche Handvoll. Ich öffne das Buch an einer beliebigen Stelle, die Seiten fallen auf, und ich sehe eine detaillierte, aber grobe Skizze einer Tarotkarte, ein großes weißes Gebäude auf einem dunklen, von einem Blitz zerrissenen Hintergrund. Unter der Skizze benennen sorgfältig geschriebene Buchstaben die Karte: der Turm. Aus einem Fenster des Turms springt ein Mann und fällt auf die Wellen und Felsen unter sich zu.

4

Hermelius Peabody stand mit dem Rücken gegen ein Wandregal gedrückt, während seine Kehle vom Unterarm eines überraschend starken russischen Weibes halb zerquetscht wurde. Seine erste Antwort auf Madame Ryschkowas Bitte war ablehnend gewesen, doch jetzt wurde er schnell zugänglicher.

»Einen Lehrling?«, hustete er. »Madame, Amos ist der ertragreichste junge Wilde, den ich je hatte, gar nicht zu reden davon, dass er nicht sprechen kann. Wie genau würden sie mit ihm arbeiten wollen?«

Ryschkowa ließ ein Geräusch irgendwo zwischen einem Knurren und einem Krächzen hören. »Wir werden gut zusammenarbeiten. Die Karten sagen es.«

Als Peabody erneut protestierte, stieß Madame Ryschkowa einen Strom Russisch aus, der mörderisch klang. Er hatte immer schon ein bisschen Angst vor ihr gehabt. Völlig aus dem Nichts war sie eines Tages in New York City vor ihm aufgetaucht, als er aus einem Gasthaus am Kai des East River gestolpert kam. Sie streckte ihre Hand aus einer Gasse, nannte ihn bei seinem vollen Namen und sagte, sie werde mit ihm reisen, weil die Karten es so bestimmten. Peabody traute ihr nicht recht, konnte eine Frau mit einem solch ausgeprägten Sinn für Theatralik jedoch nicht einfach wegschicken. Stunden, nachdem er sie in einem Wagen untergebracht hatte, hatte sie ihr neues Zuhause bereits in einen exotischen Raum voller Stoffe und Kissen verwandelt, dessen Düfte einem die Sinne verwirrten. Er war sicher, dass sie sich mit Giften auskannte. Einmal hatte sie ihm ein Pulver ins Essen geschüttet, als er sich geweigert hatte, ihr einen Vorschuss für einen Ballen Seide zu gewähren. »Sie können nicht ausgeben, was Sie nicht verdient haben«, hatte er gesagt. Sie lächelte, und um Punkt acht Uhr begannen sich seine Eingeweide zu verdrehen und ihn wie eine Kellerassel aufzurollen. Die nächsten drei Tage verbrachte er schwitzend und zitternd in seinem Wagen, bis Madame Ryschkowa erschien.

»Zu Ihrem Glück weiß ich, wie man den Schmerz beendet«, sagte sie und schüttete ihm eine Handvoll bittere Asche in den Mund. Als die Sonne unterging, war er wiederhergestellt. Peabody war kein Narr, Ryschkowa bekam ihren Vorschuss noch am selben Abend.

Keine drei Stunden, nachdem ihn Madame Ryschkowa ans Regal geheftet hatte, erklärte Peabody Amos den Lauf der Dinge.

»Mein Junge, es ist an der Zeit, dass du zu Besserem fortschreitest.« Er strahlte Amos an, der auf einem Schemel hockte. Amos rutschte nervös hin und her und hob fragend eine Hand.

»Hab keine Angst, du hast nichts falsch gemacht, Amos. Du warst vielmehr der beste junge Wilde, den ich je hatte. Genau darin liegt das Problem, verstehst du?«

Amos verstand nichts.

»Du bist längst kein Junge mehr. Dich als jungen Wilden zu behalten, würde dein Potenzial beschneiden.« Peabody strich sich nachdenklich durch den Bart. »Du wirst sehen, dass ich eine äußerst spannende Möglichkeit für dich erdacht habe. Madame Ryschkowa hat sich in dich verguckt, und ich glaube, sie braucht einen Lehrling.«

Amos wusste in etwa, was Madame Ryschkowa machte. Ihre Karten erzählten Geschichten, wofür die Leute großzügig bezahlten. Aber es gab ein unüberwindliches Hindernis: Lehrlinge konnten sprechen. Er legte die Hand auf die Lippen und schüttelte den Kopf.

Peabody nahm ihm sanft die Hand vom Mund. »Das wird nicht von Belang sein. Ich habe darüber nachgedacht und fange an, ihren Gedankengang zu verstehen: Du bist ein Lockmittel. Ich kann mir nur wenige Dinge vorstellen, die faszinierender sind als ein stummer Wahrsager. Unausgesprochene Zukünfte. Du und sie, ihr werdet einen Weg finden. Unser Profit, mein Junge, denk daran! Ein Überfluss an Profit.« Peabody schlug auf seinen schmalen Tisch, dass das Tintenfass einen Satz machte, und gab sich redlich Mühe, den Ausdruck des Schreckens zu übersehen, der das Gesicht seines Schützlings überzog. »Komm jetzt. Der Wandel ist ein wunderlich Ding. Er hat dich schon zu mir gebracht.«

Amos sah auf den Strohsack, auf dem er seine Nächte verbrachte, und fragte sich, ob auch das anders werden würde.

»Ich könnte dir niemals sagen, dass du gehen musst«, sagte Peabody. »Du kannst hierbleiben, so lange wie du willst. Das würde mir gefallen.«

Die Veränderung wurde in Peabodys Buch vermerkt: *»19. Juni 1794. Junger Wilder zum Wahrsagerlehrling befördert.«*

Als sich Amos Madame Ryschkowas Wagen näherte, öffnete sie ihm die Tür, noch bevor er klopfte. Ihr Haar hatte sie mit einem dunkelgrünen Schal nach hinten gebunden, und sie begrüßte ihn mit einem breiten Lächeln. Er konnte sich nicht erinnern, sie je lächeln gesehen zu haben. Er blinzelte.

»Amos, komm herein. Ich habe dir viel zu zeigen, und wir liegen bereits hinter der Zeit zurück.« Sie winkte, und Amos sah ihren geschwollenen, verdrehten Daumen, der scharf vom Rest der Hand abstand. Ein Teil von ihm konzentrierte sich darauf. Er folgte der gebeugten kleinen Frau in ihre Höhle und weg von allem, was er kannte.

Ihr Wagen war überraschend karg. An den Wänden hingen ein paar kleine Bilder von dunkelhäutigen jungen Männern und einer engelsgleichen jungen Frau.

»Meine Familie«, sagte sie, als sie seinen Blick bemerkte. »Mein Vater«, sie deutete auf ein Gesicht mit einem Vollbart. »Meine Brüder.« Es waren zwei jüngere Männer mit dem durchdringenden Blick Madame Ryschkowas. »Katerina, meine Tochter«, sie machte eine Geste zu der jüngeren Frau hin. »Meine schöne Katja.«

Im Rest des Wagens gab es wenig Schönes. Madame Ryschkowa schlief auf einer rauen Matratze oben auf einer Reisetruhe. Er konnte sich vorstellen, dass ihr dieses Bett die Knochen schmerzen ließ.

Als könnte sie seine Gedanken lesen, sagte die Ryschkowa: »Der Wahrsager ist wie eine Klinge. Zu viel Weichheit stumpft den Geist ab. Seide und Vorhänge sind nur für die Kunden.« Er musste zusammengezuckt sein, denn sie lachte, was sich anhörte wie eine durch Gras wehende Böe. »Peabody mag es zu gemütlich. Es ist gut, dass du herkommst, bevor er dich verweichlicht. Und jetzt setz dich und hör mir zu.«

Peabodys Gesicht war voll, das von Madame Ryschkowa eingefallen, die Haut faltig und knittrig. Ihre Nase verlief gewissermaßen senkrecht zu sich selbst, ein großer Auswuchs, dessen Spitze scharf nach unten zeigte. Das Haar ragte unter ihrem Tuch hervor, Drähte, die in alle Richtungen zeigten. Amos fand ihre Augen faszinierend, dunkelgrau, wie er es bisher nur bei Tieren gesehen hatte. So sahen die Augen von Ziegenböcken aus, bevor sie aufeinander losgingen.

Sie zog einen leeren Kasten in die Mitte des Wagens und bedeutete Amos, sich daneben zu setzen. Auf den Kasten stellte sie eine schwarze, mit Bildern in leuchtenden Orange- und Rottönen geschmückte Lackschachtel. Jedes dieser Bilder war mit Gold umrandet. Amos' Blick wurde besonders von einem Vogel in einem Käfig angezogen, dessen lange Schwanzfedern sich um die Seite der Schachtel wanden.

»Der Feuervogel«, sagte Madame Ryschkowa. »Gefällt er dir? Du wirst noch lieber mögen, was in der Schachtel ist.«

Sie öffnete den Deckel und holte etwas heraus, das wie ein Satz Spielkarten aussah, deren Rückseiten in einem besonderen Dunkelorange gefärbt waren. »Sieh her und hör zu«, forderte sie ihn auf und zupfte sich an einem Ohrläppchen. Sie stellte die Schachtel auf den Boden und begann die Karten aufzudecken. Auf jeder von ihnen war ein Meisterwerk zu erkennen – die große Gestalt einer Frau, die ein scharfes Schwert hielt, die Sonne, die auf ein Feld niederbrannte, eine Hand mit einem Stern, alles bis ins kleinste Detail ausgeführt. Die alte Frau behandelte die Karten mit Ehrfurcht.

Als die Kiste vollständig bedeckt war, sagte sie: »Ich werde dir ihre Namen nennen, und du lernst sie auswendig und dazu noch, wie und wohin wir sie legen. So sprechen wir miteinander.« Sie deutete auf die Bilder und erklärte sie genau so, wie ihm Peabody die Menschen erklärte hatte. »Der Narr ist ein Narr wegen seines blinden Glücks. Er sieht kein Unglück.« Die Karte zeigte einen jungen Mann, der fröhlich über den Rand einer Klippe spazierte. »Hochmut kommt vor dem Fall. Er ist wie ein Kind. Wie du.« Madame Ryschkowa lächelte. Er sah von ihren rissigen gelben Zähnen zu der Karte und dem kleinen Hund, der am Schnabelschuh des Narren zerrte.

»Der Hund hat viele Bedeutungen, er ist Beschützer oder Feind. Es kommt darauf an.« Stundenlang redete sie, während ihre verkrüppelten Hände Linien und Kreuze über die Symbole zogen. Spät am Abend dann klopfte sie auf die Kiste und schmunzelte Amos an. »Du hörst gut zu. Wir werden bestens zusammenarbeiten. Doch jetzt gähnst du, und ein müder Kopf lernt nicht gut. Ins Bett mit dir.« Mit einem leichten Tritt vor sein Schienbein scheuchte sie ihn aus dem Wagen. »Morgen kommst du zurück, und ich unterrichte dich weiter.«

Ryschkowa unterrichtete ihn nach ihren Sitzungen, im Kerzenlicht. Wenn sie müde war, blieben die tiefroten und blauen Stoffe hängen, was Amos' Klassenzimmer zu einem angenehmen Raum zum Zusehen, Zuhören und gelegentlich auch Verschwinden machte. Wenn das geschah, stampfte sie mit dem Stiefel auf den Boden und rief ein kehliges Wort. Tauchte er wieder auf, lächelte sie, schlug ihm auf die Hand und fing von vorn an.

Amos begann zu lernen. Er liebte den Narren und sein sattes Gelb und Orange, und er mochte den Hund, der sein Herrchen in letzter Sekunde vor dem Absturz rettete. Er gewöhnte sich an Madame Ryschkowas Stimme, sie erinnerte ihn an den Wind in den Bäumen und die Tage, da er durch die Wälder gelaufen war. Mit der Zeit stellte er fest, dass selbst, wenn er nicht bei ihr war, ihre Stimme in ihm widerhallte. An Abenden, wenn sie von einer Stadt in eine andere unterwegs waren, sah er zu, wie Ryschkowa die Karten legte, in Form eines Kreuzes mit einer Reihe seitlich davon.

Zwei Karten wurden quer übereinandergelegt, eine darüber und eine darunter, eine links und eine rechts. Vier Karten an der Seite herunter. Was kommen würde, was es beeinflusste, was den Augenblick bestimmte und wie eine Frage ausgehen würde. Sie gab Deutungen für ungestellte Fragen, vage Antworten.

»Der Wagen«, sagte sie und drehte eine Karte auf dem provisorischen Tisch um. Ein Mann auf einem Thron, gezogen von Tieren mit Menschenköpfen. Amos rutschte unbehaglich hin und her, der Anblick der Tiermenschen war ihm unheimlich. »Eroberung und Reise. Triumph, siehst du? Der Mensch herrscht über das Tier.« Sie legte eine weitere Karte auf die Seite. »Die Welt, siehst du?« Sie hob den Arm, als wollte sie eine Geste zum Himmel hin machen. »Nicht die Frau in der Mitte, sondern rundherum, ja?« Er nickte, den Blick auf die unverhüllte Gestalt der Tanzenden und ihren wissenden Ausdruck gerichtet.

Vor und nach dem Unterricht reinigte Ryschkowa den Wagen mit einem glimmenden Kräuterbüschel, das nach Pferdeschweiß stank. »Schmutz«, hustete sie. »So reinigen wir mit Feuer, so halten wir die Karten sauber.« Mit dem Rauch schrieb sie Worte in die Luft. »Es sind weniger die Karten, die uns die Zukunft verraten, als die Person, die sie hält. Ich, du, wer immer die Fragen stellt.« Sie klopfte mit den Kräutern gegen die Wagentür, Glut und Asche flogen. »Menschen berühren die Karten und lassen sich selbst in ihnen zurück. Träume. Hoffnungen. Alles ist in den Karten gefangen.« Als es im Wagen zu drückend wurde, stieß sie die Tür auf und ließ die Abendluft herein. »Du. Ich. Wir brauchen keine Träume von anderen. Manchmal verfangen sich Gedanken, schlechte Ideen in ihnen. Du und ich, wir vertreiben sie. Saubere, gute Karten.« Sie warf die verbrannten

Kräuter auf einen geschwärzten Fleck auf dem Boden und zertrat die Asche mit dem Stiefelabsatz. Sie tätschelte seinen Kopf, und der Junge und das Tier in ihm lächelten.

Sie lehrte ihn, sich das Haar zu binden, gab ihm eines ihrer Seidentücher, ein schönes Stück Stoff mit komplizierten purpurnen und goldenen Mustern. Sie drehte sein Haar zu einem Zopf, legte die Seide darum und wand ihn um seinen Kopf.

»Gut für die Erscheinung.«

Seine Kopfhaut schmerzte, doch der Schmerz ließ nach, und die Wirkung war dramatisch. Aus dem nussbraunen Jungen, den man leicht für einen Wilden halten konnte, war ein eleganter, fremdländischer junger Mann geworden. Madame Ryschkowa klatschte in die Hände. »Jetzt siehst du wie ein junger Mann des Schicksals und der Bestimmung aus.« Unter ihren aufmerksamen, faltigen Augen spürte er, wie er sich veränderte, und begann unerklärlicherweise an das kleine Haus und die braunhaarige Frau zu denken, die so vertraut gerochen hatte.

Amos war ein Einzelgänger. Ihm wurde unwohl, wenn zu viele Blicke auf ihm ruhten, und mit der ganzen Truppe zu essen, gab ihm das Gefühl, in einem Spiel mit unbekannten Regeln gefangen zu sein. Verregnete Vormittage verbrachte er gern damit, durch Peabodys Buch zu blättern und mit den Fingern die Skizzen nachzufahren. Wenn Madame Ryschkowa zu müde war, um ihn zu unterrichten, oder ihn aus ihrem Wagen scheuchte, verbrachte er seine Abende mit dem kleinen Pferd, einem lieben Tier namens Sugar Nip, das ganz rotbraun war, bis auf die Blesse zum Maul hinunter. Es war eine Stute, und sie war perfekt, nur dass sie gerade mal ein Achtel der Größe erreicht hatte, die sie hätte erreichen sollen, was sie nicht zu wissen schien. Sie schnaubte und stampfte wie die Zugpferde, war aber ruhig, wenn Amos bei ihr saß. Hockte er im Stroh und drückte seine Stirn an ihre, verspürte er eine warme Ruhe. Er genoss den Frieden, den er empfand, wenn er ihr die Stirnlocke bürstete, stibitzte Möhren und Äpfel für sie und versteckte sie tief in den Taschen seiner Kniehose.

Drei Tage, nachdem sie ihm sein Haar gebunden hatte, scheuchte ihn Ryschkowa nach einer schwierigen Stunde mit umgedrehten Karten davon. »Ins Bett, Junge. Du machst mich müde.«

Amos ging zu dem Wagen, den sich Sugar Nip mit dem Tier teilte, das sie Lama nannten. Er grub in seiner Tasche nach einem für seine Freundin hineingesteckten Radieschen, tastete darin herum und stieß mit Benno zusammen. Erschreckt schnappte er nach Luft.

Benno lachte. »Habe ich dich erschreckt, Amos? Ich dachte, das wäre nur schwer möglich.« Er lehnte sich an den Wagen und streckte sich so, dass sich die Knie in seiner gestreiften Hose nach hinten durchzudrücken schienen.

Amos zuckte mit den Schultern und nickte dann. Manchmal saß er beim Essen neben Benno oder sah seiner Vorstellung zu, trotzdem wusste er nur wenig von ihm, außer dass er ein freundlicher Kerl war und von den Frauen gemocht zu werden schien.

»Melina hat gesehen, wie du aus Madame Ryschkowas Wagen gekommen bist«, fuhr er fort. Benno sagte den Namen der Jongleurin mit dem Anflug eines Lächelns, wobei die Narbe die Hälfte seines Mundes am Platz hielt.

Der Gedanke an Melina wärmte Amos das Herz. Er hatte auch sie beobachtet, von der anderen Seite des Lagerfeuers und durch den Vorhang seines Wilden-Käfigs, während sie Löffel und Messer, Eier und Kegel durch die Luft wirbeln ließ. Sie hatte lockiges rotes Haar, ein süßes Gesicht und eine geschmeidige Art, sich zu bewegen.

»Sie behauptet, Madame hat dich geändert, und da muss ich ihr zustimmen.« Benno zog an seinem eigenen braunen Haar, das ordentlich mit einem schwarzen Band zusammengebunden war. »Vielleicht, wenn ich mein Haar eher hoch als nach unten binde, sieht mich Melina auch anders an. Was meinst du?«

Amos zog die Brauen zusammen, und Benno lachte. »Keine Sorge. Ich lache über mich und nicht über dich, mein Freund. Madame Ryschkowa hat dir die Möglichkeit gegeben zu zeigen, was für ein schönes Gesicht du hast, während ich …« Er zuckte mit den Schultern und berührte seine Narbe.

Amos betrachtete die schrumpelige Haut, die Benno eine ewige Grimasse ziehen ließ, nahm ihn beim Arm und führte ihn in Sugar Nips Wagen. Er gab Benno das Radieschen, damit er die Stute füttern konnte, und genoss mit ihm den einfachen Frieden, den es bedeutete, dem kleinen Pferd die Blesse zu streicheln.

Schweigend verbrachten sie eine Stunde dort, nach der Benno sagte: »Ich hatte dich nur für interessant gehalten, aber ich habe mich getäuscht. Du bist ein Freund.«

Amos klopfte Benno leicht auf den Rücken, so wie Peabody es bei ihm machte.

Ryschkowa begann Amos beizubringen, wie er sich ihren Kunden gegenüber zu benehmen hatte, die zumeist Frauen waren. »Die Geschichte ist ein Mann«, sagte sie, »die Zukunft eine Frau. Deshalb kommen sie.« Stiegen sie durch die Tür, füllten ihre Röcke die vordere Hälfte des Wagens mit

Metern von Stoff. Wenn die Luft mit Salbeirauch, Talg und der Wärme dreier Körper gesättigt war, wurde der Raum ein traumgleicher, heiliger Ort. Amos merkte, wie die Leute stammelten, wenn sie mit Ryschkowa redeten. Er hatte diese Unsicherheit ihr gegenüber auch einmal gespürt. Ryschkowa konnte furchterregend sein, aber er hatte gelernt, dass sie auch weich und warmherzig war. Bei den Sitzungen berührte sie die Hände der Ratsuchenden, eine Beruhigung hier, eine Ermutigung dort.

Sie drängte auf Genauigkeit der Fragen und quälende Details. »Die Wahrheit führt zu mehr Wahrheit, ja?« Die Männer fragten hauptsächlich nach ihren Geschäften, zukünftigen Ernten oder danach, wer ihnen ein Schwein gestohlen hatte. Die Frauen fragten Madame Ryschkowa fast alle nach der Liebe. Diese Sitzungen mochte Amos am liebsten, weil Ryschkowa dann gurrte, hätschelte und lobte. Er stellte sich Melinas runde Wangen vor, ihre schnellen Hände und fragte sich, ob auch sie von der Liebe träumte.

Wenn die Frauen gegangen waren, verfluchte Ryschkowa ihre Dummheit. »Sieht sie nicht, dass der Mann mit der Frau eines anderen schläft? Siehst du diese Karte? Sieh, sieh.« Sie stach mit dem Finger nach dem Ass der Kelche, das fest an seinem Platz lag und die Gegenwart beherrschte. »Siehst du das Wasser?« Wasser schwappte aus einem Kelch, der von einer mystischen Hand in die Luft gehalten wurde. »Information. Mitteilung. Flüsse von Lügen erzählt er.« Sie lachte.

Amos gefiel es zu sehen, wie sich ihr Gesichtsausdruck von süß und nett zu angewidert wandelte und alles in ein müdes Lachen mündete.

Monate vergingen, Amos lernte, lauschte und deckte endlich die Karten für Madame Ryschkowa auf, säuberte sie mit

Kräuterrauch, nahm sie aus ihrer faszinierenden Schachtel und legte sie wieder hinein. Er aß mit Benno, warf Melina verstohlene Blicke zu und verbrachte die Abende damit, Peabody zuzuhören, wie er den Kopf über seinen Büchern und den gelegentlich von Zachary geschickten Briefen schüttelte. Peabody sagte, Amos fange an, mehr zu lächeln. Amos zuckte mit den Schultern.

»Du bist in deine Haut gewachsen«, sagte Peabody und linste über einen Brief.

Amos nickte, aber er fühlte sich leer, als wäre er gewachsen, sein Inneres jedoch klein geblieben. Seine Träume rochen nach Heiltabak.

Ein Jahr nach Beginn seiner Lehre, hielt die Menagerie am Ufer des Schuylkill. Sie waren unterwegs nach Philadelphia. Schwerer Nebel hing über dem Wasser. Amos saß auf den heruntergeklappten Stufen zu Peabodys Wagen und sah zu, wie Nat mit überschwappenden Eimern Wasser aus dem Fluss holte, als sich die knorrigen Hände Madame Ryschkowas um seine schlossen und ihn zu ihrem Wagen zogen. Ihre Knöchel zerquetschten seine Finger fast, und er dachte an die Hühnerknochen, die nach dem Essen ums Feuer verstreut lagen.

»Komm. Es ist Zeit, dass du erfährst, wer du bist«, sagte sie. Amos blieb wenig übrig, als ihr zu folgen. Aus dem weiten Kreis der Wagen fing er Bennos Blick auf. Der Akrobat zwinkerte ihm zu. »Ich werde dir die Karten legen, und von da an bist du kein Lehrling mehr.«

Sie hatten kürzlich in Croton zwei kleine Hocker erstanden, doch der Blick Ryschkowas bedeutete ihm, sich auf den Boden zu setzen. Sie klopfte ihm auf die Schultern und drängte ihn nach unten. »Besser geerdet.« Sie klopfte auf die Bretter. »Ist gut für die Karten.«

Sie hatte die Wände und die Decke mit Tüchern verhängt, wie sie es für ihre Kunden tat, doch die Porträts sahen zwischen den Falten der Stoffe hervor. Sie machte eine Geste zu den Bildern hin. »Es ist gut für sie zuzusehen. Ich habe sie aus dem Gedächtnis gemalt. Außer Katerina. Meine Katja hat mir Modell gesessen.« Jedes Porträt leuchtete golden. »Als meine Hände noch ruhig waren und die Finger nicht krumm.«

Ihr Blick hielt ihn fest, und sie begann das Reinigungsritual, holte ein Kräuterbüschel aus einer unsichtbaren Schürzentasche, steckte es mit einer Kerze an und schrieb Rauchsymbole in die Luft.

»Heute du«, sagte sie. »Anderen zu erzählen, was sein wird, bedeutet, Teil des Schicksals zu werden.« Ihre Hüften und ihr Rücken knackten laut, als sie sich setzte. Sie zuckte zusammen, schlug die Beine übereinander und sah ihn an. Er begriff, wie unbequem der Wagen für eine Frau in ihrem Alter war. »Du musst dein eigenes Schicksal kennen, um anderen die Karten legen zu können, damit du deine Geschichte nicht mit der ihren vermischst, verstehst du?«

Sie klatschte eine Karte auf den Boden. Der Page der Münzen, ein junger Mann mit dunkler Haut und dunklem Haar, der einen einzelnen Stern hielt, würde Amos bei der Legung repräsentieren. »Schick, nicht wahr? Wie du. Stur. Erschrocken. Junger Körper, alter Geist.« Mit einem scharfen Fingernagel tippte sie auf seine Stirn und drehte eine weitere Karte um. Sie bewegte sich so schnell, dass Amos ihr kaum folgen konnte.

»Die Königin der Kelche. Viel Wasser. Veränderung. Sie träumt, ja? Beherrscht dich.« Eine hellhäutige Frau mit dunklen Haaren und leuchtenden Augen. Die Finger Madame Ryschkowas tanzten und zuckten, während sie sprach.

Der Wagen begann sich klein anzufühlen, als vermöchte er sie nicht in sich zu halten und Amos' Körper könnte aus ihm hervorplatzen. Etwas ging vor sich. Ryschkowa drehte eine weitere Karte um und wurde blass. Eine dunkle Karte. Blitze zuckten über ihren Hintergrund.

Ihr gebeugter Rücken fuhr senkrecht hoch. Die Augen drehten sich nach innen, sahen nichts. Amos griff nach ihr, und sie packte sein Handgelenk. Eine leere, merkwürdige Stimme floss aus ihr.

»Wasser kommt, würgt, was es berührt, wie zu Fleisch gemacht. Vater, Mutter, alle werden vergehen. Du wirst verschlissen, bis nichts mehr ist. Für dich ist es, als schnitte Wasser Stein.«

Ein Flüstern kroch in Amos' Hals hoch. Er entriss Ryschkowa seine Hand. Sie schrie auf.

Amos sprang hoch, seine Füße suchten Halt, und er beugte sich vor, um die Karten zu betrachten, doch Ryschkowa bedeckte sie schnell und räumte sie weg. Dazu murmelte sie etwas in einer Sprache, die eine hypnotische Mischung aus Pochen und Trällern war. Sie faltete die Karten in ein Tuch und steckte es zurück in die Schachtel. Schloss die Augen und atmete tief. Amos konnte nicht sagen, wie viel Zeit verging, bis sie sich wieder bewegte und sagte: »Starke Zukunft. Viel Veränderung. Vorsicht vor Frauen.«

Damit ging sie hinaus und ließ ihn allein im Wagen zurück.

Ein Monat verging. Ryschkowa erwähnte die Sitzung mit keinem Wort mehr, allerdings bat sie ihn, mehr Zeit mit ihr am Ende des Tages zu verbringen. Er fragte nicht nach.

Im Sommer wurden die Straßen durch New Jersey überflutet, und die Wagen blieben im Schlamm stecken, was die Reise nach Norden in den versprochenen Wohlstand des

Hudson-River-Tales aufhielt. Tage ermüdenden Ziehens, Schiebens und Grabens laugten die Truppe aus. Amos und Benno waren zu erschöpft, um noch gerade stehen zu können, und selbst Nats Stärke ließ nach. Als sie den Hudson erreichten, war Amos nicht mehr in der Lage, die Augen für die Karten offen zu halten.

Sein Kopf sackte nach unten, und Ryschkowa strich ihm über die schmutzige Wange. »Ich werde dich malen«, flüsterte sie. »Ich hänge dich zu meiner Familie.«

In dieser Nacht versuchte Amos in Peabodys Wagen Schlaf zu finden, doch es ging nicht. Seine Beine schmerzten vor Rastlosigkeit, und die Matratze klebte an ihm, ganz gleich, wie er sich drehte – komisch, er hatte doch nie Schwierigkeiten mit ihr gehabt. In seinem Kopf rasten die Gedanken, er sah Ryschkowa vor sich, wie sie ihm die Zukunft voraussagte, sah die Hände der Wahrsagerin, wie sie die Karten bewegte, die dunkle sah er nur kurz. Ihr Bild weigerte sich, Gestalt anzunehmen. Bei zahllosen Sitzungen war er dabei gewesen und hatte Madame Ryschkowa nie so erlebt. Vielleicht war sie krank. Der Gedanke beunruhigte ihn. Er öffnete die Wagentür und dämpfte dabei mit der Hand das Geräusch der Angel, um Peabody nicht zu stören, der Selbstgespräche führte, zeichnete und schrieb und gelegentlich etwas von »unmöglichen Straßenverhältnissen« murmelte. Amos lächelte trotz seiner Unruhe.

Die Luft draußen flimmerte vom Wetterleuchten, war wie Balsam und machte seine Bewegungen träge. Er hörte das Knistern des Feuers, das die anderen entfacht hatten, und sah ihre Schatten aus den Flammen fallen, sah, wie Susanna ihre Nummer trainierte, wie sie sich verdrehte und ihre Gelenke knacken ließ.

Aus dem Wald kam eine Bewegung.

Eine volle Salve Elektrizität verfärbte das Schwarz der Nacht in helles Purpur und ließ das Lager klar wie zur Mittagszeit aufscheinen. Ohne den Blitz hätte er die junge Frau nicht unter den Bäumen hervortaumeln sehen, durchnässt, zitternd, in ein Nachthemd gehüllt, das ihr an den Beinen klebte, verdreckt und triefend. Sie trug keine Schuhe. Ihre Füße waren blutig, das schwarze Haar voller Knoten und Blätter, es hing ihr bis zur Taille. Sie war ein Schnittpunkt von Ecken und Kurven, Hell und Dunkel. Lautlos trafen seine Füße auf die Erde, als er sich zu ihr hinbewegte.

Peabody sah Amos aus dem Wagen steigen und auf den Wald zulaufen. Er starrte in die Richtung, die der junge Mann eingeschlagen hatte, und seine Augen weiteten sich. In Nebel, Blitz und Mondlicht sah das Mädchen völlig unwirklich aus. Wäre er kein Skeptiker gewesen, wohlbewandert in der Kunst fantastischer Ausschmückungen, hätte er die Gestalt für einen Waldgeist gehalten. Er sah Amos hinterher und musste unwillkürlich lächeln. »*20. Mai 1796. Am Hudson, hinter Croton. Frühlingsgewitter bringt ausgezeichnetes Potenzial und eine Frau von unübertroffener, höchst ätherischer Schönheit.*« Er löschte die Kerze, in deren Licht er gearbeitet hatte, und stellte sich hoffnungsvoll in die Tür seines Wagens. »Ja, mein guter Junge, bring sie nur her zu uns.«

Aus ihrer Tür sah Madame Ryschkowa die bleiche Gesichtsfarbe der jungen Frau, das tintendunkle Haar und dass sie bis auf die Knochen durchnässt war. Das Gewitter war noch ohne Regen, und der Fluss lag in der anderen Richtung. Unter dem Schmutz schimmerte die Haut, als wäre sie aus Wasser gemacht. Keine Frau, kein Mädchen sah so aus. Diese Frau war etwas, was Madame Ryschkowa seit langen Jahren nicht gesehen hatte, nicht, seit ihr Vater verschwunden war. Alles, was sie kannte, hatte sie zurücklassen müssen, um davor zu fliehen. Sie würde seinen Namen nicht aussprechen. Solche Dinge zu benennen, hieß, ihnen Macht zu verleihen, und doch war es unmöglich, ihre Gedanken davon abzuhalten, das Wort zu flüstern.

5

2. Juli

Informationen über Verona Bonn zu suchen, hat sich zu einer Phantomjagd entwickelt. Ich habe an den einfachen Stellen angefangen und die Zeit zwischen Buchanfragen und Katalogisieren mit kleinen Recherchen auf Genealogie-Websites und in öffentlichen Archiven gefüllt. Aber abgesehen von einem Zeitungsartikel mit dem Bild einer schlanken Frau, die hoch oben auf einem Sprungturm steht, lässt sich kaum etwas finden. Eine eingehendere Suche verlangt beitragspflichtige Anmeldungen und die Mitgliedschaft in Vereinigungen oder Institutionen, und im Moment habe ich kein Geld übrig für einen lockeren Ausflug in die Geschichte meiner Familie. Wie Mom scheint auch meine Großmutter unter verschiedenen Namen aufgetreten zu sein. Verona Bonn war wohl ihre letzte Inkarnation, was kaum einen Rückschluss darauf zulässt, warum jemand ihren Namen in den Einband eines so alten, fragwürdigen Buches schreiben sollte.

Abgesehen von dem Buch gibt es keinerlei Hinweis auf die Existenz von Peabodys reisenden Wundern und Wunderlichkeiten, und ich habe auch keinen Hinweis auf andere zu der Zeit durchs Land reisende Truppen gefunden. Hermelius Peabodys Art der Unterhaltung wurde während der

Zeit der Revolution missbilligt, bis John Bill Ricketts dann im Jahr 1792 in Philadelphia seine Arena errichtete. Nach allem, was ich sagen kann, trat Peabody mit seiner Wandertruppe aber schon 1774 erfolgreich auf.

Und die Namen im Buch stimmen ebenfalls.

Der Ausdruck einer eingescannten Zeitungsseite des *Catskill Recorder* vom 26. Juli 1816 liegt auf meinem Schreibtisch. Drei Tage habe ich recherchiert, bis ich darauf gestoßen bin, und mittlerweile habe ich ihn oft genug gelesen, dass die Worte, wenn ich die Augen schließe, wie ein Negativ vor mir aufscheinen.

> »24. Juli 1816. Bess Visser, Schaustellerin, wurde von der Fishkiller Hudson-River-Fähre ertrunken im Fluss aufgefunden. Es wird angenommen, dass sie sich tragischerweise das Leben genommen hat. Wie es heißt, war die Dame verzweifelt und litt unter Anfällen von Schlaflosigkeit und Wahn. Sie hinterlässt eine vierjährige Tochter, Clara.«

Der 24. Juli, und nicht einfach ertrunken, sondern ein Selbstmord, genau wie bei meiner Mutter. Der Zufall ist zu groß. Als meine Suche nach Clara Visser ergebnislos bleibt, wende ich mich wieder dem Buch zu, und weiter hinten, kurz bevor alle Tinte verwäscht, finde ich den Namen Clara Petrowa. Das bringt mich dazu, noch einmal Martin Churchwarry anzurufen.

»Ich dachte, Sie könnte interessieren, was ich herausgefunden habe.«

»Fantastisch. War es das Buch Ihrer Großmutter?«

»Nein, so einfach ist es wohl nicht. Ich habe aber andere Namen darin gefunden, eine Bess Visser und ihre Tochter Clara. Meine Mutter kannte Bess' Namen, also gibt es eine Verbindung. Ich kann mir nicht vorstellen, dass es ein so weit verbreiteter Name war.« Etwas hält mich davon ab, ihm auch vom Datum ihres Selbstmords zu erzählen. Es ist mir zu persönlich, und so sage ich nur: »In gewisser Weise, denke ich, haben Sie mir ein kleines Stück Familie geschenkt.«

Ich kann ihn fast lächeln hören. »Das ist nett, dass Sie das sagen, Simon. Danke. Ich bin froh zu wissen, dass das Buch ein gutes Zuhause gefunden hat.«

»Es ist faszinierend, ehrlich. Ich möchte es meiner Schwester zeigen. Die Tarotskizzen darin, meine Schwester legt Karten. Meine Mutter hat es auch schon getan. Ich wünschte, ich wüsste mehr darüber. Die Skizzen sind interessant. Irgendwie anders.«

Ich denke an Enola und wie unkommunikativ sie manchmal ist. Ich kann mir nicht vorstellen, dass sie mir die Karten erklärt. »Sie haben nicht zufällig einen guten Text über Tarot?«

»Übers Kartenlegen?«, fragt er mit einem leisen Lachen. »Ich bin sicher, dass da was sein muss. An dem Thema gibt es immer Interesse. Einen Moment.«

Ich höre ihn herumgehen, das dezente Schlurfen von Pantoffeln, dann das Kratzen von Krallen auf Holz und ein gemurmeltes: »Sitz, Sheila.« Er hat also einen Hund in seinem Laden. Ich stelle mir einen Beagle vor, etwas an Churchwarry verlangt danach. Er geht ein paar Stufen hinunter, Knarzen. »Sehen wir mal. Ich habe eigentlich keine große Esoteriksparte, mein Vater war mehr für die Klassiker, aber es ist nie eine schlechte Idee, ein paar Titel vorrätig zu haben. Ah. Oh, da bist du ja, du durchtriebenes Stück. *Die Grundsätze des*

Orakels. Mehr habe ich im Augenblick nicht. Eine hübsche Ausgabe. 1910.«

Ich schreibe den Titel auf einen Umschlag und stecke ihn in mein Notizbuch. »Würde es Ihnen etwas ausmachen, nachzusehen, ob es darin eine bestimmte Karte gibt? Ich meine, falls sie nicht zu beschäftigt sind.«

»Oh, ganz und gar nicht. Marie wird erfreut sein, dass ich mit einem Kunden rede.« Er gluckst, und ich sehe unwillkürlich eine seit Langem an ihm leidende Frau vor mir, mit dünnem grauem Haar und vollen Backen. Ich beschreibe ihm die Karte und höre, wie er sanft durch die Seiten blättert.

»Ja, da ist sie. Was Sie beschreiben, klingt ganz nach dem Turm. Seine einfache Interpretation besagt, dass er abrupten Wechsel signalisiert, wahrscheinlich gewalttätig.« Stummes Gemurmel. »Es gibt noch eine weit detailliertere Erklärung, aber die geht über mein Verständnis hinaus, und ich weiß auch nicht, wie hilfreich sie ist, da Ihr Buch den *Grundsätzen* um wenigstens ein Jahrhundert vorausgeht. Sehen Sie es sich doch selbst an. Die *Grundsätze* waren ein einigermaßen verbreitetes Buch, wobei mein Exemplar herrlich ist, sollten Sie interessiert sein. Goldschnitt, geprägter Einband …«

»Etwas sagt mir, dass ich es mir nicht leisten kann.«

»Und je länger ich es hier stehen habe, desto weniger kann auch ich es mir leisten. Das Problem haben wir gemeinsam«, seufzt er.

»Verleiher und Verkäufer.«

»Und beide haben keinen Penny, den sie auf einen anderen legen könnten«, sagt er fröhlich. »Aber ich spreche gerne mit Ihnen. Ich hoffe, Sie lassen es mich wissen, wenn Sie mehr herausfinden.«

»Das werde ich, Martin«, sage ich und bin überrascht festzustellen, dass ich es ernst meine. Aber jetzt ist keine Zeit mehr für Reflexionen, die Bibliothek ruft.

Ich dusche und rasiere mich. Das Gesicht im Spiegel ist müde. Wirres schwarzes Haar, ein eingeritztes Kinn, rote Tröpfchen, die von einer zu alten Klinge herrühren, Feuchtigkeit, die den Schweiß nicht trocknen lässt. Alice küsst dieses Gesicht. Heute Abend gehen wir was trinken, im Oaks. Da spielt eine Band, ein Jazz-Quartett, glaube ich, vielleicht Funk? Musik und Drinks machen es zu einem Rendezvous – oder der Verabredung von zwei Freunden, die Musik hören und etwas trinken wollen. Ich drücke auf die blutenden Stellen. Ist das mein Frühstücksgesicht?

Ich nehme das Buch und den Umschlag. Als ich hinterm Steuer sitze, werfe ich noch einen Blick aufs Haus. Ein Stück Regenrinne hat sich vom Dach gelöst und hängt gefährlich in der Luft. Wann ist das passiert? Ich sehe auf die Uhr. Ich muss ein paar Klammern besorgen, das ist leicht zu reparieren.

Während ich über Lecks, mein faulendes Dach, Jazz- und Funk-Quartette nachdenke, komme ich in der Bibliothek an. Die Mädchen an der Ausgabe sehen mich an. Marci dreht sich weg, als ich vorbeikomme. Der einzige Gruß ist die Atmosphäre der Scham, die alles umfängt.

Ich verliere meine Arbeit.

Ein Mann mit Würde ginge direkt in Janices Büro, aber der bin ich nicht. Ich brauche meinen Schreibtisch. Der letzte Widerstand, den ich zu leisten vermag, besteht darin, mich auf den Stuhl zu setzen, der über die Jahre ein Teil von mir geworden ist.

Keine fünf Minuten vergehen, bis ich Absätze über den Bibliotheksteppich kommen höre. Janice trägt heute ein dunkelrosa Kostüm aus einem groben, dicken Stoff, der zu warm ist für die Jahreszeit. Ihre Ohrringe sind silberne Strandschneckenhäuser.

»Simon?«

»Können wir das hier besprechen, Janice?«

Ihr scheint unwohl zu sein, ihre Augen glänzen vielleicht sogar ein bisschen. Tränen?

»Es ist leichter, wenn wir im Büro reden.«

»Wenn es ginge, würde ich lieber nicht wieder an allen vorbeilaufen.«

Ihre Lippen öffnen sich leicht, ein Ah. »Verstehe. Absolut.« Sie fängt ihre Rede damit an, wie sehr sie gekämpft hat und wenn es einen Weg gäbe, wie wir mit mir über die Runden kämen, hätte sie ihn gefunden. Ich kann nicht zuhören, auch nicht, als sie erklärt, wie gern sie mit mir zusammengearbeitet und mich wachsen gesehen hat. So zu tun, als würde ich zuhören, ist eine beliebte Maske, die sich angenehm tragen lässt.

»Die Bibliotheksbenutzer werden es zu spüren bekommen«, sagt sie.

Selbst, wenn sie es ernst meint, was möglich ist, klingt es nach Mitleid. Da, bei den Zeitschriften, ein dicker roter Zopf. Oh mein Gott. Alice hört, wie ich gefeuert werde.

»Es tut mir so fürchterlich leid, aber uns bleibt keine Wahl.«

Ich höre, wie ich einer Restzeit von zwei Wochen zustimme. Janice bietet mir an, ein paar Telefongespräche für mich zu führen. »Okay«, sage ich. Jetzt danke ich ihr auch noch dafür, dass sie mich hinauswirft, was eine zusätzliche Demütigung ist.

Eine kaputte Dachrinne zu reparieren, hat keinen Sinn, wenn es kein Geld für den Rest gibt. Innerhalb von ein paar Minuten habe ich meine Arbeit und mein Zuhause verloren.

Janice irrt sich. Ich bin seit zwölf Jahren hier, nicht erst seit zehn. Zwölf Jahre einsamer Arbeit. Ablage, sortieren, scannen, katalogisieren, recherchieren, Briefe und Anträge schreiben, um Zuschüsse betteln, Buchreparaturen. Ich bin Teil des Papiers hier geworden. Das alles hat mir gehört. Zwölf Jahre Blätter und Bücher. Jetzt bleibt mir nur noch ein einzelnes Buch.

Alice kommt auf mich zu. Wir haben versucht, bei der Arbeit alles beim Alten zu lassen. Bibliotheken sind eine Brutstätte für Gerüchte – alle wussten lange vor Marci, dass ihr Mann ein Alkoholproblem hat. Wir sind vorsichtig, rein kollegial, und reden nur, wenn wir etwas voneinander brauchen. Wenn ich den Zeitplan für einen Raum, sie Anschauungsmaterial für einen Vortrag braucht oder an etwas nicht herankommt. Wie soll hier irgendwer noch an irgendwas herankommen, wenn ich nicht mehr da bin? Sie kommt um die 300er-Signaturen, ihre praktische braune Hose reibt an einem übergroßen Band entlang. Ich sehe es: Mitleid. In der Festigkeit ihres Mundes. In den leicht gesenkten Lidern, die die Wimpern das Licht einfangen lassen. Es ist ihr Blick, der »Es tut mir so, so leid« sagt. Das zweite »so« ist das Schlimmste. Sie fängt meinen Blick auf. Ihre Lippen sagen: »Bist du okay?« Ich zucke mit den Schultern, was kann ich sonst schon tun? Sie geht zu den Fotokopierern, und ein älterer Mann tippt ihr auf die Schulter. Bequeme Schuhe, weiße Socken, dünnes, kurzärmeliges Hemd mit geknöpftem Kragen. Shorts, Altmännerknie. Alte Männer lieben Alice. Gott sei Dank. Ich kann jetzt nicht mit ihr reden, nicht, bevor ich nicht etwas versucht habe. Ich greife nach dem Telefon und rufe die Bibliothek in Millerston an.

»Leslie? Hallo. Ich bin's, Simon Watson von der Grainger.«

Eine Dreiviertelstunde später habe ich mit den Leitern so gut wie jeder Bibliothek von Babylon bis Mattituck gesprochen, oder wenigstens eine Nachricht bei ihnen hinterlassen. Gina in Comsewogue war so nett, mir zu sagen, dass Janice bereits meinetwegen angerufen hat.

»Es bricht ihr das Herz. Man sollte denken, Sie sind ihr Sohn. Wir würden Sie nehmen, wenn wir könnten, aber wir stecken in der gleichen Situation. Das Beste, was ich Ihnen anbieten könnte, wäre eine ehrenamtliche Tätigkeit und dann später eine Teilzeitgeschichte, wenn die Ferienkids wieder in die Schule müssen. Es wäre nur eine Beleidigung.«

Mir die Haut an der Nasenwurzel zusammenzukneifen, mag an der Situation nichts ändern, doch der Schmerz lässt mich das Gespräch leichter ertragen. Schlimmer noch ist es mit Laura in Outer Harbor.

»Ich wünschte, ich könnte helfen, aber ich bin selbst auf der Suche. Vor zwei Wochen erst habe ich mit Janice gesprochen, weil ich hoffte, ihr hättet etwas mehr Spielraum. Bekommt ihr keine Zuschüsse wegen der Walfangsammlung?«

»Nicht genug.«

Wir legen auf, nichts hat sich ergeben. Ein Buchklub trifft sich in den Sesseln bei den Fenstern vorne, und eine Gruppe Kinder steigt die Treppe hinauf. Bücher müssen ausgeliehen, in die Regale geräumt, instand gesetzt werden. Ich selbst muss noch den Zuschuss für das digitale Katalogsystem beantragen. Das geht dann ohne mich weiter. Ich arbeite mich durch die Website, die mir Liz Reed geschickt hat, und checke die Links. Der New Yorker Teil ist voller Jobs in der City, sie suchen digitale Archivare und »Informationssystem-Architekten«, was auch immer das sein mag. Aber selbst, wenn ich wüsste, was es wäre, das tägliche Pendeln in die Stadt würde ich nicht ertragen. Auf Long Island sind die offenen Stellen dünn gesät, und meist geht es um Praktikanten oder Etatgenies, was ich beides nicht bin. Ganz unten auf der Seite ist eine kleine grüne Box, in der die Position eines Manuskriptkurators beim Sanders-Beecher-Archiv, einer Spezialbibliothek in Savannah, Georgia, angeboten wird. Ich klicke ein wenig herum und gelange auf die Website des Archivs. Es ist in einem wunderschönen alten Gebäude mit einem Säuleneingang untergebracht. Fotos von den Innenräumen zeigen herrliche dunkle, alte Holzregale (Walnuss oder Kirsche?) und bis unter die Decke mit ledergebundenen Bänden gefüllte Wände. Ein kurzer Absatz beschreibt das Sanders-Beecher als ein Archiv mit einer »persönlichen Herangehensweise an Geschichte im weiteren Sinn«. Sie besitzen Bände aus Georgias erster Druckerei, Tagebücher früher Siedler, und sind mit einem Museum verbunden. Ich blicke hoch in Richtung Walfangsammlung, Philip Graingers in zwei Räume gequetschten Spleen. Das Sanders-Beecher-Archiv vermittelt ein warmes, lebendiges Gefühl. Vielleicht ist es aber auch nur die Romantik der Entlegenheit, die dem Ganzen eine rosarote Färbung verleiht. Die Distanz von hier nach Savannah macht die Stelle eher zu einer Wunschvorstellung als zu einer realen Möglichkeit, besonders jetzt, da ich an das Haus denken muss. Und dass Enola nach Hause kommt.

»Hey.« Alice legt einen Stapel Bücher mit gebrochenen Rücken auf meinen Tisch. Sie lehnt sich auf sie und tätschelt die Rückseiten. Ihre Nägel sind kurz und sorgfältig gefeilt, meine sind so weit heruntergekaut, dass man sie kaum mehr Fingernägel nennen kann. Ihr Mitleid kommt mit einem Seufzer, und es ist in Ordnung. Ich brauche ein wenig Mitleid.

»Hey«, sage ich.

»Tut mir leid, dass es mich nicht erwischt hat.«

»Nett, dass du das sagst, aber du brauchst nicht zu lügen.«

»Okay«, sagt sie. »Ich bin froh, dass es mich nicht erwischt hat, aber es tut mir leid, dass du es bist. Besser?«

»Besser.«

»Heute Abend lade ich dich ein, okay? So viel du trinken willst, was auch immer. Du kannst dich hängen lassen und bei mir schlafen, ich verrate niemandem etwas.«

Ich weiß nicht mal, was ich trinken soll. »Was trinkt man denn, wenn man gefeuert wird?«, frage ich sie.

»Roggenwhisky?«

»Das klingt schrecklich.«

Sie lächelt. »Dann passt es ja.« Wir bleiben so. Drucker sirren, Kopierer heulen, Finger fliegen über Tastaturen. »Du nimmst das Buch überallhin mit. Warum?«

Ich kann es nicht genau sagen. Die Notizen und Skizzen haben etwas vage Vertrautes. Dann das Ertrinken und warum meine Mutter Bess Vissers Namen kannte, und das Rätsel um den 24. Juli. Das Ganze lässt mich nicht los. »Der Kerl, der es mir geschickt hat, könnte recht haben. Ich bin ziemlich sicher, dass es etwas mit unserer Familie zu tun hat.«

Alice wirft einen Blick auf die Uhr über den Computertischen. Es ist gerade elf. Sie muss alles für einen Vortrag vorbereiten. Don Bushman spricht über die Vogelwelt der Salzmarschen. Sie streckt sich. »In einem Buch findest du keine Familie, Simon.«

Ich zucke mit den Achseln. »Mit Allgemeinplätzen hilfst du mir nicht, Alice.«

»Nein, dir ist nicht zu helfen«, antwortet sie. Ein leises Kichern, von ihr, von mir. Ein Zucken der Lippen. Sie fasst meine Hand, und wir drücken beide. »Kann ich etwas tun?«

Vielleicht liegt es an dem, was Alice gerade gesagt hat, vielleicht an Enola, die noch nicht aufgetaucht ist, aber ich will meine Familie finden, in diesem Buch oder sonst wo. Ich will herausfinden, was mit uns ist. »Könntest du vielleicht ein bisschen für mich graben? Ich suche nach allem Auffindbaren im Zusammenhang mit zwei Frauen, Verona Bonn und Céline Duvel. Ich komme da nicht weiter.«

»Ich hatte eigentlich eher an so was gedacht wie früher zu gehen, aber okay, klar. Ich überprüfe deine zukünftigen Dates für dich.«

»Es sind Verwandte. Es gibt da einfach etwas, was mich interessiert. Ich glaube, sie passen in ein bestimmtes Muster.«

Sie hebt eine Braue. »Würdest du das ein bisschen näher erklären?«

»Ach, es ist nichts. Ich brauche einfach nur ein Projekt. Du kennst mich doch, mir geht es besser, wenn ich ein Projekt habe.«

»Ich weiß.«

Der Morgen vergeht mit dem Kleben von Bindungen und dem Polieren von Antragsformulierungen. Mittags maile ich Lebensläufe. Nur so aus Spaß schicke ich auch einen ans Sanders-Beecher-Archiv und sogar einen an ein Museum in Texas. Die Schönheit der Elektronik liegt in ihrer Illusion, Tausende von Kilometern schwinden mit einem Klick dahin. Dann helfe ich einem kleinen Mädchen namens Lucinda, ein Buch in der Abteilung für Volkskunde zu finden. Es ist ein Buch über Selkies, die schottischen mythologischen Wesen, und es ist dick und hat einen festen Leineneinband. Ich erinnere mich, wie ich vor Jahren Fäden aus der Bindung gezogen habe. Nicht weit von den Selkies steht ein kleineres Buch mit einem Rücken, der Wehmut ausstrahlt. Märchen, russische Volksmärchen, Legenden und Gedichte aus dem Baltikum. Mom hat mir daraus immer vorgelesen. Ich habe nicht mehr Anrecht darauf als irgendjemand sonst, aber ich klemme es mir unter den Arm und gehe zurück zu meinem Platz. Und ich brauche noch ein Buch.

Die Bibliotheksausgabe der *Grundsätze des Orakels* hat einen einfachen roten Stoffeinband, ohne Prägung wie die Churchwarrys. Es ist eine neuere Ausgabe voller Jugendstil-Illustrationen und scheint weniger ein informativer Text als eine Lobrede auf den Mystizismus zu sein. Churchwarry hat recht. Die Zeichnung der Karte in meinem Buch scheint eine archetypische Darstellung der Turm-Karte zu sein, wobei sie grober ist als die Karte in den *Grundsätzen* und nur einen Mann statt zweier zeigt, die in die Wellen stürzen. Die Abbildungen in den *Grundsätzen* sind schön, zart, nicht wie die in meinem Buch. Der Turm kündigt eine Veränderung, einen Wechsel an, was genauso gut einen neuen Anfang wie ein Ende bedeuten kann. Die passende Karte für einen frischgebackenen Arbeitslosen. Ich verbringe eine knappe Stunde im Magazin, um die *Grundsätze* durchzublättern. Das Magazin war immer mein Reich, ein Raum mit muffigen Schränken, in denen Dinge lagern, die nicht oft genug gebraucht werden, als dass sie einen Platz auf den Regalen draußen verdienen würden. Koloniale Druckereigeschichte, Tierhaltung, vergessene Biografien. Jemand anders wird fortan hier nach Abgelegtem suchen müssen. Als ich das Magazin verlasse und an meinen Platz zurückkehre, finde ich einen kleinen Stapel mit Zeitungsartikeln, Fotokopien und Ausdrucken vor, die Alice mir hingelegt hat. Zuoberst liegt ein Zettel, der mit ihrer engen, nach vorn geneigten Handschrift bedeckt ist.

S. – ein paar Infos zu deinen Namen. Gibt's da ein finanzielles Limit? Und sollte ich mir Gedanken machen, dass du lauter toten Frauen hinterhersuchst? PS: Mein Dad hat angerufen. Deine Dachrinne fällt runter. Darauf trinken wir. Hol mich um acht ab. A.

Ich klemme die Papiere zwischen die Bücher und gehe. Aus der Tür zu treten, fühlt sich an wie schwimmen, und ich erkenne kaum die Drahtskulptur auf dem Rasen, die ich hasse, seit sie vor fünf Jahren aufgestellt wurde. Ich werfe die gestohlenen Bücher zusammen mit Peabodys auf den Beifahrersitz. Eigentlich schulde ich Janice noch zwei Wochen, doch ich komme nicht mehr zurück. In meiner Familie mögen wir keine hinausgezögerten Abschiede.

Ich fahre den ganzen Weg nach Hause viel zu schnell. Als ich auf der Bodenwelle beim Hafen kurz abhebe, lache ich.

Wie nahe das Haus bereits an der Abbruchkante des Ufers steht, wird mir noch einmal richtig bewusst, als ich in die Auffahrt biege. Statt mich mit Alices Ausdrucken hinzusetzen oder auf den Abend im Oaks vorzubereiten, mache ich mich ans Reparieren der Dachrinne.

Ich hämmere und biege das verbogene Metall zurück zu einem vagen Wiedergänger seines alten Selbst. Die Laschen und Schrauben sind noch dran, und es scheint, als hätte sich das Dach verschoben. Nach einer Stunde Hämmern, Biegen und Mir-die-Hände-Aufreißen habe ich die Rinne so weit, dass ich sie neu an der Traufe befestigen kann, doch das Holz splittert, als ich die erste Schraube hineindrehen will. Ich drücke die Rinne besser an und versuche es noch einmal, aber das Holz will die Schraube nicht halten. Ein Stück bricht weg und fällt hinunter. Ein dritter und vierter Versuch lockern zusätzlich einige Schindeln und spleißen die Traufe weiter auf. Die Rinne fällt und beginnt einen Umriss um das sterbende Haus zu zeichnen. Das Dach verrottet. Ich hätte mich vor Jahren schon darum kümmern müssen, hätte wissen müssen, dass es instand zu halten war. Gesagt hat mir niemand etwas. Ich war so jung und saß mit einem Haus und einer Schwester da, ohne eine Anleitung für das eine oder das andere. Die Abbruchkante des Ufers kommt immer näher.

Wir sind da früher hinuntergerannt, Enola und ich, und die Füße sanken tief in den Sand ein. Ihre Hand lag in meiner, wir zogen uns zum Abhang und kreischten. Flogen, fielen und zählten die Sekunden, bis wir den Sand unten berührten. Wir landeten mit angewinkelten Knien, die Erde fing uns auf und gab nach, rutschte in Richtung Meer. Jeder Sprung nagte an den Häusern um uns herum, genauso wie an unserem.

Ich würde jeden dieser Sprünge zurücknehmen.

Ich lasse die Rinne liegen. Steige darüber und die Stufe hinauf und ziehe an der verdammten Tür, die nie aufgehen will. Ins Wohnzimmer. Greife nach dem Telefon. Rufe Alice an.

»Ich bin's.«

»Du hast dich davongemacht«, sagt sie, und es ist nur schwer zu sagen, was sie darüber denkt.

»Tut mir leid«, sage ich, um auf der sicheren Seite zu sein. »Stört es dich, wenn ich früher komme? Geht das? Ich kann im Moment nicht hier im Haus sein.«

6

Es war viele Jahre her, seit im Haus in Kromeskill ein Baby geboren worden war. Es war ein Ort in den Wolken, versteckt im Dunst des Hudson und regiert von der so strengen wie rechtschaffenen Hand Sarah Vissers – Großmutter Visser.

Der Ärger mit Evangeline hatte, lange bevor Amos sie auf dem blitzerleuchteten Feld entdeckte, begonnen. Er bestand darin, dass es sie gab.

»Nichts stimmt an dir«, sagte Großmutter Visser, als sie Evangeline untersuchte. »Aber ich bringe dich schon hin.« Ihre schweren Wangen bebten. Das Baby war sonderbar. Es starrte die, die es hielten, mit den Augen seines Vaters an, eines merkwürdigen Mannes, der nachts, wenn der Nebel vom Fluss aufstieg, ans Fenster der Mutter geklopft hatte. Es waren Augen wie aus Kupfer, wie toter Löwenzahn, Augen, in denen Großmutter Visser den Fall ihrer Tochter sah.

Amelia Visser, die Mutter des Kindes, war sechzehn, als der Mann an ihrem Fenster auftauchte. Er verströmte Andersartigkeit, ein geheimes Licht brannte in ihm und strahlte hervor, wenn er sprach. Seine Haut hatte einen leicht gelblichen Ton, wie Messing oder Gold, seine Haare waren rußig schwarz, seine Züge gleichzeitig die eines Jungen und eines Mannes, unendlich interessant für Amelia.

Er klopfte leise. Amelia zog den Vorhang zur Seite, sah in diese Augen von der Farbe verwitterten Metalls und öffnete das Fenster.

Seine Stimme war ein warmes Summen. »Ich habe dich am Fluss gesehen. Darf ich dir morgen beim Schwimmen zusehen?« Sanftheit kann etwas Zwingendes haben, eine Stimme kann einen Menschen in ihren Bann ziehen, so wie es der ruhige, leicht singende Tonfall dieses Mannes tat.

Amelia spürte ihn, als sie schwamm, im hohen Gras und in den Schatten des Waldes, im Wasser selbst, denn es kitzelte und erweckte ihre Haut zum Leben. Als sie vom Fluss zurückkam, fand Amelia eine seltsame Muschel auf ihrem Fensterbrett, ein Geschenk des Mannes. Glatt und hart, mit einem spitzen Schwanz und stacheligen, in Klauen endenden Beinen, die sie sich nicht zu berühren traute. Sie streichelte die zerbrechliche Kuppel der Muschel, die geformt war wie ein Hufeisen. Sie ließ das Fenster und die Vorhänge weit offen. Als ihre Mutter fragte, warum, antwortete Amelia: »Für den messingfarbenen Mann mit den Kupferaugen«, und wurde für ihre Schwindelei auf die Handrücken geschlagen.

Einem Kuss auf die Wange folgte ein Kuss auf die Lippen, bis das Wilde in dem Mann in Amelia floss. Ihr Blick wurde animalisch, ihr Lachen unkontrolliert und ihr Wesen unmöglich. Ihr Bauch rundete sich.

Ihre Mutter nagelte das Fenster zu.

Über die Monate wuchs ein heftiger Schmerz in Amelias Leib. Mit dem Schmerz kam Blut, mit dem Blut Angst und mit der Angst Einsamkeit. Und aus der Einsamkeit erwuchs etwas ganz und gar Bemerkenswertes: eine Tochter.

Zusammen mit der Milch saugte Evangeline das Leben

aus dem Körper ihrer Mutter, wurde rund und dick, während Amelia dahinschwand. Amelia verlor alle Kraft, wurde wächsern und weinte genug Tränen, um die Wäsche damit zu waschen. Nur einmal am Tag erhob sie sich aus ihrem Bett und wollte das Baby nicht von ihrer Seite lassen. In Evangelines Augen sah sie den Mann, der sie besucht hatte, bis der Sommer im Herbst aufgegangen war.

Voller Sehnen welkte Amelia dahin, für Großmutter Visser war es der Preis der Sünde und ihrer eigenen Unachtsamkeit. Sie sah das Gesicht des Verführers aus den Augen des Kindes lächeln und schwor, Evangeline von der Sünde zu befreien und sie besser großzuziehen als ihre Tochter. Als Amelia starb, waren Evangelines Augen geschlossen wie die eines jungen Kükens. Großmutter Visser nahm das Baby.

»Ich werde den Makel aus dir herauswaschen«, sagte sie in ihrem knappen holländischen Englisch. Ihr ausladender Busen war in die steife Wolle der Trauer gehüllt, die schlichte Kleidung, die sie seit dem Tod ihres Mannes Johannes Visser vor langen Jahren für sich gewählt hatte. Johannes Visser war ein guter, ehrlicher Mann gewesen, und der raue Stoff ihres Kleides rieb über die Wange Evangelines, doch die Kleine schlief weiter, bis sie vom kalten Wasser des Badezubers aufgeschreckt wurde.

»Ich selbst werde dich taufen.«

Evangeline schrie, verstummte dann aber im trüben Wasser. Großmutter Visser hielt den Kopf des Säuglings, murmelte Gebete und wiegte das Kind hin und her. Mit jeder neuen Zeile drückte sie Evangelines Kopf tiefer unter die Oberfläche.

»Wir bereuen unsere Sünden und fürchten uns vor ihrer Rückkehr, wir säubern uns in gesegnetem Wasser.«

Mit einem Finger zwang sie Evangelines Mund auf, denn

die Wurzel der Sünde wohnte tief im Herzen und im Bauch. Wasser floss hinein, genug, um sie zu ertränken.

»Wir sind nichts als das, was uns die Gnade erlaubt. Gefäße, die im heiligen Fluss gefüllt werden.«

Das Baby begann zu trinken, schluckte, als wollte es atmen, schloss die Lippen um Großmutters Zeigefinger und begann zu saugen. Es war dieses Saugen, dass Großmutter Visser so rührte und daran erinnerte, wie sehr sie es einmal geliebt hatte, Amelia an die Brust zu legen. Sie hob das Kind aus dem Wasser.

Evangeline lächelte, den Zeigefinger der Großmutter im Mund und ohne eine Ahnung davon, gerade dem Ertrinken entkommen zu sein.

Amelia auf ihrem Totenbett glänzte verschwitzt. Das Haar klebte auf ihrer Haut und rahmte sie in Dunkelheit. Für Sarah Visser leuchtete ihre Tochter wie ein Engel.

»Ich werde das Mädchen großziehen, als wäre es mein eigen Fleisch«, versprach sie. Dann war Amelia nicht mehr.

Sarah Visser las Evangeline aus einer zerfledderten Bibel vor, sang geistliche Lieder und sorgte dafür, dass die Vornamen, die das Kind kannte, die der Apostel waren. Die Tage begannen mit Gebeten, noch vor Sonnenaufgang, gefolgt von der Versorgung von Hühnern und Ziegen, Stunden in der Küche, um zu lernen, wie eine richtige Holländerin kochte, Beten, Waschen, Putzen und Spinnen. Jeder Tag war so angelegt, dass es keine Pause gab, nur Andacht und die Aufgaben einer rechtschaffenen Frau.

Großmutter Visser liebte Evangeline. Obwohl sie die Sünde fürchtete, die das Mädchen geboren hatte, pries der eigensinnige Teil ihrer Seele Gott für die Möglichkeit, noch einmal neu anzufangen.

Evangeline entwickelte sich von einem folgsamen Kind zu einer jungen Frau mit dem Gesicht einer Katze, riesengroßen Augen und schwarzem Haar, das ihr bis hinunter zu den Knien reichte. Aber trotz Großmutter Vissers Wachsamkeit rief der Fluss nach Evangeline und bettelte sie an, zu ihm zu kommen und in sein Wasser zu tauchen.

Um sie vom Weglaufen abzuhalten, nahm Großmutter Visser ihrer Enkelin die Schuhe ab und verlängerte die Gebete, bis die Kerzen heruntergebrannt waren. Evangeline lag auf dem Bett, bis die Großmutter hinausging, dann kletterte sie aus dem Fenster, sprang auf die Erde und sog die Nacht in sich ein. Sie rannte durch den Garten, ohne auf die Steine zu achten, die ihr die Füße aufrissen, rannte in Richtung Wasser, bis dessen kalte Wendigkeit sie begrüßte und die an ihr zerrende Rastlosigkeit nachließ. Sie wusste nicht, dass ihre Mutter diesen Weg genommen hatte, um ihren Vater zu treffen.

Großmutter Visser sah Evangelines blutige Füße, erinnerte sich an Amelia, als wäre sie erst vor ein paar Tagen gestorben, und begann Evangeline so eng in ihr Mieder einzuschnüren, dass sie nicht mehr genug Luft bekam, um zu rennen.

»Gute Frauen rennen nicht. Sie gehen gemessenen Schritts, denn die Sünde liegt in der Achtlosigkeit.« Sie zog an den Schnüren, bis die Stäbe zu einem Gefängnis wurden.

Evangeline befreite sich mit einem Brieföffner, ihre Lunge dehnte sich mit jeder gerissenen Schnürung, und sie floh zum Fluss. Ganz gleich, in welche Richtung er floss, wenn sie ihm folgte, würde sein Wasser sie von diesem Ort fortbringen.

Evangelines Treffen mit Will Aben beflügelte die Veränderung in ihrem Herzen. Will, der Müllerssohn, sagte,

Evangelines Mutter habe sich mit einem Vagabunden eingelassen, der ihr die Seele gestohlen habe. Sein Vater hatte ihm erzählt, nach dem Verschwinden des Mannes sei ihre Mutter so abgemagert, dass sie sich in den Laken ihres Bettes verloren habe und wie Staub davongeblasen worden sei.

Evangeline glaubte nicht, dass jemand an Liebeskummer sterben konnte.

Sie war sechzehn, als sie mit Will zu sprechen begann. Will war ein junger Mann von siebzehn Jahren, mit einem starken Rücken, so hellem Haar, dass es farblos zu sein schien, und einem entzückenden Lächeln, trotz eines abgebrochenen Zahns. Evangeline suchte seine Nähe, um über anderes als den Kampf gegen die Sünde und das Verhalten guter Frauen zu sprechen. Auch Will stahl sich von zu Hause fort. Das Visser-Mädchen mit ihren wilden Augen faszinierte ihn, und so schlich er sich nächtens aus der Mühle, war aber kein so erfahrener Heimlichtuer wie Evangeline.

Gegen Ende des Frühlings wachte Dora Aben vom Quietschen des Mühlentores auf und beobachtete durch das Fenster, wie Will zum Fluss lief und das Visser-Mädchen traf. Ohne sich erst richtig anzukleiden, schlüpfte sie in einen schweren Hausmantel und lief ihm hinterher. Als Will sich dem Zorn der Mutter gegenübersah, floh er. Dora Aben packte Evangeline, zerrte sie an den Haaren zum Haus der Vissers, schlug gegen die Tür, bis Sarah Visser öffnete, und zeterte, Evangeline sei eine Dirne, die ihren Sohn verführen wolle.

Großmutter Visser achtete nicht auf das Flehen ihrer Enkelin, es war ihr egal, dass sie seit Langem schon eine Abneigung gegen Dora Aben hegte und sie für faul und gotteslästerlich hielt. Was sie dort in der Tür vor sich sah, war das Schreckensbild des sich rundenden Leibs ihrer Enkelin, und das trotz all der Jahre, die sie Evangeline geliebt hatte, und obwohl sie das Mädchen zur Frömmigkeit erzogen und seine Sünden berichtigt hatte.

Sarah zog ihre Enkelin in die Küche, zwang sie mit ihrem ganzen Gewicht über den Tisch und griff nach dem Löffel. Sarahs Hände trugen Narben, wo sie von ihrer Mutter mit dem langen Kochlöffel geschlagen worden war, wenn sie ein Ei hatte fallen lassen, Eigensinn oder Nachlässigkeit gezeigt hatte. Mit Amelia war Sarah nachsichtig gewesen, so sehr, dass es sie das Leben gekostet hatte. So durfte es nicht wieder kommen, und während sich Evangeline unter ihr wehrte und um sich trat, nahm sie den schweren Löffel von seinem Platz an der Wand, wo er hing und darauf wartete, erneut voller Zorn auf Fleisch zu treffen.

»Erlöse mich vom Willen des Fleisches.« Voller Anspannung holte sie mit dem Arm aus, und er fuhr mit einem Schlag hernieder.

Evangeline wand sich. Röte stieg auf, roh und stechend. Striemen bildeten sich, als sie für den Fluss geschlagen wurde, für Will Aben, für ihre Mutter und den Vater, den sie nie gesehen hatte. Geschlagen für die Fichtennadeln in ihrem Haar, für den Schmutz unter ihren Nägeln. Geschlagen für das Blut an ihren Füßen.

In ihrem Bemühen, ihr Gesicht zu schützen, sah Evangeline die Tränen der Großmutter nicht, sah die Traurigkeit und die Angst nicht.

Geschlagen für jede gerissene Schnürung. Geschlagen für den Schrecken der Hühner und die Eier, die sie deswegen nicht legten. Geschlagen dafür, dass sie aus dem Fenster geklettert war. Geschlagen dafür, unrein zu sein. Jeder Schlag endete mit der Bitte um Gottes Vergebung dafür, dass sie, Großmutter Visser, nicht die Stärke besessen hatte, dem

Mädchen die Festigkeit zu geben, die eine gläubige Frau ausmachte.

Sarah Visser war müde. Sie hatte ihren Mann und ihre Tochter verloren, eine Dirne großgezogen und geliebt. Über die Jahre war Sarah verfallen, ihr Haar und der nur noch rattenschwanzdünne Zopf waren ergraut, das Gesicht in die Breite gegangen und sein Feuer von Fett und Falten erstickt worden. Die Arme hatten ihre Kraft verloren, der Atem rasselte.

Evangelines Hand schoss nach vorn. Wild brennend entwand sie ihrer Großmutter den Kochlöffel und spürte eine wütende Kraft in sich, die ihr den Mund mit dem Geschmack von Waschwasser füllte. Der Löffel fühlte sich fest an in ihrer Hand, als wäre er ein Teil von ihr, und sie holte die alte Frau von den Füßen und stieß sie von sich weg auf den Boden, den sie am Morgen erst gemeinsam gefegt und geschrubbt hatten. Evangelines Arm hob sich und flog mit dem Werkzeug so heftig und schnell nach unten, dass sie nicht glauben konnte, ihm selbst den Befehl dazu gegeben zu haben. Und dann konnte sie nicht mehr aufhören.

Großmutter Visser jammerte. Der Löffel traf ihren Mund. Evangelines Arm flog und schlug wieder und wieder zu, wie von einem heiligen Feuer getrieben.

Sie hörte das Flehen der Großmutter nicht: »Hör auf, hör auf, liebes Kind, bitte.«

Evangelines Körper bebte, jede Sehne, jedes Gelenk erinnerte sie an schwarze wunde Knie, geprellte Rippen vom zu engen Mieder und den Schmerz, vom Fluss ferngehalten zu werden.

Der Löffel schwirrte und summte, sang und rief ihr zu, ihre Wildheit zu befreien. Es war ein abscheuliches Geräusch, als das Holz auf die Kehle ihrer Großmutter traf.

Sarah Visser riss die Augen auf wie ein erschrecktes Kaninchen. Der Löffel fiel. Das Gesicht der alten Frau lief rot an, Tränen strömten darüber wie aus einem zerschlagenen Topf. Panik erwachte. Evangeline wich von ihrer Großmutter zurück, die um Luft rang, wo doch keine mehr kommen wollte.

Großmutter Vissers Leib hob und senkte sich in Krämpfen, ihr Gesicht färbte sich purpurn, und sie starrte Evangeline an. Ehrfurchtsvoll.

Evangeline mühte sich, sie aufzurichten. Entschuldigungen sprudelten mit der Inbrunst hervor, mit der ihre Großmutter zu Gott sprach. Die alte Frau zog an Evangelines Arm, bis die beiden ineinander verwundenen Körper gegen den Ofen stießen. Sie krächzte und röchelte. Evangeline tätschelte ihre Wangen und bettelte sie an zu atmen. Großmutter Vissers Kopf kippte zur Seite. Der dünne Zopf fiel ihr auf die Brust.

Evangeline umfasste die Schultern ihrer Großmutter und begann sie zu wiegen.

Sarah Visser nahm die Hand ihrer Enkelin.

Evangeline spürte den Moment, da das Leben ihre Großmutter verließ. Das Flüchtige war nicht mehr. Als sie klein gewesen war, hatte Großmutter Visser ihr den Heftstich, den Rückstich und den Federstich für Säume beigebracht. Sie erinnerte sich, wie ihre Großmutter die Hände um ihre legte, erinnerte sich an den knöchernen Fingerhut und wie sie die Nadel durch den Nesselstoff führte, erinnerte sich an den frischen Geruch ihrer Haut nach dem Kneten von Teig.

Wärme sickerte aus Großmutter Vissers Körper. Evangeline versuchte sie in den eigenen aufzunehmen, zitternd an den eisernen Ofen gelehnt. Sie weinte. Sie hatte gedacht, die

Liebe zu ihrer Großmutter wäre durch ihren Zorn weniger geworden, doch sie schmerzte wie nie zuvor.

Als die Dämmerung einen Riss in der Küchentür rosa färbte, krähte der Hahn, und mit dem Geräusch kam ein einziger Gedanke: *Lauf!*

Evangeline kletterte aus dem Fenster, rannte vom Hof durchs hohe Gras und hinaus zwischen die Kiefern, folgte den Wildpfaden durch den Wald, und als ihr Magen sich umzustülpen drohte, drückte sie einen Daumen auf einen Bluterguss, bis der Schmerz zu der Glut wurde, die alles bis auf das Bedürfnis zu rennen aus ihr wegbrannte. *Suche das Wasser, folge dem Fluss,* dachte sie. *Alles wird gut.* Und sie lief zum Hudson, der vom Körper der Frau wegfloss, die sie großgezogen hatte. Sie lief, bis ihre Füße um Rast bettelten. War sie durstig, trank sie aus dem Fluss, und er füllte sie und schenkte ihr Leben.

Sie folgte dem Hudson nach Süden. Wohin, wusste sie nicht, nur, dass er sie wegführte. Weg, weg. *Eva, Engel, Eve, ich bin eine Mörderin,* dachte sie, und die Worte waren ihr Name.

Zeit und Jahreszeit sorgten dafür, dass Peabodys Menagerie und der stumme Lehrling der Wahrsagerin nach Norden zogen. An diesem Tag notierte Peabody am Rand seines Buches, dass die Ziegen saure Milch gaben.

7

14. Juli

Da steht es. Keine Frage. Am 24. Juli 1937 ertrunken.

> »Céline Duvel, Wasserakrobatin des Cirque Marveau, wurde am Samstag ertrunken in den Gewässern vor Ocean City aufgefunden. Es wird vermutet, dass sie sich das Leben genommen hat. Duvel hinterlässt eine Tochter. Kein Gottesdienst.«

Es ist eine winzige Nachricht im *Daily Sentinel-Ledger*, aber die Verzweigungen sind verheerend, denn mit dabei liegt ein Mikrofiche-Ausdruck von Verona Bonns Nachruf, der Kunstsprungkönigin vom Littles-Lightford Circus, ertrunken in einer Bucht in Maryland am 24. Juli 1963. Hinterließ ihre Tochter Paulina. Eine Übereinstimmung könnte Zufall sein, aber vier?

Da stimmt etwas ganz und gar nicht.

Was mit einer vorübergehenden Faszination für das Buch begann, hat sich in etwas Dunkles verwandelt, befeuert von der Entdeckung, dass die Frauen in meiner Familie nicht nur die verstörende Angewohnheit haben, früh zu sterben, sondern sich am 24. Juli zu ertränken. Der frühere Besitzer des Buches war stärker auf seinen Gewinn und mögliche Reiserouten fokussiert, als dass er sich mit den Familienverhältnissen ertrinkender Frauen befasst hätte, und es gibt sehr viele Namen: Amos, Hermelius Peabody, ein Mädchen namens Evangeline, Benno Koenig, eine Wahrsagerin namens Madame Ryschkowa und weitere mehr, wobei die persönlichen Verhältnisse der einzelnen Personen weitaus kürzer abgehandelt werden als ihre jeweiligen Entlohnungen. Datumsangaben werden eher willkürlich gemacht, und nirgends gibt es einen Hinweis darauf, dass der 24. Juli von besonderer Bedeutung sein könnte. Peabody vermerkte nur Dinge, die seinen Vorlieben entsprachen, und sah ganz sicher nicht voraus, dass mehr als zweihundert Jahre später ein arbeitsloser Bibliothekar sein Buch als Hauptquelle für gewisse Nachforschungen benutzen würde.

Alices Recherche hat mir den Weg etwas geebnet. Im Übrigen lässt sie mich ihren Studierendenausweis von der Stony Brook University benutzen, den sie intelligenterweise nicht hat verfallen lassen. Damit komme ich an Material, das mir sonst nur auf Antrag zugänglich wäre. Es ist sinnvoll von hinten her zu arbeiten, und so habe ich mit meiner Mutter angefangen, mit dem Zeitungsartikel und ihrem Bild darüber, scharfgesichtig mit ihrem unerbittlich schwarzen Haar, eine unnahbare Schönheit. Trotz meiner Erinnerungen und der mit ihnen verbundenen Wärme zeigt das Bild, dass meine Mutter keine glückliche Frau war, was nicht unbedingt etwas ist, worüber ich bisher eingehender nachgedacht habe. Es ist ziemlich hart, feststellen zu müssen, dass jemand ein Leben mit dir darin für unerträglich halten könnte, und so verbringe ich meine Tage mit weiteren Recherchen in öffentlichen Aufzeichnungen, durchsuche Zeitungen und Zeitschriften und starre die Nachricht aus dem *Daily Sentinel-Ledger* an. Die Sache ist besorgniserregend.

Es ist nach zehn. Alice sollte in der Bibliothek sein und bereits den ersten Schwung ihrer täglichen Liste abgearbeitet haben. Um diese Zeit macht sie für gewöhnlich eine Pause, um ihren Schreibtisch aufzuräumen, die Stifte nach rechts, alles Papier auf einen Stapel nach links. Ich rufe an.

»Ich bin's«, sage ich.

»Ich kann nicht lange reden. Wir haben eine Panne an der Ausgabe. Keiner kann was finden, und was auf den Regalen steht, wird als ausgeliehen angezeigt. Andere Bücher fehlen.«

Ich sehe zu den beiden hin, die ich gestohlen habe. Wäre ich ein besserer Mensch, würde ich mich eventuell schuldig fühlen. »Liegt wahrscheinlich am Balkencode-Scanner.«

»Oder am Katalog. Was gibt's?«

»Kommt es dir eigentlich komisch vor, dass ich so gut wie nichts über meine Familie weiß?«

»Nicht wirklich. Komisch ist bei euch ein relativer Begriff. Ich meine, sieh dir nur an, wie deine Eltern deine Schwester genannt haben. Wer tut einem Kind so was an?«

»Ich weiß.« Nachdem ich von der Atombombe erfahren hatte, konnte ich meine Eltern und meine Schwester nicht mehr im selben Licht sehen. Einmal habe ich Dad danach gefragt. Seine Antwort war, dass Mom der Vorstellung gefolgt war, schmerzhafte Dinge neu mit Bedeutung zu belegen: Wenn aus etwas Schönem etwas Schreckliches gemacht worden war, gab es die Verpflichtung, die Schönheit wiederherzustellen und die alte Bedeutung neu einzusetzen. Der Versuch mit meiner Schwester scheiterte, sie ist eine wandelnde Splitterbombe. Den Mut, nach meinem eigenen Namen zu fragen, hatte ich nie. »Ich habe etwas Merkwürdiges herausgefunden, selbst für uns. Du weißt doch, die Frauen, nach denen ich recherchiert habe? Sie sind alle am gleichen Datum wie meine Mom gestorben. Die Frauen in meiner Familie sterben alle am 24. Juli.«

Eine Pause entsteht. Sie klemmt den Hörer gegen die andere Schulter. Papier raschelt. Ich stelle mir vor, wie sie ihren Briefkorb ordnet.

»Ich weiß nicht«, sagt sie. »Ein melancholischer Zug vielleicht? So was gibt's in Familien. Und zusammen mit einem Spritzer jahreszeitlicher Depression, da kann schon einiges passieren.«

»Könnte sein.« Allerdings ist der Winter eher die Jahreszeit für Depressionen, wenn die Sonne nicht richtig hervorkommt.

»Fällt dir langsam die Decke auf den Kopf?«

»Noch nicht. Ich bewerbe mich und rufe Leute an.« Die Wahrheit ist, dass die Arbeitslosigkeit sehr schnell schon den Geist aufweicht und die Stunden zusammenfließen lässt, bis der Antrieb, den Tag mit seinem Anbruch zu beginnen, zu einer Lustlosigkeit verbleicht, die mich gegen Mittag auf der Couch enden lässt. Alle Zeit der Welt zu haben, macht es unmöglich, Dinge zu erledigen, wobei ich mir eine Verschnaufpause verdient habe. Seit meinem sechzehnten Lebensjahr habe ich ohne Unterbrechung gearbeitet, und zwei joblose Wochen werden mich nicht gleich umbringen, auch wenn es sich durchaus so anfühlt. Ich habe sämtliche Bibliotheken im Osten mit E-Mails und Anrufen überzogen, die Leute wissen lassen, dass ich verfügbar bin, und sie an die kleinen Gefallen erinnert, die ich ihnen über die Jahre getan habe: eine Hilfe bei Antragsformulierungen, ein Vorschlag zu Werkzeugen für eine spezielle Reparatur. Das Ergebnis ist noch gleich null.

Schweigen hat seine ganz eigene Spannung.

In Commack ist eine Bibliotheksleitung vakant, die passen könnte, ein bisschen ehrgeizig für mich, doch ja, es besteht Hoffnung. Letzte Woche habe ich meine Bewerbung abgeschickt, neben allem anderen. Der nachfassende Anruf steht für morgen auf dem Plan.

»Der IT-Typ kommt gerade«, sagt Alice. »Ich muss Schluss machen. Heute Abend um acht, richtig?«

»Genau. Tschüss.«

Nach einem Gespräch mit Alice aufzulegen, macht mich nervös und gibt mir ein merkwürdiges Gefühl von Nutzlosigkeit. Ich brauche Arbeit. Ich erwische mich dabei, wie ich erneut nach der Stelle in Georgia sehe. Das Sanders-Beecher-Archiv hat die Position immer noch annonciert. Ich wähle die Nummer, ohne dass es mir recht bewusst wird. Eine Frau mit einer Stimme so steif und süß wie Meringe antwortet. Sie sagt, sie ist Miss Anne. Ich nenne ihr meinen Namen und frage sie nach der Bibliothek und der Kuratorenstelle.

»Oh, nun, wir sind sehr klein, Mr. Watson«, sagt sie. »Wir widmen uns dem, was wir die persönliche Soziologie der Gegend nennen. Dabei sehen wir uns gerne als Künstler, liegt es doch in unserer Verantwortung, mit dem Material, das man uns gibt, ein Gemälde zu erstellen. Das ist es, was unsere Kuratoren tun.«

»Ich kann mich für meine Malkünste nicht verbürgen, aber im Umgang mit Materialien kenne ich mich bestens aus.«

Sie lacht. »Entschuldigen Sie. Ich habe einen Hang zum Blumigen, und ich liebe das Sanders-Beecher-Archiv. Es ist ein sehr spezieller Ort.«

»Sicher«, sage ich und wünschte, ich könnte etwas Intelligenteres hinzufügen.

»Wir haben hier einen Verfassungsentwurf, wussten Sie das? Nicht die tatsächliche, aber eine wunderschöne Fälschung. Sie ist Teil einer herrlichen Sammlung mit Objekten eines in diesem Landstrich berüchtigten Fälscherrings. Die Historische Gesellschaft Georgias besitzt eines der Originale, ich ziehe unseren Entwurf jedoch vor.« Sie hält inne, um sich zu räuspern. »Aber es ist eine Schinderei. Wir bekommen so viele Zuwendungen. Alle wollen sich wichtig fühlen, und es gibt hier zahllose alteingesessene Familien. Es ist gar nicht so einfach, jemandem zu erklären, dass die alten Woolworthquittungen seiner Großmutter keine Bedeutung haben.«

Da plötzlich weiß ich, was ich zu sagen habe: »Es sei denn, es sind Quittungen vom ersten Einkauf im ersten Laden des Staates, oder wenn es uns darum geht, die typischen Haushaltsausgaben zu einer bestimmten Zeit zu dokumentieren.«

Ich kann Miss Anne durchs Telefon lächeln hören. »Oh, vielleicht können Sie doch malen, Mr. Watson. Von wo aus, sagten Sie, rufen Sie an?«

»Das habe ich noch gar nicht gesagt.«

Miss Anne ist überwältigt, aber erfreut, dass sich jemand aus New York nach ihrem kleinen Archiv erkundet. Ihre Freude weckt in mir das Bedürfnis, bei meinen Qualifikationen zu übertreiben, und ich ernenne mich zum Kurator des Archivs für Walfanggeschichte. Noch bevor der Anruf vorüber ist, erinnert Savannah mich daran, dass es noch so viele Orte außerhalb von Napawset und Long Island gibt. Nur, dass Alice dort nirgends ist. Und Enola könnte herkommen und bleiben wollen.

Ich habe gerade aufgelegt, als das Geräusch von brechendem Holz wie ein Gewehrschuss durchs Haus schallt.

Ich springe auf, Papiere fliegen vom Tisch, und ich brauche drei, vier, fünf Herzschläge, um mich wieder zu beruhigen. Im Flur hängen ein paar Bilder schief an den Nägeln, aber auf die Quelle des Lärms lässt nichts schließen. Alles scheint normal, bis ich ins Schlafzimmer meiner Eltern sehe.

Ein dünner Riss spaltet die Wand bei Moms Toilettentisch bis hoch zur Decke und gerade wie ein Nagel. Ich lege meinen Finger darauf, und das Haus stöhnt, als litte es unsagbare Schmerzen. Ich habe eine vage, verblichene Erinnerung daran, wie ich auf dem Boden dieses Zimmers mit einer Spielzeugeisenbahn gespielt habe, während meine Mutter ein französisches Lied sang. An die Worte kann ich mich nicht erinnern, nur dass sie an ihrem Toilettentisch saß und sich das Haar flocht. Ich sollte auch in den anderen Zimmern nachsehen.

Enolas Zimmer ist unverändert. Die jodbefleckte Decke, neben dem Bett ist ein Loch in der Wand, der Schreibtisch liegt voller bis auf die Minen heruntergebissener Bleistifte. Meine Schlafzimmertür geht kaum noch auf. Entweder ist sie gequollen oder der Rahmen hat sich verzogen. Nein, gerade hängt sie auch nicht. Verdammt. Ich verbringe kaum Zeit hier und kann meine Sachen auch ins Wohnzimmer holen, bis alles repariert ist.

Drei Arme voll mit Hemden, Hosen und so weiter, ein Stapel Bücher, zwei Kissen und die Sommerbettwäsche machen das Wohnzimmer zu einer Mischung aus Schlafzimmer und Büro und mich zu einem Flüchtling im eigenen Haus. Es bleibt mir nichts anderes übrig, ich muss Frank anrufen. Ich würde es lieber nicht tun, aber Alice wird noch nichts über uns erzählt haben. Ich habe sie auch gebeten, nichts davon zu sagen, dass ich meinen Job los bin, nicht, solange es ein vorübergehendes Problem ist. Frank hat einen so ausgeprägten Beschützerinstinkt. Und was uns zwei betrifft, sind Alice und ich vorsichtig. Wir wissen noch nicht, was das mit uns wird.

Er nimmt nach dem fünften Klingeln ab und legt gleich los. »Es ist nicht gut, das Haus so lange ohne Regenrinne zu lassen. Das Wasser vom Dach kann dein Fundament unterspülen.«

Fast platzt es aus mir heraus, dass ich mit seiner Tochter schlafe. Na, ausgezeichnet. Wenn ich mit ihm spreche, werde ich von jetzt an offenbar immer daran denken, wie sich ihre Waden um meinen Rücken schlingen.

»Ich habe da ein bisschen was versucht, aber es geht so einfach nicht. Im Übrigen sieht es so aus, als wäre auch an der Traufe was zu machen. Ich habe das Gefühl, das Haus setzt sich. In der Wand des Elternschlafzimmers hat sich ein Spalt gebildet.«

Er stößt ein leises Pfeifen aus.

»Ich hole bald jemanden«, sage ich. »Ich hatte nur gehofft, du wüsstest, wie sich so was ausbessern lässt.«

»Irgendwas sagt mir, dass da mit bloßem Ausbessern wenig gewonnen ist.«

»Ich weiß, ich muss das machen lassen.« Der Sund draußen vor dem Fenster geht rau und hoch mit weißen Schaumkronen, sein Blau ist so wütend, dass es spuckt.

»Simon, ich sehe das gar nicht gerne. Du musst dich um die Dinge kümmern, du bist verdammt nahe am Wasser. Häuser sorgen nicht für sich selbst.«

Es ist die Herablassung, die mich trifft – als könnte ich mein eigenes Haus nicht sehen, als hätte ich nicht oben am Dach gehangen und Lecks repariert. Häuser sorgen nicht für sich selbst, aber sie kosten Geld. »Ich weiß.«

»Ist alles in Ordnung mit dir?«, fragt er.

»Ich bin nur müde. Vielleicht könntest du jemanden schicken, der sich das Haus mal ansieht? Ich weiß nicht, wo ich anfangen soll.« Ich werfe einen Blick auf Peabodys Buch. Es ist an einer Stelle mit einer detaillierten halbseitigen Zeichnung einer Tarotkarte aufgeschlagen, dem Teufel, braun gezeichnet, angezogen wie ein Höfling, die gespaltenen Hufe ragen aus der Hose hervor. Er hat einen lockigen Bart, lächelt und hält eine Kette in jeder Hand – an deren Enden liegen Eisen um die Hälse eines Mannes und einer Frau.

Die Grundsätze des Orakels nennen als Bedeutung der Karte nicht einfach das Böse, sondern Geheimnisse, mangelndes Wissen oder unbewusste Knechtschaft. Der Teufel in den *Grundsätzen* ist dunkel und furchterregend, der in meinem Buch sieht eher wie ein lustiger Kerl aus, mit dem man ganz gern ein Glas Bier trinken würde. Es ist Peabodys Interpretation von Madame Ryschkowas Karte, und sie wirft die Frage auf: Wer war die Person mit einer so interessanten Sicht auf das Böse? Es könnte hilfreich sein, sie sich etwas näher anzusehen, oder die Träger der anderen Namen, die im Buch erscheinen. Koenig. Meixel. Je vollständiger das Bild der Welt, desto leichter werde ich Muster erkennen können, Wurzeln entdecken. Ich zeichne mit dem Finger die Schwanzspitze des Teufels nach.

Frank sagt: »Ich habe da jemanden an der Hand. Ich werde ihn fragen, ob er diese Woche Zeit hat. Hör zu, entschuldige, wenn ich laut geworden bin, aber deine Leute, die haben das Haus geliebt.«

Ich würde ihm ja glauben, nur hat Vater nach Mutters Tod keinen Finger mehr dafür krumm gemacht.

»Ich weiß.« Ich danke ihm und höre Reifen draußen auf

dem Schotter. Sie gehören zu einem vertrauten alten Oldsmobile. Es ist das Geräusch der heimkehrenden Enola.

Als sich die Wagentür öffnet, stehe ich bereits in der Auffahrt. Sie springt vom Fahrersitz, ein Wirrwarr von locker zusammenhängenden Knochen. Ich breite die Arme aus, und sie fliegt hinein. Eine Sekunde lang ist alles gut, wirklich gut, und ich halte sie und drücke sie an mich. Sie riecht nach Straße und Stärkerem, zappelt und tritt, trifft mein Schienbein. Trotzdem ist es gut, sie wieder in den Armen zu halten.

»Simon, du siehst scheiße aus.« Ihre Worte rutschen ineinander.

»Und du stinkst wie eine ganze Brauerei.«

»Das kommt vor.« Ihr Lachen klingt nicht so, als käme es aus ihrem Körper. Sie zappelt sich frei.

»So bist du gefahren?«

»Offenbar.« Sie dreht sich langsam und mustert das Haus. Hält die Nase in den Wind. »Und, darf ich reinkommen, oder muss ich den ganzen Tag hier stehen?«

»Aber klar. Es ist doch auch dein Haus.« Als hätte ich es für sie aufbewahrt. »Hast du was gegessen?« Ich betrachte sie und nehme ihr Bild in mich auf. Die Kleider hängen an ihr herunter. Ein langer Hippierock, ein riesiger Kapuzenpullover, wahrscheinlich von einem Mann. Ein T-Shirt guckt darunter hervor, der Stoff ist voller Mottenlöcher. Und unter all dem steckt meine Schwester.

Sie zuckt mit den Schultern, zieht die Tür auf und verschwindet nach drinnen. Draußen sind nur noch ich, das Auto und was immer sie darin zurückgelassen hat. Zwischen Haufen von Fast-Food-Schachteln, Wasserflaschen und Bierdosen suche ich nach ihren Sachen. Der Boden liegt voller Streichholzbriefchen von Kneipen die Küste hinauf und hinunter. Kaputte Glühbirnen sind zwischen die Polster des Rücksitzes gedrückt. Keine Taschen.

»Wo ist dein Kram?«, rufe ich.

»Im Kofferraum. Kümmer dich nicht drum, hab nicht viel dabei«, ruft sie zurück.

»Bleibst du nicht lange?« Ich mache die Wagentür zu und gehe zum Haus.

»Weiß nicht.«

Ich höre sie fluchen, gefolgt von einem reißenden Geräusch. Als ich nach drinnen komme, sehe ich sie über Peabodys Buch stehen und die Skizze, die ich gerade angesehen habe, in kleine Fetzen reißen.

»Hör auf! Was machst du da?«, schreie ich. Sie zuckt zusammen, die Papierschnipsel fallen zu Boden. »Hast du eine Ahnung, wie alt das ist?«

»Wie kannst du das aufgeschlagen lassen? Du kannst solche Sachen nicht einfach so herumliegen lassen.« Ihre Augen verengen sich.

»Und du kannst nicht zerreißen, worauf auch immer du Lust hast. Das Buch gehört mir.«

»Woher hast du das Ding überhaupt? Wer hat denn so eine Scheiße?« Ein paar Minuten zu Hause, und schon gehen wir aufeinander los. Kein Wunder, dass sie abgehauen ist.

»Ein Buchhändler hat es mir geschenkt.« Als ich es sage, begreife ich, wie komisch es klingt. Die Leute verschenken solche Bücher nicht.

»Na klar, was sonst.« Sie lässt sich auf die graue Couch fallen, woraufhin eine Staubwolke daraus aufsteigt. »Das musst du mir erklären. Hast du da jemanden abgezockt?«

»Nein.«

»Schade«, sagt sie.

Ich erzähle ihr von dem Päckchen und meinen Gesprächen mit Churchwarry. Ich nenne Bess Vissers Namen, und dass Mom ihn gekannt hat.

Sie starrt mich an und erscheint plötzlich nüchtern. Nach einem langen Schweigen sagt sie: »Ich traue ihm nicht.« Sie zieht die Knie an die Brust und schlingt die Arme um die Beine. Auf ihrem Handgelenk ist eine kleine blaue Tätowierung, die ich nicht kenne. Ein winziger Vogel.

»Er ist harmlos. Eigentlich sogar ziemlich unterhaltsam.«

»Du bist so wahnsinnig leichtgläubig. Was will er von dir?«

Ich sehe mich um. Ich habe kein Geld. Ich habe nichts. »Er ist einfach exzentrisch und vielleicht etwas einsam.«

»Und du? Bist du einsam?«, fragt sie. »Er hat dich über Mom gekriegt. Du bist auf sie fixiert, und das macht dich zu einem leichten Ziel.« Sie vergräbt die Hände tief in den Taschen ihres Kapuzenpullovers. Sie arbeiten, verdrehen den Stoff und zerren an etwas. »Sie ist tot, weißt du, sie versteckt sich in keinem Buch.«

»Darum geht es nicht. Das Buch hat mir etwas ziemlich Bedeutendes klargemacht: Die Frauen in dieser Familie haben die verstörende Angewohnheit, jung zu sterben.«

Ihre Lippen zucken und deuten eine Grimasse an.

Ich sage ihr nichts über den 24. Es gibt Grenzen, die ich mit Enola nicht überschreiten kann, und ich bin bereits nahe an einer. »Willst du nicht wissen, warum? Ob es einen Grund dafür gibt?«

»Nicht wirklich«, sagt sie. »Ich lebe lieber.«

»Auf einem Rummel. Und ich bin der, der von Mom besessen ist.«

Wir funkeln einander an. Sie wendet den Blick zuerst ab und zupft an ihrem Ärmel. Es ist schwer, sie anzusehen, nachdem sie so lange weg war. Sie könnte gleich wieder hinausmarschieren, und ich hätte keine Möglichkeit, sie zu halten.

»Wie ist es dir ergangen?«, frage ich.

»Ich habe Hunger.« Sie stampft in die Küche, ein Wirbel unverbundener Bewegungen, die Füße klatschen aufs rissige Linoleum. Schubladen knallen. »Du hast ja verdammt gar nichts hier. Wovon lebst du?«

»Der Schrank links. Wie früher. Drittes Fach.«

Mehr Wühlerei. »Nudeln? Großer Gott. Warum bin ich bloß wieder hergekommen?«

»Das frage ich mich auch.«

»Und warum ist dein ganzer Scheiß im Wohnzimmer? Moment mal, warum bist du überhaupt zu Hause? Solltest du nicht arbeiten?«

»Etatkürzungen.« Ein schweres Wort. Ich habe es bisher noch nicht aussprechen müssen, nicht gegenüber jemandem, der mir wichtig war.

»An einem Tag der Woche keine Bibliothekare mehr?«

»Ich nicht mehr. Ich bin gefeuert.«

Schon sind ihre Arme wieder um mich geschlungen und halten mich fest. Genau, wie sie es gemacht hat, als sie klein war und wollte, dass ich sie trug. Als bräuchte sie mich. »Was für Idioten.«

»Kein Geld.«

»Nur du kommst auf die Idee, Entschuldigungen dafür zu finden, dass dich einer gefeuert hat.«

Vielleicht. »Jetzt du.«

»Jetzt ich was?« Sie lässt mich los, geht wieder in die Küche und kommt mit einem Stück getrockneter Suppennudeln zurück.

»Ich habe dir erklärt, warum ich hier bin. Jetzt du.«

»Ich wollte dich sehen. Es ist schon eine Weile her.« Das stimmt. Es ist schwer, Enola anzusehen, ohne daran zu denken, wie sie ihren Rucksack in den Wagen draußen geworfen und mich allein gelassen hat. »Du solltest mit mir kommen«, sagt sie, bricht ein Stück trockene Nudeln ab und steckt sie sich in den Mund. »Du hast keinen Job, und der Rummel, auf dem ich arbeite, Rose's, ist echt schön. Thom Rose mag mich. Er findet schon was für dich.«

»Ich bin Bibliothekar.«

»Exbibliothekar.« Das sollte nicht so sehr schmerzen, wie es der Fall ist. »Du bist ein Schwimmer. Der Wassertank wäre ein Leichtes für dich.« Dabei denkt sie nicht an einen der Tanks, in die man reinfällt, wenn einer ins Schwarze trifft. Sie landet wieder auf der Couch und kaut auf ihren Nudeln.

»Die haben schon eine Schwimmerin.«

»Nein, das war dein Ding, mit Mom. Ich lege Karten.«

Als hätte ich ihr nicht alles gezeigt, was Mom mir gezeigt hat. Wie du dich von Luft entleerst und die Rippen dehnst, wann du untertauchst und wann du lächelst. Ich erinnere mich, als sie klein war, in dem Badeanzug mit den großen Punkten, das schwarze Haar trieb um sie herum, genau wie bei Mom, und sie lächelte mich von unter Wasser aus an, während ich zählte. *Achtundneunzigtausend, neunundneunzigtausend.* »Ich habe ein paar Adressen. Ich habe Bewerbungen rausgeschickt, und morgen telefoniere ich mit einem Headhunter. Ich krieg das schon hin.«

»Es wäre lustig, wenn du mitkämst. Ich mache mir Sorgen um dich allein hier im Haus.« Sie lässt den Blick umherwandern und sieht jeden Riss und jedes Loch, das noch nicht da war, als sie wegging. »Ich vermisse dich manchmal.«

Ich sitze auf dem Boden, sie bleibt auf der Couch, aber etwas in uns rückt zusammen. »Du hast mir Angst gemacht mit deinem Anruf. Stand was Schlimmes in den Karten?«

»Darüber will ich nicht reden.« Sie zupft an der Lehne der Couch und bohrt den Finger in ein Loch im Stoff. »Warum sind deine Sachen hier im Wohnzimmer?«

»Es ist leichter. Der Computer steht hier. Es hilft bei der Jobsuche.«

»Die Luft riecht komisch. Hat es hier immer so gerochen?«

»Wie soll es denn riechen?« Früher roch es immer nach Kaffee und Kochen, mit ein bisschen Ozean dazwischen. Sie lässt sich sanft neben mich auf den Boden gleiten, ein müheloser Übergang, greift nach einem heruntergefallenen Blatt, knickt gedankenverloren den Rand hin und her und ritzt mit dem Daumennagel darüber. *Zirkus Ephemera, 1981.* Ein kleiner Artikel über Kunstspringer, in dem meine Großmutter kurz genannt wird. Sie rollt den Rand zwischen Daumen und Zeigefinger wie eine Europäerin eine Zigarette.

»Hör auf. Bist du nach Hause gekommen, um meine Sachen durcheinanderzubringen?«

»Sieh mich nicht so an. Es ist ewig her.« Sie will etwas sagen, überlegt es sich aber anders. Stattdessen sagt sie: »Ich habe mit Frank geredet. Er meint, das Haus könne wegbrechen.«

»Du hast Frank angerufen? Warum solltest du Frank anrufen?«

»Um ihn wissen zu lassen, dass ich komme. Ich dachte, es wäre gut, ihn zu sehen. Stimmt das?«

»Mit dem Haus? Ich weiß nicht. Vielleicht.«

»Du solltest mit mir kommen.« Sie streckt die Hand aus und nimmt ein Buch vom Tisch. *Legenden und Gedichte des Baltikums*. Peter Bolokhowskis. Das Buch, aus dem Mom mir vorgelesen hat. Sie schlägt es weit auf und bricht ihm fast den Rücken.

»Lass das, okay? Das Buch ist schwer zu finden.« Und gestohlen.

Sie lässt es auf die Couch fallen, es bleibt offen liegen, und ich sehe einen Mann, der an einem Baum neben einem Fluss lehnt. Ich erinnere mich an die Geschichte. Der Mann wird von einem Wassergeist verführt, einer Rusalka, glaube ich. Es sind Geister mit nur einer halben Seele, Kinder und Jungfrauen, die ungetauft den Tod fanden. Jede Kultur hat ihre Wassergeister, Meerjungfrauen, Selkies, Nixen. In Amerika geben wir ihnen keine Namen.

»Es tut mir leid, dass ich einfach so abgehauen bin«, sagt sie.

»Okay.«

»Ich weiß, du hast dir Mühe gegeben.«

»Danke.«

Sie legt einen Arm um mich und ihren Kopf auf meine Schulter. So bleiben wir und sehen die Wände an, sehen alles an, nur einander nicht. Sie macht eine Bewegung zu dem Buch hin. »Tust du mir einen Gefallen?«

»Klar.«

»Lies mir was vor. Ich habe es immer gemocht, wenn du mir was vorgelesen hast. Niemand macht das mehr, wenn du erst mal erwachsen bist.«

Aus dem Band von Bolokhowskis. Sie will, dass ich ihr *Eglė* vorlese. Was ich tue. Langsam, wie Mom es immer getan hat, lese ich die Geschichte der Bauerstochter, die zur Königin der Schlangen wird. Ihre Kinder verwandeln sich in zitternde Bäume, in Volksmärchen haben die Dinge ihren Preis. Enola hört mir stumm zu, drückt die Stirn auf meine Schulter und schenkt mir die Erinnerung an sich.

Später, als die Sonne untergeht, schläft mir ein Fuß ein, und ich massiere ihn, bis das Leben in ihn zurückkehrt. Sie sagt: »Es war eine lange Fahrt, und ich habe fürchterliche Kopfschmerzen. Ich muss schlafen.«

Ich strubble ihr durch die Haare. Es bildet weiche, abstehende schwarze Büschel. Ich will sie fragen, warum sie es abgeschnitten hat, sage aber nichts. »Dein Zimmer ist unverändert. Ich hab's nicht angerührt.«

Sie schlurft den Flur hinunter. Die Tür öffnet sich quietschend. »Hättest du nicht wenigstens eine neue Decke besorgen können?«

Kein Gutenachtwunsch für uns beide.

Ich studiere eine schlechte Fotokopie, als Autoscheinwerfer den Raum plötzlich in helles Licht tauchen. Ich sehe auf die Uhr. Halb zehn. Um acht hatte ich bei Alice sein sollen. Ja, das ist ihr Auto, und ja, da kommt sie die Auffahrt herauf. In Jeans, T-Shirt, das Haar offen. Ich sehe mich um. Meine Sachen liegen überall herum, Wäsche, Papiere, Bücher, die Nudelverpackung. Oh mein Gott!

Ich gehe hinaus, lehne mich ans Haus, den Rücken an das Holz. Es wäre gut, sie hereinzubitten, aber ihre Wohnung ist sauber, erwachsen und hat ein Bett mit Kissenbergen.

»Ich hab's völlig verschwitzt. Es tut mir so leid.«

Sie lässt ihre Schlüssel um den Finger kreisen und schlägt sie sich gegen die Hüfte. »Das sagst du oft.«

»Aber ich meine es auch so. Fünf Minuten, und ich bin so weit.«

»Wessen Auto ist das?« Sie nickt zum Oldsmobile hin.

»Enolas. Sie ist heute angekommen. Wir haben geredet und die Zeit völlig vergessen.«

»Sie ist hier?« Alice verschränkt die Arme und wippt auf den Fußballen vor und zurück. Ich weiß nicht, was sie von Enola denkt, nicht wirklich. Was immer sie von ihr weiß, sind Dinge, die lange zurückliegen oder die sie von mir hat. *Unausstehlich, egoistisch, unreif, wahnsinnig, zu nichts nütze.* Wahrscheinlich habe ich solche Dinge gesagt, wahrscheinlich zu Alice. »Ich sollte Hallo sagen«, meint sie. Ich sehe zum Fenster und erkläre ihr, dass Enola schlafen gegangen ist. Sie hebt eine Braue. »Willst du nicht, dass ich hereinkomme?«

»Nein. Doch. Sie schläft wirklich. Ich möchte, dass du reinkommst, aber es ist mir etwas peinlich, weil es da drinnen fürchterlich aussieht. Mein Kram liegt überall rum, und dann habe ich auch noch unsere Verabredung verschwitzt.«

Sie lächelt. Ich eine Sekunde lang auch.

»Okay.« Und schon ist sie an mir vorbei und drinnen, bevor ich sie aufhalten kann.

Alice dreht eine kleine Runde im Wohnzimmer, als wäre sie in einem Museum. Ihre Flipflops knirschen über den Sand auf dem Boden. Wir sehen uns die Sache an, die Papiere, die Wäsche, die Risse in den Wänden und die losen Dielen. Ich beiße auf meinen Fingern herum.

»Wow«, sagt sie.

»Ich weiß. Ich würde dir ja einen Platz anbieten, aber das geht nur in der Küche.«

»Nein, nein, ist schon okay.« Sie blickt den Flur hinunter. Da gibt es drei Türen. Hinter einer schläft meine Schwester, hinter der nächsten liegt das Schlafzimmer meiner toten Eltern, und mein Zimmer, das sich hinter der dritten Tür befindet, ist kaum mehr bewohnbar, weder für mich noch für einen Gast. Also müssten wir es uns auf der Couch bequem machen, mit Büchern, Wäsche und T-Shirts. »Bei der Arbeit warst du immer so ordentlich.«

»Eskapismus?«

Sie lacht. Gott sei Dank. Ich schlage vor, dass wir zu ihr fahren. »Ich brauche nur fünf Minuten.«

Sie sagt, es sei schon in Ordnung. »Enola ist hier. Ihr solltet die Zeit zusammen nutzen.«

Damit steht sie auch schon wieder an der Tür, und es gibt einen flüchtigen Kuss. Weil sie das Haus gesehen hat, oder weil ihre Eltern ein Stück weiter wohnen? Das Licht auf der Veranda drüben brennt noch. Ich beteuere noch einmal, dass es mir leidtut, und dieses Mal nimmt sie meine Hand und drückt sie. Es gibt eine perfekte Stelle zwischen ihrem Zeigefinger und ihrem Daumen, der vom Halten der Angelrute ganz glatt und fest ist. Es funkt zwischen uns, und wir bleiben so noch eine Weile länger.

»Ruf das nächste Mal einfach an, okay?«

»Okay«, sage ich.

Ich bleibe noch lange draußen, nachdem sie weg ist.

Ich schicke eine Bewerbung für eine Stelle als Videoarchivar auf den Weg. Das liegt etwas außerhalb meines Gebiets, aber einen Versuch ist es wert. Blue Point hat geantwortet. Die Stelle dort ist vergeben, natürlich. Ich höre die Wellen gegen das Ufer schlagen, denke an Alice und stelle mir vor, wie das Haus ins Wasser rutscht, und schon wandern meine Gedanken wieder zu den ertrunkenen Frauen. Ich gebe mir alle Mühe, kann aber nicht einschlafen. Endlich gebe ich auf und lese.

Später höre ich es aus Enolas Zimmer leise rascheln, da reibt etwas übereinander. Ich sehe zu ihr hinein. »Hey. Du bist wach.«

Sie sitzt im Schneidersitz mitten im Zimmer. Ihr Körper wiegt sich leicht hin und her, wie im Gebet. Reihen von aufgedeckten Tarotkarten breiten sich über den Boden aus. Sie legt sechs Reihen mit je sechs Karten, schnell wie ein Blackjack-Dealer. Die Karten fließen nur so dahin. Kaum dass sie die letzte losgelassen hat, nimmt sie alle wieder auf, mischt und breitet eine neue Serie aus.

»Enola?«

Sie antwortet nicht. Sie übt, was sie nicht müsste. Ihre Finger tanzen, es ist ein perfektes Ballett. Die Karten sind stark abgenutzt, die Rücken verblichen, matt und gelblich. Vielleicht waren sie einmal orange, oder rot, es lässt sich nur noch vermuten. Die Ränder sehen zerfasert aus. Wie mein Buch sollten sie nicht mehr dieser Feuchtigkeit ausgesetzt werden. Es ist schwer zu erkennen, aber die Darstellungen wirken grob, möglicherweise sind sie handgemalt. Wieder sammelt sie eine Serie ein. Systematisch, gekonnt. Ich sehe zu, wie sie den Ablauf wiederholt, die Karten mischt, auslegt, einsammelt, mischt. Sie tut es, ohne wirklich hinzusehen, zwanghaft.

Ich rufe noch einmal ihren Namen. Sie hört mich nicht. Sieht mich nicht.

Ich schließe die Tür und blättere im Wohnzimmer durch die *Grundsätze des Orakels,* als ich mich erinnere: Ich habe schon einmal jemanden gesehen, der so mit den Karten umgegangen ist. Spätabends auf unserem quadratischen, metallgefassten Küchentisch, und mein Vater flehte sie an, aufzuhören und ins Bett zu kommen. Aber sie machte weiter und wiegte sich auf ihrem Stuhl vor und zurück. Die Karten flogen nur so. »Paulina«, flüsterte er. »Bitte.«

Mit Enola stimmt etwas nicht.

Ich gehe mit dem Telefon nach draußen. Die Nacht ist warm und feucht. Er antwortet beim sechsten Klingeln.

»Simon? Gott, es ist spät.«

»Tut mir leid«, sage ich.

»Schon gut, einen Moment.« Ich höre, wie er sich entschuldigt, dann ein leises Murmeln, wahrscheinlich seiner Frau. Ein paar schlurfende Schritte, eine Tür öffnet und schließt sich. »Was ist?«

»Ich habe etwas gefunden.«

»Was?«

»Es hat mit meiner Familie zu tun. Ich glaube, einige Frauen aus ihr tauchen in dem Buch auf. Wie Sie dachten. Doch da ist noch mehr: Sie sterben. Sicher, alle Menschen sterben, aber sie sterben jung, sehr jung. Über mehrere Generationen, und sie ertrinken. Jede einzelne von ihnen.« Da ist Schweigen am anderen Ende. Ich höre die Brandung, Grillen, das Blut in meinen Ohren. »Martin? Sie wissen von meiner Mutter. Ihrem Selbstmord.«

»Sie ist ertrunken«, sagt er nach einigem Zögern.

»Genau wie meine Großmutter und deren Mutter und so weiter.«

»Ich … Oh.« Darüber hinaus höre ich nur ein trockenes Einatmen.

»Meine Schwester ist heute nach Hause gekommen. Sie benimmt sich wie meine Mutter.«

Nach einem kurzen Moment sagt er: »Ich könnte mir vorstellen, dass das etwas verstörend ist, im Lichte Ihrer Erkenntnisse. Ich entschuldige mich dafür.«

Und weil es noch vor Sonnenaufgang ist, weil die frühen Morgenstunden das Unwahrscheinliche glaubhaft machen, wegen der Namen und der Ertrunkenen sage ich: »Ich glaube nicht an Flüche. Ich mag Fakten.«

Ein ruhiges Schlucken, mehr als tausend Kilometer entfernt. »Natürlich«, sagt er schnell. »Und wenn es gewisse Hinweise gibt, wäre eine nähere Untersuchung nicht unberechtigt.«

»Aller Wahrscheinlichkeit nach ist es eine saisonal-affektive Störung. Ein zu niedriger Serotoninspiegel.«

»Aller Wahrscheinlichkeit nach«, pflichtet er mir bei.

»Trotzdem würde ich gern einen Ansatzpunkt finden, einen Grund, wenn es denn einen gibt. Für den Fall, dass ich etwas tun kann.«

»Natürlich, natürlich.«

»Vorausgesetzt, es gibt etwas, das getan werden muss«, sage ich.

Churchwarry stimmt mir zu. Ich spüre, wie wir beide um etwas herumtanzen, umeinander, und darauf warten, dass einer die Führung übernimmt. »Wenn Sie denken, es könnte hilfreich sein …«, fängt er an.

»Wie lange sind Sie schon in Ihrem Geschäft?«

»Mein Vater hat den Laden als junger Mann eröffnet, also schon eine Weile.«

»Sie haben also Kontakte, die sich darauf ansprechen ließen, etwas schwer Auffindbares ausfindig zu machen?«

Er hustet. »Simon, ich bin nicht selten der Mann, an den sich Leute wenden, wenn sie das Unmögliche suchen. Ich wäre mehr als glücklich, Ihnen helfen zu können, und würde es als ein kleines Abenteuer betrachten. Als Kismet«, sagt er, auch wenn sich mit dem Wort wenig Freude verbindet.

Es gibt so viele Ansatzpunkte, um mit der Suche zu beginnen. Den ursprünglichen Besitzer des Buches, Hermelius Peabody, und in welchem Verhältnis er zu Bess Visser gestanden haben mag, Ryschkowa und ihre Tarotkarten, und was der wilde Junge mit all dem zu tun hatte. »Ich glaube, ich muss etwas über Flüche in Erfahrung bringen«, sage ich.

Hinten in ihrem Zimmer rascheln Enolas Karten, sie deckt sie mit einem leisen Schnipsen auf.

Es ist der 14. Juli. Ich habe zehn Tage.

8

Im Herzen war die Tauchnummer Folter – zu ertrinken, ohne zu ertrinken –, doch Evangeline ertrug sie. Als der stumme junge Mann sie zu Hermelius Peabody brachte, wusste sie, dass daraus Folgen erwachsen würden, aber die Augen des jungen Mannes waren so voller Wärme, als er sie bei der Hand nahm, dass sie ihm folgte.

Da sie nichts als die einfachen Kleider und Menschen von Krommeskill kannte, waren Peabodys Art und Erscheinung ein Schock für Evangeline. Sie wusste nicht, was sie zuerst anstarren sollte, seine übertriebene Aufmachung, das grelle Innere seines Wagens oder den jungen Mann, dessen Haar in ein so dunkles purpurnes Tuch gebunden war, dass es fast schon schwarz wirkte.

»Was haben wir doch für ein Glück! Du bist ja nun wirklich ein erstaunliches Exemplar!« Peabody dehnte und gurrte die Worte. Er musterte sie von Kopf bis Fuß, und unter seinem prüfenden Blick schienen ihre Füße wie mit den Dielen verwachsen. Hinten im Wagen saß der junge Mann auf einem raffinierten kleinen Brett, das sich von der Wand herunterklappen ließ. Sein Blick ruhte ebenfalls auf ihr, aber den fand sie eher beruhigend.

»Evangeline, sagst du? Ein kultiviert klingender Name. Ja,

den behältst du.« Er stieß mit dem Ende einer Schreibfeder gegen ein in Leder gebundenes Buch und neigte den Kopf in Richtung des jungen Mannes. »Amos hast du bereits kennengelernt.«

»Ja.«

Der ältere Mann begann auf und ab zu gehen, wobei er sich leicht ducken musste und ihr mit seinen Samt-Ellbogen über den Arm strich. »Du siehst aus wie jemand, der irgendwo davongelaufen ist.«

»Nein, Sir.«

»Papperlapapp. Du bist eine fürchterliche Lügnerin.« Er lachte, und sein Bauch wippte auf und ab. »Selbst ich bin von Zeit zu Zeit davongelaufen. Hast du Verwandte?«

»Eigentlich keine.«

Ein Grinsen wuchs unter seinem Schnauzbart hervor. »Ausgezeichnet. Wir sind hier alle Waisen. Nimm nur den schönen jungen Mann.« Er deutete auf Amos. »Keinerlei Verwandte und dazu stumm, der Ärmste. Ich selbst? Meine Mutter ist seit Jahren tot, möge der gesegnete Gott sich um sie kümmern.« Er machte eine einstudierte ausladende Geste.

Der junge Mann war also stumm. Seine Berührung war freundlich gewesen, die Haut seiner Hände rau wie die eines Bauern. Er sah sie mit zurückhaltender Neugier an.

»Und was kannst du, meine Liebe?«, fragte Peabody.

»Was ich kann?«

»Wir alle müssen etwas tun. So schön es ist, dich bei uns zu haben, sind wir doch, um es grob auszudrücken, ein Unternehmen.« Seine Zunge verweilte einen Moment bei dem Wort. »Jeder muss seinen Beitrag leisten. Ich selbst«, sagte er gedehnt, »führe das Tagesgeschäft, plane die Reiserouten, spreche, wenn nötig, zum Publikum und verwalte unsere Einnahmen. Amos ist der Lehrling unserer Wahrsagerin und gibt gelegentlich den Wilden.«

Röte breitete sich über das stumme Gesicht aus. Amos' Blick senkte sich auf seine nackten, schmutzbedeckten Füße.

»So mildtätig ich bin, liegt es doch jenseits meiner Möglichkeiten, jemanden ohne Verdienstpotenzial aufzunehmen. Und deshalb, hübsches Kind, was vermagst du zu tun?«

Ich töte. Ich bin eine Mörderin. Evangeline biss sich auf die Lippe und dachte an das, was Großmutter Visser ihr über ihre vor langer Zeit vorgenommene Taufe erzählt und was sie im kalten Herzen des Flusses entdeckt hatte. »Ich halte den Atem an. Ich meine, was ich sagen will, ist, ich schwimme.«

Eine weiße Augenbraue hob sich unter die Krempe des geschwungenen Hutes. »Viele schwimmen.«

»Um es genauer zu sagen, Sir: Ich kann nicht ertrinken.«

Das Zucken eines Lächelns. »Ausgezeichnet.« Er notierte etwas in seinem Buch. »Gut, dass du hübsch bist«, murmelte er. »Eine unertränkbare Schönheit, eine Meerjungfrau, wie wundervoll. Sehr gut, der junge Mann wird dir helfen, dich bei uns zurechtzufinden. Jemanden wie dich können wir nicht so einfach abweisen.«

Bis tief in die Nacht skizzierte Peabody zahllose Möglichkeiten, die Meerjungfrau zur Schau zu stellen. Es würde nicht reichen, dass sie einfach die Luft anhielt, er brauchte ein Behältnis, das eine gute Menge Wasser fasste, dabei aber klein genug war, um transportiert zu werden, eine Art Weinfass, aber gedrungen und nicht so groß wie ein Gärfass. Im Übrigen sollten sich die Dauben und Ringe zerlegen lassen, falls das Mädchen nicht hielt, was es versprach. Er zeichnete und schrieb, bis seine letzte Kerze verlosch.

Nachdem eine private Jongliervorführung Melinas bei den Verhandlungen um einen günstigen Preis geholfen hatte, beauftragte Peabody einen schottischen Küfer in Tarrytown mit dem Bau des Behältnisses. Der fertige Bottich war einfach, ein hübsches Stück mit gehämmerten Reifen um perfekt zusammengefügte Dauben, weit genug, um darin zu schwimmen, dabei aber so niedrig, dass ein stehender Mann hineinsehen konnte.

Während sie auf die Fertigstellung des Bottichs warteten, ließ Peabody Benno eine Reihe kleiner Bänke bauen, auf die jeweils zehn Leute passten. Mit Amos' Hilfe rüstete Benno zudem ein paar Kostümkisten und ein Waschfass so um, dass sich damit eine kleine Tribüne bauen ließ.

Während eines mit Hämmern und Zurichten gefüllten Nachmittags bemerkte Benno ganz nebenhin: »Unsere Meerjungfrau ist ziemlich eindrucksvoll. Mir ist aufgefallen, wie du sie ansiehst.«

Amos nickte. Holzlocken fielen zur Seite, als Benno ein Verbindungsstück zurechtbeitelte.

»Nicht entfernt so anmutig wie Melina, aber hübsch.«

Amos hielt ein Brett und neigte den Kopf. Seit Evangeline bei ihnen war, hatte er kaum mehr einen Gedanken für Melina übrig.

»Du hoffst, dass sie bei uns bleibt.«

Ein Knoten zog sich in Amos' Brust zusammen, ein Gefühl, für das er keinen Namen hatte. Er zuckte mit den Schultern.

»Am besten machst du dir keine allzu großen Hoffnungen, bis wir nicht wissen, wie lange sie bleiben will. Susanna dagegen. Denk daran, wie die sich verdreht.«

Amos sah starr auf das Brett, er wollte seinem Freund nicht antworten.

Nicht an Evangeline zu denken, war unmöglich.

Der Bottich wurde von der Truppe eimerweise mit Wasser gefüllt, nur Peabody und Madame Ryschkowa, deren Hände und Rücken die Schlepperei nicht ausgehalten hätten, halfen nicht mit. Peabody überwachte die Arbeit, teilte Aufgaben zu und dirigierte die Leute, während er an Evangelines Ankündigung feilte.

Sie war eine Meerjungfrau aus dem lange versunkenen Atlantis, ein Wunder mystischer Meere und Geheimnisse. Der Aufwand war ungewöhnlich, aber Peabody gab einem Schildermaler den Auftrag, Plakate zu malen, auf denen Evangeline einen langen Fischschwanz hatte.

Evangeline verlieh ihrer Besorgnis darüber Ausdruck, dass es die Leute aufbringen könnte, wenn sie dann ohne ein solches Anhängsel vor ihnen erscheine. Peabody antwortete: »Du bist wunderschön. Alles andere ist nicht von Bedeutung, solange du nur den Atem anhältst und Wasserkunststücke vollbringst.« Er bestand darauf, dass sie einen weißen Umhang trug, der sich um sie bauschte, wenn sie ins Wasser stieg.

Der erste Teil war einfach. Er bestand hauptsächlich aus Schwimmvorführungen, wobei Evangeline durch den nassen Umhang und ihr blauschwarzes Haar in Rückenlage besonders geschmeidig wirkte. Schließlich machte sie eine Pause und winkte, und Peabody ließ sich über die Geheimnisse ihrer Herkunft aus. Dann schnitt er mit der Hand durch die Luft, schlug gegen den Bottich und bellte: »Tauche.«

Sie stieß alle Luft aus, sank zum Boden des Bottichs, und ihr Umhang trieb um sie, während Peabody (seine Stimme vibrierte durchs Wasser) die Zuschauer aufforderte zu zählen, wenn sie es denn konnten, und in einen langen, finsteren Monolog verfiel.

»Die Qualen und Schrecken der Tiefe, meine feinen Damen und edlen Seelen. Diese arme Kreatur, dieses zierliche Mädchen, es sieht ihnen ins Auge! Würdet Ihr das überleben?« Er zeigte mit dem Finger auf den kleinsten Jungen im Publikum. »Mein lieber Junge, würdest *du* das überleben?«

Evangeline unten im Bottich war allein mit dem Wasser und ihren Ängsten. Als sie die Augen schloss, sah sie Großmutter Vissers geschwollene Lippen, die sie fragten, warum sie es getan hatte. Das Wasser drückte ihr auf Magen und Brustkorb, umschloss sie, und es fühlte sich wie die Großmutter an, ihre Berührung, ihre Stimme, ihr Betteln: *Bitte.*

Ewigkeiten später schlug Peabody gegen die Seite des Bottichs und gab Evangeline damit das Zeichen zum Auftauchen. Sie spreizte die Arme, sodass sich der Stoff zu Flügeln weitete, und trieb in die Höhe, ihr Kopf durchbrach die Wasseroberfläche, und die Augen, die sich langsam öffneten, lächelten das Akrobatenlächeln, das ihr Peabody beigebracht hatte. Als auch die Schultern aus dem Wasser waren, atmete sie, füllte sich die Lunge, und ihr Umhang klebte so an ihrem Körper, dass sie dem Bottich wie Venus entstieg. Zuerst erfüllten sie die anzüglichen Blicke der Männer mit Scham, doch die Gewöhnung nahm dem bald schon die Spitze.

Und immer sahen ihr zwei Augenpaare zu, das eine gehörte einem Mann mit einer Narbe, das andere einem Stummen.

Wenn sie über die lehmigen Straßen zur nächsten Stadt unterwegs waren, diente ihr der Bottich als ihr Bett. Auf die Seite gedreht und mit einer Strohmatratze bot er ihr einen brauchbaren Schutz. Eine Ölplane vor der Öffnung hielt

Wind und Regen fern, und sie befestigte Haken in den Dauben, an denen sie einen Vorhang, ein Geschenk von Melina, befestigen konnte. So wurde der Bottich zu einem Refugium mit etwas Privatsphäre.

Evangeline ertappte sich gegen ihren Willen dabei, wie sie den stummen Wahrsager beobachtete. Er besaß eine faszinierende animalische Gewandtheit, war über die Maßen hilfsbereit und starrte sie oft an. Traf sein Blick auf ihren, wandten sich seine Augen gleich ab, aber etwas an ihm gab ihr das Gefühl, dass er in sie hineinsah. Als kenne er ihr Geheimnis. Er brachte ihr Decken für die Stellen ihrer Matratze, wo das Stroh nach außen stach, sorgte dafür, dass kleine Lecks im Bottich mit Pech abgedichtet wurden, und fuhr mit den Fingern über die Dauben, um zu sehen, ob sich etwas lockerte. Er blieb, bis sie die Plane über den Bottich zog und ihm eine gute Nacht wünschte.

Was sie nicht wusste, war, dass er draußen wartete, bis er sicher war, dass sie schlief, und so empfand sie nichts als eine ruhige Zufriedenheit, wenn sie abends den Vorhang zuzog. Nach und nach begann sie sich zu fragen, ob er nicht doch eine Stimme hatte und wie sie wohl klang. Peabody hatte gesagt, Amos sei stumm, aber nicht, warum. Vielleicht war er schlimm verletzt worden. Sie fragte sich, ob er überhaupt irgendwelche Geräusche machen konnte und wie er wohl die Zukunft voraussagte, ohne zu sprechen.

Doch während Amos nächtens die Träume eines wilden Jungen träumte, von Marschen voller Tiere, weichem Moos, auf dem sich schlafen ließ, dem genussvollen Eintauchen in einen kalten Fluss und einer hübschen Frau im Wasser, der das Haar wie vom Wind bewegtes Gras um den Kopf schwebte, waren Evangelines Nächte düsterer. Sie träumte, wie sie aus dem Haus in Krommeskill kroch, die Knie blutig und mit Dreck und Kiefernnadeln verkrustet. Und immer verfolgte sie ihre Großmutter, das Gesicht purpurrot, und bettelte um Gnade und Erlösung. *Warum? Warum? Ich habe dich doch so geliebt!*

Die Truppe war unterwegs von Philadelphia zu den spitzen Ziegelhäusern New Castles, als der Himmel aufriss und Regenfluten niedergingen, die alles wegzuspülen drohten. Das kleine Pferd trat und bockte in seinem Wagen, und das Lama schrie wie ein verwundetes Kind. Da er fürchtete, sie könnten versinken, falls sie weiterfuhren, befahl Peabody anzuhalten, bis der Regen vorbei war. Die Nacht brachte eine schwere Hitze, die alle auf ihr Lager zwang. Tief hingen die Gewitterwolken, und der Himmel drückte Evangeline nieder wie einst die Großmutter. Sie schlief den unruhigen Schlaf der Schuldigen.

Es begann mit einem Traum, in dem sie rannte und rannte, mit blutigen Knien und dem Schnappen nach Luft. Dann fiel sie, von der Hand der Großmutter auf den Küchenboden niedergestreckt, und die alte Frau fasste sie bei der Kehle, zwang ihr die Lippen auf und schüttete Krug um Krug kochendes Wasser in sie hinein. Es floss ihr über Gesicht und Körper, verbrannte ihr Gedärm und füllte alle leeren Stellen, die die Schuld in sie gegraben hatte.

Ihr Schrei schallte durchs Lager und ließ alle zusammenfahren. Amos erwachte, sein Körper schnellte hoch, er sog die Luft ein und lauschte. Das Echo strich ihm über die Haut, er sprang aus dem Bett, riss den Samtvorhang zur Seite und folgte dem Schrei.

Die Zehen tief im Schlamm lief er zu ihrem hochkant gestellten Bottich, schob zögernd Plane und Vorhang zur Seite und sah mit großen Augen ins Innere. Auf dem gerundeten Boden ihres Bottichs trat und schlug Evangeline um sich: Das war nicht die Frau, die er aus dem Wasser steigen sah, sondern ein Tier in einer Falle. Er lauschte. Sie keuchte. Nein, sie würgte. Sie konnte nicht atmen, warf sich herum, konnte nicht mehr, hatte Angst.

Er kletterte neben sie, seine Finger strichen ihr über den Hals. Er fasste ihre Schulter und fühlte ein Ziehen. *Komm her.* Er schüttelte sie sanft, überrascht, wie weich ihre Haut war und wie kühl trotz der Hitze.

Evangelines Augen öffneten sich. Sie wich zurück, schlug heftig gegen die Bretter, ihr Mund arbeitete, doch es kam kein Laut heraus. Amos verstand. Da war zu viel Schreien, es konnte nicht auf einmal aus ihr heraus. Bebend saß sie vor der Wand.

Er berührte ihr Schlüsselbein. Ihre Arme umfingen ihn, und er sah eine tiefrote Verfärbung auf ihrer Schulter, wo sie gegen die Dauben geschlagen war. Es war faszinierend. Er fuhr mit den Fingerspitzen um die Verletzung herum. Die Stelle war fleckig, dunkel, wie ein zu tiefes Erröten. Wie nur konnte ein Bluterguss so schön sein? Amos versuchte Evangeline von ihrem Lager zu heben, aus ihrem Traum, zog an ihrer Hand, doch sie umklammerte ihn nur noch fester und weinte umso mehr. Das Wasser rann ihr aus den Augen. Er begriff nicht, warum, aber das Weinen sorgte dafür, dass er sie halten musste. Als er sie schließlich abzusetzen, zurück in den Schlaf zu drängen versuchte, wollte sie ihn immer noch nicht loslassen. Sie war etwas Warmes, das in seinem Kopf keine Form annehmen wollte, eine verwischte Erinnerung, etwas lange Zurückliegendes aus einer Zeit, da er noch klein gewesen war.

Sie legten sich hin, aneinandergekuschelt, er neben diesem sehr weichen Mädchen mit den knubbligen Knien und dem hübschen Bluterguss. Sie schlief, ja, Evangeline durfte schlafen. Er wollte wach bleiben, entschied er. Nur für den Fall. Sie hatte so große Angst und war weich wie eine Entendaune.

Im verzweifelten Versuch, die stickige Luft und die üblen Geister aus ihrem Wagen zu vertreiben, öffnete Madame Ryschkowa ihre Tür und sah über die regennasse Lichtung. Dann hörte sie den Schrei. Ein Schauder kroch ihr den Nacken herauf, die Kälte, die eine Frau verspürt, wenn die Toten ihren Namen rufen. Sie hatte diesen Schrei schon einmal gehört, hatte Ozeane überquert, um ihm zu entkommen. Schnell schloss sie die Augen, wodurch sie das Bild einer blassen Männerhand in sich wachrief, deren vertraute Fingerspitzen unter der Oberfläche eines kalten Stromes verschwanden. Als sie die Augen wieder öffnete, sah sie den Schatten ihres Lehrlings über die Lichtung laufen. Zum Bottich, in dem das ertrinkende Mädchen schlief. Die Lippen Madame Ryschkowas schoben sich vor. Sie spuckte aus, um es nicht aussprechen zu müssen, doch das Wort wollte nicht in ihr bleiben: »*Rusalka.*«

Im ersten Licht des Morgens fand Peabody die beiden, ein Bündel müder Körper, halb vergraben im Stroh der zerrissenen Matratze. Amos' Arm lag fest um Evangelines Schulter, seine Finger streichelten über den hässlichen dunklen Fleck. Sie waren ein seltsam verschränktes Puzzle, doch die einzelnen Teile fügten sich in die richtigen, zerklüfteten Orte. Es war lange her, dass er ein Sehnen verspürt hatte wie dieser Junge, seine Frau war seit wenigstens zehn Jahren tot. Er wollte Amos den Kopf tätscheln, ihm durch die Haare streicheln, dachte aber, dass es besser wäre, die beiden nicht zu wecken. Leise zog er die Plane herunter und klopfte sich selbst auf die Schulter, hatte er doch so ein Glück. Eine Zukunft voller wunderbarer Kinder, junger Wilder und Meerjungfrauen, Wahrsagerinnen und Tänzer lachte ihm. Eine Zukunft voller ertragreicher Schönheiten.

9

15. Juli

Das Rascheln von Papier weckt mich. Enola ist auf, sitzt an meinem Schreibtisch und blättert durch mein Notizbuch. Ihr Haar ist auf einer Seite noch ganz plattgelegen vom Schlafen. Die Haustür hat einen Riss, und der Wind vom Meer weht mit einem scharfen Salzgeruch herein. Ich gähne. Ohne sich umzusehen, zeigt meine Schwester auf den Boden, wo eine dampfende Tasse steht. Wir beide wissen, es ist besser, nicht zu reden, bevor wir nicht einen Kaffee getrunken haben.

Das Zeug schmeckt fürchterlich, verbrannt, aber dass ich den Kaffee nicht selbst gekocht habe, macht ihn köstlich. Enola kippelt auf ihrem Stuhl nach hinten und trinkt aus ihrer eigenen Tasse.

»Danke.«

»Ich habe mir dein Notizbuch angeguckt«, sagt sie.

»Das sehe ich, und ich würde es zu schätzen wissen, wenn du nicht in meinen Sachen herumstöbertest.«

»Diese Namen, die Frauen, sind das Verwandte?«

»Soweit ich weiß, ja. Du kennst die Zirkusleute. Es ist schwer herauszufinden, wer da tatsächlich wer ist.« Namen haben ihre eigene Art zu wechseln, wenn Leute in Shows und neue, anonyme Leben verschwinden, mit dem Wind hierhin und dorthin wehen.

»Sie sind alle ertrunken.«

Etwas in ihrer Stimme lässt mich sagen: »Meine Quellen sind etwas ungenau.«

Sie kaut auf ihrer Lippe. »Du denkst, sie haben sich umgebracht, oder?«

»Vielleicht. Vielleicht auch nicht. Alice glaubt es.« Es wäre schwer, eine solche Abfolge von Todesfällen auf andere Weise zu erklären, aber etwas an der Liste fühlt sich irrational an. »Es könnten auch Unfälle dabei sein.«

»Ich sehe es, wenn du nicht ehrlich bist, weißt du. Dann zuckt deine linke Hand.« Enola legt einen Fuß auf den Tisch. Ihre Kleider sind zerknittert, sie hat in ihnen geschlafen, der Rock hängt wie ein Laken an ihr. Sie fängt an, auf ihrem Daumen zu kauen, und schlägt sich dann auf die Hand, als wolle sie sich bestrafen. »Es hat mit dem Buch angefangen, oder?«

»Es ist ein Rätsel, und ich mag Rätsel.« Zuckt meine Hand? Wenn ich sehe, wie sich Enola wie Mom verhält … Es bleiben noch neun Tage. Bis was passiert? Enola wirkt sehr lebendig und vital. Ich übersehe da etwas. Könnte es an das Alter gebunden sein? Mom war bei ihrem Tod erst zweiunddreißig. Ihre Mutter war jünger, glaube ich. Céline Duvel, oh Gott, das muss ich überprüfen.

»Okay, lüg weiter.« Enola reckt sich und lässt jeden einzelnen Rückenwirbel knacken. »Ich will schwimmen gehen. Hol deine Badehose, es sei denn, du hast Angst, ich gehe unter, oder vielleicht auch du selbst.« Sie grinst, als wüsste sie, wie sich mein Magen gerade zusammenzieht.

Wir gehen die Treppe hinunter. Pfeilschwanzkrebse sitzen am Rand des Wassers, glänzende Steine mit Teufelsschwänzen.

»Oh, es ist blau! Keine Quallen«, sagt sie und steckt einen

Fuß ins Wasser. »Wie schön. Ich hasse nur diese verdammten Krebse.« Sie sucht nach einem freien Zugang ins tiefere Wasser, aber die Krebse sind überall.

»Die sind harmlos. Die zwicken dich nicht mal.«

»Sie sehen aus, als brüteten sie etwas aus.« Und dann ist sie draußen im Wasser, rennt, spritzt und taucht unter. Ich laufe ihr hinterher. Wir schnappen nach Luft, grinsen in der Kälte, und Enola taucht den Kopf unter Wasser, nur ein Büschel Haare sieht noch heraus. Trotz des brennenden Salzes halte ich die Augen offen. Enolas sind geschlossen, ihr Gesicht wirkt wie mit einer Schnur zusammengezogen. Ich fange an zu zählen, aus Gewohnheit, vielleicht aus Neugier. Wie lange kann sie die Luft anhalten? Wie lange kann ich es? *Eintausend. Zweitausend.* Enola paddelt im Kreis und taucht tiefer. Ich folge ihr. *Achttausend.*

Simon.

Ein Teil von ihr ist hier, ich höre meine Mutter im Wasser flüstern, halb, weil ich es mir wünsche, halb aus Angst. Natürlich ist sie hier, wo Enola wieder da ist. Ich fasse die Hand meiner Schwester, sie ist kalt und glitschig wie ein Fisch. Ich ziehe sie an mich. Enolas Augen öffnen sich. Ich bin schwer genug, um uns beide unten auf dem Grund zu halten, sonst könnte sie davonschweben wie ein Stück Treibholz. Sie sieht mich die Fünfsekundenintervalle mit den Fingern mitzählen und schüttelt den Kopf. Ich drücke ihren Arm. *Vierzigtausend.*

Simon.

Enola windet sich, ihre Beine treten mit aller Kraft, sie zieht mich zur Seite. Heftig und schnell schießen wir zur Oberfläche.

»Mann, Simon!«, prustet sie. »Weißt du, wann ich das zum letzten Mal gemacht habe? Scheiße, Ertrinken – du bringst mich um.«

Mord. Mord ist immer möglich, bei meiner Mom allerdings nicht. Auf keinen Fall.

»Du bist nicht mal außer Atem.« Ich klopfe mir Wasser aus den Ohren. »Du konntest immer länger unten bleiben als ich.«

»Das ist schon eine ganze Weile her.« Sie sieht etwas grau aus.

Wir ziehen unsere Kleider über die nassen Badesachen. Enola meint, es ist gut, das Salz auf ihrer Haut trocknen zu lassen. »Fühlt sich an wie Sommer«, sagt sie. Wir gehen zum West Beach bei den Anlegern. Ich betrachte die Knubbel ihres Rückgrats. Sie ist zu dünn. Sie war immer schon mager, aber nicht so schlimm. Wir rennen über den Strand und klettern die Befestigungen hoch.

»Ich hatte das Gefühl, ich würde etwas hören, als wir unten waren. Hast du was gehört?«, frage ich.

»Wie kannst du etwas hören mit Wasser in den Ohren?«

»Schon gut.«

Sand dringt zwischen dem Holz hervor, wo ein Teil der Streben aufgebrochen ist. Einzelne Trümmer ragen in den Sund. Ohne darüber zu reden, klettern wir das Ufer hinauf, und unsere Füße graben sich in Sand und Schmutz.

Auf halbem Weg nach oben beginnt ihr Atem schwerer zu gehen.

»Dad würde uns umbringen«, keucht sie.

»Wahrscheinlich.«

Einmal hat er uns erwischt. Wir waren von oben hinuntergesprungen und kletterten zurück, um es gleich noch mal zu tun. Plötzlich war er da und packte uns so fest, dass ich Tage später noch seine Fingerabdrücke auf meinem Arm erkennen konnte. Sie erinnerten mich daran, dass ich einen Vater hatte. Er zog uns ins Haus, mich beim Kragen, Enola bei der Hose. Ihre Füße berührten den Boden nicht mehr. Ich hasste ihn ein wenig dafür.

Oben auf dem Ufer sehen wir uns um. Nicht weit entfernt lehnen sich die Reste eines Hauses über die Abbruchkante, die hintere Hälfte hat es komplett weggerissen. Der letzte Sturm muss die Bruchstücke davongespült haben.

Enola sagt: »Das ist doch das Haus von den Murphys, oder?« Ja, es ist das Haus der Murphys, und wenn sie genauer hinsähe, könnte sie es erkennen. Der Kühlschrank lehnt noch an der Seitenwand, und Mrs. Murphys Esstisch ist auch noch da, allerdings lange schon ohne Beine.

»Das letzte Stück Veranda hat es vor über zwei Jahren erwischt.« Irgendwo auf der anderen Seite des Sunds in Connecticut machen Kids Lagerfeuer aus ihrem Holz. Wir haben mit Jimmy Murphy auf ihr gesessen und Limonade getrunken.

»Dann hast du noch, was? Zwei Jahre? Drei?«

»Das hängt davon ab.« Man hat durchaus schon gehört, dass ein Küstengrundstück drei Meter pro Jahr verliert, je nach Schwere der Stürme und Pflege des Ufers. Mit dem letzten Sturm ist die Lage prekärer geworden, und dass das Haus der Murphys über die Kante gestürzt ist, tut meinem nicht gerade gut. Seit ihre Befestigung weg ist, frisst das Wasser noch aggressiver an der letzten Barriere zwischen mir und dem Sund. Mit den nächsten Winterstürmen, heftigen Nordostwinden und einem weiteren Orkan, wer weiß, wie lange es da noch dauert?

»Hast du Geld, um was dran zu machen?«

»Im Augenblick nicht.« Ich werde ein Darlehen aufnehmen müssen. Ohne Job ist das aber so gut wie unmöglich, und die Suche nach einer neuen Stelle erweist sich als zäh. Ich könnte Frank um Geld bitten. Meine Erfolgsaussichten sind dabei sicher besser. Geld zur Rettung meines Hauses ist auch Geld zur Rettung seines eigenen. Zudem ist es das Haus meines Vaters, was für Frank offenbar wichtig ist. Aber jetzt das mit Alice. Von Frank, meinem Nachbar, Geld zu nehmen, wäre wohl okay, aber von Alices Vater? Ich sollte sie fragen, aber am besten versuche ich es erst einmal bei der Historischen Gesellschaft von Napawset. Sie könnten es zu ihrer Sache machen und das Haus unter Denkmalschutz stellen. Ich sehe Enola an, die sich sanft im Rhythmus der Wellen vor und zurück wiegt.

»Du solltest mit mir kommen.« Sie klingt seltsam nachdrücklich.

»Warum?«

»Was hält dich hier noch?«, fragt sie.

»Das Haus. Ich kann nicht einfach so weg.« Manchmal fühlt es sich an, als wären unsere Eltern noch da, als wohnten sie in seinen Mauern, und dass jemand bis zu seinem Ende nach ihnen sehen muss. Ich bin so wurzellos, wie ich es nur sein kann, aber hier kenne ich die Straßen, die ich nehmen muss, wenn das Wasser die Stadt überschwemmt, weiß, wo die Leute je nach dem Gezeitenstand sind, wer nur den Sommer hier verbringt und wer das ganze Jahr hier lebt. Hier haben meine schwieligen Füße einen Sinn. Und Enola weiß, dass sie ein Zuhause hat.

»Komm einfach mit.«

»Ich würde nicht wissen, wovon ich leben soll, und ich kenne bei euch niemanden.«

»Da findest du schon eine Lösung, und du kennst mich«, sagt sie.

»Was nicht immer so gut funktioniert hat.«

Sie verzieht das Gesicht und seufzt. »Du kämst schon zurecht, und ich würde dir helfen.« Ihre Hand verschwindet in ihrer Rocktasche, und ich kann ein leises Rascheln hören.

»Ich habe dich letzte Nacht gesehen«, sage ich. Ihre Hand hält inne. »Du warst wach. Was ist mit den Karten?«

»Die sind einfach nur komisch.«

Als ich mehr wissen will, springt sie mich an und reibt mir den Kopf mit den Knöcheln, dass es brennt. Sie kitzelt mich, und ich winde mich, um freizukommen. Ich drehe die Haut über ihren Handgelenken gegeneinander, und die tausend Nadeln beenden alles, sie heult auf, ich bekomme eins auf den Schädel, und wir fallen ins Gras. Eine Sekunde lang ist alles wieder in Ordnung.

»Alice war gestern Abend bei dir«, sagt sie und schnappt nach Luft.

»Ich dachte, du hast geschlafen?«

»Was ist mit euch?«

»Ich weiß es nicht«, sage ich. Ich weiß es tatsächlich nicht, nicht wirklich, und ich will diese alte neue Sache zwischen uns beschützen.

»Ich mag sie. Sie ist zu gut für dich.« Sie reißt einen Grashalm ab, steckt ihn in den Mund und kaut darauf herum. »Dir würde Rose's gefallen«, sagt sie. »Es ist die Kirmes, die früher schon herkam, als wir klein waren. Es ist ein Familienbetrieb.«

»Wie bist du da gelandet?«

»Durch einen Freund, den ich in Atlantic City kennengelernt habe. Beim Kartenlegen. Er arbeitete bei Rose's und hat mich vorgestellt. Ich habe Thom Rose die Karten gelegt, wir haben uns unterhalten und verstanden. Man kommt viel rum und hat was Festes während des Sommers. Und die Bezahlung ist auch nicht so schlecht.«

»Hast du von Mom erzählt?«

»Warum nicht? Bin ich so blöd, nicht zu erzählen, dass meine Mutter im Zirkus gearbeitet hat? Deswegen hat er mich wahrscheinlich eingestellt. Er würde dich auch nehmen, wenn du das wolltest.«

»Und was sollte ich da machen?«

»Stell dich nicht an.«

Ich halte Rummelplätze für etwas esoterisch. Ich sehe meine Knubbelknie-Schwester mit den wilden Augen an, die mir sagt, ich soll davonlaufen – sie kennt die Wirklichkeit. Mit ihr zu kommen würde die Frage beantworten, die mich schon immer gejuckt hat, nämlich, wie meine Mutter vor Dad war. »Ist es noch so wie früher?«

»Ziemlich«, sagt sie. »Etwas größer, mehr Fahrgeschäfte, mehr Spiele. Das Zelt ist anders: mehr Vorführungen, weniger Türsteher.« Sie sieht meine Verwirrung. »Gläser, das Zeug in Gläsern. Egal, das stört dich nicht.«

In Formaldehyd konservierte Dinge, Tiere und so weiter. Ich erinnere mich an ein Zelt, in dem es so heiß war, dass man kaum atmen konnte, meine Kinderfinger klebten aufeinander, und ich starrte einen milchig weißen eingelegten Hai mit zwei Köpfen an, einem an jedem Ende. »Gefällt es dir?«

»Klar.«

»Du klangst nicht so toll, als du angerufen hast. Und du siehst müde aus.«

»Es ist nicht immer so toll«, sagt sie. »Aber was ist schon immer toll? Was Schlechtes gegessen, krank geworden, und dann hab ich mir die Seele aus dem Leib geschissen.« Sie streckt einen Arm über den Kopf. Die Schulter knackt schrecklich laut. »Letztes Jahr war ich richtig krank, nicht weit von Philly. Ich bin in einen Buchladen rein, weil die ihre Klos sauber halten, und mir ist so schlecht, dass ich denke, ich sterbe. In mir rumort es wie verrückt, ich starre auf den Boden und versuche, nicht ohnmächtig zu werden, und dann sehe ich diese gelben Schuhe aus dem Abteil neben mir ragen. Die Frau kapiert, dass ich sie sehe, und zieht sie zurück, als wenn ich nicht wissen dürfte, dass sie da ist. Als wenn sie dadurch vergessen könnte, dass sie da neben sich meine Scheiße ins Wasser platschen hört. Mit so was musst du dich nicht herumschlagen. Du hast ein Haus und dein eigenes Klo.« Sie kratzt sich den Nacken. Der kleine tätowierte Vogel auf ihrem Handgelenk flattert. »Aber die meiste Zeit ist es gut. Thom fände es super, wenn du kämst.«

»Warum willst du unbedingt, dass ich mitkomme?«

»Vielleicht vermisse ich dich«, sagt sie.

»Ich habe dich auch vermisst.« Das stimmt. Ich vermisse sie ständig. Könnte ich mitgehen? Meinen Kram hinten in den Wagen packen, den Highway hinunterfahren und den Wohnwagen folgen, den Campern, Tage und Nächte in gechlorten Wassertanks verbringen und nach sechs Monaten zurückkommen, schmutzig, ausgemergelt und einsam. Nein, nicht jetzt. Bald ist der 24., und Enola ist hier. Da kommt zu viel zusammen. »Warum bist du hier?«

»Rose's kommt sowieso hier durch, und da habe ich Thom gefragt, ob ich ein paar Tage freibekommen könnte, um dich zu besuchen. Ich dachte, wir könnten ein wenig reden.« Wir bleiben sitzen und sehen zu, wie die Wellen über den Sand reiben, bis die Mücken anfangen, ihre Angriffe zu fliegen. Sie schlägt nach einer. »Ich liebe dich etwas.« Etwas. Das sagt sie immer, aber so, wie sie es sagt, ist es besser, als sagte sie, sie würde mich mit Haut und Haar lieben. Die Jahre, die wir allein waren, vielleicht habe ich mich gar nicht so schlecht angestellt. Wir bahnen uns unseren Weg durch Gestrüpp und Giftsumach zum Pfad zu unserem Haus. Ihre

Hände stecken wieder in der Rocktasche, und ich höre das Geräusch, wie Karton auf Karton reibt.

Ein heruntergekommener gelber Wagen steht in unserer Einfahrt, hinter ihrem. Ein hagerer Mann lehnt daran, einen Arm auf der Haube. Die Gestalt könnte auffallender nicht sein. Schlangenartig und voller unbekannter Fähigkeiten.

Enola schnauft wie ein Taucher, schreit und rennt los. »Doyle!« Ungehemmte Freude. Und dann liegt sie in den Armen dieses Mannes und schlingt die Beine um seinen Körper. Ihre Schultern versperren die Sicht auf seinen Kopf. Alles, was ich sehen kann, sind zwei dünne tätowierte Arme um ihre Taille.

Er wirbelt sie durch die Luft, wendet mir den Rücken zu und klebt sie an seinen Wagen. Ich laufe zu ihnen. Ohne zu mir hinzusehen, sagt Enola: »Das ist mein Bruder Simon.«

»Hey. Hab viel von dir gehört. Keine Sorge, ist alles okay.« Eine Stimme, lässig und voller Gischt. Seine Hände bleiben auf den Hüften meiner Schwester. Er sieht nicht zu mir her und erlaubt mir so, die Tätowierungen anzustarren, die den Hals hinauf über den rasierten Schädel führen und in grünen Tentakeln auf dem Kiefer enden.

»Simon, das ist Doyle.«

Ich sage, dass ich mich freue, ihn kennenzulernen. Ich weiß nicht, was ich sonst sagen soll. Weil ich nicht aufhören kann, ihn anzustarren. Niemand lässt sich so tätowieren, es sei denn, er will angestarrt werden. Die Farbe schlittert, wenn er spricht, die Tentakel winden sich über seine Haut. Mit ist schlecht. Sie lassen sich los.

»Lange Fahrt«, sagt er und reckt sich. Die Ärmel rutschen hoch und lassen noch mehr Tinte erkennen, mehr Tentakel. Sind sie überall, auf seinem ganzen Körper?

»Ich wusste nicht, dass du kommst«, sagt sie.

Er knabbert an ihrem Hals, ohne sich an mir zu stören, murmelt etwas davon, die »Python entleeren« zu müssen, und geht ins Haus. Enola folgt ihm, sie hüpft fast. Ich laufe zu ihr, lege ihr eine Hand auf die Schulter und halte sie zurück.

»Wer ist das?«

»Sagte ich doch. Doyle.«

»Und was ist ein Doyle?«

»Ein Doyle ist ein Typ, der wirklich weit gefahren ist, weil ich ihm gesagt habe, dass ich meinen Bruder besuchen würde. Sei nett zu ihm«, sagt sie und folgt ihm ins Haus. Über die Schulter hinweg fügt sie noch hinzu: »Wir vögeln.« Es gibt wenig Dinge mit einer tiefer reichenden Kraft als das plötzliche Bewusstsein, dass die eigene Schwester mit Männern schläft. Das Bild der Tentakelarme ist zu viel. Ich brauche volle fünf Minuten, bis ich hineingehen kann.

Doyle liegt auf meiner Couch ausgebreitet, meinem Bett. Ich ziehe mir einen Stuhl heran und setze mich vor ihn hin. Ja, da kriechen Tentakel Arme und Gesicht hinauf. Ich kann die feinen Umrisse jedes ellipsenförmigen Saugnapfes erkennen. Enola klappert in der Küche mit Töpfen herum, für den Augenblick sind Doyle und ich allein. Da liegt etwas Verstohlenes in seinen spitzen Zügen. Wenn ich das Licht anmachte, würde er hinter der Couch verschwinden.

»Eine wilde Geschichte ist das hier, Mann«, sagt er. »Dein Haus hängt schon halb im Wasser.«

»Die Erosion, die ist hier das Problem«, sage ich. Wir vögeln, hat sie gesagt. Dieses Wesen schläft mit meiner Schwester.

»Ja, ja. Stimmt«, lacht er. Es ist ein müdes halbes Keuchen. »Ich bin scheiße drin, solche Sachen zu behalten.« Er macht eine zuckende Bewegung mit der Hand, die ebenfalls mit Tätowierungen bedeckt ist. Tintenfische? Kraken? »Erdkunde hab ich verpennt.«

»Du und meine Schwester, ihr seid also …«

»Yeah. Ist ein super Küken, weißt du. Echt cool.«

Ich starre ihn an.

Enola kommt mit einer Schachtel Kekse zurück, die ich längst vergessen hatte. Lässt sich auf die Couch fallen und drapiert sich über Doyle. Den beiden macht es nichts, dass sie in meinem Bett liegen. Sie füttert ihn mit einem alten Keks und fragt, ob wir uns verstehen. Natürlich tun wir das. Aufs Schönste.

»Wie habt ihr zwei euch kennengelernt?«

»In Atlantic City, auf der Promenade«, sagt sie. Das ist er also.

»Ja. Sie hatte ihre Karten vor sich liegen, und ich dachte, Mann, was für ein süßer kleiner Vogel.«

Vielleicht sieht er die Mordgedanken in mir nicht, aber Enola tut es. Sie legt den Arm um seine Schultern, und die blasse Unterseite ihres Handgelenks drückt auf die Saugnäpfe seiner Tätowierung. Ich frage ihn, was er macht.

»Ich bin der Elektrische Junge.« Die Glühbirnen hinten in ihrem Wagen beginnen einen Sinn zu ergeben.

»Was genau machst du da?« Ich lehne mich auf meinem Stuhl zurück und kipple leicht. Ich weiß, was jetzt kommt.

Enola fährt dazwischen, bevor er antworten kann. »Du weißt schon, die menschliche Glühbirne?«

Ich nicke. Es ist ein Trick mit statischer Elektrizität, eher langweilig, die Art Geschichte, die mit der Entdeckung des elektrischen Stroms entstanden ist. Manchmal ist es auch ein Umleitungstrick mit einer Metallplatte, den benutzen sie bei Nummern mit einem elektrischen Stuhl. Nichts Besonderes.

»Doyle kann eine Hundertwattbirne mit dem Mund aufleuchten lassen, dazu noch drei in jeder Hand.

Das ist was anderes. »Beeindruckend.«

»Und er jongliert mit ihnen am Körper, während sie leuchten. Das ist irre schön.«

Hmm. Ein mit Glühbirnen jonglierender, tentakelbedeckter Mann, das klingt einfach umwerfend.

»Ich zeig's dir. Mein kleiner Vogel, wo hast du die Birnen?« Er will aufstehen, aber Enola schüttelt den Kopf.

»Vergiss es«, sagt sie. Doyle sieht sie an. »Das kannst du ihm später zeigen, okay? Du hast nicht zufällig Bier dabei? Simon hat verdammt noch mal nicht eins, und ich könnte für einen guten Schluck sterben.«

»Klar doch«, sagt er. Er sickert aus dem Zimmer.

Enola beugt sich vor, die Hände auf den Knien, und ich sehe wieder die Tätowierung auf ihrem Handgelenk. Ein kleiner Vogel. Oh mein Gott. »Hör auf, dich wie ein Dreckskerl zu benehmen, und tu wenigstens so, als würdest du ihn mögen. Für mich, okay?«

»Ich benehme mich nicht wie ein Dreckskerl, sondern wie dein Bruder.«

»Das ist ja mal was Neues«, fährt sie mich an. Es stimmt. Ich hatte die Elternrolle, nicht die des Bruders.

»Ich mache mir Sorgen, verstanden? Ich weiß nichts über ihn.« Oder sie, was das angeht.

»Kannst du nicht ein Mal ein bisschen nett sein?«

»Ich werde es versuchen.«

Doyle kommt wieder herein, mit einem Sechserpack in der Hand. »Willst du auch eins?«

»Klar, danke.« Seine tätowierten Finger öffnen eine Dose,

und alles, woran ich denken kann, sind die Nadeln so nahe beim Nagelbett. Er fängt meinem Blick auf, und so frage ich ihn: »Hat es wehgetan?«

»Wie der Teufel.« Er lächelt und klackert mit den Zähnen.

»Gutes Bier«, sage ich. Es schmeckt wie warme Pisse.

Wir trinken in relativer Stille, was meine Art ist, nett zu sein. Nach noch einer Dose fangen sie an, miteinander zu reden. Namen werden genannt, von Freunden, Orten, Städten. Sie kichert und ist eine andere Person als die von gestern Abend. Ich werfe einen Blick zum Buch hinüber. Irgendetwas habe ich übersehen.

Beide sagen nichts dazu, als ich die Seiten durchblättere, und später schleppt ihn Enola zum Hochufer, um die Sonne übers Wasser streichen zu sehen. Ich bleibe mit meinen Büchern zurück.

Musik klingt herein, ich trete ans Fenster und sehe den Mond und die Innenbeleuchtung ihres Autos. Die Auffahrt ist in Blau getaucht, und die beiden tanzen. Es sind wilde Bewegungen, Ellbogen fliegen, Hüften schwingen, zucken und detonieren. Enola ist schweißbedeckt, die feuchte Haut fängt das Mondlicht ein, während sie sich an ihn schlängelt. Doyle fließt über sie, wie durch eine dünne Schicht Tinte zusammengehalten. Das Auto zittert im Bassrhythmus. Ein langsameres Lied kommt, und sie verbinden ihre Haut, die Hände ineinander verschränkt. Sie haben vergessen, dass es auch mich hier noch gibt. Es ist, als hätten sie es nie gewusst.

Alice klingt verschlafen und weich, als sie ans Telefon kommt. »Hey. Was gibt's?«

»Magst du ausgehen? Hast du Lust, was zu trinken? Ich muss was trinken.«

Sie gähnt, und ich höre ihre Kiefer knacken. »Ich muss morgen arbeiten.« Es entsteht ein kurzes Schweigen, bevor sie schnell hinzufügt: »Entschuldige. Das kam jetzt falsch raus. Was ist denn?«

»Nichts. Mir fällt nur die Decke auf den Kopf, denke ich. Enolas Freund ist aufgetaucht. Es ist zu viel für das kleine Haus.« Auch wenn wir hier mal zu viert herumgeklappert haben.

»Und ich hatte gehofft, du sagst, du vermisst mich.«

Das tue ich. Ich vermisse es, wie sie die Bibliotheksstufen hinaufgeht. Ich vermisse es, wie sie das Tagesprogramm auf die Tafel schreibt, den Schwung ihres kleinen »g«. Ich vermisse die Alice, die ich nicht mehr sehe. »Tut mir leid. Ich bin einfach daneben. Es ist komisch, meiner Schwester beim Paarungstanz zuzusehen.«

»Ich war nie glücklicher, ein Einzelkind zu sein.« Sie gähnt wieder, und ich weiß, ich sollte sie in Ruhe lassen. »Morgen, in Ordnung?«, sagt sie. »Versprochen.«

»Klar doch.« Dann ist sie weg. Ich hätte ihr von dem Geld erzählen können, und wie sehr ich es brauche, doch ich bin noch nicht so weit. Nahe dran, aber noch nicht da. Ich schalte meinen Computer ein, schreibe Liz Reed eine Mail und frage, ob sich die Situation in North Isle vielleicht geändert hat, und dass eine Teilzeitstelle auch geht, wenn es nichts anderes gibt. Mein Eingangskorb ist leer, bis auf eine Antwort auf eine Bewerbung. Die Stelle eines Koordinators mit anderen Bibliotheken in Commack ist innerhalb des Hauses vergeben worden. Ich gehe meine Liste noch mal durch, suche nach Neuigkeiten, neuen Ausschreibungen. Ich überlege, als was ich mich alles bezeichnen kann: Informationsspezialist, Informationstechniker, Informationsmittel-Manager – ich kann alles sein, was ein Job von mir verlangt. Am

Ende verschwimmen die Worte, und ich habe Sand hinter den Lidern.

Ich erwache nicht mit der Sonne, sondern mit einem Licht im Fenster, das wie ein Herzschlag pulsiert. Doyle steht in der Auffahrt, ein Schatten mit zwei Vierzigwattglühbirnen in den Händen. Er lässt die Birnen kreisen, balanciert sie und lässt sie sich in weichen Bewegungen über die Handrücken gleiten. Das rollende Leuchten erhellt kleine Teile seiner Tätowierungen, als richte ein Taucher eine Lampe ins Dunkel. Tentakel wogen und winden sich. Ein Lichtblitz, eine Bewegung, schon sind sie wieder verschwunden. Die Birnen rollen ihm über die Brust, kurz wird sein Gesicht im Leuchten sichtbar. Weiße Zähne. Dann schwarz. Das Licht bewegt sich, Doyle dehnt sich aus, tanzt. Die Lichtwellen waschen über meine am Wagen lehnende Schwester.

Die Vorstellung ist für sie.

Ich sehe so lange zu, bis es sich anfühlt wie Spionieren, und ziehe den Vorhang zu. Licht leckt am Stoff vorbei. Ich wende mich wieder meinem Buch zu, meinen Notizen und den Namen. Es ist Zeit für ein wenig Mathematik. Verona Bonn wurde 1935 geboren, womit sie bei ihrem Tod siebenundzwanzig war. Ihre Mutter Céline Duvel starb 1937, als Verona zwei war, genauso alt wie Enola bei Moms Tod. In Célines Nachruf steht kein Geburtsdatum. Ich grabe ein wenig herum und stoße auf eine Hochzeitsbewilligung für Céline Trammel und Jack Duvel. Ihr Geburtsdatum ist der 13. Februar 1912, womit sie bei ihrem Tod fünfundzwanzig Jahre alt war. Jung, aber nicht so alt wie meine Mutter oder Großmutter. Nein, da muss noch etwas anderes sein.

Das Telefon klingelt. Es ist Churchwarry.

»Ich hoffe, ich habe Sie nicht geweckt«, sagt er. Wir wissen beide, dass es nicht so ist, aber ich versichere es ihm höflich noch einmal.

»Nein, ist schon gut. Was gibt es denn?«

»Nächte und alte Hunde. Sheila schafft es nicht mehr bis zum Morgen, ohne hinauszumüssen, und Marie hat es zu meiner Aufgabe erklärt, mit ihr zu gehen. Und wenn ich dieser Tage erst mal wach bin, bin ich wach.«

Ich kenne das Gefühl.

»Ich habe ein Buch gefunden, von dem ich glaube, dass es Ihnen helfen könnte, und ich frage mich, wie ich es Ihnen am besten zukommen lasse? Es ist sehr schwer.«

»Mit einem Kurier.«

10

Die Bewegung der Meerjungfrau weckte Amos aus seinem traumlosen Schlaf. Angespanntes Pochen erfüllte seine Brust, als er sich an ihre angstvollen Augen erinnerte und wie er sie in den Arm genommen hatte, an die tiefe Befriedigung des Gefühls von Haut auf Haut. Evangeline blinzelte, die Augen voller Schlaf und Morgen. Er schob ihr das Haar von der Schulter und lächelte, was sich unvertraut und verspannt anfühlte. Er drückte seine Finger in die Rundung ihres Schlüsselbeins, dann in seines.

Evangeline kreischte, stieß Amos zurück gegen die Dauben und stürzte aus dem Bottich. Sie floh, ihr Hemd flatterte im Wind.

Er wartete. Sie würde zurückkommen, und wenn nur deshalb, weil sie nirgends anders hinkonnte. Obwohl ihm Peabodys und Madame Ryschkowas Lehrbemühungen so etwas wie eine zivilisierte Oberfläche gegeben hatten, war seine Geduld doch schwach geblieben, und so machte er sich nach einer Viertelstunde schon auf die Suche. Es war nicht schwer, sie zu finden, die Feuchtigkeit weichte den Boden auf, sodass jeder Schritt einen perfekten Fußabdruck hinterließ, die Wölbung ihres Fußes, direkt hinter den Ballen. Er folgte ihrer Spur, wie er so oft Wild und Rehen gefolgt war.

Unter einer Ulme fand er sie, weinend und verknautscht wie ein weggeworfenes Stück Stoff. So viele Tränen aus einer einzigen Frau, es war, als wäre da ein See in ihr. Sein Tierherz wusste, dass sie und er für anderes gemacht waren. Er winkte grüßend, doch ihr Kopf blieb gegen ihre Knie gedrückt. Er wollte sie rufen und spüren, wie sich ihr Name auf seinen Lippen anfühlte. Um ihr zu zeigen, dass er ihr nichts antun wollte, neigte er den Kopf und berührte sie sanft an der Schulter.

Sie wischte ihn weg. »Geh. Bitte.«

Er setzte sich neben sie. Sie wiegte sich vor und zurück und weigerte sich, ihn anzusehen. Er legte die Arme um sie, locker genug, um sich gleich wieder zurückzuziehen, sollte sie ihn schlagen. Sie schnappte nach Luft, und es klang wie das Anbranden eines Flusses.

Meixel gurrte, wenn er die Pferde nach hektischen Städten beruhigte, Peabody sang beim Schreiben, Benno summte, wenn er Achsen reparierte – und Amos wollte das alles auch können. Er hielt Evangeline, drückte ihr die Stirn an die Schulter und glich seinen Atem dem Auf und Ab ihres Schluchzens an. Aus seiner Kehle kam ein Klageton wie das von Achsenkreischen unterlegte kehlige Grunzen eines Ochsenfroschs, ein Geräusch, aber keine Stimme. Verblüfft schloss er den Mund und versteckte sein Gesicht.

»Ist das deine Stimme?« Eine sanfte Frage.

Er schüttelte den Kopf und presste die Lippen so fest aufeinander, dass sie schmerzten.

»Du hast ein Geräusch gemacht, ich habe es gehört.«

Er schüttelte den Kopf. Das war alles, was er tun konnte, es reichte aber ganz und gar nicht.

»Aus Geräuschen entsteht Sprache«, sagte sie.

Er wollte, dass es so war, wusste aber, dass seine Zunge

nicht mitmachen würde und sein Kopf unfähig war, Töne zu formen und sie angenehm klingen zu lassen. Er schloss die Augen gegen ein unvertrautes Brennen.

Evangeline begann sich aus seinen Armen zu befreien. »Wir können hier so nicht bleiben«, sagte sie. »Ich glaube, es ist das Beste, ich gehe, damit uns keiner sieht. Keiner von uns sollte erzählen, was geschehen ist.«

Er wünschte sich, dass sie blieb, bis sich sein Atem beruhigt hatte, doch sie wischte sich die Tränen ab und stand auf. Bevor sie ging, hielt sie inne, und ein merkwürdiger Ausdruck überzog ihr Gesicht. »Du musst aufhören, dich um mich zu kümmern, Amos. Niemand muss sich um mich kümmern.«

Er sah zu, wie sie zwischen den Bäumen her zu den Wagen ging, und das Brennen in seinem Leib wurde stärker. Dieses Gefühl kannte er. Es war Scham. Er versuchte sein Herz zu beruhigen und seinen Ort in der Luft zu spüren, doch es wollte sich kein Friede einstellen. Er wollte schreien, aber es kam kein Ton. Er musste sprechen. Für Stunden versank er in Grübeleien und wendete das Problem hin und her, bis die Antwort in Form eines Bildes zu ihm kam: der Narr.

Er rannte zu den Wagen. Hin und wieder trafen seine Schritte in Evangelines Fußabdrücke, und Wärme stieg in ihm auf.

Die Karten zu stehlen, war nicht schwierig. Das laute Fluchen in Peabodys Wagen sagte Amos, dass Madame Ryschkowa ihre Entlohnung besprach. Nach jeder Stadt musste Peabody eine Aufstellung von Einnahmen und Ausgaben machen. Alle geschäftlichen Dinge wurden im Wagen des Wandertruppenleiters besprochen, und Ryschkowa war genauso heftig hinter ihrem Geld her wie Peabody. Die Karten waren unbeobachtet.

Amos durchsuchte Tücher, Salbeibündel und Tand, bis er die Schachtel fand. Einmal, als sie bei einem Gewitter festsaßen, hatte ihm Madame Ryschkowa die Geschichte des Bildes auf dem Deckel erzählt, von Iwan Zarewitsch, der dem Feuervogel die Schwanzfeder ausriss, von Wasser, das die Körper von Toten wiederherstellte und sie zurück ins Leben holte. Als seine Finger die Karten berührten, begann seine Haut zu summen.

Amos hockte sich in eine Ecke, und seine Hände durchsuchten hektisch die Karten. Ein ganz bestimmtes Bild suchte er, dessen Bedeutung er gut kannte. Ryschkowa hatte ihm beigebracht zu lächeln, wenn die Karte umgedreht wurde, und dass Frauen einen sanften Blick bekamen, wenn sie in ihrer Zukunft auftauchte, und ihm, ergriff er nach dem Aufdecken ihre Hand, mehr zahlen würden. Er steckte die Karte in seinen Schal, den Rest des Decks in seine Tasche und ging Evangeline suchen, wobei er auf Peabody traf, der aus seinem Wagen trat und etwas zerzaust wirkte.

»Sich weitende Horizonte, Amos. Möglichkeiten weit wie das Meer«, sagte er, als führte er ein nur kurz unterbrochenes Gespräch fort. Peabody schlug Amos auf den Rücken und schubste ihn etwas. »Was das Mädchen angeht, ja, ja, meine Meerjungfrau, eine exzellente Partie. Gut gewählt, mein Junge.« Peabody klopfte sich auf den Bauch und murmelte etwas. Amos fing die Worte »köstliches Ding« auf. Madame Ryschkowa lugte aus der Wagentür, und Amos spannte sich an und sah zum Wandertruppenleiter.

Peabody beugte sich vor und sagte neben Amos' Ohr: »Ein kleiner Rat nur. Etwas Ritterlichkeit würde dir helfen. Sei etwas weniger der Wilde.« Er machte eine vage Geste zu Amos Genitalien hin und duckte sich auch schon wieder in seinen Wagen.

Evangeline schnallte gerade den Deckel einer Wäschetruhe zu, als Amos sie fand. Nahebei machte Benno Dehnübungen, saß mit gespreizten, gestreckten Beinen da, berührte mit den Händen eine Fußspitze und sagte etwas zu ihr. Seine Narbe verschwand fast ganz, wenn er lachte. Evangeline lächelte. Amos näherte sich den beiden, und das Gespräch verstummte. Evangeline wollte etwas sagen, aber er hob die Hand. *Halt, bitte.* Er holte die Karte aus seinem Schal und drückte sie ihr in die Hand, schnell wie eine Katze, wobei er sie kaum berührte.

Eine schmale Falte bildete sich zwischen ihren Brauen. Hatte er sich getäuscht? Er wartete darauf, dass sie die Karte umdrehte, und hielt den Atem an, als ihr Blick auf das hübsche Bild des Engels fiel, der über die zwei anderen Gestalten wachte – einen Mann und eine Frau, beide nicht bekleidet und im Augenblick vor ihrer Umarmung eingefangen. Er sah, wie sie erglühte.

Benno sah zwischen ihnen hin und her. Er räusperte sich. »Drei vertragen sich nicht so gut wie zwei. Wir reden später, ja, Amos?« Er machte eine Verbeugung vor Evangeline. »Guten Tag.«

Amos achtete nicht auf seinen Freund. Die Karte nahm all seine Aufmerksamkeit in Anspruch. Unten auf den Rand hatte Ryschkowa »Die Liebenden« geschrieben.

Amos konnte nicht lesen, Evangeline schon. Großmutter Visser hatte sie die Buchstaben gelehrt, und wie sie sich miteinander verbanden, was es Peabody unmöglich machte, sie übers Ohr zu hauen, und ihr jetzt erlaubte, Madame Ryschkowas Worte zu lesen. Ihre Röte verdunkelte sich. Amos legte sich eine Hand auf die Brust, berührte dann ihre und schließlich die Karte, die Finger zwischen den beiden nackten Gestalten.

»Sicher nicht«, sagte sie.

Er drückte sich die Karte auf die Brust. Sie kaute auf ihrer Lippe, wehrte ihn aber nicht ab, als er ihr die andere Hand aufs Herz presste.

»Bitte geh«, sagte sie. »Es tut mir leid, aber bitte geh.«

Amos nahm die Karte, sein Gesicht stand in Flammen, und er rannte, stolperte hinüber zu Sugar Nips Wagen. Das Bild war klar. Madame Ryschkowa hatte eine seiner Bedeutungen als schicksalhafte Liebe erklärt, geführt von einem wohlwollenden Los. Er wusste, dass sie zueinandergeführt worden waren. Er hatte etwas falsch gemacht.

Einen Tag später erreichte die Truppe New Castle, wo die Häuser aus Ziegeln und nicht aus Holz waren, aus dem roten Lehm der Berge Pennsylvanias gebrannt. Die robusten Konstruktionen wirkten wie im Missklang mit den vergänglichen Wagen, doch Peabody bestand darauf, dass Ziegel Geld bedeuteten, besonders so nahe bei Philadelphia. Benno lachte, als er und Amos die Pferde ausspannten. »Ziegel bedeuten kaputtes Gemäuer und damit noch mehr Steine, die sie nach uns werfen können.«

Die Pferde wurden gefüttert und getränkt. Meixel führte das Lama außerhalb der Stadt umher, um keine Schaulustigen anzuziehen. Nat nahm Sugar Nip auf den Arm und trug das kleine Pferd zum Fluss, während Benno und Amos die Tierwagen ausmisteten. Kleider und Kostüme wurden ausgeschlagen und zum Lüften aufgehängt, Evangelines Bottich auf Lecks überprüft und für die beschwerliche Arbeit bereit gemacht, ihn zu befüllen. Während seine Leute sich reckten, säuberten und die Reiseutensilien verstauten, machte Peabody mit seinem Buch die Runde und fragte, ob sie etwas aus der Stadt bräuchten. Susannas Pantoffeln waren durchgelaufen, Melina wollte Messer zum Üben und Nat einen Sack Buchweizen, um darauf zu schlafen, weil er Probleme mit dem Rücken hatte. Im Übrigen ging es um ihren Anteil an den Einnahmen. Amos bekam etwas von Madame Ryschkowas Lohn, wie viel, war unwichtig, da sie ihn kleidete und Peabody ihn aus seinen Einkäufen mitversorgte. Amos brauchte wenig, und was er sich wirklich wünschte, schien immer unerreichbarer zu werden.

Madame Ryschkowa hatte es eilig, Kunden zu finden. Amos musste fast direkt nach ihrer Ankunft die Seidenstoffe im Wagen aufhängen. »Schnell, schnell«, sagte sie. »Die Stadt ist voller Fragen. Wir müssen sie beantworten.«

Das gefiel Amos nicht. Nach seiner Zurückweisung durch Evangeline hatte er gehofft, beim Aufbau ihrer Nummer helfen und sich entschuldigen zu können. Er sah aus dem Wagen zu der Reihe Männer, die das Wasser heranschleppten. Benno ging allein, einen Eimer in jeder Hand. Zum zweiten Mal in zwei Tagen wünschte sich Amos, an seiner Stelle zu sein, bereitete sich stattdessen aber innerlich auf stundenlanges Zuhören und Kartenaufdecken vor. Lange bevor der Bottich gefüllt war, und während Peabody in den Kneipen und Läden der Stadt noch die Werbetrommel rührte, musste er bereits seine Wahrsagerrobe anlegen. Einer nach dem anderen klopften die Ratsuchenden an die Wagentür Madame Ryschkowas, bis die Schlange weit aus dem Wagenrund hinausreichte.

Die Leute hier waren gesprächiger als weiter im Norden und flüsterten von Stelldicheins, Diebereien, Eifersucht und Gier. Aber wie auch bei den Nordlichtern vermischten sich die Stimmen nach ein, zwei Stunden zu einem einzigen schmerzhaften Verlangen. Amos versuchte sich an die Form von Evangelines Mund zu erinnern, und ob da nicht doch die Spur eines Lächelns gewesen war, als er ihr die Karte gezeigt hatte. Madame Ryschkowa gluckste mit angemessenem Mitgefühl, lachte, wenn nötig, und tätschelte Hände. Als die Zeit für die Antworten kam, gab sie Amos ein Zeichen.

»Der junge Mann wird die Karten legen. Er hat eine besondere Gabe, er hört Schicksale.« Sie wählte ihre mütterlichste Stimme und senkte sie zu einem Flüstern: »Deshalb spricht er nicht. Er hört so schreckliche, schreckliche Dinge.« Der Akzent Madame Ryschkowas war am stärksten, wenn sie mit ihren Kunden sprach. Das ist reine Schaustellerei, dachte Amos, nicht so sehr wie bei Peabody, aber trotzdem. »Geheimnisse«, sagte sie. »Sie wandern in seine Hand, verstehen Sie? Seine Hand allein lässt die Karten sprechen.« Und die Kunden betrachteten Amos, als sähen sie ihre Leben durch seine Adern fließen.

»Viele Veränderungen. Der Mann hier, das ist ein Page. Es gibt ein Hindernis zwischen Ihnen und Ihrem Verlangen. Ah, ich verstehe.« Ihr Singsang hätte etwas Tröstendes gehabt, wäre Amos nicht so abgelenkt gewesen. Er hatte die falsche Karte gewählt, dachte er. Er hätte die Welt nehmen sollen, um Evangeline nach Möglichkeiten zu fragen, doch ihre Bedeutung war weniger direkt. Er hatte klar sein wollen, und jetzt musste er leiden.

»Die Drei der Schwerter in der Vergangenheit. Armes Ding. Herz gebrochen«, erklärte Madame Ryschkowa einer verhuschten Frau.

Drei Schwerter stachen in ein leuchtend rotes Herz. Eine passende Darstellung, dachte Amos.

Ryschkowa tröstete mit ihren verkrüppelten Händen, berührte Handgelenke, beruhigte Ängste und sprach von kommender Liebe. Wer immer den Wagen betrat, bekam zu hören, dass sich alles zum Besten wenden würde. Es stimmte nicht. Amos hatte die Karten gesehen.

Spät am Abend, als auch der letzte Ratsuchende gegangen war, zog Madame Ryschkowa den Vorhang zu und schloss die Tür. Amos stand auf, um ebenfalls zu gehen, doch sie hielt ihn zurück. »Es ist sehr wichtig, Amos.« Ihre Augen trugen einen warnenden Schatten. »Du musst wissen, wann es die Wahrheit zu sagen gilt und wann nicht.« Sie suchte nach Worten. »Mehr Geld bedeutet manchmal weniger Wahrheit. Wenn sie uns gut bezahlen«, sie zuckte mit den Schultern, »lügen wir ein wenig. Setz dich zu mir.«

Er ließ sich in der Ecke nieder und verschränkte die Beine. Der Holzboden stach in seine nackten Knöchel, und Amos sah zu, wie Madame Ryschkowa sich an das lange Abnehmen ihres Kopftuchs machte. Das Haar rutschte nach unten, ein grobes grauweißes Seil. Amos hatte es bisher nur in ihrem Tuch gesehen und war überrascht, wie lang es war. Es reichte ihr fast bis zur Taille. Einen Moment lang fragte er sich, wie Madame Ryschkowa früher wohl einmal ausgesehen hatte. Er warf einen Blick auf das Bild ihrer Tochter und suchte nach Ähnlichkeiten, die der Zeit nicht zum Opfer gefallen waren.

»Ich werde dich etwas lehren«, sagte sie. »Aber bevor wir anfangen, musst du wissen, dass du mich nicht hintergehen darfst. Zwischen uns gibt es nur die Wahrheit, ja? Keine Lügen. Nicht für uns, die wir die Zukunft voraussagen.« Sie schlug mit der Hand auf einen kleinen Hocker. »Du hast meine Karten genommen, richtig?«

Er nickte.

Sie lachte. »Gut, gut. Du verstehst mich. Tu das nicht wieder.«

Das war etwas, was er nicht versprechen konnte. Er blieb reglos.

Ryschkowa rückte zu dem Fass hin, auf dem noch das Schicksal der letzten Kundin ausgebreitet lag. Sie beugte sich darüber und bedeutete Amos, das Gleiche zu tun. Der Wagen fühlte sich kleiner und wärmer an als noch Augenblicke zuvor. Nur eine Kerze brannte und warf ein flackerndes Spiel aus Licht und Schatten auf die Porträts der Verwandten über ihren Köpfen. Ihre Augen lachten ihn aus. »Ich werde dich nicht hereinlegen. Keine Lügen zwischen uns. Aber«, sagte sie und hob einen knochigen Finger, »ich zeige dir, wie man es macht.«

Bis dahin hatte Amos' Leben aus unerschütterlicher Ehrlichkeit bestanden. Als er jetzt mit Ryschkowa zusammensaß und zusah, wie ihre Finger über den Karten spielten, wusste er noch nicht, was es bedeutete zu lügen, und dass er bald schon genau die Frau hintergehen sollte, die ihn gerade die Kunst der Täuschung lehrte.

Madame Ryschkowa zeigte ihm, wie man eine Karte im Ärmel verschwinden ließ, oder im Schal, wie man sie drehte, um ihre Bedeutung zu ändern, und das alles ging viel zu schnell, als dass ein ungeübtes Auge es hätte bemerken können. Seine ersten Versuche waren tastend, unbeholfen und ließen sie laut auflachen. Nach Stunden schnellen Umdrehens und Wegsteckens, raffinierter Verschiebungen und Umkehrungen fasste Ryschkowa ihn beim Ärmel.

»Du hast dem Mädchen meine Karten gezeigt, richtig?«

Ein kleines Zucken, eine winzige Bewegung seiner linken Hand verriet ihn. Wut flammte in den Augen Madame Ryschkowas auf, erlosch jedoch gleich wieder, und er hatte den plötzlichen Gedanken, dass sie von einem starken Wind davongeblasen werden konnte wie Asche.

»Du darfst sie nicht treffen.«

Er hob eine Hand, um zu protestieren, doch sie fuhr fort.

»Sie ist schön, ja, aber nicht wie du, nicht wie ich. Sieh sie dir an. Sie hat eine halbe Seele und ist voller Hunger auf eine andere. Bleibe bei diesem Mädchen«, sie spuckte die Worte förmlich aus, »und sie wird dich ertränken.«

Er schüttelte heftig den Kopf.

»Sie wird es nicht wollen. Sie denkt nur an Liebe, nicht an den Preis. Sie kennt nur ihr Wollen. Es sind Rusalkas. Ertrunkene Jungfrauen.« Ihre Stimme blieb hängen. »Sie locken einen Mann an, spielen und tanzen mit ihm, bis er stirbt. Sie ziehen ihn ins Wasser, ohne zu wissen, dass das sein Ende ist. Wenn er tot ist, betrauern sie ihn und suchen in ihrer Trauer nach einem anderen, um sich zu trösten, und so geht es immer weiter. Überlasse sie einem anderen, jemandem, der nicht mir gehört.«

Amos' Magen drehte sich um. Er konnte Madame Ryschkowa nicht sagen, was er gesehen hatte, als er Evangeline gehalten hatte, oder dass sie es gewesen war, die ihn zurückgestoßen hatte. Seine Zähne gruben sich in seine Wange, bis er Blut schmeckte.

»Ich sage das, um dich zu schützen. Weil ich es gesehen habe. Weil ich dich liebe wie einen Sohn.« Ihr Stiefel stieß gegen den Tisch, eine Karte flog auf. Der Page der Kelche, ein dunkelhaariger Junge mit einem überfließenden Kelch. »Das Mädchen, sie mag es nicht wissen, aber sie wird deine Seele austrinken. Sie kann nicht anders. Eine halbe Seele tötet, um ganz zu werden.« Madame Ryschkowa streckte ihre Hände zur Kartenschachtel, die Daumen herausfordernd aufgerichtet, ängstlich, drohend, bebend. »Du wirst mich nicht belügen. Du wirst sie nicht mehr treffen.«

11

17. Juli

Mir bleibt eine Woche. Das Buch ist ein wunderschön zerschlagenes Fenster mit einem verstellten Blick auf das, was uns tötet. Etwas tötet uns eindeutig, und es ist nicht einfach nur die für meine Familie so typische Traurigkeit. Gestern habe ich ein Zeitungsfoto von meiner Großmutter zwei Tage vor ihrem Tod gefunden. Sie ist jung, ein Engel in einem Esther-Williams-Schwimmanzug, und lächelt so strahlend, dass es wehtut. Echtes Glück, dann das Nichts. Enola ist zu Hause und fällt mit ihren Tarotkarten in Trance.

Aber ich bin im Wasser, und ich lebe. Der Grund des Meeres ist voller Pfeilschwanzkrebse. Sie sind jetzt seit mehr als einer Woche hier, weit über die Paarungszeit hinaus. Es könnte die Erderwärmung sein. Es ist wärmer in diesem Sommer, und das Meer zieht sich bei Ebbe so weit zurück, dass ich trockenen Fußes hinaus zu den Felsen gehen kann. Meine Arbeitslosigkeit setzt sich fest, und jeden Tag liegt mehr Putz auf dem Boden. Ein Krebs läuft mir über den Fuß. Die Zangen fassen zu und lassen wieder los.

Lavinia Collins ertrank 1876 in Bridgeport, der Stadt, in der P.T. Barnum Bürgermeister war. Wenn ich oben über das Wasser blickte, könnte ich sehen, wo sie gestorben ist. Geboren am 3. Februar 1846 als Tochter von Clara Petrowa,

Tochter der ertrunkenen Bess Visser. Lavinia war mit dreißig tot. Alles, was auf ihre Geburt folgt, steht auf den vom Wasser zerstörten Seiten, verflossen in Tinte auf Papier. Kein Hinweis auf Gewalteinwirkung von außen. Gestern Abend hat Churchwarry die Flying Wallendas angesprochen, Hochseilartisten, eine Zirkusfamilie, die vierhundert Jahre zurückdatiert und eine Reihe von Abstürzen und Unfällen erleben musste, die tragisch genug sind, um als Fluch gelten zu können. Abgestürzte Hochseilartisten leben in der gleichen Welt wie ertrunkene Meerjungfrauen. Heute Morgen kam ein Paket an, wundervoll modrig riechend und mit einer Notiz von Churchwarry.

Ich gehe davon aus, dass Sie das Buch zurückschicken, auch wenn es keine Eile hat. Ich würde es Ihnen überlassen, aber ich fürchte, keiner von uns könnte sich das leisten. Marie würde mich beschimpfen, bis mir die Ohren herunterfielen. Es ist ziemlich selten.

Bannsprüche und Defixionen ist ein schwerer Band und sieht fast schon unheimlich aus, in dickes Leder gebunden, der Titel geprägt, aber nicht mit Gold, die Seiten weich vom Blättern der Neugierigen, die Jahr um Jahr mit ihren Fingerspitzen das Papier berührt haben. Als ich es anfasste, empfand ich fast den gleichen Schauder wie bei »unserem« Buch. Ich werde mich in es vertiefen, wenn mein Kopf wieder klar ist.

Etwas packt mein Haar und reißt an den Wurzeln. Ein Luftstoß blendet mich. Ich versuche mich loszureißen, doch eine Hand hält meinen Arm. Mein Inneres verkrampft sich, und der Rest meines Atems fährt aus mir heraus. Arme greifen mir unter die Achseln, ich wehre mich, aber sie geben nicht nach. Ich habe einen bitteren Geschmack im Mund, ich trete um mich. Das Licht wird breiter und heller, während ich nach oben gezerrt werde. Ich würge, versuche mich zu befreien, mein Magen steigt himmelwärts, Wasser fließt in mich. Die Arme rutschen höher, drücken auf meinen Hals, blockieren die Luftröhre. Ich kratze. Kann nicht atmen. Kann das Wasser nicht ausspucken. Schwärze macht sich breit. Gefleckte Schatten, dann ist es nur noch dunkel. Ich schlage um mich, versuche mich zu befreien. Zu atmen. *Atmen.*

Verdammt, ein Fluch liegt auf uns.

Ich liege auf dem Rücken, ein Sandfloh nagt an meiner Schulter. Da ist etwas am Rand meiner Hörweite. Eine Stimme. Eine Hand schlägt mir ins Gesicht. Die Augen öffnen sich. Ein Kopf verdeckt die Sonne, Schatten schlucken Gesichtszüge. Keine Schatten, eine Tätowierung. Doyle.

»Hey, Mann. Bis du okay? Hab etwas fester gedrückt, als ich dachte. Tut mir leid.«

Ich gehe auf ihn los, springe auf, aber unsicher.

Tentakelhände legen sich um meine Faust, Zentimeter vor seinem Gesicht. Er hält sie, dreht die Hand, als wolle er das Blau der Venen untersuchen. Er sagt etwas. Es klingt wie: »Ganz locker, Bruder.«

»Willst du mich umbringen?« Ich spucke. Hole mit der Linken aus, er wischt sie weg.

»Verdammt«, sagt er. »Du warst am Ertrinken.« Er ist völlig locker, als säßen wir bei einem Bier zusammen. Ich versuche ihn wegzustoßen, aber er dreht mir den Ellbogen auf den Rücken. »Alter, schlag mich nicht.« Er schlingt die Arme um mich. »Chill, Mann«, sagt er. »Das ist der Schreck. Keine Luft. So was haut einen um.« Er keucht nicht mal.

Oben vom Ufer ein Schrei. Enola. Die Treppe. Es dauert eine Minute, sie hinunterzurennen, und das Getrappel bedeutet, dass sie bereits unterwegs ist. Ich zapple, aber es ist eine einzige Blamage. Einen Schlag. Ich habe nicht einen Schlag anbringen können.

»Alter, ich hab gesehen, wie du untergegangen bist. Ich hab gerufen, aber du hast nichts gehört. Du warst viel zu lange da unten, Mann.«

»Es war alles in Ordnung.«

Enola erreicht uns und schlägt Doyle auf die Schulter. »Lass ihn los.« Er gibt nach, und sie drückt mich fest an sich. Ich spüre ihr Keuchen und Zittern. »Alles okay? Was ist passiert?«

»Dein Freund hat versucht, mich umzubringen.« Sie lässt mich so schnell los, dass ich das Gleichgewicht verliere, und dann schlägt sie auf mich ein, nicht fest, aber wenn sie lange genug so weitermacht, spüre ich irgendwann meinen Arm nicht mehr.

»Das hat er nicht. Das würde er nicht tun.« Der Rest ist ein hohes Kreischen. Ich packe ihre Arme und halte sie unten. Doyle steht ein, zwei Schritte hinter ihr. Ich spüre sein Lächeln.

»Ganz ruhig, mein kleiner Vogel«, sagt er.

Sie ist alles andere als ruhig. Ich bin nicht ruhig. Ganz ruhig werden wir nie sein.

Als sie begreift, dass ich nicht vorhabe, sie wieder loszulassen, gräbt sie mir die Zähne in die Schulter. Ich schreie, sie macht sich los und sucht Doyle nach irgendwelchen Schrammen ab. »Alles okay«, murmelt er.

Ich sehe nach meiner Schulter. Ein weißer Halbmond markiert die Stelle, wo Enolas Zähne mich erwischt haben. »Ich schwöre, er hat mich gewürgt«, sage ich.

Sie dreht sich zu Doyle, die Fäuste geballt.

»Er war am Ertrinken, ich hab ihn rausgezogen.« Die Hände in der Luft, unschuldig.

»Red keinen Unsinn. Mein Bruder ertrinkt nicht.«

Ich muss gegen meinen Willen grinsen. »Das habe ich ihm auch gesagt.«

»Er ist ein Schwimmer«, sagt sie. »Er kann die Luft echt lange anhalten.«

»Zehn Minuten lang?« Er pfeift durch die Zähne.

»Zehn Minuten?« Vorwürfe von allen Seiten.

»Er hat versucht mich zu würgen.«

»Doyle ist Pazifist.« Das ist das Lächerlichste, was ich sie je habe sagen hören. »Ich habe ihn gebeten, dich zu holen. Da ist ein Bauunternehmer beim Haus. Frank hat ihn geschickt. Du musst mit ihm reden.«

Wir sind bei der Treppe, Doyle geht uns mit affenartiger Leichtigkeit voran. Sie klopft mir auf die Schulter. »Machst du das oft?«

»Mich von deinen Freunden würgen lassen? Nein. Du solltest öfter nach Hause kommen. Fast zu sterben macht Spaß.«

»Zehn Minuten sind selbst für dich gefährlich«, sagt sie.

Ich sage, dass Doyle übertreibt, weiß aber nicht, wie lange ich unten war. Ihre Hände arbeiten in ihren Taschen. Ich erhasche einen kurzen Blick auf eine Karte. Das sieht aus wie ein Bein mit einem Huf. Der Teufel? Aber nicht wie der in den *Grundsätzen*. Enola steckt ihn weg.

»Stimmt«, sage ich.

Der Bauunternehmer heißt Pete Pelewski, ein schwergewichtiger Kerl mit grau meliertem Haar. Er trägt ein kariertes Hemd und einen alten Werkzeuggürtel und schreibt mit einem Schreinerbleistift. Es ist ein vertrauenswürdiges Kostüm, das den Schreck mildern soll. Nichts, was ein Bauunternehmer sagt, ist schmerzfrei.

»Hundertfünfzigtausend«, erklärt er. Mein Keuchen ist deutlich hörbar, doch er fährt ungerührt fort. »Für die einfache Reparatur der Uferbefestigung und einen ersten Terrassenaufbau. Das Haus«, er schüttelt den Kopf. »Das Fundament ist in schlechtem Zustand. Sie brauchen Maurer und einen Landschaftsarchitekten, um das Ufer zu sichern. Ich arbeite da mit ein paar Leuten zusammen. Einen kompletten Kostenvoranschlag kann ich Ihnen erst machen, wenn ich mit denen gesprochen habe, aber ich rechne mit weiteren hunderttausend. Als absolutes Minimum.« Er klopft mit dem Bleistift auf seine Notizen. »Und Sie müssen sich beeilen. Wir müssen mit Lastwagen auf den Strand, und der Untergrund muss fest sein, um die Raupen zu stützen.«

Ich mache die passenden Anmerkungen, frage wie viele Lastwagen (vier, wenn die Stadt so viele erlaubt), wie lange (Wochen, Monate, das hängt von den Lastwagen ab), kann ich hier während der Arbeiten wohnen bleiben (bis es an das Fundament geht), und dann schütteln wir uns die Hände, ich bitte um einen schriftlichen Kostenvoranschlag, und wir tauschen noch ein paar Nettigkeiten aus. *Ist Frank nicht toll? Ja, wundervoll, der älteste Freund der Familie.*

Dann ist Pete Pelewski wieder weg, und ich lehne an der Küchenwand, neben dem Schlüsselbrett. Die Tapete rundherum ist voller Fingerabdrücke, von Dad, Mom, mir und Enola. Wir alle haben die Wand berührt, wenn wir unsere

Schlüssel hier aufgehängt und weggenommen haben, Jahr für Jahr.

Vier, drei, zwei, eins.

»Du musst Frank um Geld bitten«, sagt Enola vom Küchentisch her. Sie sitzt auf Moms Platz. Der Faden des Teebeutels hing dort immer aus ihrer Tasse und schwang hin und her, wenn sie mit dem Löffel umrührte und Metall gegen Porzellan schlug.

»Ich versuche es bei der Historischen Gesellschaft. Mal sehen, ob es keine Gelder für den Erhalt von Denkmälern gibt.«

»Das klingt nach einer langwierigen Sache«, sagt sie.

»Ich bin gut, was Beihilfen angeht. Das ist mein Job.«

»War«, sagt sie. »Wenn du Frank fragtest, würde er wahrscheinlich Ja sagen.«

»Das möchte ich lieber nicht.«

»Warum?«

»Was geht dich das an?« Es gibt heftigere Dinge, die ich sagen könnte, Dinge, die ich gesammelt, abgelegt und katalogisiert habe.

»Ich weiß nicht«, sagt sie. »Dad hat hier gewohnt. Ich habe hier gewohnt.« Früher.

»Tust du aber nicht mehr.« Die Vertiefungen im Boden, vom Stuhl, das sind meine. Die fleckige Decke gehört ihr. Die Kleider, die sie nicht mitgenommen hat. Der einäugige Teddy. Die Sachen, die sie hiergelassen hat.

»Es gehört auch noch mir.« Sie steckt die Hände in die Taschen und raschelt mit den Karten.

Gut, werden wir direkt. »Was ist mit deinen Karten? Du spielst die ganze Zeit mit ihnen und hast eine Seite aus meinem Buch gerissen.«

Doyle antwortet. »Sie hatte in letzter Zeit ein paar üble Legungen. Verkorkste Scheiße.«

»Oh, verdammt, Doyle.« Sie stampft auf. Stuhlbeine kratzen übers Linoleum. »Darüber rede ich nicht, und das heißt, dass auch du nicht darüber redest.« Sie reißt die Küchentür auf und geht nach hinten raus.

Doyle verzieht das Gesicht, sodass einer der Tentakel hinabgezogen wird. Schatten vermischen sich mit Tinte. »Sie ist ein bisschen empfindlich.«

»Wie lang schon?«

»Paar Monate.«

Scheiße. Und ich habe eine Woche. »Gibt's einen Grund dafür?«

»Sie sagt nur, sie mache sich Sorgen.«

Ich setze mich auf meinen Stuhl, den, auf dem ich Dad gegenübergesessen habe. Es wird immer der Tisch meines Vaters sein, obwohl er seit mehr als zehn Jahren tot ist. Ich muss die Augen nicht erst schließen, um ihn zu sehen, wo Doyle jetzt ist – wie er da sitzt und auf Moms Rückkehr wartet (was er nie zugegeben hätte).

Ich war neunzehn, Enola vierzehn, und er war der erste Tote, den wir je gesehen haben. Die Augen blutunterlaufen, lag er auf einer Zeitung, die er nicht fertig lesen würde. Enola kam aus der Schule und fand ihn. Ein Schlaganfall. Eine winzige Ader war verstopft und geplatzt, gerissen wie ein Stück Schnur. Seit Mom von uns gegangen war, war er langsam gestorben.

Wir weinten nicht, erst als sie ihn abgeholt hatten.

Enola saß auf der Couch, die Knie zu einem umgedrehten V zusammengedrückt, und starrte aufs Wasser hinaus. Von da an sollte sie der einzige andere Mensch sein, der noch wusste, wie wir aufgewachsen waren, wie Dad Steaks briet und wie es sich anfühlte, wenn er uns hinten auf die Köpfe klopfte. Sie war die Einzige, die unsere Einsamkeit verstand.

»Ich hasse dich«, sagte sie.
»Ich weiß.«
»Ihn habe ich auch gehasst.« Wir starrten die Wände an. Die ersten Risse zeigten sich.
»Ich auch«, sagte ich.
»Was jetzt?«, fragte sie.
Im Dunkeln sagte ich: »Ich kümmere mich um dich.«
Doyle und ich sehen aus dem Fenster, aber Enola ist nicht da. Er kaut auf seinem Daumen herum. Es ist mir bisher nicht aufgefallen, aber er hat Finger wie ich, die Nägel bis unten heruntergebissen.
»Sie geht nicht weit«, sage ich. »In Napawset gibt's nichts.« Ich sollte ihm wahrscheinlich sagen, dass die meisten Beziehungen mit meiner Schwester im Weggehen enden. Die Tätowierungen machen es schwer, ihn hinter den elliptischen Saugnäpfen und stundenlangen Schmerzen zu erkennen. »Wie alt bist du eigentlich?«, frage ich.
»Vierundzwanzig.«
Ich hatte eher gedacht, er sei ähnlich alt wie ich, an die dreißig, vielleicht älter. »Ich muss dich fragen, was das mit meiner Schwester ist.« Ich vermeide bewusst Ausdrücke wie »deine Absichten«, weil das was Väterliches hätte.
»Was immer sie will und so lange, wie sie mich lässt.« Die richtige Antwort auf eine Frage, auf die es keine gibt. »Und was ist das mit dir und dass du so lange unter Wasser bleibst?«
»Das liegt in der Familie, unsere Mom hat es mir beigebracht. Sie ist eine Weile im Zirkus und auf Volksfesten damit aufgetreten.«
»Ist sie ertrunken?«
»Das war was anderes.«
Doyle schüttelt den Kopf, Kraken gleiten über seinen Hals. »Mann, ich weiß nicht. In meiner Familie sind alle

Rohrleger.« Er lacht und lässt den Nacken knacken. So unmöglich es auch sein mag, ich fange an ihn zu mögen.

Ein Knarren tönt durchs Fenster, da setzt sich jemand an unseren halb verrotteten Picknicktisch. Wir sehen beide hinaus. Enola, typisch, sitzt im Schneidersitz auf dem Tisch, den mein Vater gebaut hat, nicht auf der Bank, den Blick von uns abgewandt und in die Ferne gerichtet.

»Ich mache mir Sorgen um sie«, sagt Doyle leise. »Das mit den Karten wird etwas komisch.«

»Ich rede mit ihr.«

»Okay, Mann.«

Der Beton der hinteren Stufe ist zerbrochen, und sie hört mich kommen und räumt zusammen, was auch immer an Karten auf dem Tisch gelegen hat. Die Karten sind abgegriffen, vergilbt und sehr alt, die Farben verblichen. Ich sehe den Umriss eines Knochenarms, nur mehr halb erkennbar, bevor sie das Deck in die Tasche ihres Kapuzenpullovers stecken kann. Sie dreht sich um und sieht mich an. Ich setze mich auf eine der Bänke und fühle, wie das alte Holz unter mir nachgibt.

»Sind das Marseille-Karten?« Das habe ich aus den *Grundsätzen*. Waite-Karten stammen aus den 1900ern und sind weit feiner illustriert. Ihre nicht.

»Nein. Und darüber rede ich nicht«, sagt sie.

»Klar.«

Sie streckt die Beine aus und lehnt sich gegen den Tisch. »Warum hat Dad das hier gebaut? Wir haben doch nie hier draußen gegessen.«

»Ein- oder zweimal.«

»Nicht mehr nach Moms Tod, oder?«

»Nein.« Alles hörte mit Moms Tod auf. »Doyle ist nett«, sage ich.

Sie kratzt an einer Flechte, die sich auf dem Tisch breitmacht. »Er mag mich. Ich weiß, dass das nicht immer ganz einfach ist.«

»So schlimm ist er nun auch wieder nicht. Er sieht nur komisch aus. Selbst für dich.«

»Ich weiß.« Sie lächelt. »Das ist einer der Gründe, warum ich mit ihm zusammen bin.«

»Wo fahrt ihr herum?« Ich möchte, dass sie was erzählt. Es ist so lange her, dass ich Zeit mit ihr verbracht habe, es fühlt sich gut an, ihr zuzuhören. Das, was ich an der Bibliothek nicht vermisse, ist das Schweigen – die Tage im Winter, wenn es außer dem Gluckern der Heizung, dem Summen der Computer und dem Umblättern von Seiten nichts zu hören gibt. Warum habe ich Alice nie beiseitegenommen, um zu reden?

»Im Winter letztes Jahr ist Rose's tief nach Georgia hineingefahren. Mit den Karten geht da nicht so viel. Die Leute sind fromm.« Sie verdreht die Augen. »Die Häuser sind wunderbar, sie würden dir gefallen«, sagt sie. »Ich habe eine Führung durch ein altes Geisterhaus mitgemacht, direkt an dem Fluss da, der in den Ozean fließt. Die Ufer sind voller Austern, wie Rüschen auf Unterhosen. Eine Unmenge davon.« Sie reckt sich langsam. »Ich habe nie so was Hübsches gesehen.«

Manuskripte unterscheiden sich nicht so sehr von Rüschen. Beides verlangt nach sanften Berührungen. Ich denke an die Stelle in Savannah. Heute Morgen hat Liz mir gemailt, dass sich das Sanders-Beecher-Archiv nach mir erkundigt hat. Sie war leicht sauer, dass ich da so dick aufgetragen habe, hat meine Qualifikationen aber bestätigt. Ich würde es für sie ebenfalls tun. Liz und ich, wir haben uns immer verstanden. Ich sehe meine Schwester Enola an, die ich überhaupt nicht verstehe. »Wie ist eure Show?«

»Normal. Langweilig. Der Rummel ist das, was du erwarten würdest, im Prinzip. Schiffschaukeln, Schlag den Maulwurf, alles. Eine Freakshow.«

»Tritt Doyle da auf?«

»Ja. Es gibt auch einen Irrgarten mit einem Zyklopenlamm und Wippen. Dann haben wir ausgestopfte Affenbabys, aus denen sie siamesische Zwillinge gemacht haben. Es ist, als stolpertest du über einen enormen Hundehaufen: Du musst einfach hingucken. Ich meine, wie kommt man an tote Affenbabys?« Sie sieht zum Küchenfenster, vielleicht zu Doyle. »Wir haben auch einen Feuerschlucker. Leo. Schluckt nebenbei auch noch Schwerter. Er ist in Ordnung und fast normal. Frau, Kinder, Bauchansatz. Dann haben wir einen Piercer, eher ein Arschloch, aber er weiß eine Menge über Anatomie.« Sie kratzt etwas Schmutz unter einem Fingernagel hervor. »Er hängt sich Kanonenkugeln an die Brustwarzen und sticht sich Nadeln durch die Arme, solche Sachen. In den Abendvorstellungen, wenn du was extra zahlst, kannst du zusehen, wie er Dinge mit seinem Schwanz hochhebt. George, das ist der Dicke Mann, kümmert sich ums Geld. Doyle arbeitet meist abends.«

Das ist verständlich. »Das Licht macht sich besser im Dunkeln, nehme ich an.«

»Ja. Bei Tageslicht bewegt er sich schon gut, aber abends ist es noch mal was anderes. Dann kapierst du die Tätowierungen. Im Dunkeln ist er nicht einfach ein Mensch. Du siehst die Glühbirnen, aber das Licht kommt aus ihm, als wäre er aus Sternen und Wasser gemacht. Du siehst ihn an und denkst, vielleicht könntest du auf dieser Haut sein, dich so bewegen, und dass das Licht dann auch aus dir käme. Manchmal denke ich, die Tinte hält das Licht in ihm drin, damit ich ihn sehen kann, so als wolle er, dass ich, jemand wie ich, ihn sieht.«

Sie fährt sich mit den Fingern durchs Haar und kratzt sich den Kopf. Ich muss daran denken, wie ich ihr da mal ein dickes kleber- und glitterverkrustetes Büschel herausgeschnitten habe.

»Er ist wirklich gut. Besser als ich«, sagt sie.

Das Telefon in meiner Tasche brummt.

Es ist Alice. Sie hört sich geschafft an. »Du musst mir was erklären.«

»Hey, was ist denn?« Ich stehe auf, und Enola folgt mir und hört mit. Ihre Lippen fragen: Alice?, und ich hebe eine Hand, aber sie hängt mir auf den Schultern.

»Warum klaust du Bücher aus der Bibliothek?«

»Entschuldige, was?«

»Entschuldige dich nicht. Erklär's mir nur. Marci hat gesehen, wie du Bücher mitgenommen hast, und es Janice erzählt, und ich habe mir gerade *eine geschlagene halbe Stunde* einen Vortrag über das Entwenden von Eigentum anhören müssen, als wäre ich für dich verantwortlich. Weil wir zusammen sind. Alle wissen es, weil es in diesem verdammten Ort keine Geheimnisse gibt. Was zum Teufel denkst du dir dabei?«

»Ich weiß nicht. Mein Gott. Ich bringe sie zurück.«

Sie sagt einen Moment lang nichts.

»Bist du noch da?«

»Du bist nicht sauer, dass ich meinen Job noch habe, oder? Weil das irgendwann ein Problem wird.«

»Nein. Um Himmels willen, nein. Es tut mir leid. Ich … Ich brauchte die Bücher und habe nicht nachgedacht.« Enola sieht mich böse an. »Es tut mir leid. Hätte ich gewusst, dass sie dich deswegen angreifen …«

»Hör auf, dich zu entschuldigen. Bring die Bücher einfach zurück.«

Der Gedanke, in die Bibliothek zu müssen, nachdem sie mich gefeuert haben, ist demütigend, ganz zu schweigen davon, gestohlene Bücher zurückzubringen. »Ich kann sie dir heute Abend mitbringen.«

»Das sieht noch schlimmer aus.« Ein lautes Seufzen. »Bring sie einfach in die Bibliothek, okay? Tu's für mich. Im Übrigen gibt mein Dad keine Ruhe, wir sollen zum Abendessen kommen.«

Was das bedeutet, ist klar. Wir beide Frank und Leah gegenüber, und ich halte Alices Hand unter dem Tisch. Ich lasse ein unverbindliches Grunzen hören.

»Ja, ich weiß. Es wird schräg, aber wir überstehen es.« Damit legt sie auf, was wohl gut ist. Alles, was ich noch hätte sagen können, hätte die Sache nur noch schlimmer gemacht.

Enolas Gackern kommt überraschend. »Heilige Scheiße«, sagt sie und schnappt nach Luft. »*Heilige Scheiße*. Jetzt weiß ich, warum du Frank nicht um Geld bitten willst. Du kannst nicht. Du vögelst Alice.«

12

Peabody behielt recht, was New Castle anging. Es war ein Handelszentrum, Kaufleute und Schiffer kamen mit den Taschen voller Geld vom Fluss, Viehzüchter aus Hares Corner, und sie alle bevölkerten die im Fischgrätmuster gepflasterten Straßen und die holländischen Plätze. Vor dem Krieg war es die Hauptstadt der Kolonie gewesen, aber mit dem Zustrom der Briten und den Schlachten in der Gegend von Philadelphia flohen die Regierenden nach Dover und ließen eine Stadt voller melancholischer Reminiszenzen zurück und damit genau das Publikum, das Zerstreuung bei einer Wandertruppe wie der Peabodys suchte.

Amos und Madame Ryschkowa arbeiteten Tag und Nacht, bis die Flut der Ratsuchenden endlich abebbte.

»Wer sich nach einem Leben in vergangenen Träumen sehnt«, erklärte Ryschkowa und nippte an einem Krug mit schäumendem Bier, den ihr Amos besorgt hatte (Seine Mentorin hatte eine Schwäche für das bittere Getränk.), »der will, dass Vergangenheit und Zukunft eins werden.« Ihr Blick wurde weich und glasig, und es dauerte nicht lange, bis sie sich auf die Matratze zurücksinken ließ und zu schnarchen begann.

Er zog eine Decke über ihre Schultern und stellte den

Krug leise zur Seite, um sie nicht zu wecken. Sie hatten ihre letzten Kunden beraten, und im Moment gab es keine weiteren Verpflichtungen mehr. Evangelines Bottich war geleert, da sie am Morgen bereits wieder aufbrechen würden. Amos witterte eine Gelegenheit.

Er dachte nicht an die Lüge, als er nach den Karten griff, oder dass er damit ein Versprechen brach. Die Karte, die er wollte, war von hintergründiger Bedeutung, und er hoffte, dass Evangeline sie für weniger furchterregend hielt als die Liebenden. Die Kraft-Karte. Auf ihr war eine schöne Frau zu sehen, deren Hände auf dem Kopf eines Löwen lagen. Das Tier sah sie ehrfürchtig an, während sie es liebkoste und zugleich bändigte. Er zog die Karte heraus und wollte die Schachtel schon wieder schließen, als er es sich noch einmal anders überlegte und auch die Königin der Schwerter nahm, eine dunkelhaarige, aufrechte Frau, die einige Ähnlichkeit mit Evangeline hatte. Er wollte gründlich sein. Sie musste ihn verstehen.

In den Tagen nach seinem Krächzen hatte er seine Stimme erprobt und festgestellt, dass er unfähig war, einen befriedigenden Ton hervorzubringen. Erst hatte sich Peabody über Amos' Versuche gefreut und ihm Hilfe angeboten, als er ihn hinter dem Samtvorhang in seinem Wagen hatte üben hören. Er setzte sich Amos gegenüber und erklärte ihm, wie man einen Ton produzierte, indem man mit den Muskeln des Leibes Luft ausstieß. »Wie mit einem Blasebalg ins Feuer«, sagte er und strich sich über den Bauch. Peabodys Leib schwoll an und leerte sich, doch als Amos es nachzumachen versuchte, kam nur ein rasselndes Zischen aus ihm heraus, was auch durch intensives Üben nicht besser wurde. Sie versuchten es mit Summen, Pfeifen und Lippenbrummen. Peabody war überzeugt, dass eine Unbeweglichkeit der Zunge Amos stumm bleiben ließ. »Sie hält den Ton in deiner Brust.« Er machte ihm vor, wie man gähnte und die Zunge zusammenrollte. Amos dachte, dass das Lama ganz ähnlich das Gesicht verzog, bevor es spuckte. Seine Zunge wollte ihm nicht gehorchen.

Peabodys Begeisterung für die Bemühungen schwand. »Übe, mein Junge. Habe Geduld«, sagte er, bevor er sich eines Abends zurückzog. Er rieb sich die Augen und hängte den Hut an den Messinghaken über seinem Bett. Der Samtflor der Krempe war abgegriffen, und Amos stellte sich vor, dass es in seiner Kehle ähnlich aussah. Wund, dünn. »Man lernt eine Kunst nicht von heute auf morgen. Du darfst den Mut nicht sinken lassen«, sagte Peabody, schlug sein Buch auf und begann die Ereignisse des Tages aufzuschreiben.

Madame Ryschkowas Karten boten Amos die beste Möglichkeit, sich auszudrücken. Mit der Kraft-Karte und der Königin der Schwerter in der Hand spürte er eine Zielstrebigkeit in sich, die stärker war, als aller Hunger es hätte sein können.

Evangelines Bottich war verlassen und trocknete, sodass sie wieder darin schlafen konnte. Amos schob die beiden Karten kopfüber in eine Ritze zwischen den Dauben, wo sie gut sichtbar waren, und zog die Plane herunter, damit niemand außer ihr sah, was er getan hatte. Anschließend ging er hinüber zum Wagen des kleinen Pferdes, setzte sich in den Eingang und wartete auf Evangelines Rückkehr. Er bedauerte es, keinen Apfel für Sugar Nip dabeizuhaben, aber sie war zufrieden damit, die Blesse gestreichelt zu bekommen, und es störte sie auch nicht, dass er nach verbranntem Salbei roch. Er beruhigte seine nervösen Hände, indem er ihr damit durch die Mähne kämmte.

Nach einer halben Stunde etwa näherte sich Benno Amos'

Versteck. New Castle hatte Benno erschöpft, und sein federnder Gang war zum Schlurfen eines alten Mannes geworden. Amos sah seinem Freund oft bei der Arbeit zu, wie er von den Füßen auf die Hände wechselte und zurück, in endlosen Drehungen. Benno ging auf den Fingerspitzen und trug sein gesamtes Gewicht auf den Knöcheln einer Hand.

Aber so mühelos das bei ihm auch alles aussah, es war sehr anstrengend. Benno stemmte sich neben Amos in den Wagen und ließ die Beine baumeln.

»Ich denke, du verbringst zu viel Zeit mit der Vogelbeobachtung«, sagte er. Ein leichter Akzent machte die Worte sperrig und schärfte die Vokale. Die unvernarbte Seite seines Mundes verzog sich zu einem Lächeln.

Amos grinste. Es war unmöglich, seinem Freund zu erklären, dass er sich mitten in einer Unterhaltung mit Evangeline befand, nur dass sie es noch nicht wusste. Er machte eine Geste zu Bennos Beinen hin und ahmte seinen schleppenden Schritt nach.

Ein kurzes Schnauben. »Nun, wir sind nicht alle so jung wie du. Im Übrigen sind die Orte und Städte für dich alle gleich, aber für mich?« Er zeigte ihm seine Hände, zerkratzt und wund. Ein Fingernagel war schwarz wie ein Sonnenblumenkern. »Eine Ziegelstraße ist nicht so schön wie ein unbefestigter Weg.«

Amos dachte an Madame Ryschkowas krumme Finger. Sein Beruf würde seine eigenen Strafen mit sich bringen. Er verdrehte seinen Daumen, um es Benno zu zeigen.

»Bis dahin hast du noch viele Jahre. Die Frau ist drei Leben älter als du, mindestens. Und wo wir gerade von Frauen sprechen«, fuhr er fort. »Melina fragt nach dir. Geh zu ihr. Sieh, ob sie sich unterwegs den Wagen mit dir teilt.« Er klopfte Amos sanft auf die Schulter. »Nur Mut.«

Amos schüttelte den Kopf.

»Die Meerjungfrau ist nichts für dich«, sagte Benno mitfühlend. »Melina oder Susanna passen weitaus besser zu dir, sie sind glücklich und frohgemut. Ein ruhiger Mann braucht eine glückliche Frau. Evangeline zieht die Traurigkeit hinter sich her wie eine Katze ihren Schwanz.«

Amos tippte Benno kräftig auf den Arm und sah ihn aus den Augenwinkeln an. Eine kleine, aber vielsagende Geste.

Benno nickte leicht. »Ich verstehe. Wo ich herkomme, würde man sie eine Nixe nennen, halb Fisch, halb Frau.« Auf Amos' sanftes Schnaufen hin fuhr er ruhiger fort: »Das ist dumm, ich weiß, aber sie spielt mit dem Tod, Amos. Und sie erzählt nicht, wo sie herkommt. Es gibt da einen Faden«, sagte er und fuhr mit dem Finger um einen Fleck auf dem Boden des Wagens, »eine Linie, die zwischen den Lebenden und den Toten verläuft. Sie ist dünn und reißt schnell.«

Amos bedeutete Benno mit ein paar schnellen Gesten, dass er nicht mehr darüber reden wolle. So saßen sie denn nebeneinander und sahen Nat zu, der ein paar Kleiderkisten mit pumpenden Muskeln auf einen Karren hievte. Melina saß beim Feuer und badete ihre wunden Hände in einem Topf Salzwasser. Nat ging zurück zu seinem Wagen, und Susanna kam, setzte sich neben Melina, und die beiden begannen eine leichte Unterhaltung. Nach einer Weile erhob Benno sich wieder. »Du bist mein Freund und ein lieber Mensch«, sagte er leise. »Mehr als gut für dich ist. Ich habe gelernt, nach guten Seelen zu sehen, da sie nicht den Sinn dafür haben, für sich selbst zu sorgen.« Einen Moment lang wurde sein Blick ernst, doch schon erfüllte ihn wieder sein merkwürdiges halb verzerrtes Lächeln. »Ich rede zu viel. Vergib mir«, sagte er und begann den schmerzhaften Weg zu seinem Wagen. »Sei mutig. Glückliche Frauen sind gut für seelenvolle Menschen.«

Amos wartete.

Sie kam aus der Stadt und trug mehrere kleine Flaschen in der Schürze über ihrem Kleid. Er erinnerte sich, dass es einmal Susannas Kleid gewesen war, wobei das Blau an Evangeline heller wirkte. Ihre Haut war von ihrem Ausflug gerötet, und ein paar Haarsträhnen wanden sich um ihr Gesicht. Sie war Amos nie hübscher vorgekommen, außer unter Wasser in ihrem weißen Kleid. Er lächelte, bis er sie das Lager durchqueren, an ihm vorbeigehen und an Nats Tür klopfen sah. Nat machte auf, beugte sich hinaus, und Amos gab sich Mühe zu verstehen, was er sagte. Evangeline gab dem großen Mann die Flaschen, Öle und Einreibemittel für seinen schmerzenden Rücken. Er hatte schon öfter gesehen, wie Nat sie auftrug, Menthol, Kräuteröle, scharf riechende Flüssigkeiten, die er kräftig in die Haut einmassierte. Er sah zu, wie sie Nettigkeiten austauschten, und ein säuerliches Gefühl erfüllte seinen Magen. Nat lachte, und Amos zwang sich, den Blick abzuwenden. Sugar Nip stupste ihn in den Rücken, aber auch das tröstete ihn nicht.

Er sah weder, wie Nat die Tür schloss und Evangeline draußen allein ließ, noch, wie sie zu ihrem Bottich ging. Er kam sich wie ein Narr vor, dass er die Karten nicht zurückgeholt, sie Madame Ryschkowa zurückgebracht und sich von ihnen losgesagt hatte. Er rollte sich an der Wand des Wagens zusammen und schloss die Augen, atmete langsam, lauschte dem Abend um sich herum, drosselte seinen Herzschlag und versuchte in den Wänden des Wagens zu verschwinden. Selbst noch mit geschlossenen Augen sah er, wie sie Nat eine dunkle Flasche gab und wie sich ihre Finger berührten. Sein Herz schmerzte.

Er hörte seinen Namen. Erst beim Wagen Madame Ryschkowas, dann bei Susannas. Evangeline rief ihn. Er hörte Melina, verstand aber ihre Worte nicht. Sein Name vermischte sich mit dem Knistern des Feuers. Wenn er bei Sugar Nip blieb, fand sie ihn vielleicht nicht. Er würde die Karten zurückholen. Er hatte geschickte Finger und war immer noch leise auf den Füßen. Wenn es schnell genug ging, weckte er sie nicht auf.

Aber Evangeline würde wissen, was geschehen war. Sugar Nip kaute auf dem Ende seines Schals, und er schob sie weg. Noch mehr Tage mit hängendem Kopf würde er nicht ertragen, noch mehr Tage in dem Wissen, dass sie ihn für lächerlich hielt. Er fühlte sich schon schlecht genug. Er hörte Susanna mit Evangeline sprechen, sie war jetzt ganz nahe. Wenn er nichts unternahm, würde sie die Karten für das wirre Gefasel eines irren Stummen halten. Das kleine Pferd schnüffelte an seinem Arm. Wenn er es ihr zeigte, wenn er es versuchte, verstand sie es vielleicht. Sie musste ihn nicht lieben, aber doch wenigstens verstehen. Er wollte der Löwe sein.

Er blickte zur Wagentür und schlug mit der Faust gegen die Seitenbretter. Er klapperte mit der Tür, bis er sah, wie sie sich umdrehte und nach der Quelle des Lärms suchte. Er wartete, die Beine unter sich gekreuzt, wie er auch beim Kartenlegen dasaß. Evangeline entdeckte ihn, und ihr Ausdruck war keiner, auf den Peabody ihn vorbereitet hatte. Er sah die Karten in ihrer Hand, das vertraute Orange ihrer Rückseiten, und fragte sich, was er sich von ihnen erhofft hatte.

»Da bist du ja«, sagte sie, als sie ihn erreichte. »Hast du dich vor mir versteckt?«

Er schüttelte den Kopf und machte eine Geste zu Sugar Nip.

»Du verstehst dich mit ihr. Ihr seid Freunde, würde ich sagen.«

Er zuckte mit den Schultern und rückte unbehaglich hin und her.

Evangeline sah auf die Karten in ihrer Hand. »Hast du die bei mir gelassen?« Ihre Stimme klang fest, aber nicht unfreundlich.

Er nickte. Unfähig, ihr in die Augen zu sehen, starrte er die Königin der Schwerter an. Sein Mund war trocken, seine Zunge wie Blei.

»Es tut mir leid«, fuhr sie fort. »Sie sind sehr hübsch, aber ich kann sie nicht behalten. Ich bin sicher, Madame Ryschkowa würde sie vermissen.« Als Amos die Karten nehmen wollte, sagte sie: »Ich möchte nicht, dass sie wütend auf dich wird. Sie ist ziemlich furchterregend.« Er rührte sich nicht. »Du warst sehr nett zu mir«, sagte sie und beugte sich vor, um die Karten neben ihn zu legen.

Er sah die Bilder, sah ihre Bedeutung und dachte an all die Tage und Nächte, in denen er sie berührt und mehr über sie als über sich selbst gelernt hatte. Amos legte seine Hand auf Evangelines und fing die Karten darunter ein. Er schüttelte den Kopf.

»Amos, ich werde sie nicht behalten.«

Vorsichtig nahm er die Karten, darauf bedacht, Evangeline nicht noch einmal zu berühren, um die Nerven nicht zu verlieren. Bevor sie gehen konnte, hob er die Königin der Schwerter so, dass ihr Blick darauf fiel. Er deutete auf das dunkle Haar der gemalten Frau und berührte das Schwarz Evangelines. Seine Finger zitterten, sosehr er sich auch bemühte, sie ruhig zu halten. Ihr Haar war so weich wie in seiner Erinnerung.

»Ich sehe aus wie sie?«

Es war mehr als nur das, aber er nickte und zeigte ihr die zweite Karte, die Kraft. Er deutete auf die Frau, die den Löwen in ihrem Bann hielt, und berührte ihre genau gemalte Hand mit der Fingerspitze. Ruhiger jetzt. Er biss sich auf die Wange und berührte Evangelines Hand, strich ihr über die Knöchel. Er zeigte auf die orangebraune Löwenmähne und drückte sich die Hand auf die Brust.

»Ich verstehe nicht.« Aber sie lief nicht weg. Wie froh er war, dass sie nicht weglief.

Er legte die Karte auf den Boden des Wagens und sprang hinaus. Evangeline wich zurück, doch er hob die geöffnete Hand und bedeutete ihr zu warten. Das tat sie. Er ließ sich vor ihr auf die Knie fallen und hob den Blick, um ihren aufzufangen, nahm ihre Hände und legte sie sich auf den Kopf.

Wie lange sie so verharrten, stumm, reglos, hätten beide nicht sagen können.

Als Evangeline ihre Hände zurücknahm, stand er auf.

»Du bist der Löwe?«

Er legte die Stirn an ihre Schulter, und sie hielt ihn auf die tröstende Weise, wie es Frauen tun. »Und ich …«

Das einfache »Oh«, mit dem sie ihrem Verstehen Ausdruck gab, fügt der Umarmung kaum noch etwas hinzu. Die Geste hatte es längst gesagt.

Später, im Dunkel des leeren Bottichs der Meerjungfrau, befreite sie sein Haar aus dem Tuch. Sie bewunderte seinen Glanz und seine Farbe. Amos begriff nicht, dass sie es schön fand, seine Gedanken waren anderswo, so sehr bannte ihn der Bogen von ihrer Hüfte zur Taille, der süße, salzige Geschmack der Haut ihres Handgelenks, auf der Innenseite ihres Arms, das Pulsieren ihres Herzens unten im Hals. Körper hungerten, plagten sich, liefen und arbeiteten, das hatte er gewusst, aber nicht, dass sie sich solche Gefühle bereiteten. Hatte er sie gehalten, um sie zu trösten und zu beruhigen, so hielt sie ihn jetzt, um sein Verlangen zu stillen. Er fürchtete, aufschreien zu müssen und ein so fürchterliches Geräusch von sich zu geben, wie er es im Wald getan hatte, gnädigerweise jedoch blieb er still.

Als es getan war und sie willenlos, von den Dauben des Bottichs gewiegt, auf ihren Decken lagen, strich ihm Evangeline mit dem scharfen Rand eines Fingernagels über das Schlüsselbein. Wie gut es war, dass Menschen, wie Häuser, eine Gestalt hatten und diese Gestalt so schön sein konnte. Das, was sie getan hatten, hatte Will Aben mit ihr tun wollen. Hätte sie nie mit Will gesprochen, würde sie den Mann nicht kennen, der nun neben ihr lag. *Ich bin eine Mörderin.* Als sie erzitterte, hielt sie sein Arm. Eine Mörderin im Bett mit einem Löwen. Sie lächelte. Wie schön, dass das Zweisein so viel Einssein in sich barg. Das hatte sie bisher nicht gewusst, hatte nur Getrenntsein und Alleinsein gekannt. Sie legte ihre Wange in die Grube zwischen seiner Schulter und seiner Brust.

Amos blieb wach, bis das Licht unter dem Rand der Plane hindurchsickerte. Er hätte schwören können, dass seine Haut noch immer brannte, wo sie ihn berührt hatte. Es war ein Genuss, der so tief reichte, dass alles andere zurücktrat. Fast. Er lächelte in Evangelines Haar, so glücklich mit dem Leben, wie er es sich nie hätte vorstellen können. Er hatte einen Weg zu sprechen gefunden.

13

18. Juli

Wie lange dauert eine Bewilligung?«

Kath Cannings am anderen Ende der Leitung nippt an ihrem Tee. »Mehrere Monate bis zu einem Jahr. So etwas muss durch die Bodennutzungs- und Bebauungsausschüsse. Sie kennen unsere Stadt.«

Sie muss es nicht näher ausführen. »Lange also.«

»Für Arbeiten, wie Sie sie beschreiben, brauchen Sie im Übrigen eine Umweltverträglichkeitsprüfung.«

»Was es noch teurer macht.« Ich nehme das Telefon ans andere Ohr.

»Ich will ehrlich mit Ihnen sein. Die Historische Gesellschaft kann mit dem Denkmalschutz helfen, aber wir haben nicht die Mittel, die Sie brauchen. Hier gibt's im Moment nur mich, Betty und Les, und wir arbeiten alle ehrenamtlich. Was Sie brauchen, ist ein Darlehen.«

»Danke, Kath. Danke für Ihre Zeit.«

»Viel Glück. Das Timothy-Wabash-Haus wäre es wert.«

Ja, das wäre es. Ich lege auf und bin noch übler dran als vor zehn Minuten.

Enola kommt ins Wohnzimmer und reibt sich irgendeinen Glibber ins Haar, der es in Büscheln in die Höhe stehen lässt. Wir gehen zu den McAvoys zum Essen. Ich hatte ein Restaurant vorgeschlagen, aber Alice meinte, davon wolle Frank nichts wissen. Gestern Abend im Oaks hat sie das gesagt, während sie in ihren Gin hineinmaulte.

»Dad wollte nicht davon aufhören, dass Enola kaum mal hier ist und er es lächerlich findet, dass euch keiner was Richtiges kocht. Hat er sich die Mühe gemacht, meine Mutter zu fragen? Nein, er stellt sie einfach dazu ab.«

»Enola hat ihren Freund dabei.« Ich nahm einen Schluck Roggenwhisky und zog eine Grimasse. Definitiv ein Drink für seit Kurzem Arbeitslose.

Alice seufzte. »Klar, warum nicht? Eine Person mehr oder weniger. Vielleicht lenkt er Dad ab.«

»Wovon?«

Sie hob eine Braue. »Mom sagt, um halb acht. Ist das okay?«

Ich wickelte mir das Ende ihres Zopfs um den Finger und zog daran. »Halb acht ist bestens.«

Beim Gutenachtsagen meinte sie: »Es ist so komisch, dich nicht bei der Arbeit zu haben.« Es war wie ein Nachgedanke.

Frank wird wegen Pelewski und wegen des Hauses fragen und herausfinden, dass sein arbeitsloser Nachbar ein Verhältnis mit seiner Tochter hat und eine Viertelmillion Dollar braucht.

Enola und ich warten, während Doyle sich rasiert. Sie zupft Schaumstoff aus der Couch und wirft ihn auf eines meiner Hemden. Sie war so lange weg, dass alle Veränderungen so enorm wirken, das Haar, wie dünn sie ist, ihre Trancen und der Mann, der ihr hierhergefolgt ist. Als ich letzte Nacht nach Hause kam, war sie wieder mit den Karten beschäftigt, während Doyle schnarchend auf ihrem Bett lag. Nein, es sind weder Marseille- noch Waite-Karten. Sie sind anders und wirken doch irgendwie vertraut. Ich habe versucht, Enola anzusprechen, doch sie war völlig in ihre Karten vertieft.

»Enola, ist alles in Ordnung?«

Ein Fetzen Schaumstoff fliegt von der Couch. »Jepp. Und bei dir?«

»Darf ich dich was fragen?«

»Nein, aber du wirst es trotzdem tun.«

»Deine Tarotkarten sehen sehr, sehr alt aus. Mein Buch … Dieser Churchwarry weiß nicht viel darüber, da es Teil eines ganzen Pakets war, aber es erinnert mich an deine Karten, sie sind genauso abgegriffen. Kannst du mir sagen, woher du sie hast?«

»Vielleicht will er dir nur nicht mehr über das Buch sagen«, murmelt sie. »Die Karten sind die von Mom.«

Die Karten, die Mom gelegt hat, als Dad sie anflehte, damit aufzuhören. »Ich wusste nicht, dass Dad sie dir geschenkt hat.«

»Hat er auch nicht. Das war Frank.« Sie rupft weiter systematisch das Innere aus der Couch.

»Warum sollte er sie gehabt haben?«

»Das musst du ihn fragen. Er hat sie mir gegeben, bevor ich weg bin.« Weg von hier und mir.

»Wann kann ich damit rechnen, dass du anfängst, das Haus auszuräuchern?«

»Was?«

»Man verbrennt Salbei, um Tarotkarten zu säubern, oder?«

Sie verdreht die Augen. »Das nennt man eine Reinigung, und das musst du nicht jedes Mal machen.«

»Aber irgendwann schon.«

»Das sind keine Karten für die Arbeit, es ist mein privates

Deck. Karten sammeln die Energie von Leuten und formen eine Geschichte. Du sprichst zu ihnen, und sie sprechen zu dir. Ich reinige sie nicht, wir sprechen miteinander.«

Ein Gespräch mit Moms Karten hat etwas Beunruhigendes.

»Worüber redest du mit ihnen?«

»Über dich«, sagt sie mit einem Haifischgrinsen.

Doyle kommt aus dem Bad, sauber rasiert. Auch wenn es wenig dazu beiträgt, seine Erscheinung zu verbessern, lässt es doch den Schatten einer Person erkennen, die vielleicht einmal ein gut aussehender junger Mann aus dem Mittleren Westen war und unter Schichten von Tinte verloren gegangen ist.

»Hey, sind wir so weit?«, fragt Doyle. »Das war keine große Vorwarnzeit.«

»Warnung wovor? Die McAvoys sind nett«, sagt Enola.

Er sieht mich an, und seine Sorge zieht die Tentakel auf seinem Kiefer nach unten. »Manche Leute reagieren komisch auf Tätowierungen.«

Ich denke an all die Dinge, die Frank heute Abend zu hören bekommen wird. »Du wirst sicher nicht das Problem sein.«

Ich folge ihnen den Kiesweg hinunter, über die Straße und zum Haus der McAvoys hinüber. Weiße Schindeln, ein Lattenzaun, eine frisch gestrichene Veranda und ein Schild, auf dem steht, dass es einmal das Haus von Samuel L. Wabash war, erbaut im Jahre 1763. Im Garten steht eine Schaukel, die Dad für Alice bauen geholfen hat.

»Sieht aus wie das Haus meiner Mom«, sagt Doyle und streckt die Zungenspitze seitlich aus dem Mund.

Die Jalousie in einem der Fenster vorne wird heruntergezogen. Franks Frau Leah hat ein Fernrohr auf dem Fensterbrett und beobachtet alles, was sich draußen tut. Wahrscheinlich hat sie Frank noch in dem Moment über meine Dachrinne informiert, als sie herunterbrach.

Enola bleibt auf der Veranda vor uns stehen. Einen Moment lang flammt Angst in ihren Augen auf, doch als Doyle näher kommt, löst sie sich wieder auf.

»Hey«, sage ich zu ihr.

»Was?«, antwortet sie. Es ist das »Was?«, das jedes Gespräch beendet.

Die Tür öffnet sich, und Enola umarmt Frank.

»Viel zu lange, Enola. Es war viel zu lange«, sagt er.

Ich winke Leah zu, die im Wohnzimmer geblieben ist. Sie lächelt und sagt nett Hallo. Sie war nie so warmherzig wie Frank.

Franks Blick landet auf Doyle. Er blinzelt ein paar Mal, bevor er ihn mit großen Augen begrüßt. Doyle muss zugebilligt werden, dass es ihm nichts auszumachen scheint, angestarrt zu werden. Der Elektrische Junge streckt die Hand aus.

»Doyle Bartlett.«

Ich kannte seinen vollen Namen bisher nicht. Ich hatte angenommen, Doyle wäre sein Nachname.

»Frank McAvoy. Freut mich, Sie kennenzulernen.« Das Händeschütteln dauert zu lange. Ich räuspere mich, und Frank lässt Doyles Hand los. »Wir sollten nicht zu lange auf der Veranda herumstehen. Leah hat das Essen so gut wie fertig«, sagt er und kratzt sich an der sonnenverbrannten Nase. »Alice ist hier.«

»Toll.«

»Gut, euch Kinder alle unter einem Dach zu haben«, sagt er und klopft mir auf die Schulter. Ich folge ihm nach drinnen. Es ist wie bei mir. Rechts hinten an der Wohnzimmerwand steht eine Couch, die Küche liegt dahinter, der Flur links führt zu den Schlafzimmern (es sind drei), nur dass Franks Haus gut in Schuss ist. Die Wände sind blassgelb gestrichen und ohne Risse, übersät mit Bildern von Alice. Neben der Tür hängt ein Foto von unserem Highschoolabschluss. Alice steht in der hinteren Reihe, sie war das größte der Mädchen. Jetzt ist sie in der Küche und schiebt den peinlichen Moment hinaus, den selbst sie in seinen Ausmaßen nicht ganz abschätzen kann. Sie winkt mir zu, sieht Doyle und formt mit den Lippen in unserer stummen Bibliothekssprache ein »*Was ist denn das?*«.

Das Essen hat etwas Formelles. Leah hat das gute Porzellan herausgeholt, was so eine Einladung nur unbehaglich macht. Enola zupft an der spitzenbesetzten Tischdecke. Das teure Silberbesteck liegt neben den Tellern, und wir trinken Leitungswasser aus Kristallgläsern, die nicht in Doyles grün-schwarze Hände passen wollen.

Alice verströmt Nervosität, aber vielleicht bin auch ich es. Leah hat uns nebeneinandergesetzt, und unsere Knie berühren sich. Bei meiner Begrüßung wurden ihre Lippen schmaler, aber jetzt, unter dem Tisch, verschränken wir unsere Finger. *Hey*. Ich erinnere mich an die Alice auf dem Schulfoto und wie sie wegen jeder Kleinigkeit zu kichern anfing. Das neben mir ist eine andere Person, und es ist auch nicht die lächelnde junge Frau aus der Bibliothek – da sitzt eine Tochter. Sie wirft einen verstohlenen Blick auf Doyle, und er erwischt sie dabei. Sie wird rot und ist wunderschön.

Ich habe Leah schon eine Weile nicht mehr gesehen, aber im Gegensatz zu Frank sieht sie immer noch gleich aus und trägt ihr Haar zu einem langen roten Pferdeschwanz gebunden. Vielleicht hilft sie bei der Farbe nach. Vielleicht hat sie inzwischen auch ein, zwei Falten mehr, aber sie ist immer noch Leah und starrt den tätowierten Mann, der ihr da gegenübersitzt, offen an.

»Es tut weh, das machen zu lassen«, sagt Doyle. »Sie reichen über den ganzen Körper. Am schlimmsten ist es, wenn die Nadel über einen Knochen kommt, aber nach einer Weile kann man es irgendwie ausblenden, und dann geht es.«

»Oh«, sagt Leah, und ihr Mund wird ganz rund. »Ich wollte Sie nicht anstarren.«

»Das passt schon«, sagt Doyle. »Man kann nicht anders.«

»Warum so viele?«, fragt sie.

»Es ist wie ein Hobby, aber vielleicht auch eine Art Sucht«, sagt er, und seine Stimme kippt leicht, während er den Kopf zur Seite legt. »Erst denkt man, man will nur eine, doch dann lässt man sich noch eine stechen und sieht wirklich gut damit aus, und ehe man sich's versieht, will man ganz damit bedeckt sein. Ich wünschte, ich hätte mehr Platz. Manche Leute mögen ihre Haut nicht, wissen Sie?« Er steckt sich ein Stück Brokkoli in den Mund, mit den Fingern. »Ich habe mir meine eigene gemacht.«

»Ich habe nur die eine«, sagt Leah. »Schrecklich. Fünf Minuten in der Sonne, und ich bin verbrannt.«

»Männer mögen Sommersprossen«, sagt er. »Ich lüge nicht.«

Ein zögerliches Lächeln erscheint auf Leahs Gesicht. »Ich weiß.« Bald schon lacht sie und unterhält sich angeregt mit dem tätowierten Elektrischen Jungen. Enola stimmt hin und wieder mit ein. Alice bleibt stumm, aber sie streicht mir immer wieder über die Hand. Sie hat noch kein Wort zu uns gesagt, was sich gut anfühlen sollte, es aber nicht tut.

»War Pelewski da?«, fragt Frank und steckt sich ein Stück Rostbraten in den Mund. »Er sagte, er wolle kommen.«

Enolas Blick zuckt in meine Richtung. Ich lege das Besteck ab. »Ja, und er hat sich alles genau angesehen.«

Alice sieht mich an.

»Ein Bauunternehmer, den ich gut kenne«, sagt Frank zu ihr, und dann zu mir: »Ist ein guter Mann. Hat mir letztes Jahr das Dach gemacht. Was hat er gesagt?«

Es lässt sich nicht schonend ausdrücken. Das Pflaster langsam herunterzuziehen, ist genauso schlimm, wie es mit einem Ruck wegzureißen. »Hundertfünfzigtausend. Für den Anfang. Im Ganzen werden es am Ende aber wohl eher zweihundertfünfzig.«

Alice versteift sich. Auf der Tapete direkt neben Franks Ohr ist eine blaue Blume, ich betrachte ihre Blütenblätter. Rede mit ihnen.

»Was?«

Ich wiederhole die Zahl. Leahs und Doyles Unterhaltung versiegt.

»Das ist keine Instandsetzung, das ist ein gottverdammter Neubau«, sagt Frank.

»Ich weiß.«

»So viel hast du nicht.«

»Ich habe die Historische Gesellschaft angerufen.« Das ist jetzt der Moment, in dem ich ihn fragen sollte, aber ich kann es nicht. Nicht, solange Alice neben mir sitzt. Ihre Hand zieht sich zurück.

Frank trinkt einen Schluck Wasser, kaut weiter und sieht auf seinen Teller. »Nun, wir können es nicht einfach einstürzen lassen«, sagt er und legt die Hand flach auf den Tisch, als wäre eine Entscheidung gefallen. »Ich überweise dir was, genug, um anzufangen. Gib mir ein, zwei Tage, um das zu klären.«

Von Leah kommt ein leises »Frank«.

»Dad.« Ich habe Alice noch nie fauchen hören.

»Es ist nicht richtig, es vom Meer holen zu lassen. Paulina und Dan haben das Haus geliebt.«

Er will das Haus für meine Eltern retten, zwei Tote. Ich sollte es ablehnen, bin aber nicht dazu in der Lage. »Ich zahle es dir zurück.«

Alice stößt ihren Stuhl zurück, trifft dabei mein Bein, mein Knie haut gegen den Tisch, und die Soße in der Sauciere schwappt über.

»Ich mache Kaffee«, sagt sie und verschwindet in die Küche. Enola und Leah blicken auf ihre Servietten.

»Ich sehe, ob ich ihr helfen kann«, sage ich.

Als ich auf die Tür zusteuere, sagt Doyle zu Frank. »Das ist ein Riesending, Mann. Ein Riesending. Das ist echt gut von Ihnen.«

Alice steht bei der Spüle und mahlt den Kaffee mit einer großen, alten Handmühle. Ihre Hand beschreibt harte Kreise. Das Licht der Wandlampe streicht über die sanfte Rundung ihres Armes. Wenn es möglich ist, traurig Kaffee zu mahlen, ist es das, was sie gerade tut. Ihre Schultern hängen herunter, und ihre Bewegung hat ein Gewicht, die alles mühsam und schmerzvoll erscheinen lässt. Ihre gelbe Bluse hat feuchte Flecken unter den Armen, und das Haar in ihrem Nacken kräuselt sich verschwitzt. Ich weiß, sie schmeckt wie süßes Salz. In einer alten Erinnerung trägt sie ihren grünen Feldhockeyrock, und über Schienbeinschonern und Strümpfen linsen Sommersprossen hervor. Darüber legt sich ein frisches Bild von ihr, wie sie im Bett liegt, die Füße im rosa Bettzeug verheddert, Grübchen unten neben ihrem Rückgrat.

»Hey, ist alles okay?«

»Du hast mir nichts von dem Bauunternehmer erzählt.

Du hast mir überhaupt nichts erzählt. Mit meinem Daddy hast du geredet, aber nicht mit mir.« Sie mahlt weiter. »Wolltest du ihn um das Geld bitten?«

»Nein«, sage ich und weiß, dass ich lüge. »Nur, wenn es nicht anders gehen würde.«

»Sie haben nicht viel. Und ich will nicht, dass du es nimmst.«

»Ich weiß.«

»Ich kann ihn nicht dazu bringen, es dir nicht anzubieten, genauso wenig, wie ich ihn davon abhalten kann, irgendeine andere Dummheit zu begehen, die er begehen will, aber ich kann dich bitten, es nicht zu nehmen.«

»Es tut mir leid.«

»Dir tut ständig irgendwas leid.« Alice misst zwei Löffel grobes schwarzes Kaffeepulver ab und gibt es in die Kaffeemaschine ihrer Mutter.

»Ich habe nicht gedacht, dass er es mir anbieten würde.« Die Arbeitsfläche ist kalt, als ich die Hände darauflege und mich neben sie lehne. Ich verspreche, es zurückzuzahlen, weiß aber, wie leer meine Worte sind. Die Summe ist so groß, dass neben ihr alles verblasst. Wenn Frank sie bezahlt, wenn er mir tatsächlich hilft, gehöre ich ihm.

Sie sagt: »Das ist nicht der Punkt.«

»Du weißt, wie es um das Haus steht. Ich habe nichts.« Mit jedem Wort scheint sie sich weiter zu entfernen.

»Du könntest hier weggehen«, sagt sie, »und dir anderswo einen Job suchen. Colleges haben Sammlungen seltener Bücher. D.C. ist voll mit Archiven und Museen.« Ihre Stimme wird weicher. »Ich könnte dir helfen.«

»Ich suche ja schon«, sage ich. »In Savannah gibt es eine Kuratorenstelle. Es ist eine interessante Bibliothek, ein Spezialarchiv für Manuskripte, mit Verbindungen zu einem

Museum und einer Historischen Gesellschaft und so weiter. Sie haben ein Tagebuch von einer Kanufahrt aus dem Jahr 1654, das fast die gesamte noch unberührte Küste beschreibt. Es ist weit weg, aber …«

»Georgia«, sagt sie, und die Kilometer schallen aus den beiden Silben.

Ich kann sie nicht fragen, ob sie mitkommen würde, obwohl ich sie mir über ein Buch gebeugt vorstellen kann, im zerwühlten Bettzeug einer – unserer – Wohnung. Ich kann mir vorstellen, aufzuwachen und ihren Rücken an meinem zu spüren, ohne die Angst, dass die Decke über uns einstürzt.

Ich höre Enola fluchen und sehe, wie sie mit ihrer Serviette Wasser aufwischt. Zu dünn. Blass. Schreckhaft.

»Es ist das Haus meiner Eltern.«

Ich sehe, wie sich Alices Rücken versteift. »Ich könnte etwas sagen, weißt du. Ich könnte ihm Dinge sagen, damit er dir nichts gibt. Ich könnte ihm sagen, dass du mit mir im Bett warst und es fast geschafft hättest, dass sie mich ebenfalls hinauswerfen. Keinen Cent würde er dir dann noch geben.« Sie drückt das Kaffeepulver mit einem kleinen Stempel in den Filter. Das leise Klopfgeräusch hat etwas Bedrohliches.

»Das könntest du.«

»Ich werde es aber nicht tun.« Sie füllt die Maschine mit Wasser und steckt sie ein. Dann steht sie neben mir, den Rücken dem Fenster zugewandt. »Weil ich dich schon mein ganzes Leben kenne und es Dinge gibt, die man Leuten nicht antut, die man sein ganzes Leben lang kennt. Vergiss das nicht.« Die Seiten unserer Hände berühren sich, die kleinen Finger liegen direkt nebeneinander. »Wenn du das Geld nimmst, dann nur, weil ich dich lasse.«

»Ich will dir nicht wehtun. Es tut mir wirklich leid.«

»Du tust mir nicht weh«, sagt sie. »Und ich wünschte, du würdest das nicht sagen.«

Ihre Nähe ist wie ein Herzschlag. Ich spüre ihre Haut auf meiner, Elektronen und Moleküle sehen einander an, bis Teile von ihr zu Teilen von mir werden. Ich wünschte, ich könnte unser Essen im La Mer wiederholen, ohne Enolas Anruf zu beantworten. Ich wünschte, ich hätte die Bücher nicht mitgehen lassen, und dass wir ihre Wohnung nie wieder verlassen hätten. Dass ich schon vor Jahren etwas gesagt hätte. »In Französisch hast du hinter mir gesessen«, sage ich. »Wann immer ich mich an etwas auf Französisch zu erinnern versuche, höre ich dich Verben konjugieren. Ich höre dich die ganze Zeit.« Sie hatte eine gute Aussprache. Madame Fournier holte sie nach vorn, weil sie so gut war. *»Je suis, tu es, il est, nous sommes …«*

»Hör auf«, sagt sie und schüttelt den Kopf. »Ich mag dich, Simon, im Moment möchte ich dich aber lieber nicht ansehen.«

Ich nehme meine Hand von der Arbeitsfläche. »Entschuldige, ich …«

»Du nutzt meinen Vater aus. Er hat den Tod deiner Eltern nie verwunden. Du hast ja keine Ahnung, wie viele Geschichten ich mir all die Jahre über Paulie und Dan, Dan und Paulie anhören musste. Du siehst nur, wie sie in deinem Leben herumspuken, und dabei ist dir nie in den Sinn gekommen, dass es mir mit ihnen ähnlich geht.«

Unser ganzes Gespräch über hat Alice mich nicht angesehen. Jetzt tut sie es. Sie ist ruhig, sachlich. »Wenn du also sein Geld nimmst, denn das wirst du, dann sei dir bewusst, dass du es von einem alten Mann nimmst, der auf seine toten Freunde fixiert ist. Du bittest mich da um eine Menge.«

»Ich habe keine Wahl.«

»Natürlich hast du eine Wahl. Du könntest weggehen.« Sie holt tief Luft. »Ich denke, vielleicht solltest du gehen. Vielleicht sollte ich gehen. Ich dachte … Vergiss es.«

Das Gluckern der Kaffeemaschine füllt die Stille. Ich starre auf ihren Hals. Sie hält sich so aufrecht, dass sie mir das Gefühl gibt, verbogen zu sein.

»Bitte, lass mich jetzt allein.« Sie sagt es so nett, dass es umso schlimmer klingt.

Ich schleiche zurück nach nebenan, wo Enola Leah von den Tierzelten auf der Florida State Fair erzählt und Doyle, Gott sei Dank, seine Gabel benutzt. Alice kommt mit dem Kaffee, als wäre nichts geschehen, und der Rest des Essens verläuft ohne Besonderheiten, sieht man von meiner Scham ab. Als Leah seufzt und die Kaffeetassen abräumt, ist der Abend vorbei. Alice steht auf, um ihr zu helfen, und Doyle und Enola steuern auf die Tür zu.

»Simon, bleib noch«, sagt Frank, bevor ich gehen kann. »Trink noch ein Bier mit mir.«

»Nein, nein. Ich muss zurück«, sage ich, »ich rufe dich morgen an«, stehe am Ende aber mit einer Flasche auf der Veranda. Unsere Schatten werden von den Silhouetten der auf dem Geländer trocknenden Pfeilschwanzkrebse eingerahmt.

»Es fühlt sich nicht richtig an, dein Geld zu nehmen, Frank.«

»Was willst du sonst tun? Du kannst das Haus doch nicht sich selbst überlassen.« Er nimmt einen Schluck aus seiner Flasche. »Du kannst es mir wie ein Darlehen zurückzahlen.«

Ich will nicht mehr über Geld reden. »Enola sagt, du hast ihr Moms Tarotkarten gegeben.«

»Habe ich das?« Er kratzt sich am Kopf.

»Direkt bevor sie wegging. Du hast sie ihr gegeben.«

»Ah, ich erinnere mich. Sie waren nichts, woran du Interesse gehabt hättest. Enola kam und sagte, sie wolle wie deine Mom herumreisen.« Er nimmt einen Schluck. Ich auch. »Es fühlte sich an, als gäbe ich sie deiner Mutter zurück.«

»Warum hatte Dad sie nicht?«

»Paulina und ich, wir standen uns nahe, ich war mit ihr mindestens so sehr befreundet wie mit ihm. Ich kannte sie sogar einen Tag länger als dein Dad. Durch mich haben die beiden sich überhaupt erst kennengelernt.« Sein Fuß klopft auf den Boden, *tapp, tapp, tapp* begleitet er seine Geschichte. »Es war der heißeste verdammte Sommer, und keiner fuhr mit dem Boot raus, weil die Sonne dir die Haut aufplatzen ließ. Ihre Truppe gastierte in der Stadt, ich vergesse den Namen immer.«

»Lareille.«

»Lareille, richtig. Werde nicht alt – wenn du in mein Alter kommst, hast du mehr vergessen, als du jemals gelernt hast.« Er leert sein Bier und blickt über die Straße. Im Wohnzimmer meines Hauses blinkt Licht. Doyle ist in seinem Element. »Ich dachte, ich genehmige mir ein Glas, lass mich vom einen oder anderen Fahrgeschäft herumwirbeln und lerne vielleicht ein nettes Mädchen kennen. Dann war da eine Schlange vor diesem Zelt, wo dir die Zukunft vorausgesagt wurde. Ich dachte, warum nicht, und da saß sie. Das schönste Mädchen, das ich je gesehen hatte. Deine Mom, sie war beeindruckend.«

Ich kenne nur die Version meines Vaters. Wie Frank ihn am nächsten Abend mitgenommen hat, wie Mom an dem Abend eine Meerjungfrau in einem gläsernen Tank war und den Atem unmöglich lange anhielt. Wie er sich auf den ersten Blick verliebte.

»Was hat sie dir gesagt?«

»Dass ich eine gute Frau kennenlernen und sich mein Leben beruhigen würde, *›obwohl Sie gern wie ein Boot dahintreiben‹*, sagte sie. Sie war gut.« Er steht auf, drückt den Rücken durch und stellt seine leere Flasche auf dem Verandageländer ab. »Deine Mom gab mir die Karten direkt vorher.« Er macht eine Geste zum Wasser hin. »Ich denke, es war ihre Art, sich zu verabschieden. Ich wünschte, ich hätte es begriffen.«

Sie hat sich von mir verabschiedet, und ich habe es auch nicht begriffen. »War sie irgendwie seltsam?«

Frank hustet. »Seltsam war bei deiner Mutter ein relativer Begriff. Hätte ich oder hätte dein Vater etwas geahnt, hätten wir sie festgebunden, um sie davon abzuhalten.« Er sieht auf mein Bier und knurrt: »Trink aus. Ich zeige dir die Werkstatt, und wir reden darüber, wie du mir das Geld zurückzahlst. Ich würde es dir einfach so geben, aber dann bringt Leah mich um, wenn mir Alice nicht schon vorher die Haut abgezogen hat. Ist da was zwischen euch beiden? Sie schien den ganzen Abend drauf und dran, dich zu erwürgen.«

»Nicht, dass ich wüsste.« Nicht mehr. Er führt mich hinters Haus zu der großen Scheune, in der seine Werkstatt untergebracht ist.

Ich habe sie oft angesehen, war aber nie in ihr drin. Für uns Kinder war sie tabu. Die Wände hängen voller Werkzeuge, Schraubzwingen und Sägen. Bei etlichem kann ich nicht sagen, wozu es dienen mag. Ganz hinten stehen zwei Zeichentische. Frank lehnt sich an einen davon. In der Mitte der Scheune wartet ein Bootsskelett auf seine Außenhaut.

»Eine Slup?«, frage ich und zucke mit den Achseln.

»Ist zu klein für eine Slup, das wird ein einfaches Ruderboot.« Er notiert etwas auf einer Zeichnung. »Du wirst es lernen. Du kannst das Geld bei mir abarbeiten. Du hilfst mir mit der Oberfläche, der ersten Versiegelung. Einfache Sachen. Wenn du eine neue Stelle findest, kommst du nur noch am Wochenende.«

Alice muss ihm erzählt haben, dass ich entlassen worden bin. Ich habe ihr nichts vom Haus und dem Geld erzählt, ich habe mehr Regeln gebrochen als sie, trotzdem, sie hätte es mir überlassen sollen, es ihm zu sagen.

Hinter den Zeichentischen, direkt hinter ihm, hängt etwas absolut Außergewöhnliches: ein riesiger purpurner Vorhang, der die ganze Wand bedeckt. So wie es aussieht, ist er aus Samt, und etwas an ihm erinnert mich an die Zeichnungen im Buch. Den Vorhang vor einem Käfig, einen Vorhang innen in einem Wagen. »Wo hast du den her?«

»Was?«

»Das ist ein Theatervorhang.« Den Abschluss unten bildet eine Kette, um ihn zu beschweren und das Licht draußen zu halten. »Das Ding scheint mir nicht so recht in eine Werkstatt zu passen.« Ich lasse den Blick im Kreis wandern und sehe eine Reihe kleiner Porträts in ovalen Rahmen an der Wand hängen. Verwandte? Die Porträtierten haben etwas vage Slawisches. Die Schnauzbärte der Männer, der Schwung einer weiblichen Braue.

»Nachmittags hält er die Sonne von den Zeichnungen fern, im Winter zieht es nicht so. War in einer Kiste mit Sachen von meinem Dad. Die Bilder waren auch mit drin.«

»Ein Familienerbe also.«

Er zuckt mit den Schultern. »Nehme ich an.«

»Weißt du etwas Näheres darüber?«

»Nein. Ich habe mich nie recht für diese Art Geschichten interessiert. Dinge sind Dinge, weißt du? Ich mag sie einfach so. Sie machen den Raum ein bisschen schöner und halten ihn warm.«

Es klopft an der Scheunentür, Leah mit mehr Bier. Ich lehne ab, halte dann aber doch noch eine Flasche in der Hand. Leah gibt ihrem Mann einen Kuss auf die Wange und klopft ihm etwas Sägemehl von der Schulter, eingespielte Gesten. Durch eines der Fenster kann ich über den Sund bis zum Hafen hinuntersehen. Die Lichter der Fähre bewegen sich auf den vorgelagerten Leuchtturm zu und weiter nach Connecticut. Manche Menschen verbringen ihr ganzes Leben damit, sich über das gleiche Wasser hin- und herzubewegen, sich zu bewegen und doch am selben Ort zu bleiben.

Als ich mit meiner Flasche gegen einen der Zeichentische stoße, zucken wir beide zusammen. Eine breite Schweißspur führt über die Zeichnung und verwischt die Tusche. Ich sehe wieder zum Vorhang hinüber. Es kann natürlich nicht derselbe sein, aber es ist beeindruckend, wie vertraut er mir vorkommt. Mein Blick bleibt am ovalen Bild eines bärtigen Mannes hängen. Sein Ausdruck hat etwas Verunsicherndes. Ich sollte im Buch nach ihm suchen, nur für alle Fälle. Und sei es auch nur, um zu beweisen, dass ich anfange, mir Dinge einzubilden.

»Auf den Bildern, sind das Verwandte?«

»Könnte sein. Ich weiß es nicht wirklich. Wie gesagt, sie waren in einer Kiste mit dem Vorhang und den Sachen meines Vaters. Wahrscheinlich stammen sie von meinem Großvater. Ich glaube, ich habe sie als Kind bei ihm zu Hause gesehen. Er war jemand, der gerne alles Mögliche anhäufte.«

Der bärtige Mann starrt mich an und verlangt danach, dass ich ihn ansehe, nach ihm suche. Ich bin sicher, ich habe dieses Gesicht im Buch gesehen. »Frank, tut mir leid, aber ich muss jetzt gehen.«

Enola und Doyle liegen im Gras bei der Abbruchkante und blicken zu den Sternen hinauf. Enola hat eine Hand hinter den Kopf gelegt, die andere steckt in ihrer Tasche. Die Karten. Sie merken nicht, wie ich an ihnen vorbeigehe.

Das Buch liegt geschlossen auf meinem Schreibtisch, genau so, wie ich es zurückgelassen habe. Ich fange vorne an, blättere durch die Seiten und suche systematisch nach allen Zeichnungen. Da ist ein winziges Pferd, das da scheint ein Lama zu sein, und da, die ersten Teile eines Skeletts, der obere Teil einer Tarotkarte. Eine Notiz über Schuhe und Stiefel, Kostüme, eine Perücke, und ja, da ist er, der Vorhang: Er liegt über einem Tierkäfig, in dem ein Junge hockt. Keine zehn Seiten später folgen Skizzen eines Wageninneren, in dem kleine ovale Bilder hängen. Und tatsächlich, da ist das Bild des bärtigen Mannes, in Peabodys Ausführung. Ich habe eben das Original gesehen, das etwas östlicher wirkt. Die Skizze im Buch ist leicht anglifiziert. Eine Interpretation.

Churchwarry antwortet und bittet mich, einen Moment zu warten, er muss erst noch einen anderen Anruf beenden. »Ein Dantefanatiker. Ein unerträglicher Kerl, der denkt, er ist mein einziger Kunde«, sagt er. »Haben Sie die *Bannsprüche* bekommen?«

»Ja«, sage ich und danke ihm. »Deshalb rufe ich allerdings nicht an. Ich hatte gerade ein sehr seltsames Erlebnis. Mein direkter Nachbar, den wir mein ganzes Leben schon kennen, hat Dinge, die ich auf Zeichnungen in dem Buch gesehen habe.«

»Sie klingen ja fürchterlich.«

»Ich bin etwas aufgewühlt, ich ...« Die Worte wollen nicht aus mir heraus.

»Was für Dinge?«, fragt Churchwarry. Ich stelle mir vor, wie er durch seinen Laden läuft, und kann hören, wie er eine

Tür öffnet, damit ihn seine Frau von oben rufen kann, wenn sie ihn braucht. Er geht, so denke ich mir, hinten in seinen Laden, wo die Regale voller sind, schwer wie die mit den Nachschlagewerken in der Grainger, und das Geräusch unserer Unterhaltung dämpfen.

»Einen Theatervorhang und verschiedene Porträts.« Ich höre, wie er einen Stuhl zurückzieht und Bücher zur Seite schiebt.

»Vorhänge gleichen sich ziemlich, oder?«

»Es ist derselbe, Martin, ich weiß es. Und die Porträts, Gesichter ändern sich nicht.«

Er sagt einen Moment lang nichts. »Hat er gesagt, woher er sie hat?«

»Er meint, sie gehörten seinem Vater, womöglich seinem Großvater. Von wem, sagten Sie, haben Sie das Buch? Aus wessen Nachlass?«

»Von einem John Vermillion, wenn ich mich recht erinnere. Ich würde allerdings nicht viel auf den Namen geben. Der Mann muss unter einer absoluten Sammelwut gelitten haben. Da waren kein Sinn und keine Linie zu erkennen. Hochwertige Folianten steckten zusammen mit zerlesenen Taschenbüchern. Reinem Schund. Ein völliger Albtraum. Wir alle haben rein spekulativ mitgeboten.«

»Ich … ich habe herausgefunden, dass meine Mutter kurz vor ihrem Tod Sachen verschenkt hat, als hätte sie alles geplant. Ich habe den Vorhang gesehen und die Bilder, die er hatte, mein Nachbar. Meine Mutter hat ihm Dinge gegeben, meinem Nachbarn, Frank.« Es könnte so einfach sein. Sich umzubringen könnte meiner Familie in die Gene geschrieben sein wie blaue Augen. So einfach wie schrecklich. Enola, die draußen mit Doyle im Gras liegt, sie könnte etwas in sich tragen, dem ich nichts entgegenzusetzen habe.

»Er tut mir leid«, sagt Churchwarry bedächtig, und es liegt Wärme in seinen Worten. »Ich habe das Gefühl, da womöglich etwas aufgewühlt zu haben, das ich nicht hätte aufwühlen sollen.«

Mein Mund füllt sich mit Kupfergeschmack, nachdem ich mir in die Backe gebissen und eine dieser kleinen Wunden zugefügt habe, die tagelang anschwellen. »Es ist zu viel: zu wissen, dass er ihre Sachen hatte, und dann die Bilder und den Vorhang aus dem Buch bei ihm zu finden. Es sind genau die Porträts. Ich muss …« Ich brauche ein paar Versuche, bis die richtigen Worte an die Oberfläche kommen. »Ich muss wissen, wer er ist. Er ist jemand …«

»Wir sind alle jemand«, sagt Churchwarry. Er will mich beruhigen, doch stattdessen erfüllt mich eine kalte, schwarze Angst.

»Sie sollten wissen«, sage ich, »dass wir … dass *sie* alle am 24. Juli umgekommen sind. Meine Mutter, meine Großmutter, Céline Duvel, Bess Visser. Allesamt, jede einzelne Frau, ertrunken. Es sind noch sechs Tage.«

»Sechs Tage?«

»Meine Schwester, Martin. Meine Schwester.«

Ein kurzes Keuchen.

»Genau.«

»Gibt es etwas, das ich tun kann?« Seine Stimme hat sich geändert, und wenn ich den neuen Ton näher beschreiben müsste, würde ich sagen, dass so etwas wie Güte in ihm mitschwingt.

»Sie recherchieren doch gerne?« Er beschwert sich nicht, als ich ihn bitte, alles über die Familie meines Nachbarn herauszufinden. »Franklin McAvoy, so hießen auch sein Vater und sein Großvater. Ich muss wissen, warum er diese Dinge hat.« Ich gebe ihm weitere Namen, nach denen er Ausschau halten soll: Peabody, Koenig, Ryschkowa oder Ryschkow (verdammte Patronyme). Es gibt einen größeren Zusammenhang, etwas, das Frank mit dem Buch verbindet, mit meiner Mutter und mit dem, was uns umbringt.

Die nächsten Stunden verbringe ich unter gelbem Lampenlicht. Vor allem das Porträt beschäftigt mich. Nach den Skizzen sieht es so aus, als hätte es in Madame Ryschkowas Wagen gehangen. Eine schmale Spalte mit Zahlen daneben führt Ausgaben auf. Für Seide, Kräuter und Salz. Die Werkzeuge einer Wahrsagerin. Ich habe den heimlichen Verdacht, dass sich Churchwarrys und meine Recherchen, wenn er Franks Familie und ich Madame Ryschkowa hinterherforschen, an einem Punkt treffen werden. Ich schalte den Computer ein und fange mit dem Namen an: Ryschkowa. Die Anfrage ergibt mehrere Tausend Treffer. Verflucht. Natürlich, der Name muss in Russland so eine Art Smith sein. Zu viel Information ist genauso schlecht wie keine. Zeitangaben sollten die Ergebnisse einschränken. Das späte 17. Jahrhundert. Dazu die Gegend. Die meisten, die in die Kolonien gingen, werden über New York, Massachusetts und vor allem Boston gekommen sein. Philadelphia könnte es etwas überspannen. Wenn Alice mich im Augenblick auch hassen mag, hilft sie mir insgeheim doch immer noch. Ich logge mich ins Nationalarchiv ein, mit ihrer Uni-ID, und mache mich an die Durchsuchung von Passagierlisten.

Als ich vor dem leuchtenden Computerschirm zusammenklappe, träume ich, unten an der Great South Bay entlangzulaufen, vielleicht ist es auch Jessop's Neck, wo das Wasser badewannenwarm ist und der Strand voller gelber Sattelmuscheln liegt. Aus dem Sand sprießt Strandhafer, der zu Haar wird, rot und dick wie das von Alice. Ein Pfeilschwanzkrebs krabbelt auf meinen Fuß, auf mein Bein und klammert sich daran fest. Hinter ihm kommen immer mehr, bis ich das Wasser vor lauter Krebsen nicht mehr erkennen kann. Ich wache auf und schnappe nach Luft.

Enola hat meinen Computer ausgestellt. In der Stille des Hauses höre ich sie ihre Karten mischen.

14

Ihre Sprache entwickelte sich im Geheimen, da sie die Karten Madame Ryschkowas dafür brauchten und stehlen mussten. Die Stunden fanden ohne große Vorbereitung statt, nach Abendvorstellungen in kleineren Orten, während der Flauten, wenn sie unterwegs waren, und frühmorgens oder spätabends, wenn bis auf ein paar rastlose Seelen alles im Bett lag. Nach einem Reisetag schlief Madame Ryschkowa tief und fest. Das Gerumpel der Straßen erschöpfte sie so, dass Amos gelegentlich eine Hand unter ihre Nase hielt, um zu sehen, ob sie überhaupt noch atmete. War es kalt, legte er einen zusätzlichen Schal um sie. Diese kleine Fürsorge dämpfte die Schuldgefühle etwas, die ihn jedes Mal neu ergriffen, wenn er ihre Karten nahm.

Amos kündigte Evangeline die Unterrichtsstunden an, indem er eine Karte in ihrem Bettzeug hinterließ, zwischen die Dauben klemmte oder unter ihren Kämmen verbarg. Sie steckte sich die Karte in den Ärmel und trug sie auf der Haut, bis sie ihn hinter dem immer ein wenig abseits stehenden Schweinewagen fand, wo er auf sie wartete. Amos' Tierliebe bedeutete, dass niemand Verdacht schöpfte, wenn er sich dort aufhielt. Gemeinsam gingen sie dann in den Wald oder zu den Flüssen, denen die Truppe folgte, und setzten sich auf einen bequemen Ast oder hinter ein paar Felsen, die sie vor neugierigen Augen schützten. Evangeline trug bei ihren Treffen ein Kleid aus Sackleinen, in dem sie keine Aufmerksamkeit auf sich zog. Amos traf keine derartigen Vorkehrungen. Er erinnerte sich einfach daran, wie er sich früher leise voranbewegt und verborgen hatte.

Durch jedes versteckte Plätzchen, jeden Hügel und jeden gewundenen Ast lernte Evangeline ihn besser kennen. Die Dinge, die er einmal geliebt hatte, als er allein auf sich gestellt gewesen war, die Geheimnisse, die er entdeckt hatte – dass grünes Moos ein weiches Kissen war, wie Flusskröten auf ins Wasser geworfene Kiesel antworteten: Jedes ihrer Treffen wurde mit neuen Erkenntnissen vergoldet. Durch Karten und Grashalmpfeifen begann sie den stummen Mann zu lieben.

Die Stunden begannen wie Tarotsitzungen, indem die Teilnehmer identifiziert wurden. Evangeline war die Königin der Schwerter, war ihr Haar doch dunkel und ihre Haut hell. Sie verstand die Karte nur über die Darstellung der Frau und wusste nichts von ihrer Nähe zu Traurigkeit und Verlust. Er hielt es für das Beste, sie nicht näher einzuweihen, und doch spürte er den Verlust in ihr und hätte ihn ihr gerne erleichtert. Für sich selbst wählte er den Narren, wegen dessen freundlicher Erscheinung und weil der kleine Hund Evangeline zum Lächeln brachte. Gemeinsam legten Königin und Narr dann die Karten fest, die die Mitglieder der Truppe bezeichneten.

Peabody war der Einsiedler, was eine einfache Wahl war, da die Karte einen älteren Mann mit einer Laterne und einem fliegenden weißen Bart zeigte. Das ungeübte Auge sah eine einsame Gestalt, einen alten Mann eben, doch Amos wusste, dass der Einsiedler ein Führer war, ein Beschützer, einer, der seine Erfahrungen mit anderen teilte. Was alles Dinge waren, die er in dem Mann sah, der ihm zu einem Vaterersatz geworden war. Die Zwei der Münzen wählten sie für Melina, einen mit zwei goldenen Sternen jonglierenden Mann. Für Susanna, die Schlangenfrau, suchte Evangeline den Gehängten aus, eine kopfüber an ihrem Fuß aufgehängte Gestalt, das freie Bein hielt sie angezogen. Amos konnte ihr nicht sagen, dass der Gehängte für die Verbindung zwischen dem Gegenständlichen und dem Göttlichen stand, oder dass er bei denen erschien, die trauerten oder ihren Glauben infrage stellten. Vielleicht passte es ja. Susanna war ein ruhiger Mensch, was wusste er von ihren Gedanken? Für Benno wählte er die Vier der Kelche. Der im Schneidersitz dahockende dunkelhaarige Mann erinnerte ihn an seinen Freund und dessen Großzügigkeit, es war jemand, der genug zu trinken hatte, um es mit vielen zu teilen.

Eine Karte für Madame Ryschkowa auszusuchen, war schwierig. Evangeline legte die Trümpfe auf eine dunkle Schieferplatte und suchte nach einer alten Frau. Etwas an Madame Ryschkowa ließ sie an ihre Großmutter denken, was ihr die Haare im Nacken aufstellte. Obwohl sie in ihrer Ausbuchtung am Flussufer sicher waren, behielt Evangeline die Bäume rundum im Auge und fragte sich, was mit Amos geschehen würde, sollten sie entdeckt werden. Sie bangte nicht um sich selbst. Der Satz, der ihr seit Krommeskill folgte und sie wie eine Decke umschloss, lautete: *Ich bin eine Mörderin.* Sie berührte die Karte mit dem Namen »Der Magier«. Die passte zu Ryschkowa, deren Voraussagen einige für Hexerei hielten.

Amos schüttelte den Kopf. Ryschkowa nannte den Magier den Atem Gottes, und seine Lehrerin mochte ja vieles sein, hatte aber bestimmt nichts Göttliches an sich.

Evangeline sah die Anspannung um seinen Mund und den Drang seiner Hände. Eigentlich nur an Zustimmung seinerseits gewöhnt, sagte sie: »Also gut, zeig mir, wer sie ist.«

Seine Finger flogen, glitten über die Bilder, wie sie es Tausende Male getan hatten, und warteten darauf, dass die Karten zu ihm sangen, jede von ihnen war ein Vogel mit einer Botschaft, der ihm sagte, was und wo sie sein sollten. Als sein längster Finger die richtige Karte streifte, nahm er sie hoch: die Hohepriesterin.

»Sei nicht dumm. Das ist eine junge Frau, und dazu noch mit einem Kreuz! Madame Ryschkowa würde niemals eines tragen. Da könntest du genauso gut den Teufel nehmen.« Sie zog die Brauen zusammen und wurde nachdenklich. »Deine Lehrerin mag mich nicht.«

Er versuchte zu lachen, es wurde ein hässliches Krächzen, und das Geräusch ließ ihn blass werden.

Evangeline lächelte und berührte seine Wange. »Deine Stimme ist nicht so schrecklich, nur ein wenig brüchig. Das macht mir nichts.«

Amos wurde rot und wandte sich wieder der Hohepriesterin zu. Er nahm zwei Karten aus dem Spiel und legte sie vor Evangelines Zehen, die Welt mit ihrer Blättergirlande und dem kornblumenblauen Himmel, darüber platzierte er die Sonne mit ihrem wohlwollenden Gesicht. Wieder nahm er die Hohepriesterin und legte sie mit ihrer prächtigen Robe über die beiden anderen.

»Über Himmel und Erde steht sie?«

Auch wenn das nicht genau die Bedeutung war, die er im Sinn hatte, war es doch nahe genug an der Wahrheit. Er dachte an das trockene Lachen Ryschkowas, die Art, wie sie ihn neckte und wie sie ihn gelehrt hatte, sein Haar zu binden, dachte an ihre armen verkrüppelten Hände. Es waren die Hände, die seine öfter als alle anderen berührt hatten. Peabody sorgte für ihn, klopfte ihm auf die Schultern, brachte ihm bei, ein Wilder und ein Mann zu sein, aber Ryschkowa lehrte ihn das Menschsein und brachte ihm bei, sich zu sorgen.

Madame Ryschkowa stand über Himmel und Erde. Sie war seine Mutter.

»So siehst du sie?«

Er lächelte und nickte. Er wusste, dass Evangeline sie fürchtete. Sie schreckte vor ihr zurück und versteifte sich, wenn sie Madame Ryschkowa sah. Evangeline wusste nichts von den zahllosen Stunden, die er mit der Wahrsagerin verbrachte, nichts von ihrer Geduld und ihrer Sorge, dass die Welt für ihn mehr wurde als die eines Wilden. Sie wusste nicht, dass Ryschkowa ihm seinen Namen gegeben hatte. Er nahm die Karte in die Hand und drückte sie sich aufs Herz.

Evangeline legte ihre Hand auf seine.

Er wurde wagemutiger.

Als sie nach Burlington unterwegs waren, zwang sie heftiger Regen, ihre Stunde drinnen abzuhalten. Amos schlich mit Evangeline in den Wagen von Sugar Nip und dem Lama. Der Regen war so stark, dass sie die Fahrt hatten unterbrechen müssen, alle saßen in ihren Wagen, und dort waren sie sicher. Ryschkowa würde annehmen, dass er bei Peabody blieb, während Peabody dachte, er wäre bei Ryschkowa. Evangeline hatte die Plane fest über ihr Fass gezurrt und lud weder Gäste noch zu Nachfragen ein. Gemeinsam legten sie sich ins Stroh, schlossen die Augen und lauschten der Mischung aus Atem und Regentrommeln.

Eine Hand klopfte an Madame Ryschkowas Wagen. Sie war es nicht gewohnt mit dem Anklopfenden zu sprechen, sie fand ihn verstörend. Er lächelte sie an.

»Ist Amos hier? Ich würde gern mit ihm würfeln«, sagte er. »Bei Peabody ist er nicht, deshalb dachte ich …« Benno neigte den Kopf, und Madame Ryschkowa spürte seine Bewegungen, gepflegtes Behagen. »Ist er nicht bei Ihnen?«

»Haben Sie das Mädchen gesehen?«, fragte sie ihn.

»Melina? Die ist bei Susanna und flickt Kostüme.«

Er wusste genau, wen sie meinte. »Die Meerjungfrau«, sagte sie und sah zum Bottich hinüber. Unbehaglich trat er von einem Bein aufs andere.

»Ah«, sagte Benno. Sie sah, wie sich sein Ausdruck veränderte, und entdeckte den Hauch einer Sorge, bevor er ihr ruhig antwortete: »Ist schon gut. Dann würfele ich mit Nat. Es sei denn, Sie haben Lust, Madame?«

»Ich werde Amos sagen, dass Sie hier waren«, knurrte sie. »Lassen Sie mich allein.«

Noch bevor sie die Schachtel öffnete, wusste sie, dass die Karten fehlten. Sie spürte die nachklingende Energie von Amos' Fingern auf dem Deckel, die Wärme, die sie hinterlassen hatten, sah in die Leere, wo die Karten hätten liegen sollen, und erschauderte in der Erinnerung an den Turm und eine lange zurückliegende Sitzung. Betrug und eine Frau. Sie hatte nicht damit gerechnet, dass sie selbst die Betrogene sein würde. Ihre Beine knickten ein, und sie setzte sich auf den Boden. »Jelena«, flüsterte sie, »du bist eine Närrin.«

Rusalkas verließen ihre heimischen Gewässer nicht. Das hatte sie durch eine bittere Erfahrung gelernt. Das Mädchen hätte verschwinden müssen, als Peabody die Truppe an einen anderen Fluss geführt hatte. Aber es war geblieben, war stärker und gerissener als andere.

Als Kind, lange bevor sie zu Madame Ryschkowa geworden war, als sie einfach nur Jelena gewesen war und an nichts als das Weben gedacht hatte, hatte sie durchs Fenster zugesehen, wie eine Frau ihren Vater in den Fluss gelockt hatte. Stepan, so hieß der Vater, war ein kräftiger, stämmiger Mann mit einem Bart so dicht und schwarz wie ein Bärenfell, aber daunenweich. Sie wusste noch, wie sie mit den Fingern darin herumgezwirbelt hatte. Als sie geboren wurde, waren ihre drei Brüder schon fast erwachsen und aus dem Haus, um zu kämpfen, eigene Felder zu bestellen und in die Welt hinauszusegeln. So hatte sie ihren Vater ganz für sich, und sie betete ihn an. Jelena liebte es, wenn er sie hochhob und im Kreis herumwirbelte, als wäre sie nicht mehr als ein Getreidesack. Er nannte sie »kleine Taube« und sagte, er liebe sie mehr als alle anderen, mehr noch als ihre Brüder. »Du bist meine Krone«, sagte er.

Dann kam die Frau, ein blasses Gesicht in ihrem Fluss.

Innerhalb eines Monats sah sie ihren Vater immer schwächer werden und ihre Felder vernachlässigen. Sie verbrannten in der Sonne. Anstatt zu arbeiten, verbrachte Stepan seine Tage am Fluss. Ihre Mutter drohte damit, das Wasser zu vergiften, und Stepan drohte, sie an den Herd zu fesseln. Wenn Jelena fragte, ob sie mit ihm auf dem Wagen fahren könne, mit dem er arbeitete, antwortete er nicht. Wenn sie ihm Brot in die Taschen stopfte, brachte er es später wieder mit.

Ihre Mutter begann zu beten.

Jelena sah, wie er starb. Zwischen schlanken Erlen hindurch sah sie die leuchtende Haut und die lachenden Augen der Frau, sah ihren Vater, wie er die Arme ausstreckte und sie an sich zog. Seine so warmen, starken Hände waren abgemagert und verkümmert. Sein dunkler Bart verschwand im rußschwarzen Haar der Frau. Jelena rief ihn, doch ihre Stimme trug nicht so weit. Sie schüttelte die Mutter, aber die blieb, wo sie war, und betete. Als Jelena das Ufer erreichte, war ihr Vater längst in die Tiefe gezogen worden.

Nachdem Stepan ertrunken war, handelte ihre Mutter so schnell und bestimmt, als hätte jemand einen Schalter in ihr umgelegt, packte ihre Besitztümer auf einen Wagen und zog mit ihrer Tochter in ein fernes Dorf an einem ruhigen, schwarzen See. Jelena weinte und wollte ihren Vater nicht zurücklassen, wusste sie doch, dass er im Fluss war. Ihre Mutter schlug ihr auf die Hände. »Wenn wir bleiben und auf deinen Vater warten, wird sie uns alle Männer nehmen, die wir lieben. Möchtest du, dass sie auch deine Brüder ertränkt?«, fragte sie. Jelena überlegte. Was waren ein oder zwei verlorene Brüder, wenn sie dafür ihren Vater zurückbekam? »Wenn sie deine Brüder tötet, trägst du die Schuld«, warnte ihre Mutter sie. Endlich verstand Jelena. Kein Fluss würde je wieder sicher sein, aber in anderen gab es das Gesicht ihres Vaters nicht. Als ihre Mutter starb, verließ sie die Heimat, durchquerte verschiedene Länder und fuhr über einen Ozean, um die Frau in dem Fluss und ihren Vater hinter sich zu lassen. Im neuen, sicheren Land gebar sie eine Tochter und taufte sie schnell, um ihre Seele zu verankern. Jetzt, ein Leben später, verlockte eine Frau aus einem neuen Wasser den Jungen, der ihr Sohn geworden war.

Sie wartete an dem Bottich, in dem die Rusalka nächtens schlief und in dem sie sich bei Tage ertränkte. Madame Ryschkowa sah Evangeline gerötet und atemlos und fürchtete, dass sie Amos bereits Leben und Jugend gestohlen hatte.

Evangeline erstarrte, als sie Ryschkowa erblickte. Die Frau stand im strömenden Regen, völlig durchnässt, das Gesicht wutentbrannt. Sie waren entdeckt worden.

»Madame, Sie müssen zurück in Ihren Wagen. Hier holen Sie sich den Tod.« Sie wollte sie bei den Schultern nehmen.

»Rühr mich nicht an. Du nimmst mir meinen Amos, du verzauberst ihn und machst, dass er mich belügt. Ich weiß, was ihr tut, du und deinesgleichen. Du bist eine Mörderin, eine Seelendiebin, eine Rusalka.« Madame Ryschkowa kämpfte gegen den Drang an, die Stimme zu erheben und zu schreien. Die Jahre des Wahrsagens hatten sie gelehrt, dass Worte mehr Macht besaßen, wenn sie ernst ausgesprochen wurden. »Du wirst gehen. Du verlässt diesen Ort und meinen Jungen. Du wirst mir nichts mehr nehmen.«

»Madame, ich glaube, Sie kennen Ihren Jungen nicht so gut.« Evangeline ging an ihr vorbei, machte sich daran, die Plane ihres Bottichs zurückzuschlagen, und drehte sich noch einmal zu der alten Frau um. »Und auch mich nicht.« Ihr Magen hob sich, doch sie zwang ihn zurück. Ihre Hände bebten, doch sie drückte sie gegeneinander. »Gehen Sie zurück in Ihr Bett, Madame. Es wäre schade, wenn sie krank würden. Es würde Amos das Herz brechen wie mir der Tod meiner Großmutter.«

Evangeline erlaubte sich keine Träne, bis sie die Plane hinter sich geschlossen hatte, und auch da erst, als sie die Knie an die Brust drückte, um das Geräusch zu dämpfen. Ob sie aus Angst oder Wut weinte, konnte sie nicht sagen.

Ohne sich von ihren nassen Röcken daran hindern zu lassen, flog Ryschkowa über den vermatschten Platz zu Peabodys Wagen und öffnete die Tür. Peabody saß über sein Buch gebeugt da und zeichnete ein Detail einer zeltgleichen Konstruktion. Sein ausladender Bauch quoll über den kleinen Tisch und verdeckte die Schrift unten auf der Seite. Überrascht durch ihr unerwartetes Erscheinen zuckte seine

Hand mit der Schreibfeder und zog einen hässlichen Strich durch die Zeichnung.

»Verflixt.«

»Das Mädchen muss gehen.« Die Stimme Madame Ryschkowas brach.

»Was?« Peabody drehte den dreibeinigen Schemel, den er seinen Chiffriersitz nannte, und sah Madame Ryschkowa mit hochgezogenen Brauen an.

Sie bebte vor Zorn. »Die Meerjungfrau, wie Sie sie nennen. Evangeline. Sie verdirbt meinen Jungen, meinen Amos. Sie sorgt dafür, dass er mich belügt.« Sie schlug mit der flachen Hand auf Peabodys Tisch, was seine Zeichnung nicht schöner machte.

»Evangeline?« Peabody zwirbelte das Ende seines Bartes zu einer nachdenklichen Spitze, die er sich um den Daumen wickelte. »Ich stimme Ihnen zu, dass sie unseren Amos in ihren Fängen hat, doch die Liebe, Madame, ist nichts, weswegen man sich zu große Sorgen machen sollte. Mit der Zeit renkt sich alles ein.« Er murmelte noch etwas über die Wege gerade junger Liebe und wandte sich wieder seiner verschandelten Seite zu. »Das Mädchen ist gut für den Gewinn, Madame. Ich sehe da keinerlei Schaden. Und jetzt, wenn es Ihnen nichts ausmacht, würde ich gern meine Korrespondenz lesen.«

Die Augen Madame Ryschkowas verengten sich auf eine Weise, die Peabodys Leichtigkeit ersterben ließ. »Sie dummer, dummer Mann. Sie lieben den Jungen doch, oder? Sie sehen in Amos einen Sohn wie Ihren Zachary?« Ihre Stimme hob sich. »Sie wird ihn töten. Was haben Sie dann noch? Geld? Nein. Einen toten Sohn werden Sie haben. Und das Mädchen? Sie wird im Fluss verschwinden. Kein Amos mehr, keine Meerjungfrau, nichts.«

»Madame.«

»Wir müssen von den Flüssen weg. Weg vom Wasser. Sie jagen sie davon, und wir verbrennen alles.« Ihre Hände fassten den Stoff ihrer Röcke.

»Also«, sagte Peabody und erhob sich von seinem Platz. »Evangeline ist seit dem Tag ihrer Ankunft ein Erfolg, und wenn sie Amos glücklich macht, bin ich geneigt, sie bei uns zu behalten.«

Ryschkowa schoss vor, legte Peabody einen ihrer verwachsenen Finger auf die Brust und betonte jedes ihrer Worte mit einem Stoß. »Der, den ich in meine Geheimnisse eingeweiht habe, der, den ich liebe wie einen Sohn, er belügt mich. Sie wird ihn austrinken, ertränken. Es hat schon angefangen.«

Peabody nahm ihren Finger von seiner Weste und rückte die Papiere auf seinem Tisch zurecht. Er versuchte, Vernunft einkehren zu lassen. »Vielleicht verständigen Sie sich auf ein paar Regeln mit ihm. Schenken Sie dem Jungen etwas Spielraum und Verständnis, Madame. Denken Sie daran, dass Amos nicht immer zivilisiert war. Und was Evangeline betrifft«, fuhr er fort, »so wäre es vielleicht nicht schlecht, wenn Sie versuchten, Sie besser kennenzulernen. Das Mädchen war bisher nur freundlich und liebenswürdig. Amos ist nicht der Einzige, ich denke, die meisten unserer Männer sind halb in sie verliebt.«

»Die Zunge spricht, aber der Kopf weiß nichts«, höhnte Madame Ryschkowa. »Sie haben sie hergebracht, jetzt müssen Sie sie wieder wegschicken. Oder ich gehe. Ich werde zu meiner Katja gehen.« Ihr Lächeln hatte etwas Raubtierhaftes. »Den Jungen nehme ich mit. Ohne mich hat er keine Arbeit. Keine Worte. Ohne mich ist er nichts. Er wird mitkommen.«

Zorn vernebelte Madame Ryschkowas Blick, und so sah sie den harten Ausdruck nicht, der über Peabodys Gesicht zog. »Meine liebe Madame«, sagte er, »Sie scheinen meine Sorge für Amos zu unterschätzen. Mir sind seine Stärken und seine Schwächen sehr wohl bekannt. Sie mögen ihm seinen Namen gegeben haben, doch das verschafft Ihnen keinerlei Anspruch auf ihn. Ich war es, zu dem er gekommen ist, und ich habe ihn gekleidet, mit den Kleidern *meines* Sohnes.« Er beugte sich nahe zu Ryschkowa hin und nutzte seine Größe, bis sie mit dem Rücken an die Wand gedrängt dastand. »Seien Sie sicher, dass der Junge hochgeschätzt wird, und ich habe, wie schon immer, vor, mich auch weiter um seine Interessen zu kümmern, seien sie romantischer oder anderer Natur – sie liegen auf einer Linie mit meinen. Wäre es auch unangenehm, ohne Ihre geschätzten Dienste auskommen zu müssen, habe ich über die Jahre doch festgestellt, dass ich eine unerschrockene Seele bin und sicher auch ohne Sie zurechtkäme.« Er drehte sich von ihr weg, um erneut nach seiner Feder zu greifen. »Madame, ich stelle fest, dass mir nicht länger an Ihrer Gegenwart liegt.«

Madame Ryschkowa zog sich zurück und machte einen unbeholfenen Schritt aus seiner Tür. Unterwegs zu ihrem Wagen, wo sie auf Amos warten wollte, erinnerte sie sich an etwas aus ihrer Kindheit, als sie noch die kleine Jelena gewesen war. Für Peabody klangen die Worte, die sie vor sich hin murmelte, wie das Gefasel einer Verrückten, tatsächlich aber waren sie der Beginn eines Gebets, des Gebets um Errettung, das ihre Mutter geflüstert hatte, damals, als sie sich auf den Knien vor und zurück wiegte, während Stepan ertrank.

15

20. Juli

»Wach auf.«

Ich öffne die Augen und sehe lauter Papiere und Zettel, von denen mir einige auf der Wange kleben. Enola starrt auf mich herab.

Ich bin an meinem Schreibtisch eingeschlafen, nachdem ich mich den letzten Tag über Flüche schlaugemacht und nach dieser Madame Ryschkowa gesucht habe. Das Nationalarchiv verfügt über keine Passagierlisten für die Zeit vor 1800, dafür aber über Bibliografien, die mich zum Archiv der New Yorker Public Library geführt haben. Die dort lagernden Passagierlisten reichen bis ins Jahr 1600 zurück. Zugang gibt es nur nach Voranmeldung. Ich machte einen Bettelanruf und bat um eine kollegiale Gefälligkeit, obwohl ich nicht länger als Kollege gelten kann. Ich sagte, ich sei von der Grainger, was ja fast noch stimmt, und dass wir ihnen im Gegenzug gerne unser Walfangarchiv öffnen würden. Das war schlicht gelogen, was mich aber nicht sonderlich stört, heiligt der Erfolg für mich doch in diesem Fall die Mittel: Fünf Stunden später stieß ich auf den Namen Jelena Ryschkowa. Er stach heraus, weil er zu einer allein reisenden Frau gehörte, einer Russin auf einem Schiff voller Engländer, und das Mitte des 18. Jahrhunderts. Mit dem

Namen arbeitete ich weiter und schaffte es, eine Tochter zu finden, Katerina Ryschkowa. Danach wurde es schwierig. Die Revolution mag das Bedürfnis der Einwanderin ausgelöst haben, sich einzufügen und zu verschwinden. Genealogie-Websites lassen einem die Augen tränen, und so habe ich den Rest des Tages Flüche, Verwünschungen und verhexte Objekte studiert, Artikel zum Thema ausgedruckt und gelesen. Zudem ist Churchwarrys *Bannsprüche und Defixionen* ein ganz wunderbarer Band voller Details, und ich denke halb daran, ihn zu behalten. Was ich nicht tun werde, nicht, nachdem er so nett war. Den Abend habe ich mit alten Fluchtafeln verbracht, Steinplatten mit eingemeißelten Bitten an einen Gott, einen Feind zu vernichten. Interessant, aber nicht von unmittelbarer Bedeutung, da war nichts, was direkt mit Ertrinken zu tun gehabt hätte oder der Eliminierung des weiblichen Teils einer Familie. Schließlich landete ich bei verwunschenen Juwelen: dem Hope-Diamanten, dem Koh-I-Noor-Diamanten und dem Delhi-Purple-Saphir, Dingen, die mit Diebstahl, Mord und Macht zu tun hatten. In meinem Buch findet sich jedoch nichts über Juwelen und Diebstahl, nichts, was auf eine mögliche Fremdeinwirkung bei den Todesfällen hinwiese. Die meisten modernen Flüche scheinen sich auf heilige Objekte zu beziehen und mit Mord und Raub in Zusammenhang zu stehen. Da war keine Verbindung zu den Ertrunkenen auszumachen. In den späten Nachtstunden tauchte ich tief in die 130er-Signaturen ein, okkulte und verhexte Orte. Der Ronkonkoma-See – mein ganzes Leben habe ich auf dieser Insel verbracht und keine Ahnung, dass der See in seiner Mitte verflucht ist.

»Simon.« Enola reckt sich und lässt die Fingerknöchel knacken.

»Der Ronkonkoma-See wird vom Geist einer Indianerprinzessin heimgesucht, die weiße Männer ertränkt.« Meine Stimme ist morgenschwer.

Sie blinzelt. »Was zum Teufel liest du da?«

»Ich weiß es, ehrlich gesagt, auch nicht.« Mein Kopf steht kurz davor zu platzen, und meine Augen fühlen sich an, als hätte ich Stunden in scharfem Wind verbracht. Wenn man einen Lesekater haben kann, habe ich eine ausgewachsene Raubkatze. Laut der Uhr auf dem Tisch ist es 7:30 Uhr, das ist früh für Enola. Ich habe Jahre damit zugebracht, sie aus dem Bett zu zerren, damit sie rechtzeitig in die Schule kam, habe mit ihr gerungen, während sie um sich trat und knurrte. Vielleicht ist sie gar nicht schlafen gegangen. »Warum bist du schon auf?«

»Der ganze Strand ist voller Pfeilschwanzkrebse. Völlig irre.« Sie schlägt mir beide Hände auf die Schultern und schiebt mich gegen den Tisch. Ein paar Bücher fallen um, Alices Bücher, die ich zurückbringen sollte. Gestern habe ich sie angerufen, aber da konnte sie nicht reden. Sie kann doch nicht ewig sauer auf mich sein. Enola hüpft auf und ab, und der Boden knarzt heftig unter ihren Füßen. »Ich bin extra früh zum Wasser runter, weil ich die Flut auf dem Höchststand erwischen wollte«, sagt sie. »Sie sind einfach überall.«

»Du warst ganz allein unten?«

»Und? Doyle war kaputt, und du hast geschlafen.«

Ich sollte mir keine Sorgen machen, aber da ist eine neue, andauernde kleine Angst. Wobei, so klein ist sie auch wieder nicht. »Geh nicht allein ins Wasser.«

»Hör auf, mich zu bevormunden. Das tut uns nicht gut.« Sie reibt die Füße gegeneinander und lässt den Sand auf den Boden rieseln. Sie hat recht. Als ich versucht habe, mich um sie zu kümmern, bestand das Ende vom Lied darin, dass sie wegging. »Hast du Alice angerufen? Entschuldigungen sind eine gute Sache.«

Darauf gehe ich nicht ein. »Da sind also eine Menge Krebse?«

»Tonnen. Ist richtig unheimlich. Ich dachte, die sterben aus, aber das tun sie offenbar nicht.« Da ist das Rascheln wieder. Sie spielt mit ihren Karten. Sie sieht mich an, und es schmerzt. Ich spüre, wie sie nach meinem alten Ich sucht, meinem Ich aus der Zeit vor ihrem Weggang, vor Dads Tod. Es muss hier irgendwo sein.

»Ich weiß noch, wie du voll warst mit den Viechern«, sagt sie.

»Ich auch«, sage ich, weil man das so sagt. Es war in den letzten Tagen mit Dad, im Sommer vor seinem Tod. Ich hatte die Pfeilschwanzkrebse als Erster entdeckt, oben vom Hochufer aus, und musste sie ihr zeigen. Sie war nicht da (damals schon schlich sie sich zwischendurch immer wieder davon, um von ihm wegzukommen, und auch von mir, nehme ich an), und so wartete ich in ihrem Zimmer auf sie. Enola klaute manchmal Kleingeld aus Münztelefonen, und ja, als sie zurückkam, klingelten Vierteldollarmünzen in ihrer Tasche.

Es war zu spät, um an Daddys Zimmer vorbeizugehen, also kletterte ich durchs Fenster, krümmte mich zusammen und schob mich vor, bis die Füße den Boden berührten. Enola folgte mir. Da war ein Baum, eine Kiefer, die im Winter umgestürzt war und auf dem Rasen lag. Da sie noch mehr kriminelle Energie hatte als ich, schob sie das Fliegengitter wieder herunter, um unsere Flucht zu verbergen.

Wir schoben uns durchs hohe Gestrüpp, meine Hand zog ihre, ich hielt sie fest, und traten an die Abbruchkante. Ich war barfuß und weiß noch, wie mir der Strandhafer unter den Füßen drückte. Wir sahen in die tiefe Schwärze hinaus und entschieden uns gegen die Treppe. Ich nahm sie auf den Rücken, sie war damals viel kleiner, und ich konnte sie leicht tragen. Schon ging es das Ufer hinunter, und sie verrutschte jedes Mal, wenn ich im Sand versank.

Am Wasser ließen wir die Wellen über unsere Füße spülen. Nach ein paar Minuten begann etwas gegen unsere Beine zu stoßen, und Enola beugte sich vor, um zu entdecken, was ich bereits wusste: Es waren kalte Panzer, glatt und hart mit Kerben an den Seiten und zwei Knubbeln. Pfeilschwanzkrebse. Ich sagte ihr, sie solle an der Wasserlinie entlangsehen, und es schien, als lägen da Hunderte glänzende Steine aufgereiht. Weiter draußen bewegten sich dunkle Flecken unter der Oberfläche, hoben und senkten sich. Vorher hatte ich höchstens einmal eine Handvoll lebender Pfeilschwanzkrebse gesehen, oder ein paar tote am Strand, leere Panzer wie Zikadenhüllen. Jetzt mussten da Hunderte Krebse sein, Tausende, und ihre Schwänze schlugen und arbeiteten wie die Stöcke blinder Männer.

Enola lächelt und zieht die Nase kraus. Das habe ich vermisst. »Du hast mir gesagt, sie seien alt, Urwesen, und ich habe mich gefragt, ob sie wohl wissen, wie sich alles um sie herum geändert hat«, sagt sie.

»Das müssen sie.« Durch ihre ziellosen Instinkte und die Ziegel- und Asphaltstücke, die sie herumtragen. Sie wissen es, weil es die riesigen Seeungeheuer nicht mehr gibt. Nur die Krebse bleiben.

»Ich wollte Dad holen«, sagt sie.

»Es hätte ihn nur noch trauriger gemacht.« Es war nicht lange vor seinem Tod. Er verbrachte die ganze Zeit am Küchentisch, starrte auf ihren leeren Stuhl und stellte sich die Frau vor, die dort einmal gesessen hatte.

»Ich weiß«, sagt Enola. Sie sitzt wieder auf der Couch und kratzt sich am Arm. »Ich blieb auf dem Sand, aber du bist weiter rein, die Krebse waren überall um deine Füße, und du hast gelacht wie ein Irrer.«

»Bist du nicht mitgekommen?«

Ihre Brauen heben sich. »Ich dachte, du erinnerst dich an alles. Ich bin auf dem Strand geblieben, die Dinger haben mir eine Scheißangst eingejagt. Aber du, du bist ins Wasser zu ihnen. Deine Beine sind sie hochgekrabbelt, als wärst du ein Baum. Ich glaube, du hast auch nicht eine Sekunde gedacht, sie könnten dir was tun oder dich gar verschlingen.« In diesem Moment kommt sie mir so jung wie ihr vierzehnjähriges Ich vor. »Die ganze Zeit hast du gelacht, und ich stand auf dem Strand und dachte, verdammt, wenn sie ihn in die Tiefe ziehen, was mache ich dann?«

Vielleicht erinnere ich mich an sie auf dem Strand, wie sie rief und bettelte, ich solle zurückkommen. Aber ich fühlte mich gut da im Wasser mit all den Viechern um mich herum. Die Krebse krochen mir über die Füße, die kleinen Scheren zwickten und kitzelten, es war die Berührung mit dem Uralten. Heraufgeklettert ist keiner an mir. Nein, nichts in der Art.

»Du warst halb bedeckt mit Pfeilschwanzkrebsen, als wärst du nicht mehr du selbst.« Das leise Rascheln der Karten in ihrer Rocktasche ist etwas Lebendiges. Ich kann fast sehen, wie ihre Finger über die Seiten gleiten. »Es sah aus, als kämen sie, um dich wegzuziehen. Als wollte Mom dich holen.« Sie mischt die Karten mit einer Hand. Eine tritt hervor, ein Mann, eine Frau, nackt?, und verschwindet schnell wieder. Die Liebenden?

»Sie haben sich gepaart. Das machen sie jedes Jahr.«

»Das weiß ich auch, Arschloch«, sagt sie. »Ich sage nur,

dass ich Angst um dich hatte, verdammter Pfeilschwanzkrebs-Flüsterer.«

Dann starb Dad, und es gab keine Krebse oder Strandabende mehr, nur uns zwei allein, und später, viel später, ging Enola weg. Sobald sie konnte.

»Warum bist du weggegangen?« Ich habe mit der Frage selbst nicht gerechnet und bin überrascht. Es tat so weh. Über Jahre waren wir zwei allein gewesen, schon vor Dads Tod.

»Dieses Haus ist ein Mausoleum«, sagt sie und blickt aus dem Fenster zu Franks Auffahrt hinüber. »Ein Denkmal für Leute, die mich nicht genug geliebt haben, um am Leben zu bleiben.« Sie sieht mich an. »Ich weiß, ich weiß. Du warst hier und bist es immer noch. Wenn einer eine Medaille fürs Dableiben kriegt, dann du. Mom hat sich nicht die Mühe gemacht, sie hat sich aus dem Spiel genommen, bevor sie mich richtig kennenlernen konnte. Aber Dad war fast noch schlimmer. Hat er eine einzige Sekunde auf uns verwandt, nachdem sie weg war? Nein. Er war allein damit beschäftigt, so zu tun, als lebte er noch – bis er tatsächlich tot war.«

»Ich verstehe, dass du wütend warst.«

»Du weißt nicht, wie du aussahst. Ich wusste von jedem Tisch, den du bedientest, jedem Teller, den du spültest, den Stunden in der Bibliothek, in der Schule, und dass du das alles für mich tatest.«

»Wir mussten beide essen und leben, es war nicht nur für dich.« Ich weiß noch, wie müde ich oft war, ja. Es waren lange Tage in dem Wissen, dass mir keine Wahl blieb und ich weitermachen musste. »War es so schlimm?«

»Ohne mich wäre es leichter gewesen«, sagt sie. »Mach dir nicht die Mühe, es abzustreiten. Du hättest das Haus verkaufen und gehen können, wohin du wolltest, nur war ich eben noch hier. Wäre ich geblieben, hättest du gewollt, dass ich mit der Schule weitermache.«

»Wahrscheinlich.« Sie ist schlau. Sie hätte wirklich weiter zur Schule gehen sollen.

»Und du hättest immer so weitergearbeitet. Ich konnte es nicht mehr mit ansehen, weil ich wusste, dass ich es war, die dir das antat«, sagt sie. Ihre Fingernägel kratzen über den Sofastoff, graben und rupfen. »Es war schwer, Simon. Vielleicht willst du nicht daran denken, aber das war es. Ich war eine Last, und es ist nicht leicht, nur totes Gewicht zu sein. Ich habe wirklich geglaubt, du würdest auch gehen, wenn ich nicht mehr da wäre. Das war mein Ziel.«

Es ist zu schwer ihr zu sagen, dass ich das Haus nicht nur wegen Mom und Dad behalten habe, sondern auch ihretwegen, für den Fall, dass sie zurückkäme. Ich weiß jetzt, heftig, wie sehr ich wollte, dass sie zurückkam. Und wohin sonst hätte sie kommen sollen, wenn nicht in dieses Haus? »Wenn du das Haus so sehr hasst, warum interessiert es dich dann, ob ich es repariere?«

»Du magst es«, sagt sie. »Ich denke nicht nur an mich. Versprochen.«

Ich verspüre Schuld, und das nicht zu knapp, weil ich sie für egoistisch gehalten habe. Als ich mit Alice essen war. Ich koche Kaffee, während frühere Geister von uns durch die Küche wandeln. Mein jüngeres Ich lehnt an der Spüle, todmüde. Enola sitzt aufmerksam, ruhig, die Beine angezogen, auf dem Stuhl und hat den Wunsch zu verschwinden. Ich fülle zwei Becher. Enola: Sahne, drei Stück Zucker. Meiner: schwarz. Ich trinke den Kaffee, solange er heiß genug ist, mich zu verbrühen.

»Warum, denkst du, hat Dad das Haus so verkommen lassen?«, fragt sie.

»Aus Trauer, denke ich.«

»Das ist eine super Entschuldigung.«

Wir starren in unseren Kaffee, ganz ähnlich, wie er es tat. »Manchmal hat er mir Sachen erzählt, wenn er über Mom reden konnte.« Es dauerte ein Jahr, bis er ihren Namen wieder auszusprechen vermochte, länger noch, bis er wieder mit mir reden konnte, ohne dass seine Augen rot und voller Schmerz waren. »Er sagte, als er sie zum ersten Mal sah, trug sie einen blauen Pailletten-Fischschwanz und schwamm in einem Tank. Sie legte ihre Hand aufs Glas, lächelte ihn an, und er wusste, er würde sie heiraten.«

Es war mehr als das gewesen. Ich erinnere mich an seine Worte und seinen sauren Kaffeeatem. *Ich sah sie im Wasser, und ich glaubte ihr. Ich wusste, es stimmte, auch wenn sie keinen Schwanz hatte, auch wenn es so was gar nicht gibt. Sie war eine Meerjungfrau. Bis dahin hatte ich in einem verschlossenen Raum gelebt, und plötzlich öffneten sich alle Türen.* Und Frank hatte neben ihm gestanden und gesehen, wie er sich verliebt hatte. Eine Woche lang ging Dad jeden Abend in die Vorführung. »Sie tat verschiedene Dinge, war die Meerjungfrau, legte Karten und ließ sich von einem Mann in zwei Teile sägen, der so alt war, dass er die Säge kaum mehr halten konnte. Sie steckte in einer Kiste, die Arme ragten seitlich, die Füße unten heraus, und sie half dem Kerl noch beim Sägen.«

Enola zuckt mit den Schultern. »Unterwegs kriegen die Sachen immer wieder was ab, die Sägen verbiegen, und dann bleiben sie stecken, weißt du.«

»Ich nehme an, die Sache drohte danebenzugehen, aber dann hat Mom sich selbst zerteilt und dabei noch gelächelt.«

Vor Sonnenaufgang erzählte er mir davon, wie ihr Haar an dem Abend ausgesehen hatte. Wie sie errötet war. *Wie ein reifer Pfirsich.* Wie er Frank und ein paar Freunde aus dem Segelhafen abgehängt und endlos gewartet hatte, bis die Kirmes an dem Abend zumachte. Vor dem Zelt des Zauberers stand er, bis er sie sah, in Shorts und Tennisschuhen, das Haar zu einem Pferdeschwanz gebunden. *Wie ein ganz normales Mädchen.*

»Er sagte, er komme jeden Abend, nur für sie, und wenn sie jetzt nicht mit ihm spazieren gehe, würde er sich den Rest seines Lebens fragen, ob es sie wirklich gegeben habe.«

»Das klingt so gar nicht nach Dad.«

Nein, nicht nach dem Dad, den Enola kannte, aber nach dem von vorher, der Geschichten von Fischen erzählte, die so groß waren, dass sie einen kleinen Jungen mit einem Bissen verschlingen konnten. Mom ging mit ihm spazieren. Er brachte sie zum Hafen und unter den Pier. Ich habe das auch gemacht, bei Ebbe, wenn das Wasser weit draußen war und die Luft süß vom Duft des Ozeans und dem Geräusch der Boote an den Anlegern. Es ist eine Art Übergangsritus hier in Napawset, dass Jungen ihre Mädchen mit dorthin nehmen, sich an einen der Pfähle lehnen und die Arme um sie legen. Solche Dinge liebte meine Mutter, Rituale, die über die Jahre unverändert blieben. Sie war es gewohnt, in Wohnwagen und Hotelzimmern zu leben. Er hoffte, dass die Verlockung eines richtigen Zuhauses groß war.

»Er versprach Mom das Haus«, erkläre ich ihr.

»Dann hätte er sich auch darum kümmern sollen.«

Ich zucke mit den Schultern und trinke den Rest meines Kaffees aus. »Als sie weg war, sah er keinen Grund mehr dafür.«

Sie verzieht das Gesicht. Sie muss es nicht sagen: Wir, seine Kinder, hätten Grund genug sein sollen. Sie reckt sich wieder und schüttelt den Kopf. »Du hast es mit Alice versaut.«

»Ich weiß.«

Sie lässt den Kaffee in ihrem Becher kreisen. »Sie wird dir vergeben, sie braucht nur Zeit.«

»Glaubst du?« Beim Essen schien sie unnachgiebig und angeekelt. Von so was erholt man sich nur schwer.

Ein Achselzucken. »Klar. Wenn du sie willst. Aber du kannst von Frank kein Geld nehmen.«

»Ich habe nicht wirklich eine Wahl.«

»Doch, die hast du. Du fällst nur ungern Entscheidungen. Früher hast du oft vierzig Minuten gebraucht, um dich zu entscheiden, welches Hemd du anziehen wolltest.«

»Es geht um ein Haus, nicht um ein Hemd.«

»Genau. Du könntest mit mir und Doyle kommen, das Haus vergessen und Alice Zeit geben, um sich abzuregen.«

»Das geht nicht, okay?«

»Schön. Tu, was du willst«, sagt sie. »Ich habe übrigens noch ein bisschen in deinem Buch geblättert.«

»Sag bloß nicht, dass du noch mehr Seiten herausgerissen hast.«

Sie verdreht die Augen. »Ich wette, du hast keine Ahnung, was du da hast.«

Wenn ich ehrlich bin, hat sie recht. »Ich weiß, dass es alt ist. Die ersten Notizen stammen von 1774. Es geht um einen Zirkus – nun, nicht wirklich um einen Zirkus, die gab es damals in Amerika noch nicht. Das Buch hat verschiedenen Leuten gehört, wobei ich nicht weiß, wie vielen. Ein großer Teil ist zerstört. Es ist das Logbuch des Besitzers. Thom hat mir seines gezeigt. Zirkusdirektoren, Kirmesveranstalter, sie alle führen eins. Du schreibst hinein, was sich in der Truppe tut: wer dazustößt, wer geht, was sie machen, wohin du reist, wann du wo bist und sein wirst, alles. Und es gehört nicht einfach einer Person, es ist Teil der Truppe. Thoms Buch ist von seinem Vater. Er hat eine ganze Kiste voll, die zurück bis in die Sechziger reichen. Sein Dad hat den Rummel gekauft, als sich der Vorbesitzer in Saratoga zur Ruhe setzte. Es hilft dir, die wichtigen Sachen im Auge zu behalten.«

»Ich dachte, es ist so was wie die Geschichte einer Wandertruppe.«

»Eher eine Familienbibel. Deines allerdings«, sie gibt dem Buch einen leichten Stoß, »es ist irgendwie komisch. So was sollte eigentlich kein Tagebuch sein, und das von Thom ist auch nicht so voller Skizzen.«

»Es ist alt. Es gab damals wahrscheinlich keine verbindliche Art, so ein Buch zu führen.«

Sie klopft immer gleichzeitig mit zwei Fingern auf den Tisch, im Wechsel: Zeigefinger und kleiner Finger, dann Mittel- und Ringfinger. Dad hat das auch so gemacht. »Vielleicht. Trotzdem solltest du das Buch nicht haben. Mit dem Wasserschaden hinten sieht es aus, als hätte es eine Überschwemmung oder so was überlebt. Vielleicht ist es deshalb nicht mehr bei der Show oder der Familie.«

»Wie meinst du das?«

»Solche Bücher bleiben bei der Truppe oder dem Zirkus. Das sind alles interne Sachen, Geschichte und so. Das ist wertvoll. Wenn es eine Überschwemmung oder ein Feuer gab, hat es vielleicht jemand zurücklassen müssen oder verloren.« Sie kaut auf ihrer Lippe herum, und ich kann die unausgesprochenen Worte hören. Seine Besitzer mussten eilig weg, oder sie sind gestorben.

»Es hat mit unserer Familie zu tun. Verwandte von Mom stehen mit drin.«

»Es ist einfach komisch, dass du es hast. Du solltest es dem Mann zurückschicken, aber ich weiß, das wirst du nicht tun. Und das Haus solltest du vergessen und weggehen, aber das wirst du auch nicht tun.« Ihre Hand zuckt, es ist eine schnelle, wischende Bewegung, fast ein Winken, fast ein Schlag. »Warum pisst es mich am Ende immer an, mit dir zu reden? Ich hole Doyle. Wir sollen uns heute bei Thom melden. Und du«, fügt sie hinzu, als sie in Richtung Flur geht, »musst mit Alice reden.«

Doyle sitzt im Schneidersitz auf dem Bett in ihrem Zimmer und meditiert. Die Tentakel auf seinem Hals bewegen sich mit jedem Atemzug. Enola sagt seinen Namen, und seine Augen öffnen sich flatternd. »Hey, kleiner Vogel. Ich habe euch reden hören, deshalb dachte ich, ich sollte …« Er lässt den Hals knacken. »Ihr solltet mehr reden, okay? Es ist gut, wenn die Leute miteinander reden, besonders Brüder und Schwestern.« Er sagt es, als wäre es etwas Tiefsinniges.

»Ja, klar«, sagt sie. »Thom wird wollen, dass wir vorbeikommen. Wir sollten uns aufmachen.«

»Genau. Wir müssen die Arbeitssituation im Auge behalten«, sagte er und zieht die Worte in die Länge. Er bewegt sich wie jemand, der sich strecken muss. »Wir reden mit Thom über deinen Bruder. Ja?«

Sie nickt.

»Ich habe ein paar Dinge in Aussicht. Ich komme schon zurecht«, sage ich. Dass Sanders-Beecher meine Referenzen überprüft, ist ein gutes Zeichen. Und der halbe Job mit Frank könnte als Überbrückung helfen. Wenn Alice mir vergibt.

»Was auch immer«, sagt sie.

Enola und Doyle in ihrem Zimmer zu sehen, macht mir bewusst, wie klein es ist, ein Kinderzimmer. Sie sucht unter dem Bett herum, Knochen und Sehnen unter Jeans und einem schmutzigen Paisleyrock gebündelt. Ich habe nie verstanden, dass Frauen Hosen und Röcke gleichzeitig tragen.

Sie steckt einen Fuß in einen Schuh und drückt ihn über die heruntergetretene Ferse. Ich starre auf ihren nackten anderen Fuß. Sie kneift die Zehen zusammen, eine alte Angewohnheit, um eine kleine Missgestaltung zu verbergen, eine leichte, fleischige Verbindung zwischen ihnen.

»Wann kommt ihr zurück?«

»Ich bin nicht sicher. Komm nach, wenn dir die Decke auf den Kopf fällt.« Sie sieht sich in ihrem Zimmer um. »Gott weiß, wie ich es hier aushalte.« Ohne einen Blick darauf deutet sie auf ein tiefes Loch in der Wand und sagt zu Doyle: »Das war ich.« Nach Dads Tod hat sie zu graben angefangen.

»Echt?« Seine Stirn legt sich in Falten und presst die dunkle Tinte darauf zusammen.

»Es gefiel mir, in etwas Hartem rumzubohren, verstehst du? Wenn mir alles zu viel wurde, habe ich mich da mit einem Vierteldollar hineingefräst.« Ich lasse sie lügen. Sie hat ganze Stücke kreidiger Vertäfelung gegessen. Wenn ich spät nach Hause kam und nach ihr sah, grub sie mit dem kleinen Finger in der Wand und leckte den Staub ab.

So schlimm war es. Muss es gewesen sein.

»Sollen wir dir Zeppole mitbringen?«, fragt Enola, als wir zurück ins Wohnzimmer kommen.

»Was?«

»Vom Rummel. Du mochtest sie immer. Warum kommst du nicht mit? Wenn nicht viel los ist und George Langeweile hat, teilt er sein Gras mit uns. Der Dicke hat gutes Gras. Hast du Lust?«

»Danke, nein.«

»Wie du willst. Aber irgendwann kommst du mal mit, okay?« Enola müht sich mit der Tür ab, stemmt einen Fuß gegen die Wand und zieht, bis das Ding sich endlich öffnet.

»Glaubst du, Thom würde mir etwas über sein Buch erzählen?«

Doyle legt einen Arm um Enola. Vielleicht ist es das Licht, aber sie ist so dünn, dass ich den Eindruck habe, wenn sie sich zur Seite dreht, könnte sie verschwinden. Es geht ihr nicht gut.

»Hör mit dem Bücherkram auf«, sagt sie. »Ich weiß, du willst, dass da mehr ist, aber vielleicht liegt es nur daran, dass wir traurig sind. Vielleicht war Mom unerträglich traurig. Es muss nicht mehr dahinterstecken. Traurig zu sein, reicht völlig aus.«

Und dann geht sie. Doyle sieht sich auf dem Weg zu seinem Wagen noch einmal nach mir um. Einen Moment lang denke ich, er wird etwas sagen, doch er hat die Hand auf ihrer Hüfte und geht mit ihr. Als sie losfahren, lehnt er sich aus dem Fenster und ruft: »Meister, komm einfach mit.«

Zwei Schritte vor meinem Schreibtisch zerreißt ein Krachen die Stille, mein linker Fuß klappt zur Seite, und mein Knie knickt ein. *Scheiße. Scheiße. Scheiße.* Ich schreie, ich falle. Der Boden gibt nach, und die untere Hälfte meines Beins wird von den brechenden Dielen geschluckt, es wird verdreht und fühlt sich falsch an. Ich schlage auf dem Rücken auf, der Kopf knallt auf den Boden. Ein Erinnerungsblitz: Mom, wie sie ihre Lippen auf die Beule an meinem Kopf drückt, den ich mir am Kaffeetisch angeschlagen habe.

Ich bin nahe genug an der Couch, um meine Schultern dagegenzudrücken und mein eigenes Gewicht halten zu können. Das Bein aus dem Loch zu ziehen, fügt dem Schmerz noch ein paar Splitter hinzu. Ich rufe nach Enola und Doyle, aber die sind längst weg. Meine Wade sieht zerkaut aus, und das Sprunggelenk ist blutig und verrenkt. Eine Staubwolke füllt die Luft, Zettel fliegen vom Schreibtisch, fallendes Laub.

Ich könnte einfach so liegen bleiben, oder? Nur für eine kleine Weile. Ich sehe in das Loch, es ist ziemlich groß, ein ganz schöner Schaden. Eigentlich müsste es fußförmig sein, aber es ist einfach nur groß. Das Verstörende ist das Geräusch, das Klatschen von Wellen in der Leere unter mir. Ich starre in die Tiefe. Ist das Sand? Es könnte Sand sein, sollte es aber nicht. Ich drehe mich auf den Bauch und sehe genauer hin. Das kann kein Sand sein. Ich stecke den Kopf in die Schwärze. Es ist aber nicht ganz schwarz. Licht sickert herein.

Da Enola und Doyle weg sind, rufe ich Alice an und hoffe, mein Schmerz bewirkt bei ihr Mitgefühl.

»Bitte, leg nicht auf.«

»Sag mir, warum nicht«, sagt sie.

»Weil mein Boden gerade eingebrochen ist, und vielleicht hat es auch mein Fußgelenk erwischt. Ich sitze bei der Couch fest, und es tut mir leid.«

Ich höre, wie sie die Schublade ihres Schreibtischs schließt, und erinnere mich an den Farbcode ihrer Stifte. »Bis ans Telefon hast du es geschafft.«

»Es lag auf dem Boden.«

»Schön«, sagt sie, und ich höre ein langes, leidvolles Seufzen.

Wenn ich auf Mitgefühl gehofft hatte, habe ich bei der Alice, die da zur Tür hereinkommt, Pech. Sie hilft mir auf die Couch, indem sie mir mit der Bestimmtheit einer Notfallschwester unter die Achseln greift.

»Tut mir leid«, sage ich.

»Ja, das tut es.« Bevor sie geht, hängt sie sich eine Tasche über die Schulter. »Ich nehme die Bücher jetzt mit.«

Die Grundsätze des Orakels. »Du sagtest, es sieht schlecht aus, wenn du sie zurückbringst. Ich verspreche, ich bringe sie. Gib mir noch einen Tag.«

Sie kaut auf ihrer Unterlippe, und obwohl sie wütend ist, sieht es wunderbar aus und lenkt die Aufmerksamkeit auf eine dunklere Sommersprosse im Grübchen zwischen Lippe und Kinn. »Was ist los, Simon? Ich habe das Gefühl, du bist gar nicht mehr hier.«

Ich sage, es ist wegen Enola.

Sie seufzt. »Das ist es immer.«

»Sie mag dich«, sage ich. »Sie denkt, du bist gut für mich.«

Alice lehnt an der Tür, und obwohl sie da ist, ist sie auch anderswo. »Es wäre schön, wenn du auch gut für mich wärst«, sagt sie.

»Auf längere Sicht gehe ich hier weg«, sage ich. »Ich will das Geld nicht.«

»Gut«, sagt sie gedankenverloren. »Bleib dabei.« Und dann ist sie zur Tür hinaus. Ich drücke mich mit den Händen hoch und sehe ihr hinterher. Sie steht an ihrem Wagen, als sie ruft: »Ich beruhige mich wieder. Auf längere Sicht.«

Ich frage mich, ob sie und Enola, nur vielleicht, miteinander reden sollten.

Wenn Enola recht hat und es keinen Fluch gibt, wenn wir einfach nur eine traurige Familie sind, die unfähig ist zu überleben, wenn wir uns deswegen ertränken, dann hat mir meine Schwester damit gesagt, dass es nichts gibt, was ich für sie tun kann. Das ist keine Option.

Neben dem Schreibtisch liegt der farbige Ausdruck eines Flugblatts, ein Auszug aus *H. W. Calvins Unterhaltungsführer für den anspruchsvollen Gentleman*, ein Führer zu Klubs, illegalen Alkoholausschänken und Bordellen, ein Stück Werbung aus den burlesken Tagen Céline Duvels, bevor sie die Meerjungfrau des Cirque Marveau wurde. Eine feine Strichzeichnung zeigt, dass Céline Duvel eine von uns ist, mit dunklem Haar, heller Haut und Augen wie Enola.

Als ich das Buch in die Hand nehme, entdecke ich ein verqueres kleines Geheimnis: noch mehr zerrissene Seiten. Enola hat jede einzelne Zeichnung einer Tarotkarte aus dem Buch gerissen, sorgfältig markiert und mit dem Daumennagel herausgetrennt. Sie hat mich rundweg angelogen. Wer tut einem Buch so etwas an, zerstört etwas so Altes auf diese Weise? Meine Schwester. Systematisch zerstört sie Dinge und will dazu nichts sagen. Ich hätte das Buch fotokopieren sollen und sie nie damit allein lassen dürfen, nachdem sie die erste Seite herausgerissen hatte. Ich habe nicht nachgedacht. Vielleicht sind wir einfach nur traurig, hat sie gesagt, als wäre sie tieftraurig.

Immer nur Frauen. Sie produzieren einen Papierfluss auf meinem Schreibtisch. Nicht ein einziger Sohn wird genannt. Geliebte, hinterbliebene Ehemänner, trauernde Väter gibt es reichlich, aber einen Sohn? Einen Bruder? Nein, da bin nur ich. Ich bin eine Anomalie. Während sie ständig Karten mischt und mein bereits beschädigtes Buch noch weiter verunstaltet. Wie konnte es so stark ruiniert werden?

Das Telefon klingelt. Es ist der Mann, der mir ein Buch geschickt hat, das ich nicht haben sollte, das er selbst nicht hätte haben sollen, es sei denn, etwas Schreckliches ist passiert. Es ist kein Zufall, dass die Frauen alle an einem 24. Juli umgekommen sind. Es sind zu viele. Ich nehme den Anruf entgegen.

»Simon? Ich habe nichts mehr von Ihnen gehört. Hatten

Sie irgendeinen Erfolg mit den *Bannsprüchen*? Ist das Buch denn hilfreich?«

»In gewisser Weise. Es ist eine intensive Lektüre.«

Er summt Zustimmung. »Ich weiß. Ich nehme an, dass ich es deswegen noch nicht habe verkaufen können. Es ist ein schöner Band, aber dicht ist noch eine Untertreibung. Nur war es das Beste, was ich hatte. Ich … nun, ich weiß, was ich in meiner Notiz dazu geschrieben habe, aber Sie können es behalten, wenn Sie mögen und es für hilfreich halten.«

Vielleicht ist es der Schmerz in meinem Bein, der mir den notwendigen Abstand verschafft, jedenfalls verbinden sich Teile dessen, was ich in den *Bannsprüchen* gelesen habe, mit einem Gedanken Enolas. »Martin, ich denke, den Leuten, denen dieses Buch gehört hat, ist etwas Schlimmes passiert. Da muss es eine Überschwemmung oder einen Unfall gegeben haben.« Ich fahre mit dem Daumen über eine vom Wasser zerstörte Seite. »Etwas, das schlimm genug war, dass es ein Objekt infizieren konnte – ist das jetzt das richtige Wort? Ein Objekt und alle, die mit einem Teil davon überlebten. Ich glaube, dieses Buch hat etwas Schreckliches überlebt, und deshalb ist es gezeichnet. Meiner Familie mag es ähnlich gehen, und offenbar bringt uns das um.«

Für eine Weile sagen wir beide nichts. »Ich habe nachgedacht«, sagt er schließlich. »Bücher bergen eine Gefahr. Text schafft oft ein Gefühl von Unfehlbarkeit, und für jemanden wie Sie oder mich ist es leicht, sich in einem Buch zu verlieren und gewisse Vorstellungen ohne ausreichende Erkundungen als Tatsachen zu akzeptieren. Ich denke, das trifft ein wenig auf uns beide zu.«

»Ich habe zwölf Jahre in der Dokumentation gearbeitet und nichts anderes getan, als Tatsachen zu erkunden. Ich habe die Nachrufe auf meine Mutter, meine Großmutter und deren Großmutter. Ich bin bis 1816 zurückgegangen. Ich habe Tatsachen und verlässliche Texte, was mir an diesem Punkt in Bezug auf meine Schwester ausreicht. Ich denke, ich habe mir etwas Spielraum zum Spekulieren verdient.«

Eine Frauenstimme im Hintergrund ertönt. Die oft erwähnte Marie. Churchwarry sagt ihr, er brauche noch eine Minute. In seinen Worten liegt Wärme – Wärme, die besagt, dass sein Haus, sein Geschäft, seine Person voller Spuren von ihr sind. Alice hat etwas Sand bei der Tür zurückgelassen, aus einer ihrer Sandalen, aber das ist alles.

»Entschuldigen Sie«, sagt Churchwarry, »ich nehme an, ich hatte mit einem freudigeren Ausgang gerechnet. Wenn ich bisher jemandem ein Buch geschenkt habe, war das immer eine positive Erfahrung, und ich bin so auch an ein, zwei neue Kunden gekommen. Ich hatte auf eine glückliche Fügung gehofft, und jetzt gewinne ich den Eindruck, dass ich eine Art Büchse der Pandora geöffnet habe.«

Und ich gewinne den Eindruck, dass ich ihm Traurigkeit beschert habe, einem von Grund auf netten Mann, der nichts wusste von ertrunkenen Frauen und der Tragödie, die es bedeutet, als eine oder ein Watson aufzuwachsen. »Meine Familie hat zwar ein paar finstere Züge«, sage ich. »Aber selbst in der Büchse der Pandora steckt Hoffnung.«

16

Obwohl Burlington, New Jersey, voller Leben war und ausgezeichnet dazu taugte, die Vorräte aufzufüllen, rechnete niemand mit einer finanziellen Offenbarung. »Freunde«, murmelte Peabody, während er schrieb. »Fiskalisch verantwortliche Abstinenzler. Ein schwieriges Publikum für jeden Schausteller.« Amos hob fragend die Brauen. »Die Quäker, mein Junge, gute Leute zum Geschäftemachen, aber sie gönnen sich nichts. Ich wünschte, die Bänder der Geldbörsen wären nicht so sehr vom Schnapsfluss abhängig. Du wirst sehen, dass du hier weit weniger Arbeit mit Madame Ryschkowa hast als gewohnt, aber vielleicht magst du ja eine kleine Pause und verbringst etwas Zeit mit deiner Meerjungfrau.« In sein Buch hatte Peabody neben Burlington geschrieben: *»Vor dem Krieg Hexenprozesse. Werde mit Amos aufpassen.«*

Peabodys Worte erwiesen sich als richtig. Zum ersten Mal seit vielen Monaten wusste Amos nicht recht, was er mit sich anfangen sollte, und so half er bei den allgemeinen Arbeiten. Vorräte mussten gekauft, Pferde frisch beschlagen und verkohlter Stoff erneuert werden, was alles in Burlington möglich war. Amos mochte Burlington. Ein Durcheinander von Häusern säumte die High Street, einige aus

Ziegeln und spitz wie in New Castle, andere hölzern und mit breiten Scheunendächern. Es gab auch ein Feuerwehrhaus mit einem hohen Turm, fast wie bei einer Kirche. Eine bunte Mischung von Menschen füllte die Straßen. Dunkelhäutige Männer waren hier frei, und Amos hatte sogar einen in einer Bäckerei arbeiten sehen. Er lief durch die Stadt und begann sich ein kleines Haus vorzustellen, vielleicht aus Ziegeln, mit einem Kamin und einem Bett, das nicht über Wagenspuren polterte, einen Ort, den er sich mit jemandem teilen könnte.

Er hatte Meixel geholfen, Futtersäcke zu holen, und ein Stück weißes Band für Evangeline steckte in seiner Tasche, als Madame Ryschkowa ihn beim Ohr packte und es schmerzvoll verdrehte. »Komm«, bellte sie. Meixel lachte, und Amos lief rot an.

Die Wahrsagerin zog ihn so wild zu ihrem Wagen, dass er sich das Hosenbein an einem herausstehenden Nagel aufriss, und während Madame Ryschkowa ihn beschimpfte, zwirbelte er sich die Fäden um den Daumen und verglich sie mit Evangelines weichen Haaren.

Je wütender Ryschkowa wurde, desto schwerer war es, sie zu verstehen. Sie rutschte in eine andere Sprache, und Worte und Silben polterten wie ein Steinschlag auf ihn nieder. Er wusste, dass sie wegen Evangeline schimpfte. Sie fuchtelte mit den Karten in seine Richtung, und Abscheu zerfurchte ihr Gesicht. Es ging nicht, Evangeline zu sehen und sie nicht zu berühren, nicht mit ihr zu sprechen, aber er wusste, sie waren leichtsinnig geworden, und nahm an, dass man sie beim Küssen gesehen hatte. Ryschkowa wusste Bescheid. Ihre Haut wurde ganz fleckig und lila, und Amos bekam es mit der Angst um sich und seine Lehrerin zu tun. Der Körper war für so etwas nicht gemacht. Er beugte sich zu ihr, und seine braunen Finger schlossen sich um die Karten und ihre verkrüppelten Hände.

Die Stimme Madame Ryschkowas wurde zu einem Flüstern. Amos spürte, wie die Porträts an der Wand zusahen und ihn anflehten, auf sie zu hören. Er sah ihr in die Augen, die müde und voller Traurigkeit waren.

Amos hatte viel von Evangeline gelernt, zum Beispiel dass ein Lächeln nicht immer Glück bedeutete, dass Tränen Traurigkeit und Freude ausdrücken konnten und sich Frauen durch eine Umarmung trösten ließen. Er schlang seine Arme um Madame Ryschkowa und legte die Wange an ihr Schlüsselbein, in die Mulde dort, in der Mütter ihre Kinder hielten.

Sie vergoss Tränen über ihn, und ihre Worte fügten sich zu einer Beschwörung. »Mein Sohn.« *Mein Sohn, mein Sohn, mein Sohn.* Sie sprach von Sorge, und dass sie keinen weiteren Verlust würde ertragen können. Sie wusste, dass Evangeline dieses Wesen war, eine *Rusalka,* und wenn er ein guter Junge war, wenn er so klug war, wie sie wusste, dass er es war, würde er auf sie hören. *Mein Sohn, mein Sohn.* Sie sagte, seine Lügen seien nicht so wichtig, aber er müsse auf sich aufpassen. Sie könne ihm alles vergeben, nur nicht, dass er sein Leben verlor. *Mein Sohn.* Sie hatte ihn in ihren Karten gesehen, hatte gewusst, dass sie ihn finden würde, hatte ihm den Namen gegeben, der einem Sohn ihres Fleisches zugedacht gewesen war.

Als ihr Atem wieder gleichmäßig ging, nahm sie Amos' Gesicht in die Hände. »Du musst sie verlassen. Mein eigener Vater wurde mir von einer von ihnen gestohlen. Ungeheuer sind es. Sie wird dich töten.«

Amos zog die Brauen zusammen, und sie verschloss die Augen vor seiner Ablehnung. »Du lachst mit ihr, du lächelst.

Mein Amos, deine Seele ist so gut, dass sie sich nach ihr sehnt, aber wenn du bei ihr bleibst, wird sie dich am Ende im Fluss ertränken und einen anderen finden, als hätte es dich nie gegeben. Wenn du nicht mit ihr brichst, wirst du sterben. Sie hat bereits getötet und wird es wieder tun. Ich sehe es.« Ihre Hände glommen mit der gleichen unnennbaren Kraft, die es ihr erlaubte, die Karten zu legen und in ihnen die Zukunft zu finden.

»Deine Karte«, brachte sie krächzend hervor, »war der Turm. Ich habe das vor all der Zeit gesehen. Das Mädchen bringt das über dich. Dazu der Teufel, nicht umgedreht, wie du ihn magst. Wieder und wieder habe ich die Karten für dich gelesen. Niemals ändern sie sich. Sie, das Mädchen, ist in der Mitte.« Sie nahm die Karten in die Hand, und der abgegriffene Rand einer von ihnen rief nach ihr. Sie drückte Amos die Königin der Schwerter in die Hand, umgedreht, sodass sich die Augen der dunkelhaarigen Frau in ihn bohrten. Sie, Evangeline, brachte Verderben.

Ungläubig schüttelte er den Kopf. Ryschkowa hatte nicht gesehen, wie verängstigt Evangeline an jenem Abend gewesen war, als sie aus dem Wald kam, hatte die Verzweiflung nicht gespürt, als sie sich an ihn geklammert hatte.

Kleine Knoten formten sich auf der Stirn Madame Ryschkowas. Sie zog eine andere Karte auf die gleiche blinde Weise. Der Teufel, aufrecht, ein höhnisches Grinsen auf dem Gesicht. Ohne zu zögern, zog sie eine letzte Karte. Das Skelett auf dem Pferderücken. Der Tod.

»Das ist es, was ich gesehen habe. Dann kam das Mädchen. Wir können hier weggehen«, sagte sie und berührte sein Handgelenk. »Wir können zu meiner Tochter fahren. Ich bringe dich zu ihr. Sie ist eine schöne Frau. Ein ganzer, heiler Mensch.«

Der Gedanke, Evangeline zu verlassen, ließ einen feinen Schweißfilm auf seine Haut treten. Er entriss Ryschkowa die Karten und spürte die verurteilenden Blicke ihrer gemalten Verwandten. Selbst das hübsche Mädchen starrte ihn an. Er mischte und ließ die Fingerspitzen über das Deck gleiten, bis er ein kaltes Stechen unter den Nägeln verspürte. Er zog die Karte heraus und zeigte seiner Mentorin ihr breites, helles Gesicht. Die Sonne.

»Glück und Licht«, rief Madame Ryschkowa. »Er erzählt mir von Glück. Ich sage dir, das Mädchen wird dein Ende sein. Glück, sagst du mir.«

Amos suchte erneut, bis er ein weiteres Mal eine Karte zu seinen Knochen sprechen fühlte. Der Hierophant, eine mächtige Gestalt, die von einem Thron zwischen zwei Säulen aus über Verbindungen herrschte. Eine Ehe.

»Bah«, sagte Ryschkowa. »Sag nicht so etwas. Seelenlose können nicht heiraten.«

Amos blieb entschlossen, seine Finger flogen durch die Karten, drehten eine nach der anderen um und zeichneten so das Leben vor, das er für sich sah, ein Leben, das er sich traute vorzustellen, mit einem kleinen Haus und Evangeline. Das Rad des Schicksals, die Zehn der Münzen, das Ass der Kelche, die Liebenden, die Zwei der Kelche. Alle zusammen erzählten sie von Heirat und einer Liebe, die so groß war, dass alles von ihr berührt wurde, wie vom Fluss des Wassers.

Das letzte Bild traf sie tief, ein Mann und eine Frau, die Hände um einen Kelch vereint, die sich Treue versprachen. Sie blinzelte und richtete einen verkrüppelten Finger auf Amos. »Du siehst, was du sehen willst. Du färbst die Karten mit deiner Hoffnung. Du liest nicht die Zukunft, sondern deine Wünsche.« Ihre von Ringen schwere Hand mit dem Daumen wie ein gebrochener Ast sammelte die Karten ein. Es war lange her, dass Amos zum ersten Mal gesehen hatte, wie Madame Ryschkowa die Karten wie Schmetterlinge tanzen ließ. In Staunen und Furcht hatte sie ihn damit versetzt. Als das Deck wieder ruhig lag, drückte sie so fest mit der Hand darauf, dass ihre Knöchel weiß hervortraten. Sie schloss die Augen, und ihr Gesicht legte sich in Falten, bis ihre Züge nicht mehr zu erkennen waren, zwang drei schnelle Atemzüge aus sich heraus und begann etwas zu murmeln. Ihr Körper wiegte sich wie eine Kerzenflamme.

Etwas zwischen ihnen war zerbrochen, eine Verbindung, deren Flüchtigkeit er nicht erkannt hatte.

Sie breitete die Karten über die Kiste aus, Farbe auf stumpfem Holz. Vier deckte sie auf, und Amos starrte die unheimlichen Bilder an: Da lagen der Turm, die Drei der Schwerter, der Tod und der Teufel.

»Genau wie vorher. Siehst du? Sie wird dich auslaugen und ausbluten. Wie Wasser einen Stein abschleift«, sagte sie, und ihre Stimme war ein stiller Schmerz. Sie wiederholte das Ritual. Die Neun der Schwerter, eine Gestalt, die Qualen litt, Klingen schwebten über seinem Kopf. Die Zehn der Schwerter, ein Körper, bäuchlings am Fluss, von Klingen durchstochen. Der Turm. Der Teufel. Bevor sie die Karten wieder einsammeln konnte, nahm Amos ihre Hände. Er schüttelte den Kopf.

»Es ist jedes Mal das Gleiche«, sagte sie.

In ihrer Angst tat sie ihm leid, aber was sie von ihm wollte, war unmöglich. Er hielt ihre Hände und dachte an Evangelines schmale Finger. Er wusste nicht, wie er sich entschuldigen sollte, wollte aber richten, was er konnte. Mit der Zeit, so hoffte er, würden sich die Frauen aneinander gewöhnen. Vielleicht war es die Hoffnung eines Narren, aber er hatte den Narren schon immer gemocht.

Amos verlagerte sein Gewicht auf die Knie, die schwer auf die Bodenbretter drückten. Er ließ ihre Hände los, beugte sich langsam vor, die Brust über den Schenkeln, bis seine Stirn ihre alten, mitgenommenen Stiefel berührte. Unterwürfigkeit, vielleicht. Auf Vergebung hoffte er. Er bettelte. So blieb er, den Kopf auf ihren Füßen, bis sie ihn mit einem festen Zug am Kragen bat, sich wieder aufzurichten.

»Nicht so. Du bist mein Sohn, nicht mein Diener. Kein Hund.« Sie lächelte und war wieder die liebe Frau, die sie ihm gegenüber so oft gewesen war. »Bitte. Ich vergebe dir, aber du musst sie verlassen.«

Seine Finger versteiften sich auf dem Boden.

Er war, seit er zu Peabodys Truppe gestoßen war, zu einer beachtlichen Größe herangewachsen. In diesem Moment bedauerte er seine Statur, wünschte er sich doch nichts mehr, als aufrecht vor dieser Frau zu stehen, aber die niedrige Decke zwang ihn, sich zu ducken, als er aufstand. Ablehnend schüttelte er den Kopf, die gebeugten Schultern dämpften die gewünschte Entschiedenheit jedoch. Als er aus der Tür trat und seine Füße das Gras draußen berührten, schien es zu spät zu sein, den Rücken durchzudrücken.

Er schlich davon und suchte Evangeline. Wie ein Hund, dachte er. Er fand sie bei den Vorbereitungen für die Nachmittagsvorstellung, sie trieb in ihrem Bottich, das Haar im Wasser ausgebreitet, das Kleid wie eine Wasserlilie um sich herum drapiert. Als er herankam, zog sie sich an den Dauben hoch.

»Warum weinst du?«

Ryschkowa hatte nicht die Kraft, Amos zu folgen. Ihre Wut zerrann so schnell, wie sie in ihr aufgestiegen war, und ließ sie zurück wie einen leeren Sack. Wieder legte sie die Karten und suchte nach Veränderungen. Peabody war keine Hilfe, er sah nur Geld. Der Junge sah nur Schönheit. Mit jeder neuen Legung sah sie das Gesicht ihres im Fluss treibenden Vaters, Amos neben sich. Sie drehte die Karten, bis ihre Finger die Berührung nicht mehr ertrugen.

Sie konnte nicht bleiben. Ihren Vater sterben zu sehen, hatte sie innerlich verbrannt und zu der harten Frau gemacht, die sie heute war, einer Frau, die sich von ihrer Tochter getrennt hatte, weil sie wusste, dass sich zu sehr an jemanden zu klammern bedeutete, ihn zu ersticken. Aber Amos ging ihr unter die Haut. Sie hatte kaum mehr etwas in sich, und ihn sterben zu sehen, wäre ihr Ende.

Madame Ryschkowa verschloss ihre Wagentür und wartete auf die Nacht, und darauf, dass die Stimmen, die immer noch bis zuletzt zu hören waren, endlich verstummten. Sie breitete ihr Tuch aus und füllte es mit ihren Besitztümern: Briefen von ihren Brüdern, den Porträts, Münzen und einem kleinen Messingpendel an einem Seidenfaden, mit dem sich Wasser finden und das Schicksal entschlüsseln ließ. Ihr Haar war lang, weiß, rau wie ein Pferdeschweif, längst nicht mehr von der weichen Schwärze der Zeit, da sie Jelena gewesen war. Sie wusste, wenn sie ihr Spiegelbild anblickte, würde sie eine Fremde sehen.

Das Lager war ruhig. Nur Benno war noch wach und trainierte beim Feuer strauchelnde Schritte. Er war tief konzentriert, und es gab keinen Hinweis darauf, dass er sie sah. Leise bewegte sie sich um den Wagen, mit dem sie Evangelines Bottich transportierten. Amos würde dort sein, er konnte sich nicht dagegen wehren, nicht, wenn er so verzaubert war.

Sie fand ihn schlafend in eine alte Decke gehüllt, die Arme um das Mädchen geschlungen. Sein Tuch hatte sich gelöst, sein Haar quoll hervor und erinnerte sie an das ungezähmte Kind, das er zu Anfang gewesen war. Sie hätte ihn auf die Stirn geküsst oder ihm mit der Hand über die Wange gestrichen, doch das hätte ihn aufgeweckt. Oder das Mädchen, und sie verspürte keinerlei Verlangen danach, dieser Kreatur noch einmal in die Augen zu sehen.

Sie flüsterte ein »Auf Wiedersehen« und nannte seinen Namen.

Ein letztes Mal kehrte Madame Ryschkowa zu ihrem Wagen zurück, um ihre Besitztümer zu holen. Sie entzündete eine Talgkerze, eine war bereits heruntergebrannt, und fuhr mit der Hand über die Schachtel und die Karten, die ihr so viel erzählt hatten. Nahm sie sie mit, würde ihm nichts von ihr bleiben, und sie wollte, dass er sich an sie erinnerte, wenn möglich mit Liebe, und wenn es nur ein wenig davon war. Sie öffnete den Deckel der Schachtel und betrachtete das Deck, das sie so sorgfältig eingefärbt hatte. Sie war stolz darauf. Vielleicht erinnerte er sich ja an sie, wenn die Rusalka zu sehr an seiner Seele zog, vielleicht erinnerte er sich an ihre Liebe, und es reichte aus.

Sie legte die Finger auf die Karten, fühlte Amos in ihnen und flüsterte ein Gebet. Sie sagte die Worte, die sie auch für ihren Vater gehabt hätte. »Schütze ihn. Schenke ihm eine Familie. Schenke ihm ein Zuhause. Vertreibe das Mädchen, damit sie in Trauer ertrinkt, ihr das Wasser das Blut aus den Adern spült und mit ihm ihre ganze Sippschaft wegwäscht. Keinen weiteren Mann soll sie ertränken. Schütze ihn.«

Ryschkowa kannte die vielen Bedeutungsebenen des Tarots, die Interpretationen und Umkehrungen, und wie ein Bild in eine Richtung sehen mochte, aber eine entgegengesetzte Wahrheit enthielt. An ihren stummen Lehrling gewöhnt, hatte sie vergessen, dass die Sprache selbst so subtil und schlüpfrig wie ihre Karten war und Worte versteckte Samen enthielten, aus denen die tieferen Wünsche des Sprechers sprossen. Der Wunsch nach Sicherheit bedeutete nichts, wenn die Kraft dahinter das Verlangen zu töten war. Sie sprach von Liebe und Schutz, doch Furcht, Trauer und Wut durchsetzte ihre Gedanken, und jedes Wort, das von ihrer Zunge fiel, verband das Deck mit einem kleinen Teil ihrer Seele, und so erfüllte sie es nicht mit Liebe, wie sie dachte, sondern mit einem furchtverätzten Fluch. Der Narr tief im Herzen der Karten schloss die Augen.

Sie schloss die Schachtel.

Ein Knoten machte ihr Tuch zu einer Tasche, die sie leicht über der Schulter tragen konnte. Sie blies die Kerze aus und verließ den Wagen, durchquerte das Lager und war sorgfältig darauf bedacht, die Münzen in ihrer Tasche nicht klingeln zu lassen.

Benno sah, wie sie an seinem Wagen vorbeiging. Sie verstand ihn nicht, wenn er lachte und gleich darauf schon wieder traurig war. Aber er sorgte sich um Amos wie um einen Bruder. Er war stark und hatte einen Beschützerinstinkt, der den Brüdern Madame Ryschkowas gefehlt hatte. Sie nickte ihm zu. Der Taumelnde machte eine kleine Verbeugung.

»Du hast scharfe Augen, oder?«, fragte sie.

»Immer, Madame«, sagte er.

»Gut. Benutze sie. Hab ein Auge auf das Mädchen. Schütze ihn.«

Verwirrung vernebelte Bennos Blick, aber Ryschkowa sagte nichts mehr und ging weiter. Bald schon hörte sie, ganz leise, wie Benno hinter ihr seine Übungen wieder aufnahm. Madame Ryschkowa verließ den Kreis der Wagen und verschwand in den dunklen Straßen Burlingtons.

17

21. Juli

Frank steht vor der Tür und wartet darauf, dass ich ihn hereinlasse. Er ist gekommen, um mit mir die Einzelheiten des Darlehens zu besprechen. Bootsschuhe, Khakishorts, ein leicht ausgefranstes Polohemd, zwanglos gekleidet für eine so ernste, folgenreiche Sache. Als ich ihn fragte, ob wir das nicht noch verschieben könnten, sagte er: »Wir sollten es schnell klären. Es sieht nicht so aus, als hätten wir Zeit zu vergeuden.«

Ich lasse ihn herein und lehne mich an die Wand. Mein Fuß sieht noch grotesker aus als gestern. Er ist zwar nur verstaucht, tut aber furchtbar weh.

Franks Blick richtet sich sofort auf das Loch. »Großer Gott, Simon, was ist da passiert?«

»Das Haus wollte mir ans Leder.« Wo ich mit dem Kopf auf den Boden geschlagen bin, habe ich eine Beule. Wenn ich sie berühre, zieht mir der Schmerz wie auf Spinnenbeinen durch den Schädel. Schließe ich die Augen, sehe ich ein pulsierendes Schachbrett. Frank sagt etwas, und es klingt, als wäre er Kilometer entfernt.

»Sieht ganz so aus«, sagt er, geht herum und besieht sich das Loch. »Scheiße.« Ich kann mich nicht erinnern, Frank schon mal fluchen gehört zu haben, und es klingt merkwürdig. Wir sollten über das Geld reden, ich weiß, aber da ist etwas anderes.

»Der Vorhang und die Bilder in deiner Scheune, hat meine Mutter die gesehen? Hat Mom sie angefasst?« Der Auslöser für einen Fluch mag nicht immer leicht zu finden sein, wenn es jedoch gelingt, kann man etwas dagegen tun. Wahre Traurigkeit ist nicht zu stoppen. Sie rutscht einem durch die Finger.

Frank antwortet nicht. Er klopft den Boden ab und bewegt sich im Zimmer herum. Er murmelt etwas. »Was ist nur mit diesem Haus passiert? Dass es außen in schlechtem Zustand ist, wussten wir, aber innen?« Er steht vorsichtig da und testet die Dielen. »Das ist alles durch und durch faul.«

»Es ist nur der Boden. Hat Mom dir die Karten in der Scheune gegeben?«

»Nur der Boden? Mann, das ist eine böse Sache. So böse.« Sein Mund schließt sich, er macht ein Bulldoggengesicht, geht auch noch durch den Rest des Zimmers, beklopft die Wände und lauscht. An meinem Schreibtisch bleibt er stehen, umkreist vorsichtig das Loch und betrachtet das Buch, blättert durch ein paar Papiere und schiebt sie über den Tisch.

»Es wäre schön, wenn du das Buch nicht anfassen würdest, es ist sehr alt«, sage ich. »Empfindlich.«

»Empfindlich.« Das Wort kommt wie eine Ohrfeige. »Der Fußboden ist hin. *Er ist hin,* Simon. Hast du denn nichts gemacht? Warum hast du nicht um Hilfe gebeten?«

»Das habe ich.«

Seine Hand beginnt zu pumpen. »Ich muss ein paar Dinge holen, bin gleich wieder da«, knurrt er. »Fass nichts an, um Himmels willen … Fass einfach nichts an.«

Er schlägt die Tür hinter sich zu. Putz bröckelt herunter,

er hinterlässt eine Staubwolke. Mich zurück zum Schreibtisch zu schieben ist ein wackliger Balanceakt, und als ich den Stuhl erreiche, habe ich das eindeutige Gefühl, dass ich eine Weile hier sitzen bleiben werde. Mein Gesicht juckt. Ich reibe es mir heftig. Der Schlafmangel fordert seinen Preis.

Die nächsten anderthalb Stunden verbringe ich auf verschiedenen Genealogie-Websites. Endlich stoße ich auf eine Eheschließungsliste einer Kirche in Philadelphia. Etwas sticht gelb aus einer Spalte hervor, und ich schnappe nach Luft. Ryschkowa. Katerina Ryschkowa hat Benno Koenig geheiratet, die Tochter von Madame Ryschkowa den Koenig aus dem Buch. Wenn ich bisher eines gelernt habe, dann, dass meine Eltern eine Ausnahme waren, nicht die Regel: Zirkusleute neigen dazu, Zirkusleute zu heiraten. Draußen kann ich Frank hören, wie er etwas von seinem Transporter lädt, einem alten Pritschenwagen, der nur noch vom Rost zusammengehalten wird. Dann fährt er auch schon wieder weg und lässt mich in Ruhe arbeiten. Ihre Ehe veranlasst mich, nach Kindern zu suchen, mit Erfolg. Nach zwei Jahren bekamen die Koenigs eine Tochter, Greta. Greta Koenig erweist sich jedoch als eine Art Sackgasse, sie führt zu keinem Treffer nach 1824. Tatsächlich scheinen die Koenigs ganz zu verschwinden. Ich schicke eine E-Mail an Shorehams Auskunftsbibliothekarin Raina und frage sie, ob sie nach Eheschließungs- oder Todesurkunden von Greta Koenig suchen könnte. Sie hat eine Schwäche für Ahnenforschung, ihre Familie selbst ist eine der ältesten hier im Osten. Aus einem plötzlichen Gedanken heraus bitte ich sie, auch nach Greta Ryschkowa zu suchen. Künstler können komisch sein, was Namen angeht. Wenn Ryschkowa attraktiver klang als Koenig, hat Greta womöglich den Namen ihrer Mutter benutzt. Ich wende mich wieder dem Buch zu. Während die

Porträts so gut wie sicher der Wahrsagerin Madame Ryschkowa gehörten, gibt es für den Vorhang keinen Nachweis. Er taucht nur in Skizzen und Bemerkungen über einen Käfig für einen jungen Wilden auf. Nichts deutet darauf hin, wie oder warum er in Franks Besitz gelangt sein könnte, und es gibt auch keinen Hinweis darauf, wie es kommen konnte, dass das Buch so stark beschädigt wurde. Mir fehlen da einige Puzzlestücke, was teilweise an Enola liegt. All die Karten. *Die Grundsätze des Orakels* sollten meine Erinnerung daran auffrischen, was sie zerstört hat. Aber die Abbildungen in den *Grundsätzen* sind anders, irgendwie schmeichelhafter und weniger unheimlich. Sie wirken wie getöntes Glas, während die von Enola aus dem Buch gerissenen eher den Scherben eines zerschlagenen Spiegels glichen.

Frank kommt zurück, sein Wagen scheppert auf den Schotter der Zufahrt. Bevor ich zu ihm hinaushumpeln kann, hat er auf dem Strandhafer meines Vorgartens bereits einen Sägebock aufgestellt. Ich komme näher und höre ihn fluchen. Als er mich sieht, verstummt er, was ihm eindeutig nicht leichtfällt.

»Ich repariere das Loch, damit es nicht so klafft.«

»Danke«, sage ich. »Das mag jetzt komisch klingen, aber gibt es Russen in deiner Familie? Die Bilder in der …«

»Hör damit auf. Hör einfach auf«, sagt er und greift nach einem Stück Speerholz. »Du bist wie ein Hund mit einem verdammten Knochen. Ich habe von alledem keine Ahnung, wir haben die Sachen einfach nur.«

Ich biete an, ihm zu helfen, aber er sieht nur auf meinen Knöchel, und so humpele ich zurück ins Haus, und er bleibt draußen. Ich bin froh, dass er das tut. Er tritt gegen den Sägebock, flucht wieder, läuft um seinen Wagen herum, holt Werkzeug heraus, legt es zurück und hält inne, um das Haus und seine Schieflage zu begutachten. Unwillkürlich sehe ich Alice in ihm, wie sie den Kopf zur Seite legt, wenn sie zu etwas oben in einem Regal hinaufsieht. Wenn ich sein Geld nicht nehme, kann ich sie vielleicht halten, aber dann verliere ich das Haus und mit ihm alles andere – Moms Lachen in den Wänden und den einzigen Ort auf dieser Welt, an dem ich mir meinen Vater vorstellen kann. Wohin soll ich dann? Zu Alice? Nach Savannah mit seinen herrschaftlichen Häusern und grasgesäumten Flüssen?

Frank geht auf die Knie, bringt den Kopf nahe an die Erde und betrachtet das Fundament. Eine Wasserwaage ist nicht nötig, das Innere des Hauses macht alles klar: Keine Tür hängt gerade, kein Fenster öffnet sich richtig, und so sicher, wie alle Tische schräg stehen, wird das Haus wegkippen, wenn nichts unternommen wird. Es verrottet innerlich.

Ich hätte mit Enola zum Rummel fahren sollen. Ich sollte sehen, was sie da macht. Letzte Nacht kamen sie und Doyle erst in den frühen Morgenstunden hereingestolpert, und ich hörte ihn auf die krächzende Weise flüstern, die alles etwas lauter macht: »Er ist schon in Ordnung, kleiner Vogel. Es war einfach nur ein seltsamer Tag. Schlaf jetzt, okay?« Als ich aufwachte, waren sie schon wieder weg. Sie hinterließ einen Zettel für mich, auf dem stand, ich solle auf den Rummel kommen. Thom Rose wolle mich sprechen.

Frank kommt ins Haus, als gehöre es ihm. Er legte seine Hände rechts und links neben die Tür, direkt auf Dads Handabdrücke, und es fühlt sich falsch an. »Wie konntest du es so weit kommen lassen«, bellt er.

»Es ist schon eine Weile in schlechtem Zustand. Dad hat kaum mal was repariert.«

Er massiert sich den Nacken und zieht an den Haaren, die unter dem Hut hervorlugen. »Ich dachte, du würdest versuchen, das Haus instand zu halten, aber das hier? Das ist die Substanz, die ganze verdammte Konstruktion. *Nichts* hast du gemacht.« Er redet von tragenden Balken, dem Fundament und Aushöhlungen, und regt sich dabei auf, bis er aussieht wie eine reife Pflaume. »Ich habe die Stadt angerufen. Sie schicken einen Inspektor.«

Der Knoten in meinem Kopf meldet sich. »*Was* hast du gemacht? Du weißt, was dann kommt.«

Er nickt. »Vielleicht.«

Das Haus wird für unbewohnbar erklärt, und sie setzen mich an die frische Luft. »Warum tust du das?«

»Du hast kein Geld. Du leihst es dir von mir, und ich muss Druck machen, sonst verlieren wir sie. Ich wusste nicht, wie sehr du sie hast verkommen lassen. Jeder Tag, ohne den hier was unternommen wird, bringt uns ihrem Ende näher. Die Stadt wird ihre Sanierung erzwingen. Du musst ausziehen, dann kann Pelewski mit der Arbeit anfangen.« *Sie*, als wäre das Haus eine Frau. Er lässt den Blick durchs Zimmer schweifen, die leichte Wölbung einknickender Wände, die losen Bodendielen. »Im Übrigen ist es gefährlich. Du solltest hier nicht wohnen«, sagt er und starrt an mir vorbei. Kein Wort davon, wann oder ob ich je zurückkommen kann. Er hat feuchte Augen. Mein Gott, weint er?

»Ich nehme kein Geld von dir. Ich finde einen Weg.«

»Ich will dich hier raushaben«, sagt er mit ruhiger, tonloser Stimme.

»Wie bitte?«

»Du hast gehört, was ich sage. Wenn Enola und dieser Junge, dieser Doyle, was zum Schlafen brauchen, können sie ein paar Tage bei uns unterkommen.« Er reibt sich die Stirn. Er weint, er weint tatsächlich. »Aber ich will euch alle hier raushaben. Keiner wohnt hier mehr. Es ist nicht sicher.«

»Wer gibt dir das verdammte Recht dazu?«

Es sollte still werden oder eine kurze Entschuldigung geben. Gibt es aber nicht.

»Ich habe das Recht.« Er kratzt sich den fleckigen Nacken. »Ich habe das Recht«, wiederholt er. Sein Blick wandert zur Decke, zur Küche, auf den Boden. »Es ist genauso mein Haus, wie es dein Haus ist. Ich habe Paulina dieses Haus gekauft.«

Wie durch hundert Meter Wasser hindurch frage ich: »Was?«

»Ich habe deiner Mutter dieses Haus gekauft.«

Das stimmt nicht. Warum lügt er? Dad hatte meiner Mutter ein Haus versprochen, dieses Haus, deshalb sind wir nie hier weggegangen und haben es nicht verkauft. Es war sein Liebespfand. »Wie bitte?«

Er geht zur Couch, zur Lehne, die Enola leer gerupft hat. »Ich habe sie geliebt.« Es ist ehrlich, schrecklich, als hörte ich erneut, dass sie tot ist. Er drückt sich die Handgelenke auf die Augen.

»Du hast was?«

»Ich habe sie geliebt. Du erinnerst dich nicht, du warst zu jung, aber Paulina war so, so schön.«

»Halt den Mund.« Ich erinnere mich.

»Das ist nichts, was du verstehen könntest. Ich habe nur«, er hustet, »ich habe sie zuerst gesehen.«

»Was hat das damit zu tun?« Ich erkenne meine Stimme nicht mehr.

»Ich habe ihn mitgenommen, damit er sie kennenlernt. Hätte ich gewusst«, er lacht bitter, »hätte ich gewusst … An dem Abend, als ich Paulina kennenlernte, hat sie mir die Karten gelegt und aus der Hand gelesen. Sie hat meine Hand gehalten.«

Franks breite Pranke, diese Schreinerfinger, in Moms schlanken Händen, die mir durchs Haar gefahren sind. Ein Fingernagel, der seine Lebenslinie nachzieht. »Hör auf.«

»Vielleicht weißt du es nicht, weil du so ein ruhiger Junge bist, aber wenn eine Frau deine Hand so hält und dir in die Augen sieht, dann passiert etwas in dir. Ich habe Dan mitgenommen, weil ich meinem besten Freund die Frau zeigen wollte, mit der ich mein Leben verbringen würde.«

Mein Fuß stampft auf den Boden und schickt einen stechenden Schmerz mein Bein hinauf, aber ich kann nicht aufhören.

»Ich sagte ihr, sie solle mich besuchen kommen, dass ich schon früh auf sei und sie mich beim Hafenmeister im Hafen finden könne. Sie kam. Am Morgen danach auch. Sie kam immer wieder, selbst noch, nachdem er mit ihr ausgegangen war. Selbst noch, nachdem er mir gesagt hatte, dass er sie liebe, kam sie. Ich hätte ihn nie mitnehmen dürfen. Du kannst nicht wissen, wie es ist, mitten in der Menge zu stehen und die Frau, die du liebst, zu sehen. Zu sehen, wie sich dein bester Freund in sie verliebt.« Er redet zum Boden hin, zu seinen Füßen, er kann mir nicht in die Augen sehen.

»Wusste sie es?«

»Dass ich sie liebte?« Er reibt sich die Doggenbacken und die Trauerflecken. »Ja.«

»Dad hat ihr das Haus gekauft. Er hatte es ihr versprochen.«

»Mein Großvater hat mir Geld hinterlassen. Paulina wollte ein festes Zuhause, sie war die Reiserei satt. Ihr ganzes Leben schon war sie unterwegs und hatte nie in einem richtigen Haus gelebt. Vielleicht wollte sie mich nicht, aber den Wunsch konnte ich ihr erfüllen. Also habe ich ihm das Geld gegeben.«

»Und er hat es genommen.«

»Ich wollte auch ihn nicht verlieren. Er wäre ihr überallhin gefolgt. So war sie. Sie konnte einen Mann zu so etwas bringen.«

Ich sehe meinen Vater vor mir, wie er an einem zusammenklappbaren Grill steht, Leah und meine Mutter sitzen in Liegestühlen. Frank erzählt eine Geschichte von ein paar Jungs, die auf einer Sandbank aufgelaufen sind. Konnte jemand sehen, wie sein Blick bei ihr verweilte? »Nein. Du kaufst keinem Freund ein Haus.«

»Nein«, sagt er. »Das tust du nicht.«

Es gibt noch eine zweite Hälfte der Geschichte, und er erzählt sie wie ein Betrunkener. Morgens beim Hafenmeister gab es schnelle Berührungen, Küsse, Dinge, die nicht weitergehen, die irgendwann aufhören sollten. »Nach einiger Zeit«, sagt er. Es ist schön, dass er nicht genauer wird. »Sie liebte deinen Dad, ich weiß, dass sie es tat. Ich habe ihn auch geliebt.« Also fing er an, mit Leah auszugehen, eine Lehramtsstudentin an der St. Joseph's, und heiratete sie. Sie alle wurden Freunde. In gewisser Weise.

»Du hast mit meiner Mutter geschlafen.«

»Ich werde mich nicht dafür entschuldigen, auch wenn du es willst. Es tut mir nicht leid, dass ich sie kannte.« Er steht auf, um herumzuwandern, und befühlt die Risse in den Wänden. Vor einem Foto von Enola im Meer, auf dem Arm meiner Mutter, bleibt er stehen. »Das Foto habe ich gemacht.« Er fängt davon an, dass es Ende Juni war, wenn das Wasser langsam wärmer wird, aber noch keine Quallen da sind. »Paulina wollte nicht, dass Enola von einer erwischt wird, und schickte mich vor, um zu sehen, ob nicht doch schon welche da waren. Es tut mir auch nicht leid, dass ich euch kenne.«

»Tu nicht so, als wärst du mein Vater.« Ich sehe, wie er zusammenzuckt. »Du hast mit ihr geschlafen.«

»Ja.«

»Wie lange ging es? Wie lange habt ihr vor der Nase meines Vaters gevögelt?«

»Rede nicht so über sie.« Eine Bodendiele knarzt.

»War es vor meiner Geburt? Hinterher? Nach Enola? Wie lange? Monate? Jahre?«

»Eine Weile«, sagt er leise.

»Bin ich …?« Wir wissen beide, was ich meine. Bin ich von ihm.

»Nein.«

»Enola.«

»Nein.«

»Wann genau«, frage ich. »Ich muss wissen, wann genau das war.« Ich muss sicher sein.

»Als Dan Kinder wollte, haben wir aufgehört. Ein Jahr, bevor sie mit dir schwanger wurde. Ich war es nicht.« Seine Wange zuckt. »Es war schwer genug sie anzusehen, schwer genug zu wissen, dass ich sie mit jemandem teilte, aber dann wollte sie ein Kind von ihm.« Und nicht von Frank. »Es hat mich zerrissen, aber ich hätte ihr alles gegeben. Als du da warst, fingen wir wieder an. Zwei Jahre immer mal wieder. Dann wollte sie noch ein Kind, ein kleines Mädchen. Ich nehme an, sie sah Alice und hat sich in sie verguckt. Sie machte Schluss und sagte, es sei für sie vorbei. Vor Enola waren wir anderthalb Jahre nicht mehr zusammen.« Das ist eine andere schreckliche Geschichte: Die ganze Zeit, während er meine Mutter wollte, hatte er seine Frau, und sie hatten Alice. Die ruhige, vollkommene Alice. Sie steckten uns zusammen – um Leah zu beschäftigen? Waren wir eine bewusste Ablenkung? Mir zieht es den Leib zusammen. Meinetwegen, ihretwegen. Frank setzt sich wieder und streckt den Arm aus, als wolle er mich berühren, hält aber inne.

»Wann genau?«, sage ich.

»Das kann ich dir nicht sagen.« Er schreit jetzt fast. »Ich habe es nicht aufgeschrieben. Es ist nichts … Es ist keine Sache, von der ich jemals angenommen hätte, dass ich sie ihrem Sohn würde erklären müssen«, sagt er. »Du bist von ihm. Oh mein Gott, du kaust auf den Fingern genau wie er. Es war nie eine Frage. Deine Mom hätte es nie zugelassen. Ganz gleich, wie sehr ich mir manchmal gewünscht habe, du wärst von mir.«

»Hör auf zu lügen.« Ich stehe. Mein Fuß schreit auf, aber der Schrei geht im Rest des Lärms unter. Meine Zähne schmerzen. Meine Adern schmerzen.

»Ich würde dich nicht anlügen. Du bist nicht von mir, so sehr ich wünschte, du wärst es.«

»Wusste sie, dass du ihm das Geld gegeben hast?« Er antwortet nicht. »Wusste sie es?«

»Ja«, sagt er endlich. »Es war die eine Sache, die ich ihr geben konnte. Und jetzt ist es völlig heruntergekommen, Simon …«

»Wie viel hast du ihm gegeben?« Er sieht mich mit leeren Augen an. »Wie viel hat das Haus gekostet?« Wir waren eine Familie, alle zusammen. Frank, der sich ein Boot mit meinem Vater teilte, der mit dem Mann aufs Meer hinausfuhr, mit dessen Frau er schlief. Ich habe an seinem Tisch gegessen. Seine Tochter geküsst und war mit ihr im Bett.

»Zweihundertfünfzigtausend.«

Er bleibt ohne jede Entschuldigung, und das ist von allem das Widerwärtigste. »Über wie viele Jahre? Wie lange wart ihr beide zusammen?«

»Fünf Jahre, mit Unterbrechungen«, sagt er.

Fünf Jahre, 1.826 Tage. »Wenn du es nüchtern betrachtest, sind das fünfzigtausend pro Jahr, um mit meiner Mutter zu schlafen. Wie oft im Jahr habt ihr es gemacht?« Seine Kiefer pressen aufeinander, sein Adamsapfel hüpft. Immer noch keine Reue. »Einmal im Monat käme auf viertausend und noch etwas. Einmal in der Woche auf grob tausend. Meine Mutter war dir also pro Woche einen Tausender wert. Das ist so wie eine Zweitfamilie nebenher, nur fürs Vögeln.«

Er rammt eine Faust gegen die Wand, die in einem apfelgroßen Loch verschwindet, zieht sie wieder heraus, hält sich die Finger und untersucht den Schaden. Er betastet den Rand des Lochs, murmelt etwas, entschuldigt sich. Beim Haus, bei meiner Mutter.

»Wusste mein Dad Bescheid?«

»Wir haben es ihm nicht gesagt.«

Das reicht als Antwort. »Er wusste es.«

»Ich habe ihr morgens beim Schwimmen zugesehen. Selbst später noch«, sagt er. Er sieht mich nicht an, er kann es nicht. »Da ist dein Dad draufgekommen. Es war etwas mehr als ein Jahr nach Enolas Geburt. Er kam die Stufen herunter, und ich ging nach oben. Als er an mir vorbeikam, fragte er, ob Leah es wisse. Ich sagte, da gebe es nichts zu wissen. Das gab es da auch nicht mehr, schon seit einigen Jahren nicht mehr. Das Nächste, was Paulina sagte, war, dass er mit euch allen rauf nach Upstate New York ziehen wolle.«

Weg von allem, was ein guter Ort für einen Mann sein mochte, der auf Schiffen arbeitet.

»Ich habe sie geliebt«, sagt Frank leise. »Jeden Tag, auch als ich wusste, dass es nicht weitergehen konnte. Ich habe Paulina geliebt. Wir haben aufgehört, weil ich sie geliebt habe, und ihn. Dann war sie weg.« Er zieht sich den Hut vom Kopf und zerknüllt ihn in den Händen. »Wenn du eine

Weile ausziehst, kann ich das Haus in Ordnung bringen. Ich hole Pete dazu, und wir fangen an, aber es ist hier nicht mehr sicher. Dir könnte was passieren. Ich habe auch dich geliebt, und Enola. Es hätte mich umgebracht, hätte er euch alle weggebracht.«

Stell dir das Leben neu vor. Ich stelle mir vor, was ich mir manchmal gewünscht habe: Frank als meinen Vater, die Familie auf der anderen Straßenseite Fremde, Leute, in deren Briefkasten gelegentlich fälschlicherweise ein Brief an uns landete, Leute, die wir sahen, wenn wir mit dem Boot rausfuhren. Aber wo ist Alice? Dann gäbe es keine Alice.

Mom starb. Dad verkaufte das Boot. Wir sahen Frank kaum noch, höchstens wenn ich mit Alice am Strand war oder Leah auf uns aufpasste. Ich dachte, die Trauer ließe Dad Frank nicht mehr sehen, aber es war schlimmer. Meine Mutter ertränkte sich, und er trennte sich von seinem besten Freund. Es war nur logisch.

»Dein Geld hat nichts in Ordnung gebracht. Es hat alles zerstört. Uns. Das Haus ist beim Teufel, weil er keinen Finger dafür rühren wollte. Nicht einen. Keinen Penny hatte er dafür übrig. Es war ihm egal, ob es zusammenbrechen würde, weil du es gekauft hast, um meine Mutter zu behalten.« Das Haus war das verdorbene Liebespfand eines Mannes für die Frau eines anderen. Das wusste Dad. Er muss am Küchentisch gesessen und dafür gebetet haben, dass es einstürzte. »Du hast auch ihn umgebracht«, sage ich. »Es hat nur länger gedauert.«

»Simon«, bettelt er.

»Nein, sprich meinen Namen nicht aus.« Ich kann nicht hierbleiben in diesem Haus, das nach Lack, Sägemehl und Holzleim riecht. Nach Frank.

Ich gehe zum Auto. Ich würde rennen, aber mein Fuß

lässt das nicht zu. Frank folgt mir. Er redet, doch ich kann ihn durch die Autotür nicht hören. Es ist mir egal. Ich spüre kaum die Hände auf dem Steuer und pumpe ein paar Mal, um Blut zurück in die Finger zu bekommen. Stress führt zu Gefäßverengungen und Gefäßerweiterungen. Dreimal pumpen. Frank ist beim Wagen. Er ist geschlagen, aber nicht genug. Ich kurbele das Fenster herunter. Er legt die Hände aufs Dach und streckt die Daumen ins Innere, kriecht herein.

»Es tut mir leid«, sagt er. »Du kannst dir nicht vorstellen, wie sehr ich mir wünschte, du wärst mein Sohn.«

»Du bist nie zu uns gekommen nach seinem Tod«, sage ich. »Wir mussten immer zu euch.« Es erfüllt mich mit Scham, dass ich ihn geliebt haben könnte, trotz allem, wenn er nur etwas dafür getan hätte.

»Es war zu viel. Mit deinem Dad und dem Haus, und dann waren da Leah und Alice«, sagt er. Vorher hatten sie ihn nicht aufhalten können. Nein, Alice und Leah waren erst wichtig, als Enola und ich Schwierigkeiten mit uns brachten und die Familie, die er bereits hatte, bequemer war. Die Frucht war zu reif, um nicht gepflückt zu werden. Ich spüre, wie ich lächle, und weiß, ich sehe wie ein Irrer aus. Ich haue den Rückwärtsgang hinein und lasse die Reifen durchdrehen. Frank steht in der Auffahrt und bedeckt sich mit den Armen, als wäre er nackt.

Ja, Alice wird wütend auf mich sein, aber das ist sie sowieso schon. Ich lehne mich aus dem Fenster und rufe: »Ich habe deine Tochter gevögelt. Mach schon, reparier mein gottverdammtes Haus.«

18

Amos wachte bei Tagesanbruch auf, die Beine müde von Träumen, in denen er gejagt worden ist. Evangeline lag neben ihm, weich und warm vom Schlaf. Er sah zu Madame Ryschkowas Wagen mit dem runden Dach hinüber und wurde von einem unguten Gefühl erfasst. Er hatte einmal gesehen, wie ein Mann beim Schleppen eines Fasses tot umgefallen war. Das Gesicht des Mannes lief dunkel an wie die Schale eines Käfers, bevor er nach Luft schnappte und der Länge nach hinschlug. Das Gesicht Ryschkowas hatte am Abend zuvor eine ganz ähnliche Farbe gehabt. Ihre Warnungen waren verdreht und gingen in die Irre, aber sie sorgte sich um ihn, und es war selten genug, dass sich jemand um einen sorgte, und sollte nicht unterschätzt werden.

Er kletterte vom Bett, bewegte sich vorsichtig, um Evangeline nicht zu wecken, und ging quer durchs Lager zu Madame Ryschkowas Wagen, vor dessen Stufen er stehen blieb und wartete. Sie wusste immer, wenn er kam, und zog ihn damit auf: »Ich kann deine ungewaschenen Hände riechen, wenn du näher kommst.« Wenn er dann an ihnen schnüffelte, lächelte sie und sagte: »Denkst du, ich wüsste es nicht, wenn mein Lehrling kommt? Ich weiß es, wenn du nach mir suchst.«

Amos wartete, bis die Ungeduld ihn zu klopfen zwang. Als keine Antwort kam, drückte er die Klinke hinunter, doch die Tür war verschlossen. Etwas zog in seiner Brust. Ryschkowa war tot, und er hatte sie umgebracht. Er rannte zu Bennos Wagen und schlug gegen die Tür, bis gelbe Farbblättchen an seiner Hand klebten. Verwirrt öffnete der Artist seine Tür ein wenig und sah durch den Spalt. Hinter ihm war der verschattete Umriss einer weiteren Gestalt auf der Matratze zu erkennen. Benno kam heraus und schloss die Tür hastig hinter sich.

»Was ist denn?«, brummte er und rieb sich das schlaftrunkene Gesicht.

Amos nahm Bennos Arm und zog ihn zum Wagen von Madame Ryschkowa. Er drückte die Klinke, um ihm zu zeigen, dass sie nicht antwortete.

»Es ist noch früh, Amos, die Sonne ist kaum aufgegangen.«

Amos schlug gegen die Tür, dass die Angeln knarrten und schepperten. Drinnen rührte sich nichts, aber Amos schlug immer weiter und sah Benno verzweifelt an.

»Hör auf. Mit blutigen Händen kannst du nicht arbeiten.« Benno fasste Amos bei den Schultern und hielt ihn fest, bis er sich endlich beruhigte. »Ich helfe dir. Warte.« Benno lief davon und kam kurz darauf mit einem kleinen Lederbeutel zurück. Er sagte, Amos solle zur Seite treten, und holte eine Reihe Messingstreifen hervor. Amos sah zu, wie Benno gegen die Tür drückte, bis das Schloss Widerstand leistete.

»Da, wo ich herkomme, ist es wichtig, dass ein Mann Fähigkeiten hat, die nicht immer wohlwollend betrachtet werden. Je nach Gelegenheit erweisen sie sich als hilfreich.« Benno legte ein Auge auf den schmalen Spalt zwischen Tür und Rahmen, schob zwei der Streifen hinein und wackelte mit ihnen am Holz entlang.

Er war ein Dieb oder war einmal einer gewesen. Obwohl sie schon Jahre zusammen reisten, wusste Amos nur wenig von ihm, nur dass er gern lächelte und ein verträglicher Kerl war. Amos sah zu, wie Benno einen der Messingstreifen verbog und der Form der Tür anpasste. Dann, ein Kippen seines Handgelenks, und die Tür sprang auf.

»Das mache ich nur für dich.« Benno steckte seine pfiffigen Schlüssel zurück in den Beutel. »Entschuldige, wenn ich nicht bleibe. Ich muss mich um etwas anderes kümmern«, sagte er, drückte sich den Beutel gegen den Leib und lief zurück zu seinem Wagen.

Mit leichtem Druck öffnete Amos die Tür zu Madame Ryschkowas Wagen. Was er drinnen vorfand, war verwirrend. Der Wagen war leer. An den Wänden zeugten nur mehr schwache Umrisse von den Bildern, die an ihnen gehangen hatten. Madame Ryschkowa war weg.

Amos stolperte die Stufen hinunter zurück nach draußen und lief in die Stadt. Burlington. Sie musste nach Burlington gegangen sein. Kein anderer Ort war in der Nähe, und den Fluss entlang würde sie nicht allein ziehen. Er biss sich auf die Zunge, und das Blut schoss bitter in seine Angst. Die Straße in die Stadt lag nicht weit hinter Peabodys Wagen, er konnte den Rauch morgendlicher Feuer aus den Schornsteinen in den Himmel steigen sehen und rannte darauf zu, rannte beim Schmied und beim Fleischer vorbei und hinein in die Straßen. Die Läden waren noch nicht geöffnet, das Gasthaus noch dunkel, und ihm begegnete nichts als ein halb verhungerter Straßenköter. Hier nach ihren Fußabdrücken zu suchen, war unmöglich, Madame Ryschkowa schien verschwunden, als hätte es sie nie gegeben. Der Schmerz in

Amos' Magen war weit größer als sein Hunger. Er kehrte ins Lager zurück, zu Peabodys Wagen.

Peabody hob den Riegel und linste hinaus. Barhäuptig, sein Schädel schimmerte rosa im frühen Morgenlicht. Er murmelte eine schnelle Entschuldigung, fummelte auf einem kleinen Tisch seitlich herum und setzte sich seinen weichkrempigen Hut auf. »Warum zum Teufel bist du schon wach? Niemand mit einer Seele ist um solch eine Stunde schon auf den Beinen.«

Amos gestikulierte in Richtung von Ryschkowas leerem Wagen, doch Peabody wollte nichts davon wissen.

»Ich weiß über alles Bescheid, was in dieser Truppe passiert. Du hast mit Madame Ryschkowa gestritten«, schnaufte er. »Sie ist eine temperamentvolle Person, und ich bin sicher, es ist nichts, was ein bisschen Ruhe und eine neue Stadt nicht lösen können.« Sein Lächeln ging in einem Gähnen unter.

Amos nahm Peabody bei den Hemdsärmeln und zog ihn trotz aller Proteste aus seinem Wagen. Köpfe reckten sich aus Türen, Meixel und Nat, Susanna. Evangeline wachte auf. Benno saß auf seinen Stufen, und Melina erschien hinter ihm und rieb sich den Schlaf aus den Augen. Bis sie Madame Ryschkowas Wagen erreichten, hatten Amos und Peabody ein aufmerksames Publikum um sich versammelt. Amos machte die Tür auf und zeigte ins leere Innere.

Peabodys Gesicht wurde aschfahl. »Mein lieber Amos, wie schrecklich, ich muss mich unbedingt entschuldigen. Ich habe einfach …« Seine Stimme stockte. »Oh mein Gott, sie hat es getan. Nein, das ist nicht richtig. Ach, Amos, es tut mir so leid.« Er nahm den Hut ab, drückte ihn sich auf die Brust und flüchtete zu seinem Wagen. Amos hatte nicht den Willen, ihm zu folgen. Er setzte sich auf die Stufen, ließ die

Beine herunterhängen und spürte etwas in der Luft, einen Hauch von verblühten Blumen, eine Erinnerung an seine Lehrerin. Er studierte jede Kerbe in den Stufen, die er jahrelang hinaufgestiegen war, und sah die Abdrücke ihrer Stiefel vor sich.

Meixel kam als Erster und klopfte ihm etwas barsch auf die Schulter, bevor er sich daranmachte, das Feuer anzuzünden. Nat, der Starke, senkte den Kopf, und Melina drückte sein Knie. Ihre Berührungen schienen ihm weniger ein Trost als Abschiedsgeschenke zu sein.

Benno legte Amos eine Hand auf die Schulter. »Ich tu gar nicht erst so, als würde ich verstehen, warum sie gegangen ist, aber ich weiß, dass sie es nicht aus mangelnder Sorge um dich getan hat.«

Amos zuckte zusammen.

Evangeline wartete. Sie wusste, dass er zu ihr kommen würde. Er würde erfahren, dass sie mit Ryschkowa gestritten hatte, dass sie der Grund war, warum seine Lehrerin verschwunden war. Sie fragte sich, ob alles, was sie berührte, verdarb und starb. *Ich bin eine Mörderin.*

Sie hatten an dem Tag aufbrechen und dem Ufer des Rancocas folgen wollen, taten es aber nicht. Ob es in der Hoffnung geschah, dass Madame Ryschkowa zurückkehren würde, oder aus Achtung, konnte Amos nicht sagen.

»Ein Tag mehr oder weniger macht keinen Unterschied für die, die nicht wissen, dass wir ihnen fehlen«, sagte Peabody.

Amos blieb in ihrem Wagen, strich mit den Fingern über die Stellen, an denen die Stoffe und Bilder gehangen hatten, und suchte nach den Rußflecken vom Verbrennen des Salbeis. Er trat gegen den Strohsack, der ihr als Matratze gedient hatte, und warf sich darauf, wobei er sich den Kopf an einer Kante stieß. Und da, unter einer Ecke ihres Betts versteckt, lag die Kartenschachtel.

Madame Ryschkowa hatte ihm ihre Karten hinterlassen.

Er hob den Deckel, und die orangefarbenen Rückseiten lächelten ihn an. Er drückte sie sich an die Brust und fühlte ihre Glätte, spürte Ryschkowa in ihnen, hörte ihr Lachen, ihre Sticheleien und ihre Schelte. Auf die Wangen hatte sie ihn geküsst, wenn er etwas gut gemacht hatte. Sie hatte ihn so viel gelehrt. Sein Herz brach und fügte sich wieder zusammen: Er war nicht verloren. Er schob die Karten unter sein Hemd und suchte Peabody.

Peabody saß über seinem Buch und zog dicke schwarze Striche durch eine lange Spalte mit Zahlen und Namen. Unten auf der Seite hatte er eine Skizze angefangen, von einem Wagen vielleicht, aber es war noch zu früh, um das entscheiden zu können. Als er Amos sah, räusperte er sich. »Entschuldigung«, sagte er. »Schrecklich. Eine große, schreckliche Sache, aber nicht deine Schuld. Ich hatte gerade erst mit der Frau konferiert.« Er malte eine kleine schwungvolle Geste in die Luft. »Es war nicht unbedingt angenehm. Wir werden das berichtigen, ich verspreche es.«

Amos schlang die Arme um den Mann und drückte ihn an sich.

Peabody hustete. »Ja, nun. Ganz recht.«

Amos holte die Karten aus seinem Hemd und blätterte geschickt hindurch. Eine folgte auf die andere. Er zeigte Peabody die Kelche, die für eine Botschaft standen, die Pagen für eine große Reise, die Hohepriesterin, Madame Ryschkowa, und dass sie sie finden mussten. Der Narr war er selbst, da es sein Fehler war, dass sie gegangen war. Peabodys

Ausdruck verschloss sich. Er saß auf seinem Chiffrierstuhl, jedes seiner Lebensjahre war ihm anzusehen, und er lächelte bedauernd. »Mein lieber Junge, ich kann nicht erkennen, was du mir sagen willst.«

Amos stöhnte auf, es war ein unnatürliches Ächzen. Er suchte nach dem Einsiedler und zeigte ihn Peabody, drückte ihn ihm auf die Brust, dort, wo die Knöpfe am Samt zogen.

»Es tut mir so leid«, sagte Peabody leiser, als Amos ihn je hatte sprechen hören. »So schrecklich leid, aber ich habe keine Ahnung, was du meinst.« Peabody legte seine Feder zur Seite, verschloss das Tintenfass und hob die Hände auf die Wölbung seines Bauches. »Ich kann es versuchen«, versprach er sanft. »Aber ich bin alt, es wird seine Zeit brauchen.« Und dann, als er Amos' Bedrängnis sah, sagte er: »Wir kommen doch gut miteinander aus, oder?«

Amos begann zu weinen. Peabody tätschelte ihn, aber seine Bemühungen waren kaum ein Trost. Er sah zu, wie sich der junge Kerl auf dem Boden zusammenrollte. Lange, hilflose Momente sah er ihn dort liegen und zittern.

»Sie kann immer noch zurückkommen. Wir warten die Nacht ab und nutzen die Zeit, um die weitere Saison zu planen. Wenn sie nicht kommt, nun, dann müssen wir uns darauf einrichten.« Er sah zu seinem Buch. Der Verlust Ryschkowas würde den Geldfluss verlangsamen, und sie konnten es sich nicht erlauben, einen Mann ohne eigene Nummer bei sich zu behalten, sosehr er den Jungen mochte. Er fuhr sich durch den Bart. Das Beste für Amos wäre, wenn er seinen Wert behielte, oder besser noch: einen neuen Wert bekam. Ja, Madame Ryschkowa war nicht mehr da, aber wo Geld verloren wurde, mochte auch welches gewonnen werden. Er betrachtete die kleine Skizze eines Pferdes, die er kurz zuvor angefertigt hatte.

»Wusstest du, Amos, dass ich einst ein Schüler von Philip Astley war? Als ich noch weniger Worte von mir gab, bin ich auf Pferden geritten. In London, wobei ich sicher bin, dass dir der Name nichts sagt. Ich saß gut im Sattel. Astley war ein großartiger Mann. Hatte eine kräftige Stimme. In meinen besseren Momenten sehe ich mich gern wie ihn. Er hat mir beigebracht, wie ich mich auf den Sattel schwingen, aufrecht auf dem Rücken des Pferdes stehen und, Teller und Teetassen balancierend, im Rund galoppieren kann. Das war eine gute Zeit, ganz sicher.« Er machte eine Pause und schrieb ein paar Zeilen. »Aber man kann nicht auf ewig reiten. Ich wurde über den Kopf einer widerspenstigen braunen Mähre katapultiert, ›Finest Rosie‹ hieß sie, wo sie doch ein ziemliches Biest war. Das Tier warf mich flach auf den Rücken, mitten in der Manege, und halb London sah zu, trat mir in den Magen und den Rücken, damit ich nie wieder reiten würde. Es hätte mein Ende sein können, doch ich kam wieder in Ordnung. Ein Schiff hat mich dann übers Meer gebracht, hierher, wo sie noch nie einen wie Astley gesehen hatten, oder jemanden wie mich. Es wäre eine Lüge zu sagen, dass ich das Reiten nicht vermisse, dennoch ist es hier in vieler Hinsicht besser. Hier kann ich Astley sein und nicht nur sein blasser Schatten. Siehst du, mein Junge? Ich habe mich angepasst. Genau, wie du es tun wirst.«

Als Amos sich beruhigte, half ihm Peabody auf die Beine. Er zupfte ihm das Hemd zurecht, zog ihm ein Stück Stroh aus den Haaren und klopfte ihm den Staub von den Schultern. Peabody musterte den Jungen von Kopf bis Fuß, sah die Flecken auf seinem Hemd, die ausgefransten Hosenbeine – kein Gentleman, aber durchaus passabel. Ein breites Grinsen hob ihm die Schnurrbartenden.

»Also dann, junger Herr. Puder oder eine Perücke würden

dich besser aussehen lassen, aber aus Flachs macht man keine Seide. Mir scheint, du brauchst Trost, wie ihn das schöne Geschlecht am besten spendet. Geh zu deiner Liebsten. Ich habe immer gefunden, dass sich die Trauer eines Abschieds am besten mit einer Begrüßung kurieren lässt. Vorwärts in die Romanze!« Peabody drückte die Tür auf, schob Amos hinaus und sah zu, wie der Junge davonschlich. Ein stummer Wahrsager war attraktiv, wenn er mit einem Partner zusammenarbeitete, allein lag in seinem Stummsein eine Schwierigkeit. Ohne Madame Ryschkowa würden die Einnahmen nicht ausreichen. Peabody hatte gleich zwei aus der Truppe verloren. Vorläufig konnten sie den Vorhang wieder über den Käfig für den jungen Wilden hängen, aber der Gedanke bekümmerte Amos' Mentor. Er konnte den Zeitpunkt nicht benennen, da Amos sein zweiter Sohn geworden war, aber das war er nun. Er dachte an seine Zeit mit Astley und dass es nicht sein Rücken gewesen war, der ihm die größten Schmerzen bereitet hatte, und zum ersten Mal in seinem langen Leben fühlte sich Hermelius Peabody alt.

Evangeline wartete im Wagen mit dem kleinen Pferd. »Dann stimmt es also, Madame Ryschkowa ist weggegangen«, sagte sie, als er hereingeklettert kam.

Sie hatte geweint, er sah ihre geröteten Augen und die Flecken auf ihren Wangen. Als sie ihn umarmen wollte, befreite er sich und griff nach den Karten.

»Wenigstens hat sie dir die Karten gelassen«, sagte sie.

Amos hörte nicht zu. Er war des Zuhörens so ungeheuer müde. Er wollte reden, arbeitete sich durch die Karten, zeigte Evangeline eine nach der anderen und formte mit den Bildern Gedanken. Wieder und wieder erschienen der Narr und die Hohepriesterin, gefolgt von den dunkleren Karten.

Amos breitete sie vor ihr aus, sein Leben als Mosaik, sein Denken und stärker als zuvor: seine Ängste. Evangeline versuchte Schritt zu halten und sprach aus, was sie sah, doch er bewegte sich mit einer so wütenden Geschwindigkeit voran. Die Bilder blitzten auf, rutschten weg und verwischten, bis seine Hände endlich langsamer wurden und er eine Kartenfolge zu wiederholen begann, eine, an die sie sich erinnerte. Während des Unterrichts hatte er zwei Karten benutzt, eine für sich, eine für sie. Jetzt war es nur seine, der Narr. Er begann sie mit einer zweiten zu verbinden, dem einsamen alten Reisenden, dem Einsiedler. Nein, das war nicht Peabody (wie vielschichtig ihre Sprache war), im Unterricht hatte er die Karten benutzt, um »Sind wir allein?« zu fragen. Jetzt die Variation.

Sie verstand. »Bin ich allein?«

Er wiederholte es: *Bin ich allein? Bin ich allein?*

Sie legte ihre Hände auf seine und küsste ihn auf die Stirn. »Ich bin hier«, sagte sie. Sie wiederholte die Worte, doch er hörte sie nicht. Sie suchte nach ihrer Karte, der Königin der Schwerter, dann nach einer anderen, die sie hinzufügen wollte – der, bei der sie übereingekommen waren, dass sie »Zuhause« bedeutete, den Ort, wo immer sie gerade waren. Die Sechs der Kelche. Kinder beim Spielen vor ihrem Zuhause. Sie legte die Karten auf die Wagenbretter, berührte seine damit und antwortete ihm.

Bin ich allein?

Ich bin hier.

Bin ich allein?

Ich bin dein Zuhause.

19

21. Juli

Auf dem Parkplatz des Rummels mische ich die einzelnen Teile und ordne sie neu, bis sie einen Sinn ergeben. Mein Vater hat meine Mutter geliebt, das hat er mir gesagt. Es war Liebe auf den ersten Blick. Enola ist nicht krank. Es geht ihr gut, und sie wird nicht sterben.

Wobei wir das natürlich irgendwann alle tun.

Die rot-weißen Markisen von Roses Kirmes erstrecken sich über den Platz neben dem Ziegelbau, in dem Napawsets Feuerwache untergebracht ist. Es gibt Fahrgeschäfte mit Männern, die die Jetons einsammeln, unfaire Spiel- und Wurfbuden, ein Spiegelkabinett mit sich hin- und herbewegenden Böden und ein Zelt für diverse Vorstellungen. Und irgendwo da ist auch meine Schwester. Das Auto habe ich neben einem Transparent geparkt, auf dem steht, dass es die 45. jährliche Feuerwehrkirmes ist. Als Kinder sind Enola und ich schon hergekommen. Nach all dem Geld, das ich ausgegeben habe, um einen Goldfisch für sie zu gewinnen, der in der Nacht drauf starb, gehört sie jetzt selbst dazu, zusammen mit Doyle.

Ich humpele die mittlere Budenstraße hinunter, einen breiten Weg mit niedergetretenem Gras, der von Imbissständen mit Gebratenem und glitzernden Lichtern gesäumt wird, und suche nach einer Kartenlegerin. Ein Mann mit einem Megafon ruft ein Blechpferderennen aus. Schlag den Maulwurf, eine Schießbude und eine Wurfbude sind mit Teenagern besetzt oder einer besonderen Art dünner Menschen mit eingefallenen Backen, pockennarbig und hungrig, aber faszinierend. Es riecht nach Puffreis und Zuckerwatte, Popmusik plärrt durch die Luft. Das ist Enolas Zuhause. Überall sehe ich verschwitzte Gesichter, Kinder schießen zwischen den Beinen ihrer Eltern hin und her. Fast spüre ich die Hand meines Vaters, der mich am Hemd packt, damit ich nicht zum Münzenwerfen renne, um einen lebenden Frosch zu gewinnen. Ich stolpere, verdrehe meinen verrenkten Fuß, und der Schmerz schmeckt nach Metall.

Das Kettenkarussell überragt alles, ein klassisches Modell, gelb und lila gestreift wie eine Zuckerstange und oben mit Spiegelplatten besetzt, in denen die Sonne blitzt. Ich sehe Dad vor mir, der Enola auf einem der Sitze festmacht, und erinnere mich, wie ich neben ihm hergeflogen bin und der Wind ihm die Haare auf die Stirn drückte. Selbst da hat er nicht gelächelt, er war viel zu beschäftigt damit, etwas von Mom an dem Ort zu entdecken, an dem er und sie sich kennengelernt hatten. Im Jahr darauf kamen Enola und ich allein hierher. Lachen schallt von den Sitzen herüber, die Ketten spannen sich, es geht in die Höhe und anmutig im Kreis. Ich humpele ans Ende der Warteschlange. Von dort oben sollte es mir leichterfallen, Enola zu finden.

Der Sitz ist eng, aber dann erheben wir uns in die Luft. Höher und höher steige ich, werde nach außen getragen und sehe Häuser vom Rand der Stadt zu mir heraufblicken, sehe einen Ort, an dem Nachbarn nachts Mütter stehlen und ertränken. Von der höchsten Stelle des Bogens, den ich beschreibe, kann ich den Sund hinter den Dächern sehen, zu denen auch meines gehört – ich verbessere mich: Franks. Das Wasser ist stumpf, nicht glatt wie Glas oder wutschäumend, wie man es aus Büchern kennt. Es ist grau, ruhig und tot. Ich hasse es, und mein Hass ist muschelhart. Mom hat sich in zweitklassigem Wasser ertränkt.

Ich schwinge das Bein, beuge den Fuß, und der Schmerz fühlt sich vorgetäuscht an, wie die Einbildung eines Schmerzes. Von hier oben wirkt die Kirmes wie ein Spielzeug zum Aufziehen. Da die Bude mit der rosa Limonade und dort das Glücksrad, von dem alle wissen, dass es manipuliert ist. Die Stimmen sind verebbende Rufe, Lachen, Schreie wegen nichts.

Nach hinten hin sehe ich ein lila Zelt, vor dem sich eine Schlange gebildet hat. Ja, das ist sie.

Als wir in Wellenbewegungen zurück zur Erde sinken, ist alles anders. Das hier mag keine große Kirmes ein, aber trotzdem, ich würde mitziehen.

Ich brauche Enola. Drei Tage noch, und ich brauche sie.

Ein riesiger Kerl in einem Hawaiihemd stampft vorbei. Ein kümmerlicher Zopf wie ein Beutelrattenschwanz hängt ihm den Rücken hinunter. Er hält auf ein gestreiftes Zelt zu und duckt sich unter einem offenen Stück Plane durch – das Vorstellungszelt. Das muss George, der Dicke Mann, sein, der mit dem Gras. Ich halte nach Doyle Ausschau, doch er ist nirgends zu sehen.

Ich gehe zu dem kleinen lila Zelt, vorbei an Funnel Cakes, Pommes frites und Zeppole, alle mit ihrem eigenen Frittierölaroma. Die Leute rufen, schreien. Am hinteren Rand des Rummels steht der Zipper, ein rotierendes Förderband, das sich drehende Käfige in den Himmel wirbelt. Ich bin einmal mit Enola in dem Ding gefahren, als sie noch zu klein dafür war. Die Stange über dem Schoß hielt sie nicht richtig, und sie schlug sich den Kopf an. Wochen danach hatte sie noch eine Beule mit dem Waffelmuster einer Kette.

Vor »Versenk den Freak« wartet eine kurze Schlange Leute darauf, einen dürren Kerl in einem schmutzigen ärmellosen Shirt in seinen Wassertank zu schicken. Der Kerl ruft zu mir herüber, dass ich wie ein Mädchen werfe. Dahinter steht Enolas Zelt, ein lila Veloursstoff mit handgemalten goldenen Monden und Sternen. Eine Reklametafel mit einer über einer Kristallkugel schwebenden Hand lehnt seitlich am Zelt. »Madame Esmeralda« steht in Fraktur darüber.

Esmeralda. Ernsthaft.

Das Innere wird von einer Lampe erleuchtet, über der ein roter Seidenschal hängt. Hinter einem Kartentisch mit einem Paisleytuch sitzt Enola und sieht ganz so aus, wie sich ein Kind eine Wahrsagerin vorstellt: Um den Kopf trägt sie einen violetten Schal, und an ihren Ohren hängen riesige goldene Ohrringe. Sie hat zwei Kundinnen da, zwei Mädchen, Teenager mit Pferdeschwänzen, blond und braun. Auch Doyle ist da, seine tätowierten Hände gleiten über den Tisch.

Ich hebe den Vorhang etwas an. Licht strömt ins Innere und lässt die Mädchen die Köpfe drehen. Doyle blinzelt. Enola sieht aus schwarz umrandeten Augen zu mir her und bellt mit schwerem Akzent: »Hinaus! Esmeralda hat gleich Zeit für dich.«

»Enola, ich …«

»Du. Hinaus. Sofort.« Sie schlägt mit der Hand auf den Tisch. Doyle erhebt sich, um mich wegzuschieben.

»Fünf Minuten, okay? Chill.« Er zieht den Vorhang zu.

Ich drücke vorsichtig eine Falte zur Seite, sodass ich durch einen schmalen Spalt hineinlugen kann. Enola wiegt sich auf ihrem Stuhl und spricht mit tiefer Stimme zu den eng beieinanderkauernden Pferdeschwanz-Mädchen.

»Ihr wollt wissen, wie es mit der Liebe geht, ja?«, fragt Enola. Die Blonde will etwas sagen, wird jedoch von der Hand meiner Schwester zum Schweigen gebracht. »Nicht zu mir, Darling.« *Daahlink*. »Sag es dem Bemalten Mann«, sagt sie. »Der Bemalte Mann bewahrt dein Geheimnis. Ich richte es. Die Zukunft hat zwei Türen, ja? Eine zum Aufmachen, eine zum Zumachen. Der Bemalte Mann macht zu.« Sie legt den Finger auf einen Saugnapf auf Doyles Arm und berührt dann damit ihre Brust. »Esmeralda macht auf.«

Es ist Unsinn, aber da ist etwas in ihren Augen. Sie sind anders, nicht haselnussbraun wie die von Mom, eher schwarz wie die einer Fremden. Die Blonde lehnt sich zu Doyle und flüstert ihm etwas ins Ohr, ihr Pferdeschwanz streicht ihm über den Arm. Tentakel trifft auf Tentakel. Er nickt und legt eine Hand über die von Enola. Das hat etwas Verstörendes, etwas, das mich an eine Notiz erinnert: *»Junger Wilder zum Wahrsagerlehrling befördert.«* Ich sehe nicht Enola an, sondern Madame Ryschkowa, vermischt mit Mom, die aus dem Körper meiner Schwester hallt.

Enola verdreht die Augen, und ihr chronisch gebeugtes Rückgrat schießt in die Höhe, kerzengerade. Flinke Hände, Bewegungen, sie legt die Karten zu einem vollkommenen keltischen Kreuz. Ich erkenne die Legeweise aus den *Grundsätzen des Orakels*. Zehn Karten. Zwei in die Mitte, eine darüber, eine darunter, eine links, eine rechts, das Kreuz und dann schnell hintereinander vier Karten in einer Reihe daneben. Ich kann sie sehen. Die Bilder sind anders als die in den *Grundsätzen*, aber gebräuchlich. Es ist ein Rider-Waite-Deck, fein, mit Bildern, die sogar ich kenne. Die Mädchen beugen sich auf ihren Stühlen vor, ihre Pferdeschwänze schwingen wie Pendel hin und her. Als sie die letzte Karte auf den Tisch legt, klappt Enolas Kopf nach hinten, als hätte es ihr das Genick gebrochen. Perfekt getimt fängt Doyle ihren Kopf auf und richtet ihn wieder auf. Enolas Lider öffnen sich flatternd, und sie beugt sich über die Karten.

»Ja, ja«, sagt sie. »Ihr beide liebt einen Mann. Ja. Immer gleich.« Sie lacht. Bei einer anderen Frau hätte das Geräusch etwas Sexuelles, bei Enola klingt es raubtierhaft. »Die da.« Sie zeigt auf die Blonde. »Sie ist eine mit Kraft hinter sich. Immer die Jägerin.« Der braune Pferdeschwanz hüpft auf und ab. »Dieser Junge, er mag starke Mädchen. Seht ihr? Schwerter. Er mag Entscheidung, Konfrontation.« Sie wedelt mit den Armen, und die Geste hat etwas Wahnsinniges. »Du.« Sie starrt das braunhaarige Mädchen an. »Du wartest auf die Reste, ja? Für dich immer das Zweitbeste.« Die Mädchen kichern etwas. Ein freudloses Kräuseln. »Siehst du die Kelche?«, fährt Enola fort. »Wasser. Darin ist Veränderung. Kommunikation. Du sprichst zu ihm, ja? Sie spricht nicht.«

Die Mädchen drücken sich nach vorn wie scharrende Hennen und studieren die Karten. Enolas Stimme versiegt, und ihr Kinn sackt herunter. Sie starrt durch die Mädchen hindurch, auf etwas außerhalb des Zeltes, etwas, das ich nicht sehen kann. Ihre Hände bewegen sich, blinde Vögel, die ihren Wandermustern folgen. Eine neue Anordnung überdeckt die alte. Sechs Reihen mit sechs Karten, übereinander. Sie deckt sie auf, und als sie jetzt spricht, tut sie es ohne jeden Akzent, ohne einen Blick auf die Karten. Körperlos dringt die Stimme aus ihr. Ich sehe den Tod, den Teufel und den Turm und ein Herz, das von Schwertern durchstochen wird.

»Verluste werden geboren. Der Tod steigt von unten auf. Unfruchtbarkeit. Leere Felder. Es gibt keine Kinder.«

Ein Summen, Gänsehaut reckt sich in die Luft. Die Mädchen winden sich auf ihren Stühlen. Eine zittert. Ein Gestöber aus Seidenbändern streift über den Tisch, als Enola nach dem Handgelenk eines der beiden Mädchen greift.

»Alle um die, die du liebst, werden verdorren. Mutter, Vater und alle, die folgen.« Die Worte fließen aus ihr heraus, und Doyle springt auf, knackt wie ein brennendes Scheit, ergreift Enola und schüttelt sie. Sie fährt fort: »Dein Name stirbt mit dir und wird niemals über die Lippen eines anderen kommen. Du selbst bist ein Stein, den das Wasser abschleift, bis nichts mehr bleibt.«

Den das Wasser abschleift.

Das dunkelhaarige Mädchen löst die Hand der Freundin aus Enolas Griff. Ein Zucken des Halses, Sand, der aus einem Beutel rinnt, und Enola klappt nach vorn, das Gesicht so weiß, so leer. Sie ist wieder Enola, aber weniger. Ihr Blick schwenkt zu meinem Versteck, wir sehen uns an. Sie würgt.

»Die falsche Karte«, sagt sie, und der Akzent ist zurück. »Passiert manchmal. Viele Geister streifen hier herum.« Sie streicht sich über den Schal, schiebt eine lose Locke darunter und blitzt mich an. »Hinaus.«

Ich schließe den Vorhang, und ein tiefer Schmerz sprießt mitten in meinem Schädel.

Doyle steckt den Kopf heraus, der aussieht wie eine an der Wand hängende Trophäe. Er lacht nervös und verschwörerisch. »Kumpel. Du musst etwas Abstand halten, Mann.«

»Hä?«

»Du tauchst in den Karten auf. Du bist zu nahe. Gib ihr noch …«, er hält inne, »ja, so etwa fünf Minuten.«

»Ich stehe hier gut.«

»Nein, Junge«, sagt er mit einem langsamen Drehen des Kopfes. »Du stehst da ganz sicher nicht gut. Ich checke das.«

»Ich bin ihr Bruder. Lass mich …«

»Genau das ist der Punkt. Du bist zu nahe. Du machst die Sache undurchsichtig.« Er verzieht das Gesicht. »Lass sie's runterfahren, okay?« Seine Hand kommt durch den Vorhang. Er klopft mir auf die Schulter. »Geh zu Thom. Wir haben ihm von dir erzählt, und er will mit dir reden. Ehrlich, geh. Gib uns fünf, zehn Minuten, okay? Er ist in dem großen Camper mit den Vögeln auf der Seite.« Seine Hand verschwindet und taucht gleich darauf mit ein paar zerknitterten Dollarscheinen wieder auf. Er drückt mir das Geld in die Hand und schiebt mich zurück. »Iss was.«

Ich humpele davon, und er fragt, was mit meinem Fuß ist. »Ein Schlagloch«, sage ich.

»Hey«, ruft er mir hinterher. »Gebrauch den rechten Arm mehr. Schwing ihn, das hilft, das Gewicht vom Fuß zu halten. In der Diagonalen, Mann. Denk dran, diagonal.« Ich will es nicht, aber als ich auf den Geruch von frittiertem Teig zugehe, stelle ich fest, dass ich mit dem Arm tatsächlich weiter aushole.

Mit Enolas Gesicht stimmte was nicht, als sie mich angesehen hat. Wie ihr Kopf zurückgeklappt ist, das war ohne Kontrolle, nicht vorgetäuscht, nur die Stimme. Da läuft was falsch. Übel falsch. Ich muss mit ihr reden und vielleicht auch mit Thom Rose.

Der Camper steht, wie Doyle gesagt hat, auf dem Platz hinter den Fahrgeschäften und ist vollgeklebt mit weißen Silhouetten von fliegenden Enten. Ich lehne mich dagegen, entlaste meinen Fuß und klopfe. Ein winziger glatzköpfiger Kerl öffnet die Tür. Er trägt ein kariertes Hemd, Shorts und Sandalen. Tiefe Furchen haben sich um seinen Mund gegraben, und die Falten um seine Augen sind die eines Mannes, der sein Leben lang der Sonne entgegengefahren ist. Ich weiß nicht, wie ich mir einen Kirmesbesitzer vorgestellt habe, aber der hier sieht aus wie ein netter Onkel.

»Sind Sie Thom Rose?«

»Wer will das wissen?« Seine Augen verengen sich, und es scheint fast so, als wolle er mir gleich die Tür vor der Nase zuschlagen. Doch dann grinst er plötzlich und macht den Camper weit auf. »Sie sind Simon Watson, habe ich recht? Hat Ihnen schon mal jemand gesagt, dass Sie Ihrer Schwester wie aus dem Gesicht geschnitten sind?«

Der Camper liegt voller Bücher und Papiere, offenbar Quittungen und Rechnungen. Ich sehe ein ungemachtes Bett und eine kleine Küche, die überraschend sauber ist. »Setzen Sie sich, setzen Sie sich«, sagt er und deutet auf einen Stuhl bei einem von der Seitenwand heruntergeklappten Tisch. »Enola sagt, Sie suchen Arbeit.«

Suche ich Arbeit? Als Bibliothekar, ja, Arbeit. »So ist es.«

»Sie sagt, Sie sind ein Schwimmer.« Er öffnet eine Getränkedose, schenkt sich ein Glas ein und bietet mir auch eines an. »Sie redet viel von Ihnen und meint, Sie könnten zehn Minuten die Luft anhalten.«

»Mehr oder weniger.«

Er trinkt und denkt nach. Ein gelblicher Finger tastet über den Tisch, als suche er nach etwas, nach einem Bleistift oder einer Zigarette. »Es ist schon eine Weile her, dass wir wirklich gute Athleten hatten, aber jemand, der den Atem anhält, ein Schwimmer, das ist eine schwierige Nummer für einen Mann. Ich meine nicht, dass es nicht ginge, aber eigentlich sind das immer Frauen. Meerjungfrauen. Steck ein süßes Mädchen in einen Badeanzug, mit viel langem Haar, das hier und da was zum Gucken bietet.«

»Ich weiß.« Meine Mutter, die Kirmes-Striptease-Nummer. »Enola dachte, Sie wären interessiert, aber ich habe ihr schon gesagt, dass ich nicht glaube, dass das funktioniert.«

»Oh nein. Ich *bin* interessiert. Ich muss nur kurz überlegen. Ihre Schwester ist ein gutes Mädchen. Wenn es sie glücklicher macht, wenn Sie dabei sind, und es mich nichts kostet, warum nicht? Es ist wirklich lange her, seit ich einen Schwimmer gesehen habe. Unten in Florida gibt es diese Mädchen in Weeki Wachee, aber das ist nicht das Gleiche. Sie brauchen keinen Luftschlauch, oder?«

»Nein, Sir.« Ich könnte es ja versuchen, vielleicht. Nur für eine Weile, um zu sehen, wie das Umherziehen so ist.

»Gut. Das ist besser, eine klarere Linie. Wir könnten den Versenk-den-Freak-Tank nehmen, vielleicht. Der Junge ist eine echte Pest. Auch wenn er noch neu ist, er ist eine Pest.« Er saugt an seinen Zähnen und fährt auch schon fort. »Die beste Meerjungfrau, die ich je gesehen habe, da war ich noch ein Kind. Umwerfend.« Er formt ihre Umrisse mit den Händen. »Sie sprang auch vom Turm. Das machen Sie nicht, oder?«

Ich weiß nicht. Vielleicht, aber nein, im Augenblick noch nicht. Ich sage Nein, eigentlich nicht.

»Schade. Das wäre was«, sagt er. »Sie sprang in diesen Glastank, ohne jeden Spritzer, und blieb dann so lange unter Wasser, dass die Leute dachten, sie würde sterben oder müsse Kiemen haben. Ein weißer Badeanzug und gebaut wie eine Galionsfigur.« Er stößt einen Pfiff aus. »Meine Leute erlaubten es nicht, dass ich Pin-ups sammelte. Aber Verona Bonn war besser als jedes Pin-up.«

Ich versuche, mir nichts anmerken zu lassen. »Ich glaube, ich habe von ihr gehört. Wissen Sie, was aus ihr geworden ist?«

»Hat sich, glaube ich, mit einem Dompteur zusammengetan. Löwen. Wurde schwanger, was eine Meerjungfrau schnell den Job kostet.«

Verona verliebte sich, bekam meine Mutter und ertrank. Kein großer Unterschied zu Mom, kein großer Unterschied zu den anderen Frauen. Jede hinterließ ein Kind, meine Mutter zwei.

»Das mag jetzt komisch klingen, aber Enola sagte, sie haben ihr einige von Ihren Logbüchern gezeigt? Vor einer Weile hat mir jemand eines geschickt, das, wie ich glaube, auch von einem Kirmesunternehmen stammt. Ich würde es sehr gerne mal mit einem anderen vergleichen.«

Thom schiebt seinen Stuhl ein Stück zurück. Sein Ausdruck wird verschlossen, und er fängt an, mit einem Aschenbecher herumzuspielen. »So was zeigt man keinem, der nicht zur Familie gehört«, sagt er.

Enola gehört also zur Familie. »Natürlich, das verstehe ich. Ich wollte Sie nicht bedrängen.« Wir kehren zu unserer leichteren Unterhaltung zurück und sprechen darüber, dass ich verschiedene Arbeiten übernehmen könnte, bis wir eine Nummer entwickelt haben. Auf einem der Fahrgeschäfte, was ein echter Knochenjob wäre. Ich will zurück zu Enola.

Als ich bereits wieder an der Tür bin, sagt Thom: »Sie sind nicht zufällig ein Sohn von Paulina Tennen?«

Ich bleibe stehen. »Warum?«

»Ah, dachte ich's mir doch. Ihre Schwester sagt, ihre Mom habe in Shows gearbeitet. Genaueres hat sie jedoch nicht herausgelassen. Sie und Ihre Schwester, Sie sehen ihr so ähnlich, es ist verblüffend. Ich bin ihr vor langer Zeit einmal begegnet, damals als mein Vater den Laden noch geführt hat. Ich glaube, sie arbeitete mit einem Zauberer zusammen. Schien wirklich nett zu sein. Und hübsch. Es ist schwer, so ein Gesicht zu vergessen. Sie sagten, jemand hat Ihnen ein Showbuch geschickt?«

Ich nicke.

»Das ist seltsam. Wenn es nichts mit ihrer Mutter zu tun hat oder einer ihrer Shows. War es Lareille?« Ich schüttele den Kopf. »Dachte ich mir schon. Soweit ich weiß, ist Michel noch im Geschäft.« Er reibt sich den Nacken. »Haben Sie irgendeine Vorstellung, warum, wer immer es war, es Ihnen geschickt hat?«

»Er dachte, es hätte vielleicht einmal jemandem aus der Familie gehört.«

Thom Rose kaut auf seiner Lippe und lässt dabei ein paar tabakgelbe Zähne sehen. »Diese Bücher bleiben normalerweise bei der Truppe. Wenn eines von ihnen da draußen herumtreibt, heißt das wahrscheinlich, dass der Laden untergegangen ist.«

Die von Wasser zerstörten Seiten verleihen seinen Worten eine unbeabsichtigte Stimmigkeit. Und wenn die Truppe einer Überschwemmung zum Opfer fiel, könnte das auch das Verschwinden der Koenigs erklären. »Es ist ziemlich alt«, sage ich. »Voll mit Skizzen. Viele davon von Tarotkarten.«

Thom Rose grinst. »Lassen Sie mich raten. Ihre Schwester will Ihnen nichts darüber verraten.«

Ich schiebe die Hände tief in die Taschen. »Genau.«

Er lacht trocken. »Ja, sie ist verschwiegen. Tut mir leid, aber bei mir sind Sie da komplett falsch. Ich weiß kaum was über Karten, nur dass Ihre Schwester bestens damit umgehen kann. Ich mag sie, und wenn sie glücklich ist, ist auch der Elektrische Junge glücklich, und das ist gut für mich. Der Kerl ist eine Goldgrube.« Er öffnet die Tür und lässt mich hinaus. »Sagen Sie ihr, ich überlege mir, wie ich Sie einbauen kann.«

Während ich zu Enola zurückhumpele, frage ich mich, was Thom sagen würde, wenn ich ihm erzählte, dass Verona Bonn meine Großmutter war und sie und meine Mutter beide ertrunken sind. Aber die Watsons sind verschwiegen, das ist typisch für uns, neben anderen Dingen.

Ich will gerade in Enolas Zelt, als die beiden Pferdeschwänze herausgelaufen kommen und im Meer karierter Hemden und Sonnenbrände verschwinden.

»Was ist passiert?«, frage ich und hebe die Zeltplane an.

Enola fährt zu mir herum. »Was zum Teufel soll das, einfach so in eine Sitzung hereinzuplatzen? Ich komme auch nicht zu dir und versau dir die Arbeit. Oh, warte, richtig, du *hast* keine Arbeit. Und was ist mit deinem Fuß?«

»Ärger mit dem Fußboden.« Ich ducke mich nach drinnen. Es ist drückend heiß und riecht entfernt nach Nelkenzigaretten. Doyle hockt im Lotossitz neben dem Tisch und lässt sich eine leuchtende Glühbirne um die Hand rollen. Das einzige Anzeichen für sein Unbehagen sind die leicht zusammengezogenen Brauen, was die Tentakel auf seinen Backen strafft. Enola greift nach einer Tasche unter dem Tisch und holt eine fetttriefende Zeppola hervor. Sie beißt hinein und kaut mit vollen Hamsterbacken.

Zwischen zwei Bissen fragt sie: »Ich dachte, du wolltest nicht kommen. Warum bist du hier?«

»Du hast den beiden Mädchen eine Höllenangst eingejagt, und was ist das für ein Akzent?«, frage ich.

»Hör auf, meine Fragen mit Fragen zu beantworten«, sagt sie und wischt sich über den Nacken. »Verdammt, ist das heiß. Ich muss später noch schwimmen gehen. Der Akzent gehört seit einer Weile dazu.«

»Und er?« Ich nicke zu Doyle hin.

»Wir probieren das nur mal aus«, sagt sie.

»Bringt mehr Geld«, sagt er, ohne die Augen zu öffnen.

»Macht die Sache geheimnisvoller«, sagt sie.

»Was du zu den Mädchen gesagt hast? Macht das die Sache auch geheimnisvoller?«

»Keine Ahnung, wovon du sprichst.« Wütendes Schweigen.

»Frank hat mit Mom geschlafen.« Die Glühbirne hört auf zu kreisen.

»Scheiße«, sagt Enola. Ich erzähle ihr, was Frank mir erzählt hat. Dass sie sich getroffen haben, wie lange sie zusammen waren. Vom Haus. Enola drückt mit dem Daumennagel Kerben in die Seite einer Karte. Es ist der Gehängte, mit einem spitzen Fuß hängt er kopfüber von einem Kreuz, fast wie Petrus. Es sind nicht die abgegriffenen Karten, die sie in der Tasche ihres Rocks mit sich trägt. Die hier sind steif, die Rückseiten mit Lilien bedruckt. »Scheiße. Dann seid du und Alice natürlich angeschmiert. Verdammt, warte. Sie ist doch nicht unsere Schwester, oder?«

»Nein. *Gott*, nein«, sage ich. »Mom hat die Sache vorher beendet.«

»Dann hat sie wenigstens etwas richtig gemacht.« Sie verzieht das Gesicht, und ein Schweißtropfen rinnt ihr von der Lippe.

»Mein kleiner Vogel«, sagt Doyle.

»Gib mir eine Minute, um das zu verdauen, okay?«, murmelt sie.

»Er wirft uns aus dem Haus«, sage ich.

»Dann komm mit uns. Hast du mit Thom gesprochen?« Sie legt die Füße auf den Tisch. Sie sind nackt, an den Zehen klebt Staub. Ein Lichtblitz fällt herein. »Raus!«, ruft sie. »Esmeralda ist beschäftigt.« Der Vorhang schließt sich wieder. Doyle springt auf und läuft dem Kunden hinterher.

Seine Flipflops verschwinden hinter dem Stoff. Wieder allein, sehen wir einander an. »Scheiße, Scheiße.« Sie kaut auf einem Stück Haut neben dem Daumennagel, die Karte reicht ihr dabei fast in den Mund. »Ich wusste, dass mit Frank und dem Haus irgendwas war, hab aber nie kapiert, was. Wow. Das ist krass.« Sie ist unruhig, legt den Gehängten auf den Tisch und nimmt die anderen Karten, fächelt sich Luft zu, mischt sie und lässt sie sich über die Fingerknöchel wandern. »Das mit Alice tut mir wirklich leid. Es macht alles so verdreht. Sagst du es ihr?«

Ich habe noch nicht darüber nachgedacht. Es ist etwas, das niemand von uns gebrauchen kann. Zuletzt hat sie mich mit meinem geschwollenen Fuß gesehen, in einem kaputten Haus. Sie würde sicher nicht in Tränen ausbrechen, wenn ich es ihr erzählte, so ist sie nicht, aber würde sie mir vielleicht die Tür vor der Nase zuschlagen? Bestimmt. Würde sie mir hinterher noch in die Augen sehen? »Ich weiß nicht, ob ich derjenige bin, der es ihr sagen sollte. Ich muss da erst noch ein paar Sachen klären.«

»Okay. Oh mein Gott. Wo wirst du wohnen? Ich würde ja sagen, du kommst zu uns, aber wir haben es eng.« Sie zuckt mit den Schultern.

»Ihr habt was Eigenes?« Das ist mir neu.

»Doyle und ich haben einen Wohnwagen, einen Anhänger. Bei Rose's haben wir den manchmal dabei.«

»Oh.«

Sie macht mit den Karten Bögen zwischen ihren Händen. »Es wurde zu nervig, die Sachen in seinem Auto aufzubewahren. Ständig gingen Glühbirnen kaputt.« Gedankenversunken zeichnet sie eine Linie in die Luft. »Deshalb der Caravan. Wir finden schon was für dich.«

Ich hatte nicht damit gerechnet, dass sie eine Art Zuhause hat. Nicht nur Enola; die beiden, sie sind zu zweit. Für mich war Enola immer eine Einzelperson, dabei ist sie Teil eines Paares. Sie schieben sich Karten hin und her, dass es wie ein Gespräch ist. Ich besitze keine solche Sprache, wenn der Bibliothekar, der ich einmal war, auch seine Signaturen hat, seine Klassifikation. Was würde da passen? Die 400er für die Sprache, die 300er für die Soziologie, die 900er für ihre, unsere Geschichte. Wobei einiges an denen nach den 200ern und religiösem Eifer verlangt.

»Hey«, sagt sie. »Alles okay?«

»Ich habe etwas Seltsames herausgefunden. Mom ist am 24. Juli gestorben, genau wie ihre Mutter. Übrigens hat Thom unsere Großmutter auftreten sehen, was komisch ist, aber das geht noch.« Ich haste voran, doch das ist mir egal. »Ich habe das Buch durchgesehen, das Churchwarry mir geschickt hat, und dann einen Stapel anderer Bücher und Artikel, die Alice und ich gefunden haben, Sterberegister, alte Zeitungen, bis ganz, ganz weit in die Vergangenheit. Bis zu den Namen in dem Buch. Sie sterben alle am 24., sämtliche Frauen aus Moms Teil der Familie. Alle sind sie ertrunken, am 24. Juli, ohne Ausnahme.«

Sie hält inne. »Das ist es also. Und jetzt denkst du, wir werden auch ertrinken, stimmt's?« Sie schüttelt den Kopf. »Das ist krank. Das bist du, du willst verdrehte, kranke Sachen hören. Du warst zu lange in dem verdammten Haus für dich allein.« Sie sieht auf den Tisch, ihre Hände, die Karten. »Du denkst, wir sind wie *sie*.«

»Nein«, sage ich und hoffe eine Sekunde lang, dass sie mir glaubt.

»Du bist echt der übelste Dummschwätzer.« Enolas Stuhl kippt nach vorn, und sie seufzt. »Sie war einfach traurig, okay? Unerträglich traurig. Ich hab dir doch gesagt, das

Buch ist verkorkst. Vergiss das alles. Pack deinen Kram, komm damit hierher, und wir finden schon was für heute Nacht. Verschwinde aus dem verdammten Haus. Wenn Frank es will, lass es ihm. Es ist voll mit Toten und kippt bald ins Meer.« Sie streckt die Hand nach meiner aus und drückt sie, sodass die Knöchel gegeneinanderreiben. »Hör zu, es tut mir leid, dass ich dich zu lange allein gelassen habe. Es tut mir leid, okay? Hol deine Sachen. Bring sie her. Aber lass das Buch da.«

Sie sieht mich an, als wäre ich das Problem und als hätte sie nicht gerade zwei Teenagern eine höllische Angst eingejagt. »Was ist mit deinen Karten?«

»Nichts«, sagt sie ein bisschen zu schnell. »Das kommt vor, wenn jemand die Sitzung unterbricht. Das bringt die Schwingungen durcheinander und verfärbt sie. Und wo ich schon dabei bin«, sie macht eine Geste mit der Hand, »ich muss hier aufräumen.«

»Ich habe das Buch durchgesehen. Ich weiß, was du gemacht hast.«

»Was habe ich denn gemacht?«

»Zerstört hast du es, jede einzelne Seite, auf der eine Tarotkarte war, und ich möchte wissen, warum.«

»Ich streite mich nicht mit dir.« Sie zupft ihr Tuch zurecht und wischt über einen schwarzen Kajalfleck. Macht es schlimmer oder besser. Wir sehen einander an.

Doyle kommt ins Zelt geschlüpft. Er sieht zwischen uns hin und her, bevor er zu meiner Schwester tritt. »Alter, lass endlich los.«

Mit seinen Armen legen sich eine Menge dunkler Kraken um ihre Schultern, die aussehen, als könnten sie Enola erwürgen. Sie legt eine Hand auf seinen Ellbogen, und diese einfache Berührung macht es klarer als jede seiner Vorführungen für sie, als die Kilometer, die er für sie gefahren ist, und als alles, was sie über ihn sagen könnte: Sie liebt ihn. Die beiden haben ein Zuhause, ein gemeinsames Leben, und ich bin außen vor.

»Okay«, sage ich.

»Pack deine Sachen und komm wieder her. Versprochen? Halt dich von Frank fern«, sagt sie.

»Du kannst in deinem Wagen kampieren. Ich hab das oft gemacht, es ist keine große Sache«, sagt Doyle.

Abwechselnd sagen sie, dass sie Platz für mich schaffen werden und dass alles in Ordnung kommt. Aber ich sehe Enola an und sehe den Schimmer der Angst. Sie mag sich selbst belügen, mag für Doyle lügen, aber sie hat gehört, was ich gesagt habe. Sie hat Angst.

»Ich komme zurück«, sage ich, als ich das Zelt verlasse. Ich muss überlegen, wie ich mich Alice gegenüber verhalten soll. Und ich muss Churchwarry anrufen.

20

Wahrsagerin verschwunden. Möglicherweise tot. Umgestaltung verlangt weiteren Aufenthalt in Burlington. Es war schwer, die Tiefe der Schuld zu erfassen, die Peabody nach Madame Ryschkowas Verschwinden empfand, und wenn es nur der Wirkung wegen war, die es auf Amos hatte.

Amos wollte Madame Ryschkowas Wagen nicht verlassen, er wurde zu seinem Heim. Er verspürte keinerlei Wunsch, seine Tage mit Peabody zu verbringen, der sein Mitleid wie eine Weste trug. Am schlimmsten war der Schlaf. Amos' Träume flossen über mit Bildern Ryschkowas und ihren Karten.

Nachdem sie die Suche aufgegeben hatten, verließen sie Burlington und verbrachten den Tag umgeben von Wagenspuren, Matsch, Felsen und Einsamkeit. In der Nacht hielt er Evangeline, die morgens ihre Besitztümer in den Wagen zu ihm holte. Da ihn auch ihre Arme nicht trösten konnten, konzentrierte sich Amos auf die Spur verbrannten Salbeis, die noch in der Luft hing, und stellte sich vor, Ryschkowa stritte sich drüben mit Peabody wegen ihrer Bezahlung oder säße mit Susanna bei einer Stickerei. Nach und nach begann er, das zerstochene Herz der Drei der Schwerter zu verstehen. Ryschkowa hatte seine Seele zerbrochen.

Den Großteil seiner Tage verbrachte er mit Sugar Nip. Dem Tier war es egal, ob er redete, arbeitete oder trauerte. Wärme und Futter waren Sugar Nips Währung, was Amos zutiefst entsprach. Eines späten Abends kam er mit wilden Zwiebeln zum Wagen der kleinen Stute, um sie zu füttern, und fand Benno bei ihr, der ihr das Stirnhaar kraulte. Amos war so verblüfft, dass er beinahe aus der Tür gefallen wäre, aber Benno hielt ihn.

»Entschuldige, ich wollte dich nicht erschrecken. Ich hatte gehofft, mit dir sprechen zu können. Es gibt da etwas, das mir auf der Seele liegt, etwas, das ich dir vielleicht längst hätte sagen sollen.« Seine Stimme war nicht mehr als ein Flüstern, und seine Augen glommen in der Düsternis.

Sugar Nip schnaubte und stampfte ungehalten. Amos fütterte sie, hockte sich neben Benno und neigte fragend den Kopf.

»Ich habe etwas gesehen, das ich, glaube ich, nicht hätte sehen sollen. Evangeline. Bevor Madame Ryschkowa weggegangen ist, habe ich mitbekommen, wie die beiden gestritten haben. Ich habe mir erst wenig dabei gedacht, doch als Ryschkowa dann weg war, habe ich meine Zweifel bekommen.«

Amos versteifte sich.

»Ich sage das aus Sorge und weil du immer nett zu mir warst. Hast du dich je gefragt, woher Evangeline kam, bevor sie zu uns stieß? Sie beunruhigt mich. Du kennst mich jetzt, ich habe dir gezeigt, was ich einmal war. Du traust mir, glaube ich. Kannst du das auch von ihr sagen?« Er legte Amos eine Hand auf die Schulter, als wollte er ihm ein weiteres Mal Halt geben.

Amos schmeckte Galle. Er spuckte ins Stroh.

Benno blieb in der Tür stehen. »Ich glaube, manchmal ist es schwer, sich um sich selbst zu kümmern«, sagte er nachdenklich. »Dann suchen wir nach Freunden, damit sie es für uns tun. Aber vielleicht täusche ich mich. Ich wollte dich nur warnen und mir, ganz egoistisch, die Seele erleichtern. Das ist damit getan, und ich möchte dich bitten, darüber nachzudenken, warum sie sich ertränkt.« Er rieb mit dem Daumen über einen zerkratzten Knöchel der linken Hand. »Und warum Madame Ryschkowa gegangen ist.« Benno sprang hinaus und überließ Amos seinen Gedanken.

Es dauerte eine Stunde, bis Amos sich in der Lage fühlte, den Wagen wieder zu verlassen.

Peabody gewährte ihm eine gewisse Zeit, um zu sich zu finden, doch nach zwei Städten nahm er ihn beiseite. Amos hatte seit Madame Ryschkowas Verschwinden wenig mehr getan, als sich um die Tiere zu kümmern. »Arbeit, Amos.« Er setzte ihn vor seinen Schreibtisch und fuhr ihm durchs Haar, das ohne das Tuch zu verfilzen begann.

»Müßiggang ist unser Feind und füllt den Geldbeutel eines Menschen nicht.« Der Junge sah ihn verwirrt an, und Peabody fügte hinzu: »Geld trägt dazu bei, den Blick auf die Welt zu verändern. Wir finden etwas für dich. Unternehmungsgeist, mein Junge. Nichts hebt die Stimmung so sehr wie eine gute Aufgabe.« Peabodys halb im Schatten seiner Hutkrempe verborgene Augen waren müde. Amos wusste bereits, was nun kommen würde.

Der Käfig des jungen Wilden wurde wieder hervorgeholt. Evangeline stand neben ihm, als der Samtvorhang vor den Gitterstäben zurückgezogen wurde. Sie kannte Amos nur als Wahrsager, was ihm lieb gewesen war. Er zog seinen Arm aus ihrem.

Peabody legte ihm eine Hand auf die Schulter. »Es ist nur vorübergehend, bis wir eine neue Berufung für dich gefunden haben.«

»Gibt es wirklich nichts anderes?«, fragte Evangeline.

»Deine Wassernummer ist wohl kaum etwas für zwei«, hustete Peabody. »Und Amos ist immer noch ein unvergleichlicher junger Wilder. Er war großartig. Es wird vielleicht eine Erleuchtung für dich sein, ihn auf der Höhe seiner Fähigkeiten zu erleben. Das ist schon was.«

Amos' Verzweiflung machte die Vorstellungen zu einem furchterregenden Schauspiel. Frauen schrien und fielen noch öfter in Ohnmacht als früher, und die Truppe begann einen Bogen um Amos zu machen. Die Nummer brachte Geld herein, wie versprochen, war aber nicht mehr so ein Magnet wie früher. »Die Freude fehlt«, sagte Peabody nach Ende einer eher dürftig besuchten Vorführung. »Die Schaustellerleistung, mein guter Junge, ist nicht mehr das, was sie sein könnte.«

Amos stimmte ihm zu. Das Verschwinden war als einziger Teil der Nummer erträglich. Wenn sein Körper dem Atem der Welt lauschte und verblich, in diesen wertvollen Momenten verließ ihn sein Schmerz – kehrte in der Dunkelheit aber zurück, wenn er Evangeline im Arm hielt und ihn Bennos Worte einholten.

In Wellston wurde Amos mit faulem Obst beworfen, und Peabody kam hinterher zu ihm und sprach mit ihm. Amos hockte noch in seinem Käfig und zog sich ein Hemd über den Kopf, um seine Blöße zu bedecken. Dinge, die einmal angenehm gewesen waren, die kalten Eisenstäbe, das Kratzen des Strohs auf seiner Haut, verdrossen ihn jetzt. Er vermisste die persönliche Arbeit als Wahrsager und seine Privatsphäre. Er vermisste die Sprache, die ihn mit seiner Lehrerin verbunden hatte, und dass ihn die Menschen ohne Furcht betrachteten. Peabody setzte sich neben ihn, auch er schien von Trauer erfüllt und störte sich nicht an dem Sägemehl und dem

Schmutz, der an seinen Kleidern hängen blieb. »Ich vermisse sie ebenfalls. Sie hat eine Leere hinterlassen.« Er klopfte sich auf die Brust über dem Herzen. »Madame Ryschkowa hatte so eine wunderbare Ausstrahlung. Aber«, unterbrach er sich, »es muss auch ohne sie gehen.«

Amos verzog das Gesicht, doch er nickte. An Peabody schien immer alles bereit überzulaufen, zu platzen, während er selbst das Gefühl hatte, innerlich weiter und weiter zu schrumpfen. Er legte den Kopf an Peabodys Schulter und verließ dann den Wagen durch die Bodenklappe, wie er es auch früher getan hatte.

Abends vergrub er das Gesicht in Evangelines Haar, und sie hielt ihn und wusste, dass sie es war, die Madame Ryschkowa vertrieben hatte, sie, die Mörderin ihrer Großmutter.

Evangelines Leib begann sich zu runden. Sie sprachen nicht darüber, bis es sich nicht mehr ignorieren ließ.

»Du musst es mir beibringen«, sagte sie zu Amos, als sie in Richtung Süden fuhren. Sie legte den Kopf an seinen Arm. In der einen Hand hielt er die Zügel des Pferdes, das ihren Wagen zog, mit der anderen strich er ihr über den Nacken. Ihre Frage ließ ihn den Blick von der Straße heben.

»Die Tarotkarten zu lesen«, sagte sie. »Wir wären ein gutes Paar.«

Ein Rad ließ einen Stein seitlich ins Unterholz spritzen. Die Straßen waren nie leicht zu befahren, ausgenommen die weit verkehrsreicheren Verbindungen um New York oder Philadelphia herum, aber Amos passte auf jedes Schlagloch und jede Wurzel auf, die der Wölbung von Evangelines Leib einen Stoß versetzen konnte. Er schüttelte den Kopf. Madame Ryschkowa lebte in den Karten, ihre letzten Berührungen, und er konnte sich nicht dazu überwinden, sie zu vertreiben. Immer, wenn er die Karten in Händen hielt, spürte er etwas von ihrem alten Humor und das Streichen ihres verkrüppelten Daumens über seine Hand. Die Karten waren zu sehr ihre, um mit ihnen zu arbeiten. Sie waren ihm zu lieb und teuer.

»Es ist unerträglich zu sehen, wie du den Wilden spielst.« Evangeline rückte etwas zur Seite und begann durch das Deck zu blättern, das zwischen ihnen auf dem Sitzbrett lag. »Das bist nicht du. Vielleicht warst du es früher einmal, als Junge, aber jetzt nicht mehr. Es ist, als sähe ich dir beim Sterben zu«, sagte sie und zeigte ihm eine Karte mit einem aufgespießten Mann. »Und es bringt auch mich um.«

Er sah wieder auf die Straße und dachte an all die Dinge, die er ihr eigentlich sagen wollte: dass er davon träumte, mit ihr wegzugehen. Dass er ein Haus für sie wollte, mit Hühnern und vielleicht auch einem Hund, da er Hunde schon immer gemocht hatte. Aber er hatte auch Angst, dass sie so unversehens, wie sie eines Nachts aufgetaucht war, wieder verschwinden könnte. Vielleicht war es das Beste, einfach wie Peabody immer weiterzuziehen. Er dachte viel an Bennos Worte, sagte aber nie etwas zu ihr. Er konnte sie nicht nach ihrer Vergangenheit fragen, nicht wenn er seine eigene nicht kannte.

Evangeline schob die Karten zusammen und schlug damit gegen sein Bein. Sie wollte eine Antwort.

Er zog am geflochtenen Leder der Zügel und brachte das Pferd zum Stehen. Schnell glitten die Karten durch seine Finger. Vor ihnen verschwand die gelbe Tür von Bennos Wagen zwischen den Bäumen. Einen Moment lang überlegte er, ob er die Karte mit einer anderen verbinden sollte, doch ein Prickeln in seinem Rücken sagte ihm, die eine reiche. Er drückte Evangeline die Kraft in die Hand.

Sie überlegte eine Weile, bevor sie sagte: »Ich kann nicht mehr viel länger schwimmen. Kaum einer wird eine Meerjungfrau aus Atlantis mit einem enormen Bauch sehen wollen.«

Er drückte ihre Hand und die Karte darin. Heizte sie auf.

»Peabody sagt es auch. Ich muss eine andere Nummer finden, oder meine Anstellung endet.«

Amos schluckte. Peabody konnte es sich nicht leisten, in einer Saison gleich zwei Einkünfte zu verlieren, und es würde ja bald noch ein Maul zu stopfen sein. Er schlug die Zügel auf den Pferderücken. Das Tier protestierte, setzte sich aber wieder in Bewegung.

»Es wäre gut, etwas zu finden, das dir nicht wehtut«, sagte sie sanft. »Ich glaube, du würdest das Schreien und das Angestarrtwerden nicht vermissen, genauso wenig wie die Mücken oder den Regen.« Sie wischte ihm einen wütenden Blutsauger von der Hand, und Amos drückte gegen ihre kratzenden Finger. »Du sahst so gut aus. Ein schöner Mann, den ich gern wiedersehen würde.«

Er hörte die Sehnsucht in ihrer Stimme und musste daran denken, wie einige Frauen während der Sitzungen mit Madame Ryschkowa geseufzt hatten. Sie hatte gesagt, es sei das Geräusch brechender Geister.

»Ich glaube, ich könnte Gefallen daran finden. Ich gebe zu, dass ich das Wasser manchmal leid bin. Es laugt mich aus wie ein Fluss seine Ufer.«

Er nickte, doch sein Ausdruck verdüsterte sich. Ihre Sprache war missverständlich, was eine Schwäche der Karten war. Er hatte ihr die »Kraft« in der Hoffnung gegeben, dass sie es als Trost verstand und begriff, dass er sie beschützen würde. Halte aus, und alles wird gut. Er würde lernen, glücklicher zu sein und sich um sie kümmern. Aber sie zerbrach und hatte eine ältere Bedeutung gesehen, eine, die nur auf sie beide passte: in Erinnerung daran, wie er niedergekniet und seinen Kopf in ihre Hände gelegt hatte. Ein Löwe, der sich einer Frau fügte.

Die Räder hüpften, und Evangeline rutschte an den Rand des Sitzbretts. Amos fing sie auf und zog sie an seine Seite. Evangeline kuschelte sich in seine Armbeuge, und nach einer Weile schlossen sich ihre Augen. Feine blaue Adern schienen in ihren Lidern auf. Er würde sie das Kartenlegen lehren, und wenn es nur deshalb war, damit er sie bei sich halten konnte – und in einer nicht zu fernen Nacht würde er ihr beibringen, was ihn zu ihr geführt, aber ihn Ryschkowa gekostet hatte. Ein Knoten formte sich unter seinen Rippen. Er fürchtete den Tag, da er im Wagen Ryschkowas sitzen und sie das Lügen lehren würde.

21

21. und 22. Juli

Haben Sie etwas über Frank McAvoys Familie herausgefunden?«

»Simon, sind Sie das? Wo sind Sie? Es klingt, als riefen Sie von einem Schlachtfeld an.«

»Ich stehe auf dem Parkplatz bei einer Kirmes.«

»Oh«, sagt er.

»Hatten Sie Gelegenheit, da ein Stück weiterzukommen? Ich habe mich um jemand anderen gekümmert, die Kartenlegerin Ryschkowa, und ich denke, es besteht die Möglichkeit, dass sie mit Frank verwandt ist. Die Porträts im Buch, die bei Frank hängen, ich bin ziemlich sicher, dass sie ihr gehört haben. Ich habe auf ein paar Genealogie-Websites herumgesucht. Ryschkowa hatte eine Tochter, Katerina, die einen der Zirkusartisten geheiratet hat, Benno Koenig. Ich habe Schwierigkeiten, ihre Kinder zu finden, aber wenn Sie sich aus der Gegenwart heranarbeiten und ich aus der Vergangenheit, denke ich, treffen wir uns irgendwo.«

Ein paar Jungs kommen laut schreiend vom Rummel auf den Parkplatz gerannt. Ich lege eine Hand über das freie Ohr. Obwohl es kaum hilft, kann ich hören, wie Churchwarrys Atem stockt.

»Ich fürchte, ich habe kaum etwas geschafft. Ein Kunde

hat mich sehr viel Zeit gekostet. Ich musste ein Buch für den Geburtstag seiner Mutter finden. *Grüne Jade für ein Lachen*. Das nächste Exemplar gab es in einer Bibliothek in Washington State, und die waren nicht scharf darauf, es zu verkaufen.«

»Wir schützen unsere Archive. Sie rechtfertigen die Zuschüsse, die wir für den Betrieb benötigen.«

Im Hintergrund bellt ein Hund. Churchwarry ruft: »Sitz, Sheila«, gefolgt von einem schlurfenden Geräusch. »Ja, richtig, die haben jetzt einen Zuschuss bekommen. Aber vor allem hat es Zeit gekostet.«

Ein Mann mit einem dahintapsenden schreienden Jungen kommt vorbei. Der Kleine hat einen völlig verschmierten Mund. Ich ducke mich ins Auto und hoffe, dass es da ruhiger ist. Erst als ich mich hineinsetze und die Fenster schließe, wird es besser, aber es ist fürchterlich heiß, und das Telefon klebt mir gleich auf der Wange. »Mir läuft die Zeit davon.«

»Denken Sie, Sie könnten eventuell zu nahe an den Dingen sein?«, fragt er.

»Es geht um meine Schwester.«

Er räuspert sich. »Mir ist aufgefallen, wann und wie oft Sie anrufen, und ich frage mich … Es tut mir leid, ich kann es nicht anders ausdrücken, aber haben Sie noch eine Stelle?« Als ich nichts sage, fährt er fort: »Ich will Ihnen nicht zu nahe treten, ich hatte selbst schon eher mühsame Phasen. Wenig Schlaf und finanzieller Druck können einem den Blick ziemlich verstellen.«

Mein Mund wird trocken. »Mit meinem Blick habe ich eben gesehen, wie meine Schwester in Trance gefallen ist und zwei Teenager zu einem Leben in Elend und Unfruchtbarkeit und einem frühen Tod verdammt hat. Im Übrigen denke ich, hat man mir gerade einen Job als Kirmesattraktion angeboten, mir geht's also bestens, danke.«

Churchwarry hustet. Es klingt, als hätte er sich an etwas verschluckt … Tee. Natürlich ist er Teetrinker.

»Ich …«

»Ich kann den Atem ewig lang anhalten. Ich bin ein Schwimmer, so nennt man das.« Churchwarry gegenüber hört sich das ganz anders an als bei Thom Rose. Es öffnet den Mantel des Bibliothekars und offenbart etwas Persönliches von mir. »Genau wie meine Schwester, meine Mutter und die Mütter und Großmütter vor ihr. Zehn Minuten, ohne einen Atemzug.«

»Zehn Minuten?«, sagt er.

»Zehn Minuten. Deshalb weiß ich, dass da was nicht stimmt, Mr. Churchwarry. Wir sollten nicht ertrinken, und ganz eindeutig nicht so viele von uns.«

Ich höre, wie er ein paar Mal ansetzt, etwas zu sagen, innehält und endlich fragt: »War es falsch, dass ich Ihnen das Buch geschickt habe?«

»Nein.« Aber da gibt es noch etwas, was mir keine Ruhe lässt. »Ich habe mit jemandem gesprochen, einem Kirmesbesitzer, und er meint, wenn ein solches Buch in eine Versteigerung gerät, heißt das, dass die Truppe, die Kirmes, was immer, untergegangen ist. Einige der Leute im Buch, Koenig und seine Familie, nach 1824 findet sich nichts mehr von ihnen.«

Es bleibt ruhig, während er nachdenkt. Ich warte und löse meine Arme von der Rückenlehne, auf der sie kleben.

»Ich weiß nicht, ob ich Sie da zum Weitersuchen ermutigen soll«, sagt er, und der Ton seiner Stimme besagt, dass er immer noch nachdenkt. »Aber das Buch ist schwer beschädigt, und wenn die Koenigs bei der Truppe waren …«

Das ist befriedigend. Er denkt, was ich denke. »Es könnte eine Überschwemmung gegeben haben. Womit dann alles seinen Anfang genommen hat«, sage ich.

»Vielleicht. Wenn Sie eine ungefähre Jahreszahl hätten, könnte man da zu suchen beginnen. Glauben Sie wirklich, es könnte eine Überschwemmung dahinterstecken?«

»Ich weiß es nicht«, sage ich. »Aber meine Schwester ist überzeugt, dass ich das Buch nicht haben sollte. Ich wollte sie nach den Tarotkarten fragen, aber sie hat sämtliche Skizzen von ihnen aus dem Buch herausgerissen.«

»Wirklich? Interessant. Symbole können mächtige Verstärker sein.« Er macht eine Pause. Ich stecke einen Finger in mein freies Ohr und bemühe mich, alles mitzubekommen.

Aber Churchwarry hat keine Pause eingelegt, mein Telefon hat sich abgemeldet. Keine Verbindung, kein Wählton, nur die flüchtige Erinnerung an eine Fensterreparatur im April, und dass ich da mit den Telefonrechnungen ins Hintertreffen geraten bin. Eine Fensterreparatur an einem Haus, das droht, ins Meer zu kippen. An einem Haus, in das ich zurückmuss, um Churchwarry anzurufen.

Das Auto fliegt über eine Senke in der Buck Harbor Road und bleibt sekundenlang in der Luft. Enola hat hier in einer ihrer ersten Fahrstunden einen Auspuff verloren. Als ich in die Auffahrt biege, steht Franks Transporter immer noch da und wirft einen riesigen Schatten. Ich könnte ihn einfach rammen. Ich ziehe die Handbremse und stelle den Motor aus, bleibe aber sitzen. Er ist im Haus, ich sehe sein hartes Profil am Fenster.

Ich warte. Eine kaputte Feder im Sitz sticht mir in den Rücken und erinnert mich an etwas. Die Drei der Schwerter, das dreifach durchstochene Herz. Die Acht der Schwerter, der Mann, dem in den Rücken gestochen wurde, die Klinge ragt vorne heraus. Ich erinnere mich nicht an alle Karten im Buch, und meine Schwester hat mir jede Möglichkeit genommen, es zu überprüfen, aber ich bin mir sicher, einige von ihnen sind eben auch bei den Pferdeschwanz-Mädchen aufgetaucht. Alles vermischt sich. Meine Mutter bewegt sich zwischen Frank und meinem Vater hin und her. Frank besitzt Dinge, die ich aus meiner Familiengeschichte kenne. Enola und Doyle tauschen Karten aus, teilen Schicksale und Zukünfte, wie Tinte, die eine nasse Seite hinunterrinnt – das ruinierte Ende eines Buches.

Ein Klopfen auf der Windschutzscheibe. Ovale rosa Fingernägel, umgeben von sommersprossiger Haut. Alice.

»Was ist mit dir und meinem Dad?« Kleine Haarsträhnen haben sich aus ihrem Zopf gelöst und erwecken fast den Anschein, als stünde sie in Flammen. »Ich habe dich gebeten, dich von ihm fernzuhalten. Deshalb wollte ich auch nicht, dass du sein Geld nimmst. Seit Stunden ist er jetzt da drin und sagt, er kommt nicht raus, bevor er nicht mit dir gesprochen hat. Was hast du ihm gesagt?« Ihre Stimme klingt hoch und angespannt.

Ich habe nichts gesagt, er war es, der geredet hat. Nein, das ist eine Lüge. Ich habe ihm gesagt, dass ich seine Tochter gevögelt habe. Aber von allen Sünden, von denen die Rede war, ist das noch die kleinste. Es war das Einzige, was ich richtig gemacht habe. Und jetzt weiß ich, dass ich ihn nicht verraten werde. Es würde einen Teil von ihr umbringen.

Sie verschränkt die Arme vor der Brust. »Du hast es ihm doch nicht gesagt? Du hast ihm nicht gesagt, dass ich mit dir geschlafen habe?« Ich werfe einen Blick über die Straße. Leah hat die Lamelle einer Jalousie angehoben und sieht zu uns herüber. Unsere Blicke treffen sich, und die Jalousie schnappt wieder zu. Alice nimmt mein Schweigen als Eingeständnis. »Du hast es ihm gesagt? Um Himmels willen! Warum? Es war nicht an dir, es ihm zu sagen.« Wut und Angst ringen in ihr miteinander. »Geh und rede mit ihm«, sagt sie endlich, sanfter jetzt. »Ich bringe das später in Ordnung, aber hol ihn aus dem Haus. Er hat hohen Blutdruck. Sich so aufzuregen, ist nicht gut für ihn.«

Sie kennt seinen Blutdruck, seine Cholesterinwerte und weiß, in welchen Gelenken er eine Arthrose hat. So etwas wusste ich nie von meinem Vater, auch nach seinem Tod nicht.

»Ich nehme kein Geld von deinem Dad. Das habe ich ihm schon gesagt.«

»Was?«

»Ich will es nicht. Du hast recht. Er ist viel zu sehr in unsere Familie verwickelt, und das Geld würde es nur noch schlimmer machen. Das will ich nicht. Ich gebe das Haus auf.« Bis zu diesem Zeitpunkt wusste ich es noch nicht, aber es stimmt. »Bitte, sei mir nicht mehr böse.«

»Ich will dir ja gar nicht böse sein, aber du tust all diese Sachen.« Sie tritt weit genug vom Auto zurück, sodass ich die Tür öffnen kann. Als ich aussteige, fragt sie: »Und wo gehst du dann hin?«

»Ich weiß es nicht. Ich könnte eine Weile bei Enola bleiben, ihr Boss scheint okay zu sein. Im Übrigen ist da noch der Kuratorenjob in Savannah. Die holen gerade Referenzen ein, und Liz kann die Leute ja von allem überzeugen, also besteht eine Chance.«

»Ah«, sagt sie, und ich wünschte, es käme mehr. Sie sieht auf meinen geschwollenen Fuß. »Geht es dem schon besser?«

»Besser ist ein relativer Begriff.«

Sie lacht, und ich habe sie nie bitterer erlebt. »Kannst du ihn bitte da herausholen, bevor ihm etwas passiert?« Sie lehnt sich gegen den Wagen, und ihre Khakishorts rutschen die Schenkel hoch.

»War er ein guter Vater?«

»Wie bitte?« Ihre Brauen ziehen sich zusammen, die Sommersprossen küssen sich.

Ich wiederhole meine Frage.

»Ja, er war ein guter Vater«, sagt sie. »Stur, aber gut.«

»Wenn du dir die Knie aufgeschlagen hast, hat er sie dir dann verbunden?« Ich habe Enola mit Pflastern versorgt und ihr die Splitter herausgezogen, nicht Dad. Auch ich selbst habe Narben auf Schienbeinen und Knien, die mein Dad nie berührt hat. Er hat mir nie eine blutende Wunde gesäubert.

»Klar.« Sie verlagert das Gewicht auf ein Bein und steht da, wie es nur Frauen können. »Kannst du ihn jetzt bitte holen? Er will nicht herauskommen und macht meiner Mutter eine Höllenangst. Was immer da zwischen euch beiden ist, es ist nicht ihre Schuld, oder meine.«

»Er war beim Schulabschluss, richtig?«

»Ja«, sagt sie und sieht aus, als würde sie gleich in Tränen ausbrechen, was mich überlegen lässt, ob ich sie überhaupt richtig kenne. »Ja, er konnte übel und stur sein und vielleicht manchmal auch ein bisschen besessen, aber er hat mir beim Kekseverkaufen für die Girl Scouts geholfen, und er war mit mir im Zirkus. Er war in Ordnung. Du weißt es, du warst dabei.«

Ich stand neben ihr, sah zu und wollte mitgenommen werden. Die McAvoys waren meine Phantomfamilie.

Alice sieht zum Haus hinüber. »Ich weiß nicht, was er getan hat, das dich so sauer macht. Aber es ist egal. Er redet nicht mit mir, und das macht mir Angst. Hol ihn schon aus deinem Haus. Sei jetzt bitte nicht gemein zu mir, ich ertrage das nicht.« Sie ist rot angelaufen, die blonden Augenbrauen heben sich von der Haut ab. Ihre Stupsnase. Die schmalen Lippen, das eckige Kinn. Sie ist eine genaue Mischung aus Frank und Leah, und ich bringe sie zum Weinen.

Ich berühre ihre Hand. Sie zieht sie nicht zurück.

»Es tut mir leid. Ich kann dir nicht versprechen, dass er nicht versuchen wird, das Haus zu retten, aber ich schwöre, er tut es nicht meinetwegen.«

»Okay.«

»Es tut mir leid«, sage ich wieder.

»Ich weiß.« Sie drückt kurz meine Hand, schnell, und lässt sie dann los. Es ist genug.

Ich muss sowieso da hinein. Frank ist in meinem Haus, bei meinen Büchern, es ist, als säße er mir in den Adern. Ich hole ihn für Alice da raus, nur für sie.

Sie folgt mir, aber an der Tür halte ich sie zurück. »Du solltest nicht mit hineinkommen.«

»Sag nichts Schlimmes zu ihm«, bittet sie, und ich verspüre einen Anflug von Neid. Ich möchte so in Schutz genommen werden. Sie würde mich wecken, wenn ich einen Albtraum habe, sie ist diese Art Mensch. Mein Frühstücksgesicht wäre ihr egal. Sie würde meine Schwester lieben lernen, weil ich es tue. Dafür rede ich mit Frank.

»Ehrlich gesagt, wird es eher umgekehrt sein. Und es ist gefährlich da drin.«

»Was hat er getan?«, fragt sie leise.

Wenn ich es ihr sage, stehe ich in ihren Augen vielleicht besser da. Oder sie zerbricht daran. »Er verdient dich nicht.«

Sie sieht über die Straße zum Fenster mit ihrer Mutter. »Mag sein. Aber ich entscheide, wer mich verdient.«

Die Haustür klemmt, und ich muss gegen sie treten, wobei ich das gesamte Gewicht auf den geschwollenen Fuß verlagere. Alice fasst mich beim Arm und hält mich aufrecht. Ihre Haut fühlt sich warm auf meiner an, fast kann ich spüren, wo sie sich in der Bibliothek an Papier geschnitten hat, einen eingerissenen Nagel, dann ist sie weg. Zurück zum McAvoy-Haus. Zurück zu Leah.

Frank sitzt an meinem Schreibtisch, das Buch liegt offen auf seinem provisorischen Ständer.

»Du bist zurück. Gut. Ich dachte …« Er schüttelt den Kopf. »Ich weiß nicht, was ich dachte. Aber es gibt da etwas, das du sehen solltest.« Er steht auf.

Ich mache das Buch zu. »Geh nach Hause, Frank. Alice macht sich Sorgen.«

Er legt die Stirn in Falten. »Lass uns nicht von Alice reden.«

»Warum bist du hier?«

»Ich muss dir etwas zeigen.« Er drängt sich an mir vorbei zur Tür, ist auch schon die zwei Stufen von der Veranda hinunter und läuft in Richtung Meer. Alice und Leah sehen nervös vom Haus der McAvoys herüber. Ich schleppe meinen Fuß wie einen Anker hinter mir her und versuche Schritt zu halten. Als ich ihn erreiche, steht er am Rand des Hochufers, wo Gras und Land in die Tiefe brechen. »Sieh es dir an.« Er nickt zum Wasser hin.

»Was zum Teufel?«

»Genau«, sagt er. »Eigentlich wollte ich dir Zeit lassen, dich zu beruhigen, ich wollte uns beiden dazu Zeit lassen. Wir haben da ein paar Dinge gesagt, die wir nicht hätten sagen sollen.« Er gräbt die Spitze eines seiner Bootsschuhe in die Erde. »Deshalb wollte ich mit der *Sunfish* ein Stück hinaussegeln, aber dann habe ich sie gesehen. Verdammt, was ist das? Und dann habe ich mich erinnert.«

Nicht Hunderte, Tausende, Hunderttausende glatte braune Pfeilschwanzkrebse sind auf dem Strand und im Wasser. Das hat nichts mit Enolas Erinnerung zu tun, nichts mit den Krebsen aus unserer Kindheit. Es ist eine Unmenge. Wie Pflastersteine legen sie sich über den Sund. So etwas machen sie eigentlich nicht, nicht tagsüber, und niemals sonst waren es so viele, die sich wie Austern in Schichten übereinanderschieben. Und noch etwas ist anders. »Die Bojen.«

»Unglaublich«, sagt er. Der Schwimmbereich ist hinausgetrieben, hinaus und nach Osten in Richtung Kraftwerk.«

»Sie ziehen sie aufs Meer hinaus.« Ich will zur Treppe, aber Frank hält mich fest.

»Lauf nicht weg. Während ich auf dich gewartet habe, habe ich einige von deinen Büchern durchgeblättert.« Er sieht meine Reaktion und verzieht das Gesicht. »Du hast mit meiner Tochter geschlafen. Ich bin ziemlich sicher, dass wir alle persönlichen Grenzen bereits überschritten haben.«

»Okay.« Ich würde sein Haus vom Dach bis zum Fundament abtragen, um ein einzelnes Haar meiner Mutter zu finden. Um sie zurückzuholen.

»Ich habe die Liste mit den Namen gesehen, mit den Daten, und etwas von dem, was du geschrieben hast. Ich habe es nicht ganz begriffen, aber eines scheint mir klar. Du hast Angst um Enola. Du denkst, sie ist wie deine Mutter. Du denkst, sie wird sterben.«

»Ich weiß es nicht.« Das, was er mir am Morgen erzählt hat, zeigt, dass ich weit weniger weiß, als ich gedacht hatte. »Aber ich mache mir Sorgen.«

Frank atmet tief ein und lässt die Luft nur langsam wieder entweichen. »Sie ist anders als Paulina, das kann ich dir sagen, in mancher Hinsicht unschuldiger, aber auch hinterhältiger. Ich weiß nicht, ich habe die Namen gesehen und dann das hier. Die Pfeilschwanzkrebse waren auch ein paar Tage vor Paulinas Tod in solchen Mengen hier. Zu Hunderttausenden. Nach ihrem Tod kam dann eine rote Algenflut durch und tötete alles, Krebse, Fische, Schnecken – alles. Der ganz Sund färbte sich rostrot. Seitdem habe ich die Pfeilschwanzkrebse nicht mehr so erlebt.«

Deshalb also sammelt er sie, deshalb trocknet er sie, hängt sie auf seine Veranda und hat auch seiner Tochter, vielleicht eher zufällig, beigebracht, sie zu lieben. »Warum erzählst du mir das alles?«

»Du suchst nach Mustern, oder? Das geht aus deinen Notizen hervor. Ich weiß nicht, ob das ein Muster ist, aber es ist so merkwürdig, dass ich es nicht vergessen kann. Jetzt wieder diese Krebsmengen zu sehen, dreht mir den Magen um.« Wir starren auf die sich windende Masse.

»Wegen Alice …«, sage ich.

»Sie trifft ihre eigenen Entscheidungen«, murmelt er.

»Sie macht sich Sorgen um dich, Frank. Geh nach Hause.«

»Okay«, sagt er. »Okay, okay.« Er wiederholt das Wort, bis es in seine Buchstaben zerfällt, und geht endlich zurück zu seinem Haus und den Frauen, die dort auf ihn warten. Ich sollte ihm sagen, dass ich Alice nichts verraten habe und es auch nicht tun werde, aber ich will ihn leiden sehen. Ich blicke zurück aufs Wasser.

Der Strand ist nicht nur voller Krebse, sondern auch voller Leute aus den anderen Häusern am Meer. Da ist Eleni Trakos, ich erkenne sie an ihrem stahlgrauen Knoten und der ledrigen Haut. Seit Jahrzehnten liegt sie oben ohne in der Sonne. Und da sind auch ihre Enkel, Takis und der andere. Bei ihnen stehen Gerry Lutz, der ein Stück die Straße hinauf wohnt, Vic und die Leute aus der Sackgasse, Sharon und die Pinettis. Sie stehen zusammen da, als befänden sie sich am Ort eines Verbrechens, fassen sich an den Armen, flüstern, reden.

Eleni und ihre Enkel gehen ans Wasser. Eines der Kinder packt einen Krebs beim Schwanz und wedelt ihn hin und her. Der Körper hängt an seinen Scharnieren, schutzlos, und sucht blind nach Halt. Schwingt hin und her. Ich sehe zu Eleni, dann zu Gerry, Vic und Maggie Simms, zu Terry, Sharon und den anderen aus der Sackgasse. Man sieht sie nur selten alle zusammen. Bei Hochzeiten vielleicht. Ich glaube, die letzte war die von Wyatt, Gerrys Sohn, das ist drei, vier Jahre her. Und bei Beerdigungen, sicher, alle kommen zu Beerdigungen. Ich weiß noch, wie sie alle Schwarz trugen, Anzüge, Kleider mit passenden Jacken, glänzende Beerdigungsschuhe. Eleni nur mit Ringen, ohne Halskette.

Bei der Messe stand Dad zwischen Frank und Gerry. Frank neben Dad, und er betrauerte sie ebenfalls. Leah war bei Enola und mir. Sie hatte mich in einen zu großen Anzug aus der presbyterianischen Kirche gesteckt. Enola trug ein abgelegtes schwarzes Kleid von Alice.

John Stedbeck kommt an dem Felsen vorbei, an dem Enola sich die Beine aufgerissen hat. Er ist schlaksig, wirkt nervös, ruft laut in sein Handy, beugt sich vor, reckt sich und hält schließlich den Arm in die Höhe, um einen besseren Empfang zu haben. Für Dad habe ich mir einen Anzug von ihm geliehen. Der graue Anzug meines Vaters war an den Schultern zu weit, die Hose zu kurz. In seinem schwarzen wurde er beerdigt.

Faye und Sharon fotografieren, Faye hockt sich so tief hin, wie es ihre Knie erlauben. Sie brachten Obstkuchen mit, beide Male. Ted Melnik hatte einen Korb Orangen für uns dabei und gab ihn mir mit einer Entschuldigung. Gerry und seine Frau schenkten uns eine Lasagne, die Enola aufaß, kaum dass das Haus wieder leer war. Eleni brachte Baklava. »Für das Süße in der Trauer«, sagte sie. Aber obwohl es von überallher Essen gab, durch Türen und Fenster wurde es gereicht, und obwohl sie uns alle umarmten und *esst, esst, esst* sagten, schmeckten wir nichts.

Das Klacken und Pochen der Krebsschwänze hängt in der Luft, eine Welle bringt Unruhe, sie klettern das Ufer hinauf. Der Wind ist voller Krebse, der Strand ein Beerdigungsfest.

Ich gehe zurück ins Haus und versuche es bei Churchwarry, aber er antwortet nicht. Neben meiner Tastatur liegen die *Legenden und Gedichte aus dem Baltikum*, das andere Buch, das ich zurückgeben muss. Warum hat mir Mom den Kopf mit Geschichten von Königen tief im Meer gefüllt, von Frauen, die ihre Männer ins Wasser tanzten? Ich schalte den Computer ein, Anne Landry vom Sanders-Beecher-Archiv hat eine kurze E-Mail geschrieben. Sie sichten immer noch Bewerbungen, würden aber gern einen Telefontermin verabreden. Wann würde es mir passen? Es gibt Fragen nach meiner Bereitschaft, nach Savannah zu ziehen, da keine Mittel zur Verfügung stehen, um die Umzugskosten zu übernehmen. Ich schreibe, dass ich am Nachmittag des 25. anrufen werde. Eine weitere Nachricht kommt aus Blue Point: Sie danken mir für mein Interesse, aber leider musste die ausgeschriebene Stelle aus Restrukturierungsgründen gestrichen werden.

Und dann, inmitten von lauter Spam, finde ich eine Nachricht von Rena aus Shoreham. Sie hat Greta Koenig gefunden, oder besser, Greta Ryschkowa. Meine Ahnung war richtig, allerdings trug sie den Namen ihrer Mutter nicht sehr lange. Wie es scheint, hat ihre Mutter noch einmal geheiratet, und Greta nahm den Namen ihres Stiefvaters an, eines gewissen Victor Mullins aus New Orleans. Das war 1826. Der Name Mullins bringt ein Übermaß an Treffern. Aber warum hat sie noch einmal geheiratet? Katerina Ryschkowa war Witwe. Ich blättere durch das Buch und berühre mit den Fingern die gewellten Seiten. Etwa in der Mitte, bevor sich die Handschrift ändert, findet sich die zarte Zeichnung eines Schiffs, das wie ein rudimentärer Prototyp einer der Dampfer aussieht, die einst überall im Land die Flüsse hinauf- und hinunterfuhren.

Ich blicke hoch. Bei den McAvoys brennt noch Licht, und Franks und Leahs Umrisse sind auf dem Sofa in ihrem Wohnzimmer zu erkennen. So war es immer. Ich hatte gedacht, Leah würde uns beobachten, dabei war ich es, der zu ihnen hineinwollte.

Dann beginne ich die Suche. Ich suche nach einer Überschwemmung zwischen 1824 und 1826, so groß, dass sie eine ganze Zirkustruppe, einen ganzen Zirkus verschlingen konnte. Eine Überschwemmung, die genug Leute töten konnte, um alle Dinge, die zurückblieben, so sehr mit dem Geist des Verlusts zu erfüllen, dass sie einen Fluch auslösen konnten. Ich weiß, was für ein dürftiger Ansatz das für eine erfolgreiche Suche ist. Wildes Stochern im Nebel widerspricht den Grundlagen einer guten Recherche. Aber auch, dass das Buch zu mir gefunden hat, geht gegen alle Logik.

Stunden vergehen, bis ich daraufstoße. 1825 überflutete der Mississippi New Orleans, wo Katerina Ryschkowa ein zweites Mal heiratete. Das passt geografisch wie zeitlich zusammen.

Auf der Seite dem Dampfschiff gegenüber sehe ich eine kleine Zeichnung. Bisher erschien sie mir kaum wichtig, nicht mehr als die geistesabwesende Kritzelei eines Mannes, dem das Zeichnen beim Nachdenken half. Direkt neben der schnell hingeschriebenen Klage über die offenbar herrschende drückende Hitze und den Nebel ist die detaillierte Skizze eines Pfeilschwanzkrebses zu erkennen.

Ich schließe das Buch und verlasse das Haus, so schnell ich es mit meinem verrenkten Fuß vermag. Ich muss ins Wasser, um wieder klar denken zu können. Die Treppe komme ich nur langsam hinab. Die unteren beiden Stufen sind kaputt, aber jemand hat ein Stück Leiter darüber befestigt, das ich hinunterbalanciere. Auf dem Sand angekommen, klettern mir die Krebse in Schichten über die Füße. Seit dem Nachmittag ist die Flut weiter angestiegen und versteckt unendlich viel mehr von ihnen, die unter Wasser auf der Lauer liegen. Sie scheinen zur Seite zu weichen und mir den Weg frei zu machen, als ich ins Wasser gehe.

Dreimal tief Luft holen, ein, aus, ein, aus, ein, aus, und noch einmal tief und heftig einatmen, den Brustkorb weiten, jeden einzelnen Muskel dehnen und mich mit Luft füllen. Ich tauche in die schwarze Erlösung der nächtlichen See. Unter mir ist Leben, Schwänze schlagen gegen Panzer, hoch über mir der Himmel – hier, von Wasser umgeben, bin nur ich. Ich tauche tiefer hinein ins Dunkel.

Einen Moment lang öffne ich den Mund und schmecke Salz.

Es ist ein Zyklus. Meine Mutter wusste, dass ihre Mutter ertrunken war, genau wie meine Großmutter es von ihrer Mutter wusste. Es muss ihnen Angst gemacht haben, war ihnen doch wie den übers Hochseil balancierenden Wallendas klar, dass das Gespenst des Todes nur einen Atemzug entfernt war, und am Ende wurde ihnen ihre Kunst zum Verhängnis. Eine Mischung aus Denken und Tragik machte sie dazu. Die *Bannsprüche und Defixionen*, Churchwarrys dicker Band, sehen das geschriebene Wort, die sich in Sprache manifestierende Absicht als Ausgangspunkt eines Fluches. Unter mir schlagen Krebsschwänze gegen Panzer und beschwören Peabodys Skizze vor mir herauf. Der Dampfer und die vom Wasser zerstörten Seiten folgen so kurz darauf, als hätte die Zeichnung selbst die Fluten herbeigerufen. In meinem Magen macht sich ein kalter Unterton bemerkbar.

Fluchtafeln tragen die Namen ihrer Ziele, manchmal wenig mehr. Etwas zu benennen, heißt, es von anderem abzugrenzen, es mit Kraft zu erfüllen oder in sein Verderben zu schicken. Bess Visser. Amos. Evangeline. Fluchtafeln werden versteckt und an Orten vergraben, wo sie niemand findet, bevor sie nicht ihre Kraft entfaltet haben. Eine aufgefundene Tafel kann zerstört, der Bann gebrochen werden, genau wie das Verbrennen von Briefen alte Liebende voneinander zu lösen vermag. Das Buch versteckte sich selbst, durch die Flut hindurch, und fand dann den Weg zu Menschen, die an Büchern und alten Dingen interessiert waren, Menschen, die ein solch interessantes Stück Geschichte niemals zerstören würden. Bis es bei mir landete.

Ich kann den Fluch lösen.

Ich lasse die Luft aus mir heraus und sinke nach unten, mit den Füßen voraus, bis sie auf einen glatten Panzer treffen. Er wischt unter mir davon, schlüpfrig und unfassbar alt. Zum ersten Mal seit Tagen möchte ich wieder lächeln und fast schnappe ich im salzigen Wasser nach Luft. Als ich zitternd auftauche, wird es im Osten langsam hell.

Ich weiß, was ich zu tun habe.

22

Peabody war hocherfreut von der Aussicht, dass Evangeline in die Wahrsagerei einstieg. Damit bekam auch Amos wieder eine Aufgabe, und Peabody konnte seine kreativen Fähigkeiten üben. Ganze Tage und Nächte verbrachte er mit Planungen, durchsuchte Truhen und konfiszierte jedes überzählige Stück Stoff oder Schmuck aus anderen Wagen, eine schöne Schmiedearbeit von Melinas Tür, einen Streifen Musselin, den Susanna draußen hatte hängen lassen, eine Dose Silberstaub, die Nat aus seinen Tagen als Schmied aufbewahrt hatte. Alles wurde eingesammelt, ausgeliehen, erbettelt und weggeschmeichelt. Peabody richtete den Wagen Madame Ryschkowas im seines Erachtens vornehmsten Stil neu her. Außen blau, gelb und weiß gestrichen und mit Ornamenten und Wappenlilien geschmückt. Drinnen wurde alles mit Stoffen ausdrapiert und in einem Eierschalenblau gestrichen, wie es für Frauenröcke typisch war. Peabody malte Kompasse und Sterne an die Wände und brachte Kissen aus seinem eigenen Wagen herüber. Als er fertig war, hatte er Madame Ryschkowas Höhle in die, wie er zugab, passable Kopie eines leicht protzigen französischen Salons verwandelt. In seinem Buch wurde der Wandel festgehalten. *»Mme. Ryschkowa, für das Okkulte«* war durchgestrichen, und darunter stand nun: »*M. & Mme. Les Ferez, für das Seherische.*« Evangeline wurde zum »*Wahrsagerlehrling*« und das »*junger Wilder*« neben Amos wurde heftig durchgestrichen und durch »*Wahrsager*« ersetzt. Diese an sich kleinen Änderungen stellten Amos' und Evangelines Leben völlig auf den Kopf. Für die Buchführung wurden die beiden zu Etienne und Cécile Les Ferez.

»Russen sind passé«, erklärte Peabody und schenkte Amos eine Kostümtruhe. »*Les vêtements*«, sagte er und stellte die Truhe vor ihn hin. Sie schlug hart auf den Boden und schickte kleine Staubflocken in die Luft. »Stell dir vor, Amos, all die Zeit hast du auf deiner Zukunft geschlafen. Auf Kostümen, die ich von meiner letzten Reise auf den Kontinent mitgebracht habe.« Als weder Amos noch Evangeline wirklich begriffen, was er meinte, führte er das Gesagte weiter aus: »Frankreich, meine lieben Kinder.« Er schüttelte ein altersfleckiges, blumenbedrucktes Tuch aus. »*La France*. Die Höhe von Zivilisation, Mode und Kunst.«

Amos scheute zurück, als er die steifen weißen Stoffe, Spitzenbesätze und Rüschen sah. Peabody räusperte sich. »Veränderungen sind schwierig, aber entweder geht es so oder weiter *déshabillé*, wobei du, wenn ich es richtig verstehe, nicht mehr recht erfreut darüber bist, den Wilden zu geben.« Er hielt ein pelzbesetztes Kleid vor Evangelines schwellenden Leib. »Höchst kaschierend, höchst kaschierend«, murmelte er. »Die Franzosen sind – wie soll ich es sagen? – Frauen im gebärenden Zustand gegenüber sehr entgegenkommend.«

Solange sie saß, verbarg das voluminöse Gewand einer gallischen Schönen Evangelines Schwangerschaft völlig, und sie saß meistens. Abgesehen von gelegentlichen Schmerzen und plötzlichen Übelkeiten war die Schwangerschaft bei

Weitem nicht so unangenehm, wie sie befürchtet hatte, und ihr gefielen etliche der Neuerungen, die ihre geänderte Rolle und das Kartenlesen mit sich brachten.

Peabody hielt lange Vorträge über den aristokratischen Aufzug, komplizierte Frisuren, Perücken und Puder. »Läuse«, gluckste er. »Böse Menschen sind voller Läuse.« Evangeline übernahm die Aufgabe, Amos die Ringellocken ins Haar zu drehen, die laut Peabody so modisch waren. Jeden Abend teilte sie sein Haar mit einem feinen hölzernen Kamm in einzelne Strähnen und drehte sie zu Korkenziehern, die sie mit Stoffstreifen umwickelte. Dabei schob sie die Lippen vor und übte ihren Akzent. Hinterher war ihr Gesicht müde von ihren Anstrengungen, und Amos sah aus wie ein Löwenzahn. Zunächst schien ihm das alles peinlich zu sein, doch nach einer Woche schon sehnte er die abendlichen Momente der Ruhe und das Bürsten und Einwickeln seines Haares herbei. Evangeline saß auf einer Truhe, und er hockte vor ihr auf dem Boden, von ihren Schenkeln eingefasst, und überließ sich ihrer Fürsorge. Sie sah, wie sich sein Atem mit jedem Strich des Kamms weiter beruhigte. Es war gut, sich umeinander zu kümmern.

Als er Amos und Evangeline zum ersten Mal in ihrer neuen Aufmachung sah, vermochte Peabody seine Freude kaum zu zügeln. »Die Eleganz, meine schönen Kinder. Ihr werdet die Juwelen unserer Menagerie. Monsieur und Madame Les Ferez werden das einfache Volk und die Ungewaschenen lehren, was Vornehmheit und Stil sind, und ihnen die Zukunft voraussagen.«

Erst musste Evangeline jedoch das Kartenlegen erlernen. Sie besaß eine gute Auffassungsgabe, allerdings war Amos das Unterrichten schnell leid, da es sehr viel übertriebene Pantomime verlangte, zudem musste er Evangelines Fragen in die Richtungen lenken, in denen er sich auskannte. Ein Problem war auch, dass er, während er ihr die verschiedenen Legeweisen, Positionen und Bedeutungen erläuterte, immer wieder in normale Gespräche verfiel, ohne ihr zu signalisieren, dass das jetzt nicht Teil des Unterrichts war. Im Übrigen argwöhnte Evangeline, dass er einiges außen vor ließ, versteckte er manche Karten doch ganz offenbar, wenn sie auftauchten, änderte ihre Position oder tauschte sie aus. Braune Finger flogen, Farben blitzten, und es war schwierig zu sehen, was er genau tat. Er ließ die dunkleren Karten verschwinden, den Turm, den Teufel, den Tod, aber auch die Schwerter und öfter noch die Kelche. Er hatte Geheimnisse vor ihr, doch sie konnte sich nicht beschweren, nicht, solange sie ihre eigenen Schatten mit sich trug.

Da er ihr Dinge vorenthielt, fühlte auch sie sich zu Heimlichkeiten berechtigt. Frühmorgens, wenn er noch schlief, ging sie schwimmen. Es war nicht so, dass sie ihre Meerjungfrauennummer oder die anzüglichen Blicke der Zuschauer vermisst hätte, aber sie sehnte sich nach dem Wasser.

Während Amos von Tabaktrockenschuppen und Kaninchenlöchern träumte, schlüpfte sie von seiner Seite, lief zum Fluss und tauchte hinein.

Ohne die schweren Kleider von Cécile Les Ferez wurde sie zu der, die sie immer gewesen war, schob sich durchs Schilf und tauchte bis hinab auf den Grund, um den süßen Erdgeschmack des Wassers zu kosten. Waren sie zu nahe am Ozean, und das Wasser war salzig, ließ sie sich auf dem Rücken treiben, studierte die Kontur ihres Leibes und sah zu, wie das Wasser darüberwischte. Stand der Mond noch am Himmel, suchte sie nach dem silbrigen Glitzern von Fischschuppen und folgte den Strömungen, mit denen es sich bewegte. Leben spross in ihr, das Wasser beantwortete ihre Fragen mit einem geflüsterten *Ja,* und ein Teil von ihr wusste, hier war ihr Zuhause. In einem Tidenfluss an der Küste von Virginia fand sie ein merkwürdiges Wesen, das durchs Flussbett krabbelte. Sie hob es auf, studierte die anmutige Rundung seines Panzers, den hübschen Stachelschwanz und die Spinnenbeine, die sich Halt suchend in die Luft reckten. Dieses Wesen war ein Wunder nur für sie, dachte sie, und das werdende Kind in ihr schien zu lachen.

Evangeline und Amos probierten ihre neue Rolle in Tanner's Ferry aus, einem Halt auf dem Weg nach Charlotte in North Carolina. »Hochverehrtes Publikum«, schallte Peabodys Stimme über die Menge. »Auf besonderen Wunsch bringe ich Ihnen von der anderen Seite des Ozeans, aus den eleganten Salons von Paris, zwei gefeierte Stars der besseren Gesellschaft und Ratgeber des Königshauses.« Sein Arm vollführte eine ausladende Geste. »Königsmacher sind sie, hervorragende Menschen, die in die Zukunft sehen und Schicksale erkennen. Monsieur et Madame Les Ferez!«

Amos und Evangeline standen auf den Stufen ihres Wagens, ganz steif in der Unmenge von Unterröcken und Spitze. Die Leute starrten sie staunend und argwöhnisch an. Tanner's Ferry war wenig mehr als ein Treffpunkt, an dem Farmer ihre Ernte verkauften, eine Art Verbindungsposten zur größeren Welt. Die Häuser waren gedrungen, schnell gebaut und schnell wieder abzureißen, sollte der Ort im Falle einer weiteren Revolution wieder im Wald verschwinden müssen. Die Frauen waren die Ehefrauen und Töchter der örtlichen Händler, und ihre hingerissenen Gesichter zeigten Amos, wie sich der Abend abspielen würde. Die extravagante Aufmachung des Wahrsagerpaares faszinierte diese Frauen, hatten sie einen solchen Prunk doch noch nie erlebt. Amos begriff. Sie würden überrannt werden.

»Die Ratgeber französischer Häuser«, fuhr Peabody fort und genoss das Ganze sichtlich. »Ihre Visionen führen die Hände der Mächtigen. Verehrte Freunde, ich bringe Ihnen den Luxus und das Privileg, an ihrer Hellsichtigkeit durch ihre Karten teilzuhaben.«

Das Glitzern war in Peabodys Augen zurückgekehrt. Er war in hervorragender Form, rollte seine *Rs* und gestikulierte. Amos sah Evangeline an. Ein schwerer Schmuckstoff bedeckte ihren schwellenden Leib, und mit dem üppigen Kleid und dem gelockten, zu einer komplizierten Frisur verwobenen Haar hatte sie nichts mehr von der Meerjungfrau und dem vogelgleichen Mädchen, das aus dem Wald gekommen war, sondern war zu einer kultivierten Frau von der Art geworden, die angesichts des jungen Wilden geschrien hätte und in Ohnmacht gefallen wäre. Diese Frau kämmte ihm das Haar, zog seine Spitze zurecht und machte ihn zu einem Mann, in dem niemand mehr einen professionellen Wilden vermutet hätte. Er vermisste die andere Evangeline.

»Findest du es nicht komisch«, flüsterte sie, »dass Madame Ryschkowas Verschwinden Peabody kaum etwas auszumachen scheint? Jahrelang hat sie ihn begleitet, aber ihm geht es offenbar besser denn je.«

Als er Peabody zuhörte, hatte Amos das Gleiche gedacht. Er hätte froh sein sollen, dass sein Mentor so glücklich war, doch stattdessen sah er die verkrüppelten Finger Madame Ryschkowas vor sich und wie sie Steine im Feuer gewärmt hatte, um seine Schmerzen damit zu lindern. Er drückte Evangelines Hand und verschränkte seine Finger mit ihren.

»Er findet solch einen Gefallen an uns, dass man glauben könnte, er hätte ihr Verschwinden geplant. Ich sollte das nicht sagen, ich weiß, aber überraschen würde es mich nicht.«

Von der Mittagszeit bis tief in den Abend hinein kamen atemlose junge Frauen und Männer und fragten sie nach Liebe, Wohlstand und Hoffnung. Er hörte, wie Evangeline sie mit einer trällernden Stimme entzückte, die französisch klingen sollte. Amos konnte sich nicht konzentrieren. Die Dinge bewegten sich um ihn herum, veränderten sich und erfüllten ihn mit Unruhe. Er hielt den Blick auf die Karten gerichtet und ließ einige von ihnen, sobald sie auftauchten, in seinem Ärmel verschwinden. Diese Karten waren nichts für Evangeline.

Nach einem schwierigen Stück Wegstrecke mit tiefem Schlamm und die Straße überwucherndem Gestrüpp rasteten sie am Catawba, kurz vor Charlotte. Amos übte mit Evangeline eine Sechsreihenlegung mit den unbenutzten Karten des Kreuzes zuvor. Am Ende der vierten Reihe schoss Amos' linke Hand vor, um eine Karte wegzunehmen, die er gerade umgedreht hatte. Aber Evangeline ergriff seine Hand mit der Karte. »Warum versteckst du sie vor mir?« fragte sie. »Wie soll ich das Kartenlesen richtig lernen, wenn du darauf bestehst, mir die interessanten Karten vorzuenthalten?« Sie sah, dass er besorgt war und sanft hatte sein wollen, aber nun wurde er rot und sah auf den Boden. »Bitte«, sagte sie, drehte seine Hand um und deckte die Karte auf, den Teufel.

Amos wusste nicht, dass Geheimnisse ihre eigene Art von Unwohlsein erzeugen und Evangeline, wenn sie ihren eigenen gegen seinen Rücken drückte, von dunklen Gedanken heimgesucht wurde. Er fragte sich, ob die Wut Ryschkowas auf ihn in den Karten fortlebte und seine Worte verdarb und verdrehte. Er sah seine Hand in Evangelines, und sie war nicht viel mehr als eine schmutzige Tatze.

Amos sammelte die ausgebreiteten Karten ein und wurde ernst. Er zeigte Evangeline die Hohepriesterin, Madame Ryschkowa, drehte sie um, mischte und erzählte ihr von Ryschkowas Sorge und Wut und seiner Angst, dass seine Lehrmeisterin beides in den Karten zurückgelassen hatte. Er legte sich selbst, den Narren, auf Evangelines Hand, um ihr zu zeigen, dass er sie vor dem, was Ryschkowa gefürchtet hatte, beschützen wollte.

»Der Teufel, richtig?« Sie nahm die Karten aus Amos' Hand und legte mit ihnen die sechs Reihen, die sie geübt hatten. Der Teufel landete wieder am Ende der vierten. Es hätte keine weniger verheißungsvolle Position geben können, und ihre nach unten gezogenen Mundwinkel sagten ihm, dass sie es wusste. »Es gab einmal eine Frau, die glaubte, ich wäre vom Teufel besessen«, sagte sie. »Und eine Frau, die ich liebte, glaubte, der Teufel ließe sich mit einem hölzernen Löffel austreiben.« Ihr Lachen war schrill und freudlos. »Jeder, der sich mit einem Löffel vertreiben lässt, ist es nicht wert, dass man ihn fürchtet. Du musst nichts vor mir verstecken.« Sie sagte nicht, was aus dem Löffel und dem Teufel, der ihn geschwungen hatte, geworden war.

Amos nickte, stimmte ihr aber nicht zu.

Spät in der Nacht wurde er von einem Klopfen geweckt und öffnete die Wagentür einen Spaltbreit. Benno stand draußen, das Gesicht vom Flackern einer Öllampe erleuchtet und kaum erkennbar. Der sonst gelassene Gesichtsausdruck des Artisten war angstverzerrt, und die Narbe zog an seinem Mund.

»Hol Evangeline«, sagte er. »Bitte.« Als Amos nicht darauf reagierte, sagte er: »Der Fluss. Er ist verdorben, tot, alles. Deine Frau, sie schwimmt nachts darin, während du schläfst.«

Amos' Augen zuckten. Sie hatte sich ohne sein Wissen davongeschlichen. Benno hatte es gesehen.

»Ich will nicht mehr sagen, es würde dich nur wütend machen. Bitte, hol deine Frau.«

Das Haar vom Schlaf zerwühlt, erschien Evangeline hinter Amos. »Pssst. Ich komme ja schon.«

Die beiden folgten Bennos flackerndem Licht durch Schilf und Rohrkolben, die das Ufer säumten. Amos hielt Evangeline bei der Hand und sah, wie sie ihre Schritte durchs Schilf setzte. Wie wenig er sie doch kannte. Bennos Licht flackerte, verschwand kurz und war wieder da. Als sie den Fluss erreichten, beruhigte es sich.

»Ich habe dich in diesem Fluss schwimmen sehen«, sagte Benno. »Weißt du, was hier vor sich geht?«

Verfall lag in der Luft, und der Gestank machte das Atmen schwer. Noch am Morgen war Evangeline hier geschwommen und hatte die Süße des Wassers genossen. Die Lampe warf einen Lichtschein aufs Ufer, das Land glitzerte silbrig, und dichte Fliegenschwärme schwirrten darüber. Fische über Fische lagen angeschwemmt da, tot oder im Sterben begriffen, mit pumpenden Kiemen. Ihre Augen waren umwölkt, unheimliche Opale. Evangeline legte die Hand über die Nase, um den Gestank fernzuhalten, der sie wanken ließ.

»Oder das hier. Hast du so was schon mal gesehen?« Benno ging in die Hocke, um etwas aufzuheben. Ein dunkelbraunes, steinartiges Wesen mit einem ledrigen Panzer und einem Schwanz wie eine Gerte. Es zappelte in seiner Hand und warf sich von Seite zu Seite. »Ein sündhaft aussehender kleiner Teufel, oder?«

Ihr Magen wollte sich umdrehen. Es war genau so eine Kreatur, wie sie sie im Tidenfluss in Virginia gesehen hatte, nur größer und dadurch noch verstörender. »Noch nie habe ich so etwas gesehen«, antwortete sie.

Amos legte ihr den Arm um die Schultern, und sie fragte sich, ob er die Kälte tief in ihren Knochen spürte, ob er spüren konnte, dass sie log.

»Natürlich nicht.« Bennos Stimme klang schwer und traurig. »Am ganzen Ufer entlang sind sie. Seht ihr? Wie Wasserdämonen. Du bist hier geschwommen, heute Morgen noch habe ich dich gesehen«, sagte er und ließ das merkwürdige Wesen in den Sand fallen. Hunderte, Tausende füllten das Ufer, zwischen den toten Fischen, unter Steinen versteckt.

»Das Wasser war ganz klar, als ich darin geschwommen bin«, sagte sie.

Bennos Blick strich über Evangeline, als wollte er die einzelnen Teile registrieren, aus denen sie gemacht war. Sein düsterer Blick wandelte sich zu einem Lächeln. »Natürlich. Was kannst du auch damit zu tun haben? Ich dachte nur, dass du vielleicht etwas gesehen hättest. Es tut mir leid, dass ich euch geweckt habe.« Er sah auf den Fluss hinaus. »Wir müssen auf jeden Fall von hier weg.«

Amos sah, wie sich die Körper im Sand wanden. Es gab keinerlei Grund, warum sich so viele Fische aufs Land werfen sollten, es musste eine Art Zeichen sein. Ihre hektisch pumpenden Kiemen und die letzten Schläge ihrer versagenden Herzen drangen tief in ihn. In Charlotte mussten schlimme Dinge auf sie warten, Dinge, die einen Fluss verderben konnten. Sie mussten weg von hier, aber wohin, nach Charlotte? Amos war sich nicht sicher, ob der Weg dorthin nicht in die Finsternis führte. Sicher war, dass sich zwischen Evangeline und Benno etwas verändert hatte und er sie von dem Akrobaten abschirmen musste, der einmal sein Freund gewesen war. Er dachte an die Zehn der Schwerter, den erstochenen Mann.

Benno hatte die kleine Kreatur mit dem spitzen Schwanz einen Teufel genannt, und Evangeline begriff, dass sie dieses Wesen hergebracht hatte. Sie drückte Amos' Hand und spürte die weiche Haut auf seinen Knöcheln. Sie war es, die den Fluss verdorben hatte. Sie dachte an Amos' versteckte Karten und ihre heimlichen Schwimmausflüge und dass sie an ihren Geheimnissen ersticken mochten, bis sie wie sterbende Fische keuchend am Ufer lagen. Sie trug das Morden in sich, und es vergiftete alles, was sie berührte. *Ich bin eine Mörderin.*

23

23. Juli

Es mag eine seltsame Bitte sein, aber ich wäre dankbar für alles, was du tun könntest.«

Ich höre, wie sie innehält. Liz Reed ist die perfekte Bibliothekarin und unser Verhältnis zueinander bewegt sich entlang einer Grenze zwischen Freundschaft und Bekanntschaft. »Ich habe es selbst versucht, komme aber nicht mehr ins System der Grainger. Janice hat meine ID gelöscht«, sage ich.

»Kupferman hat dich ausgesperrt?«

»Ich habe sie in meinen letzten zwei Wochen hängen lassen und ein paar Dinge etwas länger behalten, als ich es hätte tun sollen.«

Liz enttäuscht mich nicht. »Trotzdem ist das heftig von ihr. Was brauchst du?«

»Ich will etwas überprüfen. Es geht um den Unfall eines Flussdampfers. Ein Showboat, eine Art Unterhaltungsschiff, 1825 in New Orleans, als der Mississippi über die Ufer trat. Ich suche nach dem Namen des Schiffs, nach Theaterleuten, Artisten, Überlebenden – allem, was du finden kannst.«

»Okay, das klingt tatsächlich etwas abseitig. Gibt's da einen besonderen Grund?«

»Ich versuche einen potenziellen Arbeitgeber zu beeindrucken«, sage ich.

»Sanders-Beecher prüft dich auf Herz und Nieren?«

»So was in der Art«, sage ich. Sie fragt, ob ich einen Plan B habe. »Vielleicht reise ich eine Weile mit meiner Schwester herum. Oh, und wenn du etwas herausfindest, ruf mich zu Hause an. Mein Handy geht nicht mehr.«

Ich danke ihr, und sie fragt noch: »Ist was mit Alice McAvoy?«

»Nein, warum?«

»Ich habe gestern mit ihr gesprochen, und sie klang fürchterlich. Ihr beide seid doch befreundet, hat sie nichts gesagt?«

»Nicht, dass ich wüsste«, sage ich. Die Lüge liegt mir quer auf der Zunge. Ich danke ihr noch einmal, lege auf und mache ein Häkchen hinter Liz Reeds Namen. Raina in Shoreham und Elisabeth Booker in Center Moriches sind die nächsten auf meiner Liste – ihnen allen habe ich schon mal geholfen, Bücher zu finden, habe mit ihnen in Konferenzen gesessen, über Budgets gestöhnt und das Ende der Kartenkataloge beklagt. Alle sind erleichtert, dass ich nicht mehr nach einem Job frage. Wenn ich nicht mehr suche, hält das ihre Hoffnung aufrecht, dass es für Leute wie uns noch Arbeit gibt. Eine Stunde später recherchiert eine kleine Armee für mich Peabody und den Nachkommen von Madame Ryschkowas Enkelin Greta Mullins hinterher. Tennen, Bonn, Duvel, Trammel, Petrowa, Visser, am Ende war es nicht so schwierig, meiner bizarren Familie näher auf die Spur zu kommen. Selbst aus einem Meer von Namen sticht eine ertrinkende Meerjungfrau auf ihre Weise heraus.

Bald schon werde ich mehr Antworten haben, doch im Moment ist vor allem von Bedeutung, dass Alice schrecklich klang. Wofür ich wahrscheinlich der Grund bin.

In Franks Haus brennt Licht. Es war die ganze Nacht

über an. Ab und zu sah ich ihre Umrisse. Erst Leahs, Franks viel später. Ein Teil von mir hofft, dass sie ihm auch den Rest seines Herzens gebrochen hat. Niemand ist bisher herausgekommen, obwohl es schon mitten am Vormittag ist. Alice könnte drüben bei ihnen sein. Als ihre Hand gestern meine berührte, beim Wagen, war Schwermut und Erschöpfung in ihr zu spüren.

Ich versuche es bei Churchwarry, aber es rauscht fürchterlich in der Leitung.

Das Buch liegt offen vor mir. Sein Rücken ist gebrochen, und es ist auf eine Weise misshandelt worden, wie es jedem Respekt vor Papiernem widerspricht. Es ist nicht gerade eine Gutenbergbibel, aber etwas so Altes sollte dennoch vorsichtig behandelt werden. Von einem Buchbinder gebunden, genäht, geklebt. Pappe, Leder, offenes Papier, damit es die Tinte besser annimmt, von einem Federkiel zerkratzt, einer Metallfeder, Fingernägeln. So unmöglich es scheint, in Form eines handgeschriebenen Tagebuchs auf unsere Vergangenheit zu stoßen, so richtig fühlt es sich an – wie die befriedigende Antwort auf eine Frage, die ich schon immer habe stellen wollen. Das Buch ist von Hand zu Hand gereicht worden, vom Vater an den Sohn übergegangen, bis es schließlich verloren ging und in Churchwarrys Auktionskiste wieder auftauchte.

Die Fälle des Ertrinkens setzten sich stumm über Generationen fort. War es, weil wir herumzogen, weil unsere Spuren weggewaschen wurden? In den ersten kalten Stunden, die wir mit angehaltenem Atem unter Wasser verbrachten, begriffen Enola und ich, dass wir anders waren. Im Wasser aufzugehen, ist in uns eingeschrieben. Auch unsere Mutter wusste, dass sie anders war. Sie fand Bess Vissers Namen und erkannte, dass nicht nur ihre Mutter ertrunken war.

Spürte sie in dem Moment, dass auch sie ihr Ende im Wasser finden würde? Dass ein Fluch auf ihr lastete?

Um einen Fluch zu brechen, muss man seine Quelle zerstören. Mein Plan ist es, alle Belege dafür auszulöschen, dass Enola und ich Nachkommen dieser so ungewöhnlichen Familie mit einem Stummen, einer Meerjungfrau und verschiedenen Wahrsagern sind, deren Geschichte ich nie ganz kennen werde. Zwar wird mit der Zerstörung des Buches auch ein Teil von mir verloren gehen, aber es ist ja sowieso nur halb erhalten, Céline Duvel und Verona Bonn, Generationen ertrunkener Frauen und verschwundener Wahrsager fehlen auf seinen Seiten, und der Name meiner Mutter würde ebenfalls hineingehören. Das Buch stellt nicht mehr als ein Fragment unserer Geschichte dar, ein verfluchtes Fragment. Es ist nicht mehr als der Anfang.

Aber es liefert Anhaltspunkte.

Ich schreibe ab, was ich kann, Seite für Seite, stundenlang, bis meine Hand sich verkrampft. Ich schüttele sie aus und schreibe weiter. Namen, Daten, Orte. Sätze, die Peabody amüsierten: »*Schlicht ist das Lamm, das den Wolf zu seinem Beichtvater macht.*« Städte, durch die sie kamen: New York, Philadelphia, New Castle, Burlington, Tanner's Ferry, Charlotte. Vornamen unbekannten Ursprungs, die nirgends hinführen, dazu Visser, Ryschkowa, Koenig. Alle Fragen, die ich zu meiner Abschrift habe, werden von dem, was ich in den *Bannsprüchen* gelesen habe, zum Schweigen gebracht. Die Worte selbst machen den Fluch nicht aus, sondern der Wille, der hinter ihnen steckt, die in Tinte gegossene Absicht. Eine Blase platzt zwischen Daumen und Zeigefinger, ein Tropfen Lymphflüssigkeit fällt aufs Papier und verschmiert ein Wort. Ich kann den Fluch brechen und die Geschichte erhalten.

Ein Auto fährt in die Auffahrt, und gleich darauf klopft es nachdrücklich an der Tür. Ich kenne dieses Klopfen.

»Es ist offen.«

Enola kommt mit Doyle im Schlepptau herein. Es ist schön, sie zu sehen. »Ich habe dir gesagt, du sollst zurückkommen. Wo zum Teufel warst du? Ich habe es auf deinem Handy probiert, aber da kommt nur deine Mailbox.«

»Sie haben mich abgeschaltet. Passt auf den Boden auf.« Ich mache eine Geste zum Loch hin.

»War das neulich abends schon da? Was ist passiert?«

»Ein Schlagloch«, grinst Doyle.

Enola umrundet das Wohnzimmer und mustert Boden und Wände. »Ich dachte, du wolltest nicht wieder herkommen. Das hatten wir doch vereinbart. Thom sagt, er nimmt dich, wenn du so weit bist.« Sie hält vor dem Foto von sich und Mom inne, das Frank gemacht hat. »Du kannst hier nicht bleiben. Pack deine Sachen und komm eine Weile mit uns. Es wird toll.«

»Was macht ein Tag schon für einen Unterschied, mein kleiner Vogel? Er kann doch nachkommen.« Und an mich gewandt sagt Doyle: »Wir ziehen nach Croton und bleiben da einen Teil des Augusts, bevor es zurück Richtung Süden geht. Atlantic City für einen Teil des Herbstes, dann noch weiter.« Er setzt sich in die Tür und stützt die Füße hoch in den Rahmen. So abgekratzt wie die Stiefel hinten sind, scheint das eine seiner Lieblingspositionen zu sein.

Sie wirft ihm einen Blick zu.

»Ich komme mit euch«, sage ich. »Es gibt einen Kuratorenjob in Savannah, für den ich mich interessiere. Ich muss nur vorher noch etwas erledigen.«

»Wenn es um das Buch geht, das muss aufhören, Simon. Du machst mir Angst. Wenn es um Frank und Mom geht, lass es gut sein. Sie ist tot, und er kann nichts tun, um es ungeschehen zu machen.« Wie aufs Stichwort heult draußen Franks Transporter auf. Wir sehen, wie er aus der Ausfahrt rollt und die Straße hinunterfährt, zur Marina wahrscheinlich, in die Kneipe, wo traurige Männer immer hingehen, die mit der Frau ihres besten Freundes im Bett waren.

»Ich denke, wir sollten noch ein letztes Feuer machen, bevor wir gehen.« Der Gedanke kommt mir so schnell, so natürlich, es ist fast schon brillant. »Erinnerst du dich, als wir klein waren und auf einem Lagerfeuer gekocht haben?«

»Nein«, sagt sie. Doyle hat seinen Posten in der Tür verlassen und massiert ihr die Schultern.

»Es war toll. Maiskolben und Hotdogs, Burger und sogar Hummer. Dad und Frank machten das Feuer, und wir brieten Marshmallows.« Das *wir* waren Alice und ich. Schon damals hatten wir unsere Gemeinsamkeiten und sahen einander zu, während verkohlter Zucker und Stärke in die Luft wirbelten. »Ich will ein letztes Lagerfeuer. Ich wünsche mir noch eine gute Erinnerung, die verdienen wir.«

»Als könnte ein Lagerfeuer irgendwas wiedergutmachen«, sagt sie.

Ich stelle mir Alice hinter den Flammen vor, Alice auf meiner Veranda, wütend, Alice, wie sie im Restaurant auf mich wartet, während ich mit Enola telefoniere. Alice bei einer Verabredung mit mir, ohne *mich*.

»War ich nicht immer da, wenn du angerufen hast? Habe ich nicht immer geantwortet, selbst wenn es drei Uhr morgens war und ich irgendwo hinkommen sollte, um mich um dich zu kümmern? War es nicht so? Ich habe dich verarztet und auf dich gewartet. Weißt du nicht, dass ich deswegen hiergeblieben bin? Ich dachte, du kämst zurück, aber da lag ich falsch.« Enola war nie ohne Rückzugsmöglichkeit, ich schon. Ich habe das Recht, ihr das vorzuhalten. »Ich will ein letztes Lagerfeuer.«

Sie macht sich von Doyle los und lässt sich auf die Couch fallen. Der Boden stöhnt laut auf, und wir halten den Atem an, um zu sehen, ob er nachgibt. Er hält. Jetzt habe ich sie. Sie ist sauer, den Tränen nahe und denkt an tausend Dinge, die sie mir an den Kopf werfen könnte, aber ich habe sie. Sie sieht Doyle an, dann mich. »Und dann kommst du mit?«

»Dann komme ich mit.«

»Also gut.«

»Cool, cool«, murmelt Doyle.

»Danke«, sage ich, stehe auf und versuche meinen Fuß zu belasten. Der Schmerz ist noch da, aber nicht mehr so heftig wie gestern. »Ich will, dass es perfekt wird.« Ich sehe Doyle an. »Du musst mir nur helfen, etwas zu besorgen.«

Doyle und ich stehen vor Franks Werkstatt. Enola ist mit Franks Frau im Haus, sie will nicht direkt mitmachen bei dem, was wir vorhaben. Sie sieht nach Leah, wie es ihr geht, und wird sie ablenken. Als sie nach drinnen verschwunden ist, gehen wir zur Scheune rüber. Doyle hat mir seine Schulter zum Aufstützen angeboten, als mein Fuß wegzuknicken drohte. Er hat keinerlei Einwände gegen meinen Plan.

»Ich verstehe das, Mann. Der Kerl ist mit einer Abrissbirne an deine Familie ran, und jetzt verbrennst du ein paar von seinen Sachen. Ich verstehe das komplett. Das ist okay.«

Vor der Werkstatt gibt es dann ein Problem. Am Riegel hängt ein mächtiges Vorhängeschloss, verrostet und Furcht einflößend. Natürlich ist die Scheune verschlossen. Wie konnte ich glauben, dass sie es nicht wäre?

»Wir brauchen einen Bolzenschneider«, murmele ich.

Der Mann neben mir neigt den Kopf, schwingt einen

Arm hinter den Nacken und lässt das Schultergelenk fürchterlich krachen. »Nee«, sagt er, »das geht schon. Ich mach das. Eine Sekunde.« Er verschwindet für ein paar Minuten, und ich warte mit der leichten Benommenheit, die einen bevorstehenden Diebstahl offenbar begleitet. Schließlich kommt er zurück, mit leeren Händen. »Aus dem Auto«, sagt er zur Erklärung, woraufhin ich ziemlich verwirrt wirken muss. »Eine Büroklammer«, fügt er hinzu und zieht ein großes silbriges Exemplar aus der Tasche seiner weiten Cargoshorts. »Hab immer ein paar dabei.«

Bevor ich etwas antworten kann, hat er die Klammer auseinandergebogen, zieht ein Ende gerade und biegt einen großen Haken ins andere. Das macht er eindeutig nicht zum ersten Mal. Er hockt sich vor das Schloss und schiebt langsam das gerade Ende der Klammer hinein, wobei er oben über das Schloss streicht, als spüre er einer Bewegung nach. Seine Zunge spitzt seitlich zwischen den Lippen hervor, und dann, plötzlich, kippt die Hand, und das Schloss schnappt auf. Doyle wickelt sich die Büroklammer um den Finger und steckt sie zurück in die Tasche. »Hab ich schon eine Weile nicht mehr gemacht, aber das verlernst du nicht.«

»Doyle, woher kannst du so was?«

Ein Achselzucken, eine winzige Bewegung der Saugnäpfe auf seiner Stirn. »Als Kind hab ich so Sachen gespielt. Ich wollte wissen, wo ich reinkam. Fing an, weil ich ständig meine Schlüssel vergaß, und dachte, es ist eine gute Idee, es so zu können, weil ich sie dann nicht mehr bräuchte.« Er öffnet das Tor.

»Hast du jemals Kleingeld aus Münzfernsprechern geklaut?«

Er zwinkert mir zu, verzieht das Gesicht zu einem breiten Grinsen und wirkt geradezu charmant. »Warum sollte ich das tun?« Meine Schwester hat in ihm das perfekte Gegenstück gefunden, so unwahrscheinlich es klingen mag.

Franks Werkstatt steht voller leerer Bierflaschen, die beim letzten Mal noch nicht da waren.

»Ich hole die Bilder, du schnappst dir den Vorhang.«

Wir packen alles, die Porträts und den Stoff, auf den Rahmen des Ruderboots, an dem Frank arbeitet. Alles, was im Buch zu finden war, muss mit ihm vernichtet werden, denn es steckt Tragik darin, wenn nicht sogar Absicht. Ich bewege mich langsam und unbeholfen, aber Doyle geht mit akrobatischer Anmut vor, springt und zieht, und legt sich den Stoff über die Schulter.

»Du machst Enola wahnsinnig, weißt du«, sagt er und wirft die eine Seite des Vorhangs über das Bootsskelett.

»Das will ich nicht.«

»Klar, Mann. Aber ... ich weiß nicht. Ich mach mir ein wenig Sorgen um sie, okay? So wie sie geredet hat, dachte ich, ihr zwei stündet euch echt nahe. Ich dachte, wenn sie zu dir herkommt, tut ihr das gut, aber dann seid ihr euch gar nicht so nahe, und gut tust du ihr auch nicht, und es geht ihr noch schlechter.«

»Wie, schlechter?« Ich stapele Bild auf Bild, ein bärtiges Gesicht auf das andere, streng dreinblickende Leute, leicht slawisch.

»Du hast es gesehen«, sagt er. »Mit Teenagern macht sie so was normalerweise nicht. Manchmal schenkt sie Leuten was ein, die echte Arschlöcher sind, aber nie jemandem, der noch so jung ist. Ich hab sie noch nie so reden hören.«

Ich sage ihm, er soll sich keine Sorgen machen. Das ist alles, was ich tun kann. Ich bin nicht sicher, ob ich ihm erklären sollte, dass das Verbrennen von ein paar Dingen alles besser machen wird, und wie viel davon reine Hoffnung ist.

»Bringen wir das Zeug an den Strand. Vielleicht erinnert sie sich nicht mehr, aber sie liebt Lagerfeuer. Lagerfeuer sind gut für die Seele.«

Doyle schleppt den Großteil der Dinge hinunter zum Strand, wo wir sie auf einen flachen Teil der Befestigung packen, in sicherer Entfernung von den Pfeilschwanzkrebsen. Wir sehen hinunter auf die sich dort drängenden Mengen.

»Keine Sorge«, sagt er. »Ich sammle Holz und Reisig und sehe mal, was ich zustande bringe. Du holst Enola, ich hab das hier schon im Griff.«

»Danke.«

»Beeil dich. Es riecht nach Blitzen.« Er beugt sich über die Brüstung und fischt ein Stück Treibholz zwischen Pfählen und Bohlen heraus. Der Elektrische Junge kann nicht nur mit Glühbirnen jonglieren, er kann auch Schlösser knacken und Blitze riechen. Ein Lachen steigt in mir auf.

Enola ist mehr als glücklich, dass ich sie erlöse. Frank hat seiner Frau alles gestanden, von der Geschichte, wie ihm meine Mutter aus der Hand gelesen und jeden Morgen Kaffee gebracht hat, bis zum Haus. Als Leah die Tür öffnet und mich sieht, scheint ihr Gesicht um noch eine Schattierung grauer zu werden. Einen kurzen Moment denke ich, sie ist krank, und fühle mich kaum besser.

»Es tut mir leid«, sage ich.

»Was?«, erwidert sie. »Du hast doch nichts getan.«

»Bist du okay?«, frage ich, weil man das eben fragt und die äußeren Formen alles sind, woran wir uns halten können.

Sie lacht laut und bitter. »Ich halte den Kopf schon oben«, sagt sie. »Es ist ja nicht so, als hätte ich keine anderen Möglichkeiten.« Sie lehnt sich gegen die Tür. »Ich könnte das alles gegen ihn verwenden, weißt du. Ich könnte ihn rauswerfen, aber im Moment, im Moment möchte ich erst mal sehen, wie es seinem Rücken nach einer Woche geht, die er in der Werkstatt schlafen musste. Dann sehen wir weiter. Niemand liebt dich so wie jemand, dem etwas leidtut.« Sie lächelt, doch dann verfinstert sich ihr Blick. »Wir werden sehen.«

Einen Augenblick lang sehe ich Alices aufrechten Rücken vor mir, wie sie Kaffee mahlt, dann Frank eingerollt in seinem Ruderbootskelett in der Scheune.

Endlich taucht meine Schwester hinter Leah auf, und wir lassen sie allein.

»Sie hat den Abend und den heutigen Morgen damit zugebracht, ihren Wein leerzutrinken«, sagt Enola, während wir die Auffahrt hinuntergehen. »Und ich meine damit nicht eine Flasche, sondern *all* ihren Wein. Es überrascht mich, dass sie nicht tot ist.«

»Frank hat sich offenbar ähnlich abgelenkt. Die Scheune liegt voller leerer Bierflaschen. War Alice da?«

»Nein.«

»Gut.«

»Das ist so eine Scheiße«, sagt sie leise. »Ich habe die beiden geliebt. Ich meine, wolltest du nicht mal ihr Kind sein, und wenn nur für kurze Zeit, wenigstens ein Mal?«

»Doch«, sage ich. »Hin und wieder. Es ging gar nicht anders.« Nun ja, vielleicht wäre es gar nicht so schlimm gewesen, wir zu sein, wenn es Frank nicht gegeben hätte. »Leah steht das durch«, sage ich.

»Sie ist zäh«, fügt Enola hinzu, und dann nach einer Weile: »Hast du bekommen, was du wolltest?«

Ich nicke. »Doyle hat das Schloss an Franks Scheune geknackt. Wusstest du, dass dein Freund ein Dieb ist?«

»Wir müssen alle irgendwas sein«, sagt sie.

Es beginnt zu dämmern, und Doyle scheint recht zu haben: Von Westen her ziehen Gewitterwolken auf. Wir sollten uns besser beeilen. Ich sage Enola, dass ich sie unten am Strand treffe und schnell noch mal ins Haus muss, um etwas zu holen.

Mit einem Buch und einer Flasche unter dem Arm ist es gar nicht so leicht, das Stück Leiter zum Strand hinunterzuklettern. Das Einfachste wäre, alles nach unten zu werfen, aber dann würde das Buch gleich von den Krebsen überrannt, und das Letzte, was ich jetzt gebrauchen kann, ist, dass es nass wird und nicht brennt.

Und vielleicht will ich das Buch ja doch noch ein Weilchen behalten, diesen letzten Teil von uns.

Wenn du ein Buch einmal in Händen gehalten und wirklich geliebt hast, bleibt dir das Gefühl dafür auf ewig erhalten, sein besonderes Gewicht und die Art, wie es dir in der Hand liegt. Mein Daumen kennt die Struktur des Leders, den trockenen Staub des roten Zerfalls, der sich den Rücken hinauffrisst, jedes gewellte Blatt, das ein kleines Geheimnis oder eine von Peabodys Zeichnungen trägt. Ein Bibliothekar erinnert sich an den besonderen Geruch von Leim und Staub, und wenn wir Glück haben, wie in diesem Fall, auch an den Geruch von Pergament, eine ruhige Schärfe, weicher als bei Zellstoff oder Baumwolle. Wir Bibliothekare würden uns in Büchern vergraben, bis Fleisch und Papier eins werden und Tinte und Blut ineinanderfließen. Vielleicht umschließt meine Hand den Rücken also etwas zu fest. Vielleicht werde ich nie wieder solch ein altes Buch in Händen halten, und schon gar nicht eines mit einem Flüstern von mir darin.

Aber auf dem Strand steht meine Schwester. Sie lebt nicht in meinen Büchern, und welcher Mann würde bereits geschriebene Worte dem vorziehen, was erst noch kommen soll? Als ich sie trug, mit ihren aufgeschlagenen Beinen, floss ein Teil von ihr in mich, und wer wäre ich, wenn ich mich für den Menschen, dem ich einst versprochen habe: »Ich werde mich um dich kümmern«, nicht von etwas Schönem trennen könnte. Ich habe es immer geschworen, selbst wenn ich mir damit schade, werde ich für sie da sein.

Ich grabe meinen unverletzten Fuß in den Sand und suche nach Halt.

Doyle hat ein Tipi aus Treibholz gebaut und den Vorhang und die Bilder daruntergepackt. Enola stopft trockenes Gras in die Lücken und überallhin, wo es hält.

Ich danke Doyle erneut, und er zuckt mit den Schultern. »Ich weiß nicht, ob es brennt. Die Teile mit den Ketten habe ich nach ganz unten gelegt, damit sie die Feuchtigkeit im Sand halten und sie nicht zu weit hochkriecht.«

Ich schüttele die Flasche mit dem Flüssiggas. »Hoffentlich gibt es kein Problem.« Seine Augen leuchten.

Krebse krabbeln um uns herum. Enola tritt nach ihnen und flucht. Ja, ich erinnere mich, wie ich ins Wasser gegangen bin, sie an mir hochgekrochen sind und es sich angefühlt hat, als würden sie an einer juckenden Stelle kratzen. Und ich weiß auch noch, wie Enola wie versteinert am Strand saß und die Knie bis ans Kinn gezogen hatte.

Es wird alles besser machen.

Ich begieße das Holz und den Vorhang und drücke, bis die Flasche auch noch den letzten Tropfen hergegeben hat. Die Dämpfe sind so intensiv, dass sich selbst die Krebse ein Stück zurückziehen und einen Kreis um uns bilden. Ich reiße eine Seite aus dem Buch und lege es ganz oben auf den Haufen, zwischen ein Stück Vorhang und ein Holzscheit. Es ist eine von Wasser zerstörte Seite mit einem unlesbaren Gewölk aus brauner und blauer Tinte, unfähig, die Namen zu nennen, die einmal auf ihr geschrieben standen. Ich rolle sie eng zusammen, und Enola zündet sie mit ihrem Feuerzeug an.

Ich muss mit dem brennenden Papier nur kurz die Vorhänge berühren, schon schlägt mir eine Wand aus Hitze entgegen, und der Haufen verwandelt sich in eine gleißend helle chemische Blume. Brauen und Wimpern versengen, und ich falle hin. Enola und Doyle ziehen mich an den Schultern von dem Inferno weg. Ein übler Gestank breitet sich aus, der Rauch wirbelt Fäulnis auf. Das von meinem Unterarm weggebrannte Haar und stinkender Ruß sprenkeln meine Haut.

»Heilige Scheiße!«, ruft Enola und wiederholt die Worte wie ein Mantra. *Heiligescheißeheiligescheißeheiligescheiße.* Aber schon zerfällt es in Lachen. Die Chemikalien verbrennen, und das Feuer wird zu einem leisen, zischenden Prasseln, erfasst Zunder und Holz. Ich sehe zu, wie der Fluch zu Asche wird.

Die Krebse weichen vor dem Feuer zurück, ziehen sich zurück zum Wasser, und Enola und Doyle setzen sich neben mir in den Sand. Es ist wie eines der Feuer, die Frank und mein Vater gemacht haben. Wenn ich mich etwas zur Seite lehnte, würde ich womöglich Alice sehen, wie ihr das Licht der Flammen über die Sommersprossen wischt. Wenn ich aufs Wasser hinausblickte, sähe ich dort vielleicht Mom schwimmen und hörte sie meinen Namen rufen. *Simon.*

»Du hast das Buch verbrannt«, sagt Enola und legt kurz die Stirn auf meine Schulter. Der sanfte Druck ist ihr Dank. Mit Worten war sie nie so gut.

»Alles habe ich verbrannt. Ich hatte mich darin verfangen, weil ich meinen Job verloren habe.«

»Gut. Fühlst du dich jetzt besser?«

»Ja.« Mein Fuß schmerzt, und in der Beule an meinem

Kopf pulsiert das Blut. Meine Augen sind blutunterlaufen, ich bin wie ausgehöhlt vom Verbrennen eines unbezahlbaren Buches und habe mich fast selbst in Brand gesteckt. Dafür fühle ich mich bemerkenswert gut.

Wir sehen zu, wie das Feuer auch den Rest des Vorhangs verschlingt, allein die Ketten bleiben übrig und glühen wie Schlangen im Sand. Der Wind frischt auf und trägt Funken aufs Wasser hinaus. Eingeäscherte Überbleibsel von Peabodys Notizen und Skizzen.

Doyle schnüffelt. Ein Zischen durchschneidet die Luft, ein sengend blauer Blitz, dem ein Donner folgt. Es fängt an zu regnen.

24

Der Wagen fuhr über einen Stein, versetzte Peabody einen Schlag und schleuderte ein paar Briefe auf den Boden. Der Direktor der Truppe fuhr nicht selbst, sondern kümmerte sich lieber um die Bücher, plante Reiserouten und die Ankündigung und Komposition der Attraktionen, die sie zu bieten hatten. Das bedeutete allerdings, dass er Nats rücksichtslosen Fahrstil erdulden musste. Tags zuvor war der Starke über eine mächtige Wurzel geholpert, sodass Peabody den Inhalt eines Tintenfasses über das einzige Kissen goss, das er nicht der Ausstattung seines neuen Wahrsagerpaares geopfert hatte.

Er bewegte sich in Richtung einer stetig wachsenden Perfektion. Um den Fortschritt zu erkennen, reichte ein Blick auf Amos, der sich vom Wilden in einen Mystiker und schließlich in einen Höfling mit liebreizender Frau verwandelt hatte, was eine bemerkenswerte Entwicklung darstellte. Der nächste Schritt würde darin bestehen, die Truppe von der Straße zu holen. Peabody biss in das Ende einer Möwenfeder, die er erworben hatte. Die Vögel waren äußerst unangenehm, aber mit ihren Federn ließ sich ausgezeichnet schreiben. Sie waren fest und dabei doch biegsam genug, um damit außerdem sehr gut zeichnen zu können.

Die Zeit, die sie es kostete, von einer Stadt in die nächste zu kommen, war entmutigend. Peabody verfügte aber nicht über die Mittel für etwas, das der Manege gleichgekommen wäre, in der er seine Ausbildung erhalten hatte. Ein Schiff, überlegte er. Wenn sie ein Schiff hätten, könnten sie von Stadt zu Stadt treiben, für die Vorstellungen an Land gehen und an Bord schlafen. Wieder rumpelte sein Wagen über eine Wurzel. Mit einem Schiff gäbe es keine unpassierbaren Straßen mehr und keine wilden Schläge, weil Nat so unvorsichtig fuhr.

Er kehrte zu seiner Korrespondenz zurück, einem Brief von seinem Sohn. Zachary kannte die Reiserouten seines Vaters und hatte es sich zur Gewohnheit gemacht, Briefe in die Städte zu schicken, die er besuchte. Die Pension in Tanner's Ferry zum Beispiel bewahrte sie über Monate auf. Dieser Brief kam aus Philadelphia, geschrieben im Juni 1798. Peabody verzog das Gesicht. Hätte er gewusst, dass Zachary in Philadelphia war, hätte er New Castle ausgelassen, um den Jungen wieder einmal zu sehen. Den *Mann,* verbesserte er sich. Zachary war nicht länger der Kobold, dem er ein paar Taschenspielertricks beigebracht hatte. Er war erwachsen.

Liebster Vater,
ich bin sicher, dieser Brief erreicht dich bei bester Gesundheit in Tanner's Ferry, und ich hoffe, dass du dir in der Stadt eine Öljacke beschafft hast. Ich erinnere mich, dass dein Wagen immer wieder undichte Stellen hatte. Bitte achte auf dich. Du bist nicht mehr so jung, wie du einmal warst.

Ich habe eine Anstellung bei einem wundersamen Mann gefunden, einem Mr. John Bill Ricketts, und bin sicher, du würdest seine Gesellschaft als angenehm empfinden. Er ist ein agiler Kerl und der geschickteste Reiter, den ich je kennenlernen durfte. Ich habe gesehen, wie er auf einem Pferd zur Musik einer Hornpfeife tanzt, Vater. Vielleicht kennt ihr euch? Mr. Ricketts sagt, er hat mit den Jones in London trainiert. Auch wenn ich weiß, dass du fest bei Astley engagiert warst, ist der Kreis, in dem wir uns bewegen, doch nicht so groß. Die Shows, die Mr. Ricketts leitet, sind unglaublich. Er hat Manegen in Philadelphia und New York, jede mit einem richtigen Rund für Pferdevorführungen und einer Bühne für Zerstreuungen zwischen den Nummern. Ein Mann namens Spinacuta, ein eher ruhiger Mensch, ist mein Lehrer geworden. Mr. Spinacuta gibt seine Vorstellung auf einem straff gespannten Seil. Das macht er sicher ebenso gut, wie Mr. Ricketts reitet. Vater, ich habe Mr. Spinacuta einen Reel auf

seinem Seil tanzen sehen, und dabei hatte er sich Körbe an die Beine gebunden!
Ich arbeite im Zerstreuungsteil in einer komödiantischen Nummer, in der ich in einen Mehlsack gebunden dahintaumele. Ich bin noch nicht so gut wie Mr. Spinacuta, aber vorausgesetzt, ich breche mir nicht die Arme, vertraue ich darauf, dass ich besser werde.
Von Mr. Ricketts lässt sich viel über das Geschäft lernen, Vater. Ich glaube, was dir fehlt, ist allein der richtige Spielort, eine Manege nur für dich. Ich denke auch, dass Mr. Ricketts seinerseits von deinem Wissen profitieren würde. Er ist eloquent, allerdings nicht annähernd so ein guter Redner wie du, und so selbstsicher und gekonnt er seine Vorstellung gibt, sollte er stürzen, würde sein Geschäft nicht weitergehen. Es ist klug, die Auftritte anderen zu überlassen, wenn man selbst so viel mit dem Geschäftlichen zu tun hat.
Ich kann nicht sagen, dass es mich traurig stimmt, von Madame Ryschkowas Abschied zu hören. Obwohl ich sicher bin, dass dich der

Verlust ihres Einkommens tief trifft, muss ich doch zugeben, dass sie etwas Furchterregendes hatte. So dumm es auch klingen mag, das hier aufzuschreiben, bin ich ziemlich sicher, dass sie den kleinen Fisch getötet hat, den ich einmal hatte. Betrauere ihren Verlust nicht.

Ich muss diesen Brief jetzt beenden, da Mr. Spinacuta darauf besteht zu trainieren – es hört niemals auf. Ich bleibe bis in den Herbst unter dieser Adresse erreichbar, dann reise ich nach New York zu Mr. Ricketts' zweitem Amphitheater. Ich werde in der Pension Larsten's wohnen, da ich so teure Erinnerungen an unseren Aufenthalt dort habe.

Glück und Gesundheit, Vater.

Dein dich liebender Sohn

Zachary

Peabody steckte den Brief vorsichtig in die Jacke. Er vermisste seinen Sohn, aber Neid nagte an ihm. Wäre er bei Astley nicht gestürzt, könnte er heute Ricketts sein. Er achtete auf das Ruckeln des Wagens, tauchte seine Feder in die Tinte und begann zu zeichnen, erst einen Bogen und eine Reihe Höcker, dann eine schnelle, gerade Linie. Es dauerte einen Moment, bis er begriff, dass das, was er da malte, die niederträchtig aussehende Kreatur war, die Benno aus dem toten

Fluss gezogen hatte. Er könnte das Ding leicht einen Meeresteufel nennen und ausstellen. Peabody spielte mit dem Gedanken, verwarf ihn aber, weil er das Bild der toten Fische nicht aus dem Kopf bekam. Das war unheimlich und verstörend gewesen.

Er blies die Tinte seiner Zeichnung trocken. Die Welt änderte sich. Glücklicherweise war er sehr gut darin, sich und anderes neu zu erfinden. Neues Potenzial, dachte er. Neue Dinge machen uns wieder jung. Die Idee für die Ferez war schnell entwickelt gewesen. Er suchte sich eine leere Seite und begann ein kompliziertes Wasserfahrzeug zu entwerfen, mit Zimmern und Bühnen, prächtig und doch leicht genug, um einen seichten Fluss zu befahren.

Während Peabody zeichnete und träumte, folgten die Wagen dem holprigen Weg entlang des Catawba. Achsen stöhnten und protestierten, Wagentüren wölbten sich und klemmten, und eine ungewöhnliche Feuchtigkeit senkte sich auf die Kolonne, die blindlings in den Nebel hineinfuhr.

25

23. Juli

Über die Stürme in Napawset lässt sich wenig mehr sagen, als dass sie niemals gemäßigt ausfallen, immer gefährlich sind, und jedwede Art von Seelenverfassung bei Donner und Blitz durch die Angst ersetzt wird, vom Wasser in den Tod gerissen oder von einem Baum erschlagen zu werden.

Fluchend und knurrend steigen wir die Stufen hinauf, während der Regen auf uns eintrommelt. Schon jetzt strömt Wasser über das Steilufer und walzt den Strandhafer platt. Enola zieht an meinem Arm, und Doyle kommt hinterher. »Der Wahnsinn, Mann«, ruft er. »Der Wahnsinn.«

Wenn es derartig gießt, heißt das, dass die Hull Road in null Komma nichts überflutet wird, die Biegung bei der Schule bald schon unpassierbar ist und alle, die dann noch im Hafen sind, dort festsitzen. Sind sie mutig genug, es dennoch zu versuchen, wird sie das Meer auf der Main Street dahintreibender Autos stoppen. Wir flüchten uns ins Haus.

»Wir können es hier aussitzen«, sage ich.

Enola verschwindet in die Küche. »Wo haben wir die Sturmkerzen?«

»Über dem Kühlschrank.« Das Ende meiner Antwort wird von einem lauten Ächzen verschluckt. Doyle und ich blicken nach oben, Enola sieht aus der Küche herüber. Ein dunkles Oval wölbt sich wie ein schwangerer Leib aus der Decke, und an seiner tiefsten Stelle sammeln sich Wassertropfen.

»Scheiße«, knurrt Enola.

Sekunden später trifft ein Strom Regenwasser mit solcher Wucht auf den Boden, dass wir alle zur Seite springen.

Was darauf folgt, ist ein Tanz mit Töpfen und Tiegeln, Schüsseln und Eimern, Dingen, die wir so lange nicht gebraucht haben, dass ich sie komplett vergessen hatte. Wir leeren, was voll ist, und sehen neue Lecks voraus. Eine Stunde lang laufen wir durcheinander, wechseln Gefäße, stellen zusätzliche auf und kämpfen gegen das Wasser an, bis unsere Hände aufgeweicht sind und unsere Haare triefen. Enola sieht mich an. »Wir können hier nicht bleiben«, sagt sie. Die Decke kommt bald runter, Simon. Wir müssen hier raus.«

Früher wäre ich zu den McAvoys gegangen, um das Unwetter auf ihrer Couch auszusitzen. Aber das ist nun vorbei. Wir könnten in die Bibliothek fahren, aber ich habe keinen Schlüssel mehr. Ein Zimmer in Port kommt nicht infrage.

»Wir fahren zurück zu Rose's«, sagt Doyle und fasst Enola beim Arm. Sie zuckt zurück, als hätte er sie gestochen.

Enola schüttelt den Kopf. »Da kommen wir nicht hin, wenn die Hull überflutet ist.«

Das Dach kracht ernsthaft. »Nehmt eure Sachen und lauft zum Auto«, sage ich. »Ich denke, ich weiß, wo wir hinkönnen.« Ich hoffe es.

Doyle und Enola laufen nach draußen. Ich packe mein Notizbuch, die gestohlenen Bücher aus der Bibliothek und suche im Schrank nach einer Tasche. Moms Mantel hängt noch da. Ich weiß noch, wie ich die dunkelbraune Wolle anstarrte, als sie mich in einen steifen roten Schneeanzug mit Reißverschlüssen und Druckknöpfen packte. Ich weinte.

Der Anzug war zu warm und zu eng, und er hatte die falsche Farbe. Blau hätte er sein müssen. Sie zog ein zerknittertes Papiertaschentuch aus der Tasche, putzte mir die Nase und stülpte mir eine kratzige Mütze über die Ohren. *Sonst frierst du, und wenn du weiterweinst, frieren dir die Augen zu.* Fast kann ich in diesem Moment ihr Gesicht vor mir sehen. Dads Mantel hängt neben ihrem, Brust an Brust.

Ich schließe die Tür hinter mir und höre von drinnen einen lauten, nassen Schlag. Sieh nicht nach, das ist morgen alles noch da. Jetzt müssen wir weg.

Enola und Doyle warten im Auto. Sie hat ein dunkelblaues Kapuzenshirt übergezogen und die Hände tief in den Taschen. Doyle sitzt hinten, einen Seesack auf dem Sitz neben sich. Ich frage ihn, was da drin ist. Er sagt: »Zeugs. Birnen. Muss beweglich bleiben.«

»Wo fahren wir hin?«, fragt Enola.

»Zu Alice.«

Beide lassen einen Pfiff hören.

»Glaubst du, Frank hat es ihr gesagt?«

»Ich weiß es nicht. Ich hoffe nicht.«

Es ist eine Schinderei, nach Woodland Heights zu kommen. Die Straßen liegen voller abgerissener Äste, und es ist unmöglich, etwas anderes als Wasser durch die Windschutzscheibe zu sehen. Niemand sagt ein Wort, bis wir endlich auf den Parkplatz bei Alices Wohnung biegen.

»Wir könnten im Auto schlafen«, sagt Enola. Sie blickt hoch zu den Lichtern in den Wohnungen, den ordentlichen kleinen Balkonen, den Glastüren und Außenlampen. Ich habe keine Ahnung, was sie da sieht.

»Wenn ihr bei mir seid, ist die Chance größer, dass sie mich reinlässt.« Alice könnte mich abweisen, wenn sie denkt, dass ich etwas versuchen will (will ich etwas versuchen?), aber sie schickt sicher nicht drei Leute hinaus in dieses Unwetter.

Sie antwortet nicht, als ich klingele. Wir warten ein paar Minuten, der Regen durchweicht uns. Doyle wiegt sich auf den Fersen vor und zurück, seine Haut zieht sich zusammen.

»Sie ist nicht da«, sagt Enola.

»Vielleicht macht sie auch nicht auf, weil … ihr wisst schon.« Doyle zuckt mit den Schultern. »Seltsamer Typ mit Tätowierungen klingelt mitten in der Nacht an der Tür. Ich kann gerne im Wagen bleiben. Hab das früher immer gemacht«, sagt er.

»So ist sie nicht«, sagt Enola.

»Wartet, wartet noch.« Ich klopfe und benutze dabei den ganzen Unterarm. Der Riegel wird zurückgeschoben, der Schlüssel gedreht.

Alice öffnet die Tür einen Spaltbreit. Die Augen sind geschwollen, die Nase rot, das Gesicht aufgedunsen vom Weinen.

Frank hat es ihr gesagt. Es tut mir leid, und ich wünschte, wir wären nicht gekommen. Das Schlimmste ist, dass sie auch verheult hübsch aussieht, das ist irgendwie schrecklich.

»Oh«, sagt sie, »Simon. Was macht ihr denn hier?«

Ich erzähle ihr von meinem undichten Haus, und dass wir nirgends hinkönnen. Sie macht die Tür ein Stück weiter auf, und ich erkenne einen abgetragenen blauen Bademantel, einen Pyjama und hässliche graue Socken. Aus einem ragt ein Zeh hervor. Sie sieht Enola an, dann Doyle. Doyle wackelt mit den Fingern. Enola murmelt einen Gruß.

»Ich koche Kaffee«, sagt Alice.

»Das musst du nicht.«

»Irgendwas muss ich tun. Ich koche Kaffee. Das mache ich immer.«

Wir stolpern nach drinnen. Alice bittet uns, die Schuhe auszuziehen. Wir stellen sie neben die Tür, Sohle an Sohle, Sand vermischt sich mit Rummelplatzschmutz. Habe ich das beim letzten Mal auch gemacht? Obwohl ich mehrmals hier war, erinnere ich mich an wenig in ihrer Wohnung. Ich sehe immer nur sie – wie sie am Küchenschrank lehnt, auf ihr Bett fällt, und dass sie der einzige Mensch auf der Welt ist, der im Kühlschranklicht gut aussieht.

Enola und Doyle hocken sich auf das prall gepolsterte Zweiersofa, zwei braune Vögel, die sich aneinanderschmiegen. Die maulwurfgraue und pfirsichfarbene Wohnung lässt sie konturlos erscheinen. Ich setze mich in den Sessel neben sie.

»Hübsche Wohnung«, sagt Enola.

»Sie ist gut«, sagt er.

»Wenn du so was magst.«

»Ich bin nicht heiß auf was Gemietetes.«

»Ich auch nicht.«

»Ich mag was mit Rädern«, sagt er.

»Ja«, sagt sie. »Ich auch, ich auch.«

Alice kommt mit drei Tassen auf einem weißen Tablett wieder. Ihre Schultern hängen herunter, sie wirkt niedergeschlagen. Sie stellt das Tablett auf den Kaffeetisch, fällt in einen der pfirsichfarbenen Sessel und zieht die Füße unter sich. »Ihr könnt bleiben, bis die Straßen wieder frei sind. Aber ich glaube nicht, dass ich euch über Nacht hierbehalten kann«, sagt sie. »Ich muss für mich sein, okay? Das hat mit euch nichts zu tun.«

»Hast du mit deinem Dad gesprochen?«, frage ich.

»Zur Hölle mit ihm«, sagt sie, und es klingt wie ein Schlag. Sie blickt ins Nichts, irgendwo links neben meiner Schulter. »Er ist wie eine Wunde, die nicht zu bluten aufhört. Jetzt wo alles rausgekommen ist, kann er nicht mehr davon aufhören. All die Jahre hat er kein Wort gesagt, und jetzt muss er alles erzählen, bis zum letzten Detail. Dieser egoistische Dreckskerl.« Ihre Stimme bricht, sie schnieft und schluckt, es ist ein schreckliches, saugendes Geräusch. »Warum versteht so einer verdammt noch mal nicht, dass man über bestimmte Dinge nicht redet? Man behält sie für sich, um keinem wehzutun. Bezahlt wird mit Schuldgefühlen. Die Schuld ist die Sühne«, sagt sie.

»Es tut mir so leid«, sage ich.

»Nein«, sagt sie. »Mir tut es leid. Es tut mir leid, dass er eure Familie zerstört hat, und um meine tut es mir auch leid.« Ihr Kinn beginnt sich zu kräuseln, winzige kleine Grübchen entstehen.

»Hey«, fange ich an, aber es ist zu schwer fortzufahren. Ich starre in meinen Kaffee. Es ist eine untrinkbare aufgewärmte Brühe. Doyle hat seine Tasse tapfer ausgetrunken. Keiner von uns hat das Herz, es nicht zu tun. »Ich habe die Bücher mitgebracht, die ich ausgeliehen habe.« Ich hole sie aus der Tasche und schiebe sie über den kleinen weißen Tisch in ihre Richtung. »Es tut mir leid, wenn ich dir Schwierigkeiten gemacht habe.«

»Oh«, sagt sie ruhig. »Mach dir keine Gedanken. Die Kupferman dreht langsam durch. Sie ist völlig besessen davon, dass was beschädigt werden könnte, und Marci muss drei Wochen lang Regale umräumen, weil sie außerhalb des Mitarbeiterraums eine Cola getrunken hat.«

»Nein.«

»Ernsthaft.« Alice schnieft und reibt die Spitzen ihrer Haare zwischen den Fingern. Ich weiß noch, wie sie das Salzwasser aus den Enden ihrer Zöpfe gesaugt hat. »Warum hast du sie überhaupt mitgenommen?«

»Meine Mom hat mir daraus vorgelesen.« Ich zucke mit den Schultern. »Hast du je etwas so sehr geliebt, dass du gedacht hast, es gehört dir?«

»Es ist gut, Sachen zu haben, die einem gehören. Behalt sie.« Sie schließt die Augen, schlingt die Arme um die Knie, und ich frage mich, ob wir tatsächlich von den Büchern reden. Sie schnieft wieder, sagt aber nichts mehr. Es wird still. Enola fängt meinen Blick auf. Wir sollten gehen. Ich stelle meine Tasse ab.

»Ich gebe euch meinen Bibliotheksschlüssel«, sagt Alice plötzlich.

»Wie bitte?«

Sie reibt sich die Augen und steht auf. »Ihr könnt nicht zurück zum Haus, und das nicht nur, weil es reinregnet. Ich gebe euch meinen Schlüssel. Schlaft in der Bibliothek.« Schon geht sie den Flur hinunter in ihr Schlafzimmer, wo das Mobile mit dem Pfeilschwanzkrebs hängt, einer Kreatur, von der sie nicht weiß, warum sie sie mag, es sei denn, Frank hat ihr auch das erzählt.

»Sie ist betrunken«, sagt Enola.

»Wahrscheinlich«, sage ich. »Sie hat jedes Recht dazu.«

Alice kommt zurück und lehnt sich gegen die Wand. Ja, sie hat getrunken. Gut gemacht, Alice. Ich wünschte, mir wäre das auch eingefallen.

»Da war noch was, was ich dir sagen sollte. Was war es noch?« Sie wedelt mit dem Schlüssel in meine Richtung und wirft ihn mir zu. »Der Code ist noch derselbe. Die Kupferman sagt, sie will ihn ändern, ist aber noch nicht dazu gekommen.«

»Danke.« Wir stehen auf. Draußen schüttet es immer noch. Der Regen schlägt gegen Fenster und Türen.

»Oh, oh«, sagt Alice und reibt mit zwei Fingern ihre Nasenwurzel. Die Wörter kommen sehr schnell aus ihr heraus. »Liz Reed aus North Isle hat angerufen. Sie sagte, sie wollte dich erreichen, aber dein Telefon ging nicht.« Sie holt Luft. »Diese Unfallgeschichte, die du gecheckt haben wolltest, sie hat sie dir gemailt. Wie war noch gleich der Name? Irgendwas Komisches. Peabody & Söhne, Maritime Belustigungen.« Sie verzieht das Gesicht. »Kann das sein?«

»Ja, klingt so.«

»Wow. Liz Reed. Du fährst die schweren Geschütze auf. Sie meinte auch, dass Raina was gefunden hat für dich, über einen Namen, Mullins.«

»Wirklich?«

»Ja. Der letzte bekannte Nachkomme ist ein Mann im Mittleren Westen. Churchwarry.« Ich höre sie, aber sie klingt, als stünde sie in einem anderen Zimmer. »Moment mal, das ist doch dein Mann, oder?«

»Ja«, sage ich.

Churchwarry ist ein Ryschkow. Tausend Gedanken formen sich und verwischen. Alice könnte etwas falsch verstanden haben, es wäre nur zu verständlich, sie ist völlig ausgelaugt und daneben. Ich muss mit Raina reden und das überprüfen. Ich kriege nicht mit, was in den nächsten Augenblicken passiert, und dann stehen Enola und Doyle im Regen beim Auto und ich auf der Treppe bei Alice.

Alice beugt sich vor, und das Haar rutscht ihr über die Stirn. Sie schiebt es zurück. »Es tut mir leid, wirklich leid, dass ihr nicht bleiben könnt. Ich bin so hässlich im Moment, etwas betrunken, und ich muss allein sein. Ich seh dich an und …«

»Und du siehst meine Mutter.«

»Das bleibt nicht so«, versichert sie. »Ich brauche nur Zeit. Ich muss meine Wut loswerden.«

»Es liegt nicht an dir, sondern an mir. Wie immer.« Das sagt man so dahin, aber diesmal stimmt es. Wenn ich nicht gewesen wäre, hätte ihr Vater sicher nichts erzählt. »Ist schon okay. Ich habe ein echt schlimmes Morgengesicht.«

Ein schwaches Lächeln. »Hör auf. Ich kenne all deine Gesichter. Wirf meine Schlüssel in die Bücherklappe, wenn ihr geht, okay? Ich sage Marci, sie soll mich morgen reinlassen.«

Ich könnte mich ein wenig vorbeugen, ein kleiner Kuss, sonst nichts, doch es wäre nicht richtig. Sie reibt sich das Gesicht, und ich berühre ihre Hand. Die Umarmung ist unerwartet, aber mit ihr drinnen und mir eine Stufe tiefer passen wir perfekt zusammen. Ich sollte sie eine Weile halten. Ich möchte es auch. Ich könnte etwas sagen, ihre Wange liegt auf meiner Schulter, und ich spüre ihren Körper beben, denn sie weint wieder. Ihre Lippen streichen über meinen Hals, leicht und unbeholfen, dann zieht sie sich zurück.

»Okay«, sagt sie.

»Okay.«

Sie sieht mir hinterher, als ich zum Wagen laufe und der Regen auf mich niedertrommelt. Selbst durch das Wasser auf der Windschutzscheibe sehe ich sie noch in der Tür stehen. Sie bleibt, bis wir vom Parkplatz fahren.

»Gottverdammt«, flüstert Enola. »Alice McAvoy ist in dich verliebt.«

Ich hoffe es.

Wir fahren über Seitenstraßen und weichen Seen und Ästen aus. Allem. »Halt an und lass mich fahren.« Enolas Hand legt sich auf meinen Arm.

»Nein.« Die Hemlock Lane ist überflutet, und der Hafen ist bis in die Vorgärten der Sommerbungalows vorgerückt. Eine scharfe Linksbiegung bringt uns landeinwärts und die Anhöhe zum Kloster hinauf, wo die Brüder die Gebete sprechen, die man während so eines Sturms aufsagt. Churchwarry ist ein Nachkomme Madame Ryschkowas. Er hat mich ausfindig gemacht. »Er muss es gewusst haben.«

»Muss was gewusst haben?«, fragt Enola.

»Nichts.«

»Der Kerl mit den Büchern?«, setzt sie noch einmal nach.

»Ja«, sage ich. »Seine Vorfahrin, du hast die Bilder ihrer Karten aus dem Buch gerissen.«

»Schwachsinn«, sagt sie, allerdings ohne große Überzeugung.

Ich habe nicht die Energie, es ihr zu erklären. Ich hatte angenommen, Frank am Ende der Reihe zu finden, und dass seine Familie Madame Ryschkowas Porträts von einer Generation an die nächste weitergegeben hat – dass die Tatsache, dass meine Mutter ihm ihre Tarotkarten gegeben hat, Ausdruck irgendeiner poetischen Symmetrie war. Aber so einfach liegen die Dinge nicht. »Vielleicht hattest du recht«, sage ich zu ihr. »Vielleicht will er etwas von mir. Ich kann mir verdammt noch mal nur nicht vorstellen, was.« Die Straße windet sich in Haarnadelkurven. Doyles Seesack rutscht über den Sitz und schlägt gegen die Tür.

»Er könnte sich einfach an euch dranhängen wollen«, sagt Doyle leise. »Ihr habt so eine Art, die Leute anzuziehen.«

Ich sehe im Rückspiegel zu ihm nach hinten. »Wie meinst du das?«

»Ich hab von euch schon gehört, bevor ich zu Rose's kam. Ich wusste zuerst nicht, dass es eure Familie ist, aber dann sagte Enola ein paar Dinge, und ich hab dich im Wasser gesehen. Da hat's geklickt. Deine Mom hat deinen Dad irgendwie in sich aufgesogen, und Mr. McAvoy.« Doyle spricht Franks Nachnamen merkwürdig respektvoll aus, bedenkt man, dass wir gerade etliches von seinem Besitz verbrannt haben. Er hustet. »Ich spür's auch, Enola zerrt an meinen Innereien. Und Thom ist halb in sie verknallt. Ihr habt so eine Anziehungskraft.«

Enola schlägt auf ihren Sitz und kreischt: »Ich zerre an was?«

»Was genau hast du von wem gehört?«, frage ich ihn.

Er legt den Arm auf die Rückenlehne und trommelt mit den Fingern aufs Polster. Jedes Klopfen setzt einen winzigen nervösen Funken frei. »Ich war bei einer Truppe, die eine Weile durch die Carolinas tourte. Wir hatten einen Turmspringer, echt cool. Dave. Wenn nichts los war, haben wir viel rumgequatscht, und er mochte alte Zirkusgeschichten. Er hat mir von einer Familie erzählt, in der sich alle Meerjungfrauen genannt haben, weil sie ewig unter Wasser bleiben konnten, aber am Ende sind sie alle ertrunken.« Er zuckt mit den Schultern. »Er ließ euch wie die Flying Wallendas klingen, mit einer langen Geschichte und irre tragisch. Hartes Zeug.«

Enola fährt auf ihrem Sitz herum. »Warum zum Teufel hast du nichts davon gesagt? Meinst du nicht, dass du mir das vielleicht hättest erzählen sollen?«

Die Scheinwerfer treffen auf etwas, das die Straße überspannt, groß, zu verschwommen, um zu erkennen, was es ist. Es gibt keinen Straßenrand, um auszuweichen, auf der einen Seite geht es ins Tal hinunter, auf der anderen nach oben. Ich trete auf die Bremse. Augen leuchten auf. Wild. Die Räder blockieren und verlieren die Bodenhaftung. Scheiße. Das Wasser. Wir schlittern, das Heck bricht aus, dreht sich weg, ich steuere hart gegen, Enola schreit, Doyle flucht. Der Gurt schneidet mir in den Leib, und wir drehen uns, werden herumgeschleudert, der Regen wäscht über uns, und die Lichter der Stadt wirbeln vorbei. Vom Rücksitz ist ein Knirschen zu hören, etwas löst sich aus Enolas Hand. Ihre Karten verteilen sich über das Armaturenbrett, auf dem Boden, durch die Luft um uns herum.

Die Räder greifen, das Bremsen zeigt Wirkung, wir kommen kreischend zum Stehen.

Keuchen. Fluchen, atmen. Ein geflüstertes »*Alles okay? Alles in Ordnung? Scheiße, Scheiße. Nichts passiert. Nichts passiert.*« Ich lasse den Wagen langsam den Rest der Anhöhe hinunterrollen. Auf der Straße liegt nichts, kein Reh. Wir fahren rechts ran, als es wieder einen Randstreifen gibt. Scherben von Doyles Glühbirnen bedecken den Rücksitz. Er wischt sie zusammen, während Enola ihre Karten einsammelt. Etwas klebt innen an der Windschutzscheibe, an einer nassen Stelle, wie das Wasser da auch immer hingekommen sein mag. Es ist eine Karte. Ich löse sie mit dem Daumen vom Glas. Ein dunkler Hintergrund, vielleicht schwarz, schwer zu sagen. Ein großes Gebäude. Ein Blitz. Ich kenne das Bild. Es ist alt, aber das genaue Gegenstück zu einer Zeichnung im Buch. Keine Marseille-Karte. Keine Waite-Karte. Ich fahre mit dem Finger über die Felsen.

»Gib her.« Enola schnappt mir den Turm aus der Hand.

26

Charlotte lag in beißenden Rauch von brennendem Moos und Reisig gehüllt, und obwohl es eigentlich der kommende große aufblühende Ort sein sollte, war es nicht mehr als ein an die Kreuzung von zwei Straßen, Tryon und Trade, gebautes Dorf. Direkt an der Kreuzung stand ein durchaus beeindruckendes Gerichtsgebäude auf acht Ziegelsäulen, die es etwa drei Meter über die Erde hoben. Darunter summte ein Markt, umgeben von einer niedrigen Steinmauer. Die Leute waren stur, schmächtig und zäh. Sie hatten den Krieg überlebt, ihn aber nicht vergessen.

»Hinterwäldler«, nannte Peabody sie. Er hatte eine weltoffene Stadt erwartet und war schrecklich enttäuscht, wie klein sie war und wie zurückgeblieben sie sich präsentierte. »Das Herz des Fleißes und des Handels, hat er mir gesagt. Die besten Geister des Südens, die kommen nach Charlotte, hat er gesagt. Und jetzt stehen wir hier in diesem Nest. Denk an meine Worte, Amos, hör niemals auf das, was sie dir in den Kneipen von New Castle erzählen. Wir hätten gleich nach Charleston fahren sollen. Was für eine Zeitverschwendung.« Er schimpfte in sich hinein und schlug mit der Hand gegen seinen Wagen.

»Wir müssen das Beste daraus machen«, sagte er zu seiner

Truppe am morgendlichen Feuer. »Kultur ist Balsam für die Seele, und das hier, meine Freunde«, sagte er und strich sich über den Gehrock, »das hier ist eine Stadt, die dringend Kultur braucht, wie wir sie ihr bieten können.« Er erklärte, Amos und Evangeline würden als leuchtende Vorbilder für das Lernen und die Verfeinerung angepriesen. »Ihr seid das Licht der Welt, meine guten Kinder. Seid versichert, solltet ihr Fehler haben, wird es in dieser Stadt niemandem auffallen.«

Immer noch verfolgt von den Bildern der erstickenden Fische, wollten Amos und Evangeline lieber in ihrem Wagen bleiben als in der Stadt wohnen, aber Peabody ließ es nicht zu. M. et Mme. Les Ferez würden Zimmer in einem Gasthaus beziehen, das von einem Captain Cook (was für eine Name für einen Wirt!) und seiner Frau geführt wurde. Sie würden in vollem Putz dinieren und sich in dem Stil bewegen, den Peabody für herrschaftlich hielt. Und alles lief bestens. Ob sie in Hutgeschäfte, zu Schneidern oder in Gasthäuser gingen, die Leute starrten ihnen staunend hinterher. Am Ende des Tages, als sie sich in ihr Zimmer bei den Cooks zurückzogen, schlossen Amos und Evangeline die Tür hinter sich und seufzten erleichtert darüber, dass sie endlich allein waren.

Der Captain und Mrs. Cook waren nach Charleston unterwegs und hatten ihr Gasthaus der Obhut einer gewissen Louisa Tyghe überlassen. Ihr zur Seite standen ihr Sohn und ein gehetztes Küchenmädchen. Mrs. Tyghe klopfte zu oft an die Tür, und ihr Sohn hängte sich Amos an die Fersen, hatte er doch noch nie einen Mann gesehen, der sein Haar auf solche Weise trug.

»Sie werden hier ausgezeichnet versorgt werden, Sir«, sagte Mrs. Tyghe und zupfte ihre gestärkte Schürze zurecht. »Das Bett in Ihrem Zimmer, Washington selbst hat darin geschlafen. Er mochte uns so sehr, dass er uns seinen Haarpuder geschenkt hat. Sollten Sie Puder brauchen, bieten wir Ihnen das Privileg an, etwas davon zu benutzen.«

Amos fand die Vorstellung, den Puder eines anderen Mannes zu benutzen, verwirrend, aber Evangeline besaß den Anstand zu erröten und der Frau die Tür vor der Nase zuzumachen. Amos tat sein Bestes, Evangeline die Schmerzen aus dem Rücken zu massieren, und sie begann das Ritual, ihm die Haare zu kämmen und die Frisur zu richten. Endlich ließen sie sich auf die Matratze sinken, müde von der beengenden Höflichkeit der Stadt, die eigentlich so gar nicht zu den Menschen hier passen wollte. Evangeline schlief schnell ein, aber Amos blieb wach. In der Stille legte er den Kopf auf ihren Leib und lauschte.

In der zweiten Nacht fing der Regen an.

Feiner Nebel sammelte sich über dem Herzen Charlottes, und Peabody befahl, eine Bühne direkt vor einem enorm großen Lagerhaus zu errichten, aber der Boden war so weich, dass die Plattform in ihm versank. Bennos Hände und Füße blieben in der matschigen roten Erde stecken, Melina fielen die Keulen aus der Hand, und auch das Feuerschlucken wurde unmöglich. Sugar Nip und das Lama weigerten sich, ihren Wagen zu verlassen, sodass Nat das kleine Pferd auf den Arm nehmen musste.

Und doch standen die Leute bei M. et Mme. Les Ferez an. Die Kunde von der Wandertruppe hatte in der Gegend die Runde gemacht und zog die Menschen von überall in Mecklenberg County an, die bereit waren, für ein paar Momente des Gaffens gutes Geld zu bezahlen.

Ladenbesitzer schlossen ihre Geschäfte, junge Frauen fielen in Ohnmacht. Kinder – nie hatten sie so viele Kinder gesehen. Kleine Mädchen bettelten darum, Evangelines Ärmel berühren oder an ihrem Haar zupfen zu dürfen. Auch die Jungen waren fasziniert von ihr, aber auch von Amos und seinen Rüschen. Er sah so anders aus als alle Männer, die sie kannten. Junge Liebende, alte Jungfern, die Alten und Gebrechlichen, alle wollten einen Blick auf dieses Paar aus der weiten Welt werfen. Mrs. Tyghe kam ebenfalls, und das Innere des Wagens nahm ihr den Atem.

»Oje«, flüsterte sie. »Ich muss sagen, Sie sind an Feineres gewöhnt, als Sie es hier in Charlotte finden werden.« Amos verbarg ein Lächeln. Mrs. Tyghe dächte das nicht, hätte sie seinen »Wilden«-Käfig gesehen.

Völlig erschöpft fielen sie am Ende des Tages ohne ein Wort ins Bett.

In der dritten Nacht in Charlotte brach der Himmel auf. Der Regen spülte Schlamm aus den Bergen und Ruß von den Dächern in einer rötlichen Flut, die die Stadt in ihren Abfällen baden ließ. Benno und Melina blieben in ihren Wagen, Meixel bei den Tieren. Der Catawba begann zu steigen, flutete den Sugar und den Briar Creek und schloss die Stadt ein. Peabody bestand jedoch darauf, dass die Ferez arbeiteten. Ein wundersamer Ort, war ihm gesagt worden. Politiker kamen von hier, gelehrte Männer, und doch war die Stadt kaum mehr als ein Außenposten. Verluste mussten ausgeglichen werden, und wenn die Leute ihr Geld zu Wahrsagern tragen wollten, mussten diese Wahrsager ihre Arbeit tun.

Amos mischte und legte Karten, bis seine Fingerspitzen wund waren, und Evangeline redete sich heiser. Wenn ihr die Stimme versagte, ließ Amos die Karten tanzen, um ihre Kunden zu unterhalten. Die, die Evangeline nicht sehen sollte, nicht seit dem Fluss, nicht seit der Regen begonnen hatte, verschwanden in seinen Taschen.

Am vierten Tag erwachte Evangeline von einem starken Schmerz. Ihr Schreien war tonlos.

Amos und Evangeline kamen nach dem Morgenmahl nicht aus ihrem Zimmer, was Peabody veranlasste, Mrs. Tyghe aufzufordern, sie zu wecken. Die gute Frau rief ihre Namen und schlug gegen die Tür, bis ihr die Hand schmerzte. Amos erschien. Als sie ihn sah, mit zottigem Haar, aufgeregt, halb angezogen und keuchend, schrie Mrs. Tyghe. Amos blockierte den Durchgang mit dem Körper und suchte nach einer Karte. Nach mehreren vergeblichen Versuchen, sich verständlich zu machen, gab er auf und erlaubte Mrs. Tyghe einzutreten.

Die Vorhänge waren zugezogen. Auf Koffern und Truhen lagen Kleidungsstücke verstreut, Stiefel, Schuhe, Bürsten und Kämme, achtlos beiseitegeworfen. Im Herzen des Durcheinanders, auf dem großen Eichenbett, in dem George Washington geschlafen hatte, lag Evangeline und hielt sich den geschwollenen Leib.

Mrs. Tyghe hatte schon einige Kinder auf die Welt gebracht, lebendig und tot. Sie erkannte die Lage und sagte: »Monsieur, Ihr Kind kommt. Es ist nicht richtig, dass Sie hier sind. Ich schicke den Jungen nach dem Arzt.«

Trotz Mrs. Tyghes Drängen wollte Amos nicht weichen und setzte sich neben dem Bett auf den Boden. Als er nach Evangelines Hand griff, stieß sie ihn weg. In der Stille zwischen den Wehen lauschten sie dem Regen. Das Unwetter wurde immer schlimmer, aber für Evangeline war das herabtrommelnde Wasser eine tröstliche Erinnerung an die Welt draußen.

Als er von der bevorstehenden Geburt erfuhr, schlug Peabody die Hacken zusammen und beorderte die Truppe in

Masons Gasthaus, um zu feiern, aber Mason hatte geschlossen, weil der Raum mit den Bierfässern voll Wasser gelaufen war. Also zog Peabody in Cooks Salon, der höher lag. Die geweißelten Wände und die schweren Deckenbalken boten den Artisten einen gemütlichen Unterschlupf. Das Ale floss, die Leute nahmen sich Stühle, probierten Kissen und sahen zu, wie sich die Straße erst in ein Schlammbad verwandelte, und schließlich in einen Fluss. Sie warteten. Evangelines Kind hatte es nicht eilig, das Licht der Welt zu erblicken.

Nach dem Doktor wurde geschickt. Mrs. Tyghes Sohn machte sich auf den Weg nach Norden den Fluss hinauf, wo der Mann wohnte. Als der Junge ihn erreichte, war der Doktor gerade dabei, sein Haus mit Sandsäcken zu sichern, und seine Frau leerte Waschkübel mit Flusswasser aus den Fenstern. Der Junge überbrachte seine Nachricht.

»Frauen bringen immer schon Kinder zur Welt, ohne dass ein Mann ihnen dabei hilft, mein Junge«, sagte der Doktor und wischte sich den Regen von der Stirn. »Mit Sandsäcken ist es jedoch etwas anderes. Häuser verlangen nach männlichem Schutz. Sie brauchen unsere starken Rücken.«

Der Fluss stieg weiter an. Gegen Mittag schwammen die Fässer von Mason bei den Cooks vorbei. Wasser lief ins Haus herein und sammelte sich auf dem Boden. Peabodys Leute dichteten die Türen mit Decken, Sandsäcken und Tischen ab, um die Flut draußenzuhalten. Peabody ließ sich auf einem Diwan nieder, lehnte sich in relativer Sicherheit zurück und warf ein argwöhnisches Auge auf den Regen. Benno und Melina balancierten auf Stühlen über dem Wasser, und Melina fragte, ob er nicht nach Amos sehen wolle.

»Ich glaube, ich wäre da nicht willkommen«, antwortete Benno. »Und was sollte ich auch tun?« Er wiegte sich auf den Fußballen vor und zurück und sah düster auf das ansteigende Wasser hinunter.

Nachmittags hörten sie, dass Oren Mapother, der Sohn von Charlottes Hutmacher, ertrunken war. Die Strömung hatte seinen Körper fünfzehn Kilometer flussabwärts bis nach Pineville getragen.

Es wurde Abend. Evangeline lag kraftlos auf der Matratze, ihr Schweiß roch nach Eisen und Salz. Sie biss sich die Lippe blutig. Amos kroch ins Bett zu ihr und strich ihr über die Wangen. Ihr Mund bewegte sich, als sie ihm zu danken versuchte, doch er hörte ihre Stimme nicht. Evangeline krümmte sich. Einsamkeit lauerte in seiner Sorge und ließ ihn mit den Zähnen knirschen. Wenn sie starb und das Kind mit sich nahm, konnte er dann weiterleben? Wenn sie starb und das Kind zurückließ, konnte er es dann aufziehen? Es könnte ihre Augen haben, könnte stumm sein. Könnte er ein Kind lieben, das seine Evangeline getötet hatte?

Nachts kam das Vieh auf der Farm der Stavishs um. Die Kühe und Schweine hatten sich in einer Ecke der Scheune zusammengedrängt und versucht zu entkommen. Der Druck des Wassers und das Gewicht der Tiere ließen die Scheune zusammenbrechen. Das Vieh wurde erschlagen. Ein paar überlebende Kälber boten einen seltsamen Anblick, als sie den Sugar Creek hinunterpaddelten und dabei die Köpfe aus dem Wasser reckten.

Zusammen mit dem Vieh schwamm die Leiche von Eustace Wilder den Creek herunter, eines Säufers, der tags zuvor noch mit gedunsenen Lippen Evangelines Hand berührt hatte. Er war von seiner Veranda gestiegen, um das Unwetter zu verfluchen, und gestürzt. Sein kahler Schädel leuchtete im Mondschein, während das Wasser immer wieder über ihn schwappte wie über einen Stein. Die presbyterianische Kirche stürzte ein, und die Kirchenbänke türmten sich wie übergroße Zahnstocher vor der Mauer des Gerichts auf. Und überall trieben Schriftstücke und Dokumente durch die Straßen von Charlotte.

Am zweiten Tag der Wehen aß und trank Evangeline nichts. Melina wurde mit Brot nach oben geschickt, aber abgewiesen. Die Truppe musste hinauf auf die Tische. Peabody streckte sich auf der Theke aus.

Amos legte Karten aufs Bett rund um Evangeline. Was er sah, brachte ihm keinen Frieden, doch er konnte nichts gegen die Wahrheit einer richtig gelegten Karte tun. Er nahm die Trümpfe, die er mochte, ihre Worte, legte Glück neben ihr Ohr und ihr ein Zuhause zu Füßen. Er umgab sie mit Hoffnung, jede Karte war ein Wunsch. Er dachte an das Leben, bevor er sie kennengelernt hatte, an die Jahre im Wald und das Davonlaufen.

Nachts zog das Unwetter ab, und der Pegel des Catawba sank mit der gleichen Geschwindigkeit, mit der er gestiegen war, und ließ auch die Bäche wieder abschwellen. Ein letzter Blitz begleitete die Geburt eines Mädchen, klein, blinzelnd und still. Der Vater sah das Baby an, rotgesichtig und mit Haaren schwarz wie die ihrer Mutter. Große Tieraugen blickten zu ihm auf. Amos spürte, wie sein Herz langsamer wurde und zum Verstummen kam. Er spürte das Gewicht der Luft und den Rhythmus des Herzens seiner Tochter. Oben auf ihrem Kopf pulsierte ein rundes Stück Haut, zeugte wundervoll von Leben und schüchterte ihn mit seiner Zerbrechlichkeit ein. Wäre Evangeline wach gewesen, hätte sie ihn in der Textur des Raumes verbleichen und im Blick ihres noch unbenamten Kindes verschwinden sehen können. Es war das erste Mal, dass er vor Freude verschwand.

Der Salon des Gasthauses erwachte. Stühle, die im Wasser getrieben waren, kamen zur Ruhe. Benno kletterte von seinem Sitz bei den Deckenbalken. Peabody setzte die Stiefel zurück auf wasserweiche Dielen. Mit Meixels Hilfe schaffte Mrs. Tyghe die Decken und Sandsäcke weg, die zusammen mit ein paar Tischen das Wasser zurückgehalten hatten.

In diesem ruhigen Moment des Erwachens kam Evangeline von oben, vorsichtig, um das Kind in ihrem Arm nicht zu wecken. Amos folgte ihr. Einer nach dem anderen drehten sich die Köpfe zu ihnen hin, und Amos nahm das Baby und gab es Peabody. Das kleine Mädchen gähnte, als Peabodys weiche Hände sie berührten. Ein Lächeln kroch unter die hochgezwirbelten Enden seines Schnurrbartes. Sein Sohn war das letzte Baby gewesen, das er auf dem Arm gehalten hatte.

»Du liebes, kleines Siegel«, gurrte er. »Vollkommenheit, liebe Kinder, ihr habt Vollkommenheit geschaffen.« Er sah Amos an. »Sollen wir, mein Junge?«

Amos nickte, und Peabody hielt das Kind in die Höhe. Alle Augen richteten sich auf das zappelnde Baby. Er begann.

»Freunde, Kinder, großartige Gefährten. Wir werden vom Himmlischen berührt. Nach all den Rückschlägen, die wir zuletzt erlitten haben, haben uns die Götter ein Kind unserer Kinder geschenkt, eine Tochter der Menagerie, wie es noch nie eine gegeben hat. Teuerste Freunde, es ist unsere ehrenvolle Pflicht, diesem Kind einen Namen zuzuweisen.«

Amos sah seine Tochter an und dachte an den Abend, als er auf einem Baumstumpf gestanden und Madame Ryschkowa ihm gesagt hatte, wer er einmal sein würde. Sein Herz war müde.

»Ruth.« Meixel begann Namen zu rufen. Gesichter drängten sich um das zappelnde Kind.

»Dorcas.« Das kam von Susanna, es war der Name ihrer Lieblingstante.

»Veronique.«

Von Nat: »Mariah.«

»Danielle.«

»Lucinda.«

Namen flogen hin und her, bis Mrs. Tyghe aus der Küche kam. »Bess«, sagte sie, und das Baby ließ ein durchdringendes Jammern hören. »Meine Mutter hieß Bess.«

»Wie es scheint, hat der Welpe seine Wahl getroffen«, sagte Peabody und gab das Kind mit einem sanften Klaps auf den Rücken seiner Mutter zurück. »Bess soll es heißen. Was gut ist, denn wir müssen der lieben Frau danken, die so gütig war, unsere Anwesenheit hier zu erlauben.« Er schenkte Mrs. Tyghe ein Lächeln.

Die Wärme eines Anfangs breitete sich aus. Mit unsicheren Hoffnungen machten sie sich daran, den Tag zu begrüßen, und Mrs. Tyghe kehrte zu ihren Aufgaben im Gasthaus zurück. Hartes, kaltes Licht erfüllte den Eingang, als sie die Tür zur Welt draußen öffneten, die von der Flut zurückgelassen worden war. Eine kleine Welle schwappte über die Schwelle.

Charlotte war weggespült.

»Großer Gott im Himmel«, rief Peabody.

Weg waren die Schneider und die Schmiede. Die Kornmühle war zerstört, das Gericht auf seine Ziegelknie gesunken, Bäume lehnten wie Betrunkene an Hängen und Ufern, Ziegel lagen wie Pocken in Pfützen, und dort, das Schild von Mason. Das hölzerne Spielzeugpferd eines Kindes steckte tief in dunkler Brühe. Alles, was noch existierte, war in dicken roten Schlick gehüllt. Und hineingemischt in die Verheerung lagen die gleichen merkwürdigen Kreaturen wie am Fluss. Tot, die Spinnenbeine in die Luft gereckt, die spitzen Schwänze wie Stacheln aus dem Matsch ragend. Obwohl der Ozean doch weit östlich lag, roch die Luft nach Meeressalz.

Charlotte war nicht mehr. Cook's stand noch, das einzige Haus, das unbeschädigt geblieben war.

Mrs. Tyghe wrang die Schürze in ihren Händen. »Sollte mein Sohn …«

Die Küchenmagd fasste sie bei den Schultern und tätschelte sie sanft. »*Schschsch*, Louisa. Er kommt vielleicht noch zurück.«

Mrs. Tyghe hob den Kopf, um ein weiteres Mal auf die Zerstörung hinauszublicken und nach ihrem Sohn zu suchen. Da sah sie, an die Überbleibsel eines Aufsitzblocks gelehnt, das verbogene Blech der Wetterfahne, die einmal stolz auf dem Dach des Doktors geprangt hatte. All ihre Hoffnung wurde von Wut verschluckt.

»Ihr habt ihn umgebracht«, rief sie. »So sicher, wie ihr hier steht, habt ihr ihn umgebracht. Nie zuvor habe ich so fluchbeladene Menschen erlebt. Ihr habt uns das hergebracht.« Sie nickte zu Evangeline hin. »Du kommst her, sagst, du sähest Dinge in der Zukunft, von denen nur Gott wissen kann, legst dich in mein Bett und bringst uns diese Flut. Du hast mir meinen Sohn genommen.« Die letzten Worte schrie sie und wandte sich dann Amos zu: »Du Teufel, nimm dein Kind und verschwinde von hier, oder ich finde die Leute, die noch leben, und lass sie ihre Gewehre auf euch richten. Fort!«

Evangeline drückte Bess an sich.

Die Wagen der Truppe am Rand von Charlotte waren

triefnass, aber noch intakt. Lama und Schwein waren verloren, aber die Pferde standen unversehrt auf einem Hügel jenseits des Sugar Creek. Sie packten in aller Eile zusammen. Peabody verkündete, wenn sie nur genug Wegstrecke und Zeit zwischen sich und diesen Ort brächten, würde das ihr Glück wiederherstellen, wobei er seine Worte selbst kaum glauben konnte. Noch bevor die Sonne ihren höchsten Stand erreichte, rollten sie davon.

»Nach Norden«, erklärte Peabody ihnen. »Ich habe genug vom Süden. Nach Philadelphia«, sagte er. »Philadelphia wird uns willkommen heißen.«

Evangeline wusste, wie leer seine Worte waren. Angesichts der Zerstörung und des merkwürdigen Friedens im Gesicht ihres Kindes stimmte sie Mrs. Tyghe zu. Nie zuvor hatte es zwei so verfluchte Menschen gegeben.

27

23. und 24. Juli

Wir fliehen vor dem Regen und drücken uns an die Mauern der Bibliothek. Blaue Sicherheitsleuchten lassen uns flach wie Fotografien wirken und brennen alles andere weg: Doyle besteht aus Tinte und Haut, Enola ist ein Skelett und ein ausgehungerter Blick. Sie hat seit seiner Eröffnung im Auto nichts mehr zu ihm gesagt. Alices Schlüssel senkt sich ins Schloss und dreht sich mit einem befriedigenden Knirschen. Die Alarmanlage piepst, sobald ich die Tür öffne, aber ich finde die kleine Tastatur, und meine Hand kennt die Nummer und gibt sie so instinktiv ein, wie sie einen Stift zu halten oder eine Seite umzublättern weiß. Die Luft riecht moschusähnlich nach Papier, Staub und dem der Grainger eigenen Verfall. Ich gehe in Richtung Lichtschalter.

»Keine Umstände, Mann, ich hab's schon«, sagt Doyle, trabt hinüber zur Ausleihe und legt die Hand auf die Schreibtischlampe. Eine nach der anderen stottern sich die Neonröhren zischend und spuckend ins Leben und tauchen die Bücher in ein kaltes grünes Licht. Es ist unheimlich, das zu sehen, aber Doyle schüttelt nur leicht die Hände aus, als alles brennt, als hätte er nichts anderes getan, als sich die Schuhe zuzubinden. Enola geht voran, ein sichtbarer Schauder kriecht ihr den Rücken hoch.

»Mein kleiner Vogel«, ruft Doyle, aber sie hat nur den Mittelfinger für ihn und geht hinauf ins Walfangarchiv. Er will ihr hinterher, doch ich halte ihn am Ellbogen fest.

»Nicht. Lass sie.« Enola kann problemlos tagelang schmollen. Einmal wollte sie nicht mehr mit mir reden, nachdem ich nach einer Schicht im Pump House Lisa Tamsen mit nach Hause gebracht hatte. Sie schrie, Lisa stinke wie altes Bratöl. Sieben Tage begegnete sie mir mit nichts als Schweigen, bis sie zugab, dass ihr Lisas Schwester den Spind mit zerlegten Grashüpfern aus dem Biounterricht gefüllt hatte. Sie funkelte mich an, als sollte ich wissen, was ich getan hatte. Was Doyle getan hatte, wusste ich. »Was weißt du über uns? Ich meine, was sonst noch?«

»Was ich gesagt habe, war so ziemlich alles.« Er zuckt mit den Schultern, lässt sich in einen der Klubsessel bei den Zeitschriften fallen und hebt die Füße mit einem nassen Geräusch auf die Lehne. »Mein Freund sammelte die Zirkusgeschichten, damit er was hatte, worüber er reden konnte. Geschichten über Unfälle kannte er in Massen, zum Beispiel weißt du bestimmt nicht, dass sie in Tennessee mal einen Elefanten gelyncht haben, oder?«

Nein, das wusste ich tatsächlich nicht. Der Wind zerrt an den Fenstern, und das Licht flackert kurz.

»Ja, der Zirkuselefant hatte einen umgebracht, zertrampelt oder erstickt. Ich erinnere mich nicht, auf jeden Fall beschloss die Stadt, ihn einzuschläfern, aber sie wussten nicht, wie, und so haben sie ihn am Ende mit einem Kran aufgehängt. Wie auch immer. Er hat viel von Zugunglücken erzählt, von Bränden und Leuten, die vom Hochseil gestürzt sind und sich den Hals gebrochen haben, Trapezartisten und so weiter. Manchmal denke ich, er hat nur darauf gewartet, dass ich mich mit einem Stromschlag umbringe.

Aber ich habe ihm erklärt, dass es so nicht funktioniert.« Wie es tatsächlich funktioniert, dazu sagt er nichts. »Wir waren also irgendwo unten in der Gegend von Atlanta, und es war so unglaublich heiß, und wir hatten den ganzen Tag über Zelte aufgebaut. Ich denke, ich habe was in der Art gesagt, dass ich mir wünschte, wir hätten einen Wassertank zum Leute-drin-Versenken, und schon fing er von Meerjungfrauen an und konnte gar nicht mehr aufhören. Er meinte, da gäb's diese Frauen, die von Zeit zu Zeit in einem Zirkus auftauchen, und sie könnten die Luft irrsinnig lange anhalten und schwimmen, als wären sie halbe Fische. Immer schon gäbe es die. Sie stammten alle aus einer Familie und sähen gleich aus: schwarzes Haar und so dünn, dass du denkst, du könntest sie zerbrechen. Alle nähmen sie ins Programm, ganz gleich, was es sonst noch gibt, weil so eine Frau Geld wie Heu reinbringt – weil du das Unmögliche siehst, das wirklich Unmögliche.« Er sieht mich an. Unmöglich trifft auf unmöglich. »Und die ganze Zeit wartete ich auf den Haken. Bei seinen Geschichten gab es immer einen Haken.«

»Sie sterben.«

»Ja«, sagte er, »sie ertrinken. Kaum eine von ihnen wird älter als dreißig.«

»Hast du ihn gefragt, woher er das wusste?«

»Nein. Dave hatte seine Geschichten überall her. Ich denke, die Hälfte davon war Unsinn. Ich meine, ertrinkende Meerjungfrauen.«

»Aber jetzt glaubst du es?«

»Das mit dem Atemanhalten? Du hast es mir vorgemacht.« Er verzieht das Gesicht und lässt einen abgebrochenen Zahn sehen. »Was noch? Ein paar Jahre später arbeitete ich für Rose's, und als ich das erste Mal mit Enola ankam, hat sich Thom, ich schwöre es, fast in die Hose gemacht. Er wollte wissen, ob ich wisse, wen ich da angeschleppt hätte. Ich sagte, dass sie die verdammt beste Tarotlegerin sei, die ich je gesehen hätte, und er fragte wieder und wieder, ob sie auch schwimme. Ich sagte, ich weiß nur, dass sie den Leuten die Karten legt, und dann erzählte er mir fast genau die Geschichte, die ich von Dave gehört habe.«

»Du weißt, dass sie ertrinken.« Ich sage nicht, wir. Eine Frage schwebt zwischen uns. Doyle nickt.

»Enola taucht nicht. Sie legt Karten«, sagt er.

Sie hat es ihm nicht gezeigt, hat ihm nichts von dem Unterricht im Atemanhalten erzählt, den Stunden, die ich damit zugebracht habe, ihr beizubringen, wie man auf dem Bauch treibt, wie man die Luft ganz aus sich rausdrückt und den Leib dann damit füllt. Wie man taucht und auf das Wasser hört. Oder wie wir so getan haben, als ob unsere Mutter da draußen im Tiefen wäre. *Sie ist dahinten hinter den Felsen und pflückt Muscheln vom Stein, isst Jakobsmuscheln aus der Bucht. Sie spürt, wie du die Luft anhältst.* Enolas schwarzer Badeanzug machte sie zu einem glitschig glatten Robbenbaby, einem kleinen Selkie-Mädchen, das mir vertraute, wenn ich ihr Gesicht ins Wasser tauchte. Das Vertrauen ist weg, Enola verschweigt Doyle und mir Dinge. »Ich mache mir Sorgen um sie.«

»Warum haben wir die Sachen verbrannt? Dabei ging's nicht um Frank, oder?«

»Nein.«

Enola kommt die Treppe heruntergepoltert. Vielleicht schmollt sie dieses Mal nicht so lange. »Es ist saukalt hier drin, ich brauche eine Decke oder so was.« Ihre Arme sind fest vor der Brust verschränkt, der Kapuzenpullover ist durchnässt. Das Walfangarchiv wird kalt gehalten, das ist besser für die Bücher.

»Unten hängen immer ein, zwei Mäntel, die Bibliotheksbesucher vergessen haben, im Raum direkt hinter der Kinderabteilung. Da wird alles Liegengebliebene aufbewahrt.«

»Ich sehe nach«, bietet Doyle an und geht zur Treppe, wobei er jede Steckdose und jeden Computerstecker berührt, an dem er vorbeikommt.

»Sammelt er so Spannung?«

»Ich weiß es nicht«, sagt Enola. Sie rollt sich im Sessel neben mir zusammen. »Er sagt, es fühlt sich gut an.«

»Merkwürdiger Kerl.«

»Er ist in Ordnung.«

»Du hast ihm nicht gesagt, dass du die Luft anhalten kannst.«

»Warum sollte ich?« Sie sieht auf ihre Füße. Ihre roten Tennisschuhe sind ebenfalls ganz nass. Sie zieht sie aus, zittert und zieht die Füße unter sich.

»Hat dir mal jemand von unserer Familie erzählt? Wenn sogar Doyle Bescheid weiß, muss doch jemand mal was gesagt haben. Thom Rose hat mich gleich erkannt, und ich habe ihn kaum was gefragt. Hat er dir nichts erzählt?«

»Nein.« Ihre Oberlippe zuckt leicht.

»Er hat mich gefragt, ob ich schwimme, genau wie dich. Ich habe gesagt, dass Mom auf dem Rummel gearbeitet hat. Das war alles.« Sie nimmt die Karten aus der Tasche und fängt an, sie auf der Sessellehne auszulegen. Eine schnelle waagerechte Reihe von sechs, die sie gleich wieder einsammelt. Noch einmal. Ihre Finger im Krebsgang.

»Thom hätte es dir erzählt.«

Sechs ausgelegt, eingesammelt. Noch einmal. »Ich habe

Thom gesagt, dass ich Karten lege und nicht schwimme. Genau, wie ich es Doyle gesagt habe. Und wenn er mich nervt, gehe ich, und Doyle kommt mit.« Sie schiebt die Karten zusammen, mischt. Auslegen. Mischen. Auslegen. »Doyle würde mitkommen, und keiner will ihn verlieren. Er ist was Besonderes«, sagt sie. »Ich wusste nicht, dass er über uns Bescheid weiß.« Die Karten gleiten übereinander, Fasern über Fasern. Ein kleiner molekularer Austausch. So altes Material bedeutet, dass die Karten ineinandergeflossen, zu einem einzigen Ding geworden sind, einem einzigen Geist. »Er hätte es mir sagen sollen.«

»Warum?«

Die Karten halten inne. »Weil mir verdammt noch mal nie einer was erzählt. Er nicht, du nicht. Du denkst, ich habe keine Ahnung, aber das stimmt nicht.« Sie mischt wieder.

»Du hast doch auch Geheimnisse. Vor mir und vor Doyle.«

Sie wirft mir einen Blick zu. »Wäre es gut für ihn gewesen zu wissen, dass ich in die Fußstapfen meiner lebensmüden Mutter treten könnte? Die *ertrunken* ist?«

Doyle hätte mich fast umgebracht, als er versucht hat, mich aus dem Wasser zu ziehen. Ja, es könnte sicherer sein, wenn er Bescheid wüsste. »Vielleicht.«

»Ich frage mich, wie lange sie es geplant hat. Was, wenn sie ein Jahr lang jeden Morgen aufgewacht ist und gewusst hat, sie ist einen Tag näher dran? Vielleicht hat das alles wertvoller erscheinen lassen.« Sie formt einen Fächer mit den Karten und schiebt sie wieder zusammen.

»Ich glaube nicht, dass es so funktioniert«, sage ich.

»Woher willst du das wissen? Verheimlichst du mir etwas?«

»Nein.« Schweigen breitet sich zwischen uns aus, erfüllt

von leisem Kartenmischen. Sie sieht müde aus, erschöpft. »Bist du traurig?«

»Ich bin nicht wie Mom«, sagt sie leise. »Ich bin vorsichtig. Ich lege Karten, ich schwimme nicht. Ich fordere nichts heraus. Wenn du mit uns kommst, will ich nicht, dass du Thom oder Doyle etwas sagst.« Sie legt eine perfekt ausbalancierte Reihe auf die Lehne ihres Sessels. Der Narr, die Acht der Schwerter und die Königin der Schwerter sind dabei, alle verblüffend vertraut. Sie sind verblichen, abgegriffen. Vertraut ist nicht das richtige Wort, aber ich habe diese Bilder schon gesehen. Es ist ein handgemaltes Deck. Vielleicht war es schwer zu erkennen, weil ich sie alle in brauner Tinte gesehen habe, aber ich erinnere mich an den vorn hochgebogenen Schuh des Narren und den gequälten Ausdruck auf der Acht der Schwerter.

»Hab einen Mantel für dich gefunden.« Doyle kommt die Treppe heraufgejoggt und hält einen enorm großen schwarzen Parka in der Hand, der aussieht, als wäre er aus Müllbeuteln gemacht. Enola steckt die Karten zurück in die Tasche, er geht zu ihr, und sie springt auf und lässt sich das hässliche Ding von ihm um die Schultern legen.

»Simon?«, sagt sie.

»Was?«

»Da kommt Wasser unter der Tür durch.«

Unter dem Gummirand der Glastüren hat sich eine dunkle Pfütze gebildet, ein schwarzer vorrückender Fleck auf dem grünen Teppich. »Scheiße, Doyle, waren da noch mehr Mäntel?«

»Klar.«

»Hol sie. Mäntel, Pullover, Hemden, was immer da ist.«

Die Grainger hat vier Ausgänge, den Haupteingang, zwei Notausgänge und eine Lieferantentür. Im Raum unten gibt es nur einen Armvoll Jacken und Kleider, kaum genug für eine Tür. Doyle hat sich alles um die Schultern gelegt, ein wandelnder Kleiderständer.

»Sonst sind da nur noch Taschen und so. Schirme.«

Der Keller ist voll mit Kinderbüchern und Zeitungen, älteren heimatgeschichtlichen Dokumenten und eingelagerten Büchern, die niemand benutzt, höchstens für wissenschaftliche Arbeiten. Ich habe sie verschiedentlich für die Recherche gebraucht. Der Keller wird schnell volllaufen, es hat kaum einen Sinn, ihn retten zu wollen, wenn das Wasser von oben runterläuft. Trotzdem. Das Wasser zerstört alles. All die Bücher auf den Regalen unten. All die Ordner. Ich kann immer noch die Ränder jeder einzelnen Seite spüren.

»Simon?«

»Die Eingangstür. Wir verstopfen den Spalt darunter mit Mänteln und sehen dann weiter.«

Die rote Winterjacke eines kleinen Jungen, ein dunkelblaues Unterhemd, ein Wollmantel voller Katzenhaare, ein fleckiger Pullover und eine hellrosa Jacke, die ich mir an Mrs. Wallace vorstellen kann, alles füllt sich mit Wasser und weicht durch. Doyle zieht zwei Sessel heran, um die Sachen an Ort und Stelle zu halten.

Dann kommt der schmerzhafte Teil.

Wörterbücher werden einem der Notausgänge geopfert, durch den es ebenfalls hereindrückt. Vor ihm scheint sich das Wasser zu stauen. Wir nehmen eine Enzyklopädie und pressen die Seiten in jeden Spalt der Tür, Band um Band, um sie möglichst dicht zu versiegeln. Wir reißen die Seiten heraus und füllen die Lücken. Drängen das Wasser zurück und denken nicht an die Bücher. Sie würden sowieso zerstört. Denk nicht daran, wie groß dir die Regale vorkamen, als du das erste Mal in die Grainger kamst. Denk nicht daran, dass diese Regale alle Antworten enthielten, auf alles, was du einmal sein würdest, dass sie deine eigene Signatur wurden.

Ich spüre, wie Enola mich ansieht. »Du bist schon gefeuert«, sagt sie. »Und wahrscheinlich rettest du so die anderen Bücher.«

Doyle reißt eine vollgekritzelte Seite aus einem Lexikon. »Da hat einer sowieso lauter Schwänze reingemalt.«

Das macht es nicht besser.

Als wir kein Papier mehr in Ritzen pressen können und es auch sonst nichts mehr zu tun gibt, gehen wir hinauf in den ersten Stock.

In der Walfangsammlung ist es kalt, und alles scheint makellos. In Plexiglasvitrinen liegen Knochenschnitzereien, Harpunenspitzen und Walspeckspaten. Auf den Regalen stehen alte Logbücher und Frachtlisten, Zeichnungen und Briefe in Archivschachteln. Steril. Neben der Tür hängt ein Porträt des jungen Philip Grainger, und die runde Metallbrille und der gepflegte kurze Bart signalisieren Wohlstand und Gelehrsamkeit. Es gibt kein Eck des Raumes, das er nicht überblickt. Alice beugt gern kurz die Knie, wenn sie an ihm vorbeigeht. Die Sessel hier sind weicher als die unten bei den Zeitschriften: Hier kommt das Geld her, und hier geht es hin. Wenn wir trocken bleiben, dann hier. Enola rollt sich in einem der Sessel zusammen. Doyle schiebt einen anderen neben ihren, und sie legt den Kopf auf seine Schulter. Tätowierte Arme schlingen sich um sie. Irgendwo zwischen Auto, Mänteln und Wasser hat sie ihm vergeben.

»Hast du schon mal gedacht«, sagt sie, »hast du schon mal das Gefühl gehabt, dass das Wasser dich holen will? Das Haus? Deine Bücher?«

»Hier sind wir sicher.« Doyles Kopf beginnt sich zur Seite zu neigen, er schläft so leicht ein wie ein Kind. Enolas Blick wandert hin und her, wahrscheinlich sucht sie die Decke nach undichten Stellen ab. »Als ich anfing, die Bojen auszubringen, hat Frank mir erzählt, dass bei unserer Geburt, bei deiner und meiner, die Flut besonders hoch stieg. Bis über die Befestigungen schlug sie, bis hoch über die Pfeiler. Alle dachten, es würde die Anleger erwischen, aber sie haben gehalten. Mit der Flut können auch gute Dinge kommen.«

Sie zieht sich die Kapuze über den Kopf und legt das Kinn auf die Knie. »Frank ist ein Lügner.«

Sie hat recht. Ich gehe hinaus zum Treppengeländer und sehe nach unten. Ein schwarzer Kreis hat sich unter der hinteren Tür mit den Lexikonseiten vorgeschoben.

Enola schläft an Doyle gelehnt ein, seine Tentakel umschlingen sie, Haut und Tinte. Ich habe keine Zuflucht mehr. Das Wasser hat mir alles genommen, und das Unwetter hat sogar den Spaß des Feuers verdorben. Alles, was ich getan habe, war, unsere Geschichte und ein schönes Buch zu zerstören. Dann kam der Regen. Da ist etwas furchtbar falsch gelaufen.

Ich stehe auf. Die Bücher unten mögen bereits zerstört sein, aber es wäre nicht richtig, nicht nach ihnen zu sehen. Im Übrigen ist es Zeit, Liz Reeds Erkenntnisse zu überprüfen.

Doyle öffnet ein Auge. »Wo willst du hin?«

»Nach unten. Ich muss zusehen, wie der Keller absäuft.«

Er nickt ganz leicht. Enola rührt sich in seinen Armen, und eine Hand stößt ruckartig nach vorn. »Sie sorgt sich um dich«, sagt er. »Deshalb ist sie hergekommen.«

»Das muss sie nicht.«

Er lässt den Blick schweifen, die Lampen flackern und

blinken. Ob er der Grund ist oder das Unwetter, ist schwer zu sagen. »Ich weiß nicht, Mann. Um dich rum passieren ungute Sachen. Pass auf, wenn du bei Rose's bist, okay? Es ist ein guter Job, und ich will mir keinen anderen suchen müssen.« In seiner Stimme lauert der winzigste Anflug einer Drohung. Sein Gesicht bleibt ruhig, ein Auge halb geöffnet, fast schlafend. Es hätte Dads Aufgabe sein sollen, gefährliche Männer von ihr fernzuhalten. Jetzt hat Enola sich mit einem Elektrozaun umgeben.

»Ich gehe nach unten. Ich bleibe nicht lange.«

Der Boden im Keller ist nass, eine dünne Schicht Wasser gibt dem dunkelgrünen Teppich einen verlockenden Schimmer, und auf jeden Tritt folgt ein saugendes Geräusch. In meinem Fuß sitzt ein tiefer Schmerz. Ich packe Bücher auf Tische, doch das reicht nicht. Der Geruch von nassem Papier hängt in der Luft, und ich kann nur schwer atmen. Ich bringe, was ich kann, aus der Kinderbuchabteilung hoch, rette Thornton Burgess, die Märchen und Harry Potter und hole sämtliche Papiere aus den unteren Schrankfächern. Ich rette, was ich geliebt habe. Ich ertrage es nicht, Bücher ertrinken zu sehen. Ein Licht zischt und spuckt, über den Mikrofiche-Maschinen wird es dunkel. Die Tische füllen sich zu schnell, und es wird unmöglich, eine Auswahl zu treffen.

Ich winde mich zwischen den Reihen der Aktenschränke mit Zeitungen und Zeitschriften auf Mikrofilm und Mikrofiche (und noch nicht digitalisierten Papierausgaben) hindurch, ohne recht zu wissen, wonach ich eigentlich suche, bis ich es finde. *The Beacon*, für die Woche meiner Geburt, dann für Enolas. Die Bootsfahrerseite mit den Gezeitentabellen und den Wetterberichten. Springfluten haben uns auf die Erde begleitet, ungewöhnlich hohe Wasserstände ohne einen Sturm. Der Grund wurde beim Vollmond gesucht, und nachdem das Wasser aufs Land geflutet war, zogen die Gezeiten den Sund zurück, der sich so beide Mal fast bis Connecticut leerte. In Enolas Woche gibt es das Foto eines Mannes auf einem Stück Sand im ausgetrockneten Hafen. Schiffe liefen auf Grund, Fische starben. Hunderte Blaubarsche und Flundern erstickten an der Luft. Die Springfluten brachten uns, und sie brachten den Tod. Im blau zuckenden Neonlicht suche ich nach meiner Mutter und finde ihren Sturm. Die Woche ihres Todes verging in einem Nebel, und meine einzige Erinnerung besteht darin, mit Eiern gefüttert worden zu sein und zu sehen, wie sie hinausging, aber da war noch etwas: Ein Sturm raste heran, eine rote Algenflut, und der Strand füllte sich mit Pfeilschwanzkrebsen.

Ich gehe zu meinem Schreibtisch, das heißt zu dem, was bis vor ein paar Wochen noch mein Schreibtisch war. Er steht noch da, aber er hat sich verändert. Das Werkzeug zur Buchreparatur ist weggeräumt, die Bankerlampe durch ein Neonlicht ersetzt worden. Nichts erinnert mehr an mich. Allein der Computer steht noch da.

Ich schalte ihn ein, und er erwacht mit einem alarmierenden Blitz, übersteht es aber, sich in meinen Mailaccount einzuloggen. Es kann nicht sicher sein, bei so einem Unwetter elektronische Geräte zu benutzen, doch die Zeit drängt, und die Erleichterung, die mit dem Feuer kam, ist von den Regenmassen weggespült worden.

Die E-Mail von Liz ist vollkommen und beschreibt im Detail einen Unfall durch die Überschwemmung von New Orleans 1825, bei der nach tagelangem Regen ein ganzes Showboat vom Mississippi verschlungen wurde. Sie hat den Artikel darüber in der *Louisiana State Gazette* gefunden. Fast alle Artisten und Tiere kamen beim Untergang des Schiffes um. Unter den fünf Überlebenden waren Katerina Ryschkowa und ihre Tochter Greta. Gretas Vater ertrank. Der Besitzer der Show, Zachary Peabody, wurde in ein Krankenhaus gebracht und begann später eine lange, anrüchige Karriere als Dance-Hall-Besitzer. Wie ich es erwartet hatte. Liz beendet ihre E-Mail mit einem kleinen Hinweis: »Das Sanders-Beecher-Archiv versucht dich zu kontaktieren. Dein Telefon funktioniert nicht. Bring das in Ordnung. Ich denke, du könntest den Job haben.«

Es folgt Rainas Mail. Sie ist weniger gut formuliert und enthält eine Liste mit Namen und Abkürzungen. »Greta Mullins ⚭ Jonathan Parsons. Drei Kinder: Jonathan Parsons jr., Newton Parsons, Theresa Parsons, Jonathan Parsons jr. starb als Kind, Newton blieb unverheiratet, Theresa Parsons nicht.« Ich lese die Zeile. Unsicher. Klicke den Druck-Button. Sekunden später höre ich einen Knall aus Richtung des Druckers. Ich starre auf den Bildschirm. »Theresa Mullins ⚭ Lawrence Churchwarry. Ein Kind: Martin.« Den Rest kann ich selbst hinzufügen. Martin Churchwarry verbrachte ein unspektakuläres Leben als Buchhändler, bis er eines Tages auf ein faszinierendes Buch stieß. Martin Churchwarry ist ein Nachkomme von Madame Ryschkowa. Raina fasst sich kurz, aber ihre Arbeit ist wie immer so gründlich, dass sie ans Unfehlbare grenzt.

Der Computer blinkt, und der Bildschirm verdunkelt sich. Meine Brust fühlt sich seltsam hohl an. Martin Churchwarry hat das Buch und mich gefunden. Er ist ein Ryschkow. Habe ich deswegen immer wieder mit ihm gesprochen? War es die Stimme des Blutes, die mich davon abgehalten hat, seine Anrufe nicht anzunehmen? Nein, *ich* habe *ihn* angerufen. Ich war es. Er hat mir das Buch geschickt, und ich habe ihn wieder und wieder angerufen, ihn in meine Geschichte gezogen. An seinen Eingeweiden gezerrt.

Ich hole meine Notizen von oben, wo Enola jetzt fest schläft. Den Kopf auf Doyles Schoß, liegt sie auf zwei Sesseln ausgestreckt. Ich nehme meine Tasche. Doyle zuckt mit einer Braue. »Meine Notizen«, sage ich. Er antwortet nicht.

Ich rufe von Alices Schreibtisch aus an, weil ihr Stuhl weicher und weiter von der Walfangsammlung entfernt ist als meiner. Und er riecht nach ihr, nach Salz und Zitrone. Ihre Schublade liegt voller violetter Stifte, deren Kappen ganz leicht zerbissen sind. Violette Stifte sind für Besprechungsnotizen. Der Hörer riecht nach ihr. Doyle steht oben am Geländer, reckt den Hals und sieht nach unten, den Kopf auf einen Tintenarm gestützt.

Ich halte mich nicht mit Grüßen auf. »Sie sind ein Ryschkow.«

»Simon? Ich habe versucht, Sie zu erreichen. Wo waren Sie?«

»Meine Telefone funktionieren nicht. Sie sind ein Ryschkow. Wussten Sie das? Die Karten im Buch, die gehörten Ihrer Familie.«

Er räuspert sich. »Entschuldigung, was?«

»Ich muss wissen, warum Sie mir das Buch geschickt haben«, sage ich. »Es ist wichtig.«

»Allein aus dem Grund, den ich Ihnen genannt habe. Das Buch hatte etwas Besonderes, Wundervolles, aber es war nichts, was ich verkaufen konnte. Ein Ryschkow? Wirklich?«

»Bibliotheken hätten es haben wollen«, sage ich. »Ein Zirkusmuseum vielleicht. Für etwas so Altes gibt es immer Interessenten. Sie hätten nur an der richtigen Stelle nachfragen müssen. Sie sind Buchhändler, Sie sollten das wissen.«

Er seufzt. »Es gibt ein Zirkusmuseum in Sarasota, das Interesse daran haben könnte, ja. Aber haben Sie sich nie mit einem Buch verbunden gefühlt? Meine Frau hat ein Exemplar der *Schatzinsel*. Es ist verschmutzt, einzelne Seiten fehlen, kurz: Es ist in einem fürchterlichen Zustand, aber sie würde es niemals hergeben. Ich habe ihr andere Ausgaben geschenkt, mit wunderschönen Illustrationen, aber sie will sie nicht. Diese eine Ausgabe ist *ihr* Buch.« Ich höre Stuhlbeine über den Boden rutschen, Churchwarry setzt sich. »Ich bin wegen einer Ausgabe von *Moby Dick* zu dieser Nachlassauktion gefahren, und dann sah ich dieses eine Buch bei den anderen liegen und wollte es unbedingt genauer sehen. Ich habe viel zu viel geboten, aber ich musste sicher sein, es zu bekommen. Es war natürlich reine Spekulation, niemand konnte vor der Auktion etwas näher in Augenschein nehmen. Ich dachte, die Chance bestünde, dass es mein Buch ist. So wie die *Schatzinsel* Maries Buch ist. Als ich es dann jedoch in die Hand nahm, wusste ich gleich, es war nicht so. Und ich wusste auch, dass es nichts war, was Churchwarry & Sohn verkaufen würden. Ich kann es nicht anders erklären, als dass es darum bettelte, verschenkt zu werden. Ich behielt es eine Weile und studierte es, um zu sehen, ob ich einen Hinweis darin fand, wem ich es geben sollte, und so stieß ich auf den Namen: Verona Bonn.«

»Meine Großmutter«, sage ich. »Martin, es war Ihr Buch: Ihre Ururgroßmutter war die Wahrsagerin der Menagerie, Madame Ryschkowa.«

»Sind Sie da absolut sicher?« Er hustet ein paar Sekunden, nicht weil er krank oder alt wäre, sondern um seine Gedanken zu sammeln. »Wie außergewöhnlich«, sagt er. »Was für ein außerordentlicher Zufall.«

»Ich glaube, es war kein Zufall. Bücher wie diese bleiben

eigentlich in den Händen einer Show oder Familie, aber dieses ist anders. Enola sagt, sie hat so eines noch nie gesehen. Es hat seinen Weg zu Ihnen gefunden, und dann zu mir. Als hätte es uns gesucht.«

»Wunderbar«, sagt er fast wie berauscht. Er hört mir nicht länger zu, sondern verliert sich in seinen eigenen Gedanken. »Zu denken, dass ich all die Jahre Bücher ausfindig gemacht habe, und – wie passend – dann hat ein Buch mich ausfindig gemacht. Absolut fantastisch«, murmelt er. »Ich würde es mir gern noch einmal ansehen. Würde es Ihnen etwas ausmachen, es mir zurückzuschicken? Oder besser noch, es herzubringen? Ich würde auch Sie gern kennenlernen. Mir scheint, wir sollten uns treffen. Es ist, als hätte es uns miteinander verbunden, ist es nicht so?«

»Ich kann es Ihnen nicht zurückgeben. Ich habe es verbrannt.«

»Sie haben *was?*« Hinter mir ächzt die Tür des Notausgangs und drückt nach innen. »Was ist das?«, fragt Churchwarry.

»Die Bibliothek wird überflutet«, sage ich. Churchwarry lässt ein verblüfftes Brummen hören und fragt, ob ich in Sicherheit bin. »Im Moment noch. Ich habe das Buch und alles von Frank zerstört. Ich dachte, das würde das Problem lösen. Wie das Zerschlagen einer Fluchtafel. Exorzismus mit Flammen, aber dann kam das Unwetter. Martin, hier läuft etwas fürchterlich schief. Ich mache mir Sorgen.«

»Sie denken, Sie haben etwas übersehen«, sagt er.

Das Wasser dringt weiter vor, und es ist an der Zeit, eine weitere Enzyklopädie zu opfern, einen weiteren Teil aus mir herauszureißen. »Ich muss Schluss machen, aber ich will, dass Sie es wissen. Sie sollen wissen, zu wessen Familie Sie gehören. Ich muss jetzt die Türen sichern.« Ich sehe die

Treppe hinauf, wo Enola schläft und Doyle steht und mich ansieht.

»Simon«, sagt Churchwarry mit einem Kratzen in der Stimme, das ich so bei ihm noch nicht gehört habe. »Bitte, passen Sie auf sich auf.«

Seine Worte sind voller seltener Dinge, voller Sorge und Möglichkeiten.

28

Die Menagerie machte sich so eilig davon wie seit dem einen Mal nicht mehr, als ein Priester Peabody mit Teer und Federn gedroht hatte. Sie zogen nach Nordosten und hielten, solange es ging, nicht an. Nachts campierten sie am Straßenrand und schickten Benno oder Nat voraus, um Vorräte zu kaufen, statt selbst in einem Ort haltzumachen. So ging es weiter, bis sie den Atlantik erreichten. »Eine Erholungspause«, nannte Peabody ihren Halt dort, obwohl alle wussten, worum es sich wirklich handelte. Sie waren vom versunkenen Dorf gezeichnet worden.

Nach der Geburt von Bess rebellierte Evangelines Leib gegen seine Fülle und formte sich neu. Bald schon ragten ihre Rippen hervor, und es schien, dass mit jedem Saugen des Kindes an ihrer Brust etwas mehr Leben aus ihr schwand. Sie und Amos hatten seit Charlotte nur wenig gesprochen. Die Karten wurden zum reinen Weissagungsmittel.

Peabody schien als Einziger in beschwingter Stimmung. Er setzte Bess' fest umwickelten Körper oben auf seinen Bauch, gurrte und knurrte und erfreute sich an ihr. »Kleines Mäuschen, süße Bess. Was soll ich in dir sehen? Eine schöne Meerjungfrau wie deine Mutter? Einen Zigeuner wie deinen Vater? Ich denke, du wirst noch viel, viel hübscher, mein Liebes.«

Wäre Amos nicht so auf die Mutter seines Kindes konzentriert gewesen, hätte er das gewinnlerische Glitzern in Peabodys Augen gesehen. Aber Evangeline hatte angefangen dahinzuschwinden. Wenn er sie schnürte, blieb hinter dem Brustteil ein Hohlraum, so fest er auch zog.

»Ich werde Peabody sagen, dass ich wieder schwimmen will«, erklärte sie ihm eines Morgens beim Anziehen. Amos zuckte zusammen und zerriss ein Band. Sie seufzte und suchte nach einem Ersatz. »Entweder das, oder ich werde ein lebendes Skelett. Die Wassernummer hat gutes Geld eingebracht, und wir müssen praktisch denken. Das Mädchen wird Dinge brauchen.« Eng in eines der Samttücher des jungen Wilden gewickelt, döste Bess in der Kostümtruhe. Bess, deren Geburt eine Stadt weggeschwemmt hatte.

Amos fügte sich. Auch wenn es ihn ausschloss, dass Evangeline wieder schwimmen wollte, würde er sich dem nicht widersetzen.

»Keine Sorge«, sagte sie. »Ich werde auch weiter die Stimme deines Kartenorakels sein. Ich will dich nie wieder in einem Käfig sehen. Obwohl ich es besser fände«, fuhr sie fort, »wenn wir über etwas anderes nachdächten, eine andere Nummer.«

Amos schluckte seine Bedenken hinunter. Nach allem, was geschehen war, sorgte er sich um die Natur der Wassernummer. Ihm war nicht entgangen, dass Susanna nicht mehr mit Evangeline sprach und auch Melina kaum mehr einen Gruß murmelte. Benno hatte angefangen, verhalten zu grinsen, wenn sie vorbeikam. Einmal wollte Amos auf ihn losgehen, doch Evangeline hielt ihn zurück, indem sie ihm eine Hand auf die Brust legte.

»Halt«, sagte sie ruhig. »Er hat nur Angst. Wenn er merkt, dass er nichts zu befürchten hat, kommt er zurück.«

Sie hielt Bess im Arm, das Kind schrie. Evangeline sah Benno an. »Ich kenne Leute wie dich.« *Ich habe eine Frau getötet, die wie du war.* Benno ging davon, und er zitterte, das hatte sie gespürt.

Seit der Überschwemmung hatte Evangeline kaum geschlafen. Im Kerzenlicht saß sie da und sah zu, wie sich Amos' Brust hob und senkte, lauschte dem Atem ihrer Tochter und fragte sich, was für ein Unglück sie über sie gebracht hatte. Nie hatte es zwei so schlimm mit einem Fluch belegte Menschen gegeben. Während die beiden träumten, verbrachte sie Stunden mit dem Tarot, stellte Fragen und suchte nach Antworten. *Was wird aus uns werden? Was wird aus ihr werden?* Ein furchterregendes Muster schälte sich heraus.

Die Karten sprachen von alten Verfehlungen, von dem, wovor sie geflohen und was seitdem geschehen war. Vom zehrenden Tod ihrer Mutter, dem Tod von Großmutter Visser, dem Verschwinden Madame Ryschkowas, von Amos' Trauer, den verendeten Fischen im vergifteten Fluss und der Zerstörung Charlottes. Als Madame Ryschkowa sie angegriffen hatte, war sie noch voller Mut gewesen, gestärkt durch Amos' Zuneigung, und hatte ein Stück Glück für sich gewollt, ganz ähnlich wie mit Will Aben am Hudson. Aber Ryschkowa hatte recht behalten, mit dem sorglosen Leben, das Amos geführt hatte, bevor er Evangeline begegnete, war es vorbei. Seit sie sich kannten, hatten sich harte, traurige Falten in sein Gesicht gegraben. Evangeline nahm die Karten, und Vergangenheit und Zukunft gossen ihre Schrecken aus. Die Karten zuckten vor ihr zurück. Amos musste von alledem nichts erfahren.

Nach einer zweiten Woche verborgener Prophezeiungen fragte Evangeline Amos, ob es möglich sei, dass allein er bei ihren Legungen die Karten in die Hand nahm. Amos legte die Stirn in Falten, erfüllte aber ihren Wunsch. Die Karten brachten sie auch dazu, Peabody auf ihre Wassernummer anzusprechen.

Der Wandertruppenleiter war hocherfreut, dass er seine Meerjungfrau zurückbekommen sollte. Das zusätzliche Geld, das sie wollte, würde leicht durch die männlichen Besucher wieder hereinkommen, die ihre Nummer anzog. Der Bottich wurde repariert, lackiert und geweißelt, und Peabody ermunterte Evangeline, die kleine Bess zum Training mitzunehmen.

»Wir können nicht sagen, was aus unserem großartigen Mädchen einmal werden wird.« Peabody hatte sich angewöhnt, die Kleine am Bauch zu kitzeln, wenn er solche Dinge sagte. Bess sah ihn dann an, und ihre gelblichen Augen blieben ruhig und ungerührt wie die eines Kaninchens. »Weite ihren Horizont. Lehre sie die Karten, das Wasser. Lass sie lernen, ihren Körper zu winden und zu jonglieren. Alles, wozu sie fähig ist.«

Amos ertrug die Wiederauferstehung des Tauchbottichs und beobachtete das Kalfatern und Anstreichen aus dem Les-Ferez-Wagen, machte aber keine Anstalten zu helfen. Er gab sich selbst die Schuld an Evangelines Furcht vor den Karten, und er verstand sie. Er war jedoch gegen das Training seiner Tochter, da er annahm, dass ihre Geburt die Überschwemmung herbeigeführt hatte. Zudem verhießen die Karten noch mehr Wasser. Charlotte nagte an ihnen wie eine Krankheit.

Drei Monate vergingen. Peabody führte sie auf Umwegen nach Philadelphia und am Ende nach New York, wo sein Sohn war. Am Abend, bevor sie in Millerston ihre erste Vorstellung gaben, kam Evangeline, um Bess von Amos zu übernehmen.

»Komm mit mir, mein kleiner Fisch. Es ist an der Zeit, dass wir dir das Schwimmen beibringen.« Sie streichelte mit der Hand über das feine schwarze Haar des Kindes.

Amos schob Bess unter seine Jacke, damit Evangeline sie nicht nehmen konnte. Er war steif vor Angst.

»Du weißt so gut wie ich, dass Peabody irgendwann will, dass sie arbeitet. Wir müssen sie anlernen, und wenn wir jetzt damit anfangen, wird sie das Wasser nicht so fürchten, wie ich es einst gefürchtet habe. Ich kann es sicher für sie machen.«

Er drückte Bess noch ein wenig fester an sich und spürte den Griff der Kleinen um den Spitzensaum seines Hemds. Er schüttelte den Kopf und verfluchte den Umstand, dass er nicht an seine Karten herankam.

»Es wird Jahre dauern, bis sie Karten legen kann«, sagte Evangeline. »Und wer wollte seine innersten Geheimnisse wohl einem Kind anvertrauen? Kaum einer wird sich wünschen, dass ein Kind ihm die Zukunft voraussagt.«

Sie musste nicht weiterreden. Sie wollte Bess nicht an die Karten lassen. Er würde nicht mit seiner Tochter sprechen können.

Amos verlagerte das kleine Mädchen auf einen Arm, holte mit der freien Hand die Karten aus ihrer Schachtel und schlug sie auf den Tisch, dass dessen Beine erzitterten. Er wollte Nein sagen, und dass er Angst hatte seit dem Fluss, seit Charlotte. Er breitete die Karten auf dem Tisch aus, sie summten in seiner Hand.

Evangeline griff nach ihnen, und als ihre Finger eine von ihnen berührten, fuhr ein Wind in den Wagen, blies sie über den Tisch und auf den Boden und löschte Amos' Worte aus. Eine neue Anordnung entstand und sprach von Gewalt, einer ermordeten Frau, verheerenden Überschwemmungen und Trauer. Es war ein Bild der Verzweiflung mit ihr, der Königin der Schwerter, und ihm, dem Narren, in der Mitte. Evangeline ging in die Knie, um die Karten aufzuheben, doch er hielt sie zurück. Er studierte die Anordnung, die Schichten der Bedeutung. Bess jammerte in sein Hemd. Er hatte Evangeline vor der Bedrohung durch Madame Ryschkowa und der von ihr vorausgesagten Zukunft geschützt, doch die Karten dort auf dem Boden zeugten von einer anderen Wahrheit: Hatten sie recht, hatte er sich selbst beschützt und Evangeline verheimlichte ihm Dinge.

Das zarte Wasserwesen, dem er begegnet war, hatte getötet. Er sah es in den Schwertern, und wie sie sich verteilt hatten, vom Tod über das Bild des Gerichts. Mord war eine zermürbende Sünde. Immer wenn Evangeline Trost suchte, zog ihr unruhiger Geist Unglück auf sich. Ihr Gesicht war nicht überrascht. Er dachte an all die Karten, die er vor ihr verborgen hatte, und wie unnötig es gewesen war. Er erinnerte sich an den Bluterguss auf ihrer Schulter, als er sie zum ersten Mal entblößt gesehen hatte. Die Verletzung hatte an ihm gezerrt, hatte ihn fasziniert, und sein Finger hatte unbedingt darüberfahren wollen.

»Bitte«, bettelte sie, und als er Bess auch weiter von ihr abschirmte, drückte sie ihm ihre Lippen auf die Stirn. »Ich wollte sie nicht töten«, sagte sie. »Ich würde es rückgängig machen.« Amos schloss die Augen, ließ das Kind aber nicht los.

Evangeline hatte den Wagen längst verlassen, als Bess zu schreien begann.

Amos verbrachte den Rest des Tages in Gedanken, strich mit den Fingern über das Bett, das sie miteinander teilten, und spürte dem Abdruck ihres Körpers nach. Sie rollte sich ein, wenn sie schlief, was sie sich während ihrer Zeit im Bottich angewöhnt hatte. Das Baby warf sich herum und trat wie seine Mutter. Es war gut, dass Bess nicht stumm war wie er. Er dachte über Evangelines Bestimmtheit nach: Sie wollte wieder schwimmen und hatte es Peabody angetragen. Die tote Frau in den Karten, Evangeline hatte sie umgebracht.

Er war nicht wie sie. Seit seinem Zusammentreffen mit Peabody war sein Leben nicht mehr sein eigenes. Sein Name war nicht seiner – wie immer er gelautet haben mochte, als er noch im Haus hinter seiner Erinnerung lebte. Amos wickelte Bess und legte sie zum Schlafen in die Kostümtruhe. Sie schrie, verzog das Gesichtchen und lief vor Zorn rot an. Sie konnten noch einmal neu anfangen, ohne die Karten und ohne Peabody, in einem Haus in Burlington, wo sie für sich leben würden. Er wollte Evangeline sagen, dass er Ryschkowa nicht glaubte oder es lernen würde, ihr nicht zu glauben. Es war der rote Fleck auf ihrer Schulter gewesen, der die Liebe zu ihr in ihm entfacht hatte, weil sie Zuwendung brauchte. Sie hatte ihn gelassen, hatte ihn erwählt, hatte sich um ihn gekümmert, für ihn gelernt und ihn aus dem Käfig gehalten. Ein einfacher Bluterguss hatte am Anfang gestanden.

Bess schrie, wie andere bluteten – als könnte sie daran sterben. Er tat, was er konnte, um sie zu trösten, wiegte sie, tätschelte sie und ging schließlich mit ihr, als ihm nichts mehr einfallen wollte, zu Susanna. Die Schlangenfrau wiegte sie und rief Melina, die Bess den Bauch rieb. Nat blies die Backen auf, ließ die Luft mit einem Plopp entweichen und gab dem Baby eine süße Wurzel, an der es lutschen konnte. Aber Bess brüllte, bis sie sich verschluckte. Sie brauchte ihre Mutter.

Amos wartete.

Der Abend kam. Evangeline kam nicht zurück.

Sie war ans Meer gegangen, hinter den Bäumen übers Gras auf den Streifen Sand, der wie ein Lächeln dazu verlockte, ins Wasser zu gehen. Früher hatten ihr das Schwimmen und das Strecken ihres Körpers Frieden gebracht, jetzt jedoch nicht. Sie atmete tiefer, als sie es in der Zeit vor dem Kind getan hatte. Das Baby hatte sie auf unerwartete Weise verändert. Die Truppe fürchtete sie. Das konnte sie ertragen, aber Amos' Misstrauen traf sie sehr. Das Baby hatte ihren Körper neu geformt, und er hatte sich auch für ihn verändert: Die Einbuchtung zwischen Hals und Schulter war zu einem Ruheort für seinen Kopf geworden, ihr Rücken hatte sich gekrümmt und seinem Körper angepasst. Ihr Herz schlug langsamer, wenn seines langsamer schlug.

Sie könnten weggehen. Sie könnte weggehen und ihn mit sich nehmen.

Das Wasser roch salzig und nicht torfig süß, wie sie es von den Flüssen kannte. Sie tauchte unter, und das gewohnte Gewicht ergriff sie und wirbelte halb geformte Erinnerungen daran auf, wie sie von Großmutter Visser ertränkt wurde. Im Wasser konnte sie Bess' Schreie nicht hören.

Sie setzte die Füße auf den Grund des Ozeans, und sie trafen auf etwas Glattes, das unter ihr wegkrabbelte. Etwas Scharfes schnappte nach ihrem Knöchel, es war wie ein Schlag. Sie verschob den Fuß und wurde gleich wieder getroffen, Dutzende Male. Luft entwich aus ihr. Sie schmeckte Salz.

Dort unten auf dem Meeresgrund konnte sie die krabbelnden Beine und Schwänze nicht sehen, die die Falten ihres Kleides durchsuchten, ihr über Füße und Waden kletterten und sich in ihren Strümpfen verhakten. Sie empfand eine Leichtigkeit wie zuletzt als kleines Kind. Wenn ihre

Großmutter sie in den Badezuber getaucht hatte, war es keine Angst gewesen, die ihr Herz hatte rasen lassen, sondern dass Gefühl, dass es richtig so war. Der Saum ihres Kleides sank in den Sand, begraben von krabbelnden Beinen. *Oh, hier gehöre ich hin.*

Wenn sie das Wasser verließ, nahm sie Leben. Sie tötete Großmütter und Söhne und vergiftete Flüsse. Spülte Städte weg. Im Wasser war sie mit sich im Einklang, im Wasser richtete sie keinen Schaden an.

Evangeline ließ die Wesen auf sich kriechen und an ihren Armen ziehen, bis sie in einen lebenden Umhang gekleidet war. Die gepanzerten Körper überschwärmten sie. Als ihr Gewicht so groß wurde, dass sie nicht länger stehen konnte, setzte sie sich. Oben an der Oberfläche platzten Blasen und verloren sich zwischen den Wellen.

Als sie nicht mehr sitzen konnte, legte sie sich hin. Beine und Schwänze verknoteten sich in ihrem Haar, bis sie ein Teil von ihnen wurde, und sie ein Teil von ihr. Evangelines Rücken sank tief in den Sand. Die Wesen stahlen ihren letzten Atem.

Die Karten hatten in jeder Hinsicht recht behalten. Sie brachte Unglück, wo auch immer sie hinkam. Sie war eine Mörderin, wenn sie es auch nicht gewollt hatte. Evangeline dachte an ihre Tochter, die durch ihre Geburt so viel Unglück verursacht hatte. Amos mit seinen lieben Augen und seinen geschickten Händen würde Bess vom Wasser fernhalten. Damit, dachte sie, wurde ihr Tod zu einer guten Sache. Als das Bedürfnis nach Luft wie ein Hunger über sie kam, öffnete sie den Mund, und er füllte sich mit Sand und Meer. Drinnen wie draußen wurde sie zu Wasser. Seltsam, dachte sie. Die Meerjungfrau konnte ertrinken.

Amos schlief nicht. Er wiegte das Kind, bis der Morgen durch die Ritzen des Wagens drang, und ging zum Wasser, um nach Evangeline zu suchen, fand jedoch keine Spur von ihr. Er wiegte Bess an seiner Brust, und sie schrie nach Milch und ihrer Mutter. Er suchte nach Fußabdrücken, nach Evangelines Kleid, fand aber nur seltsame Krebskreaturen. Wischende Schwänze, die alle Spuren wegfegten.

Benno fand den herumwandernden Amos, der keuchte und ein harsches Geräusch hören ließ, fast wie ein Bellen. Benno fasste ihn bei den Schultern, erschreckt von seinen Lauten und seiner Erscheinung. »Was hat sie getan? Bist du verletzt? Hat sie dem Baby etwas angetan?«

Amos machte sich los. Mit schmalen Augen sah er Benno an und ließ den Blick über ihn gleiten, von den abgetragenen Schuhen über den Riss im Hemd bis zu seiner Narbe. Er fauchte und ging Peabody suchen.

Ohne von Eröffnungsvorstellungen und Reisezeiten zu sprechen, ordnete Peabody eine Suche an. Meixel und Nat schickte er zu Pferde los, beide mit einer Laterne, sollten sie es vor Einbruch der Nacht nicht zurückschaffen. Melina und Benno sollten zu Fuß suchen, Amos blieb und wartete am Strand. Peabody kam mit zwei Kissen herunter auf den Strand. Eines legte er neben Amos und setzte sich darauf. Seine Knie knackten wie trockenes Holz. »Wir warten.«

Sie sahen auf den Ozean hinaus. Als Bess' Schreie zu durchdringend wurden, ging Peabody ins Lager und kam mit einer Tasse Ziegenmilch zurück, tauchte den Finger in die warme Flüssigkeit und fütterte das Kind, ohne es Amos aus den Armen zu nehmen. Tropfen für Tropfen saugte es von seiner Fingerspitze.

Tief in der Nacht, als die Krebse längst zurück ins Meer gewandert waren, schimmerte draußen auf dem Wasser etwas weiß im Mondlicht auf. Amos sah, wie es auf und nieder tanzte, und sprang auf die Beine. Er stieß den dösenden Peabody an, der spuckte und hustete, als Amos ihm das Baby in die Hände drückte. Sobald klar war, dass Bess ruhig weiterschlief, sah Amos wieder zum Wasser. Er lief hinein, und es stieg schwarz und kalt um ihn auf. Der weiche Boden saugte an seinen Füßen, und er stieß vor in ein Reich, das bis dahin allein ihr gehört hatte. Amos watete weiter bis zu einer kräftigen Strömung, er hatte nicht daran gedacht, seine Jacke oder sein Hemd auszuziehen, was auch sie nie getan hatte, und die Kleider behinderten sein Fortkommen. Als er das schimmernde Objekt erreichte, schmerzten seine Beine, und das Wasser schlug ihm bis ans Kinn. Er griff nach dem tanzenden Stück Licht, und es fühlte sich vertraut an. Er verbot sich das Gefühl jedoch, bis er es richtig betrachten konnte, und war schon wieder halb am Ufer, als er es endlich wagte, einen Blick darauf zu werfen.

Es war ein Stück Band, weiß, von der Taille ihres Kleides. Er erkannte den Stoff, die ausgefransten Enden vom Ein- und Aussteigen in den Bottich. In seiner Brust platzte etwas. Sie würde nicht zurückkommen. Evangeline war im Ozean.

»Komm und lass sehen, was du da hast«, rief Peabody vom Strand her.

Amos starrte das Band an und streichelte über die Rippen im Gewebe wie bei jedem Mal, als er das Kleid zum Trocknen aufgehängt hatte. Er wandte sich von der Küste ab und drückte das Stück Stoff, rieb darüber, bis es ihm die Haut aufkratzte. Er bewegte sich auf die Tiefe und die Strömung zu. Peabody rief nach ihm, aber Amos hörte nicht. Das Gewicht seines Les-Ferez-Anzugs war so groß, dass das Wasser ihn nicht zu tragen vermochte. Amos ignorierte das Rufen und hörte das Platschen hinter sich nicht.

Er war unter Wasser, als Peabody ihn erreichte. Ein nasser, baumwollbedeckter Arm fasste Amos von hinten und zog ihn zurück. Amos kämpfte und trat, doch seine Kleider behinderten ihn. Peabody hakte einen Arm unter seine Achsel und zog ihn mit einer Kraft, von der beide nicht gewusst hatten, dass er sie besaß, zurück an Land.

»Wehr dich nicht«, keuchte Peabody, als Amos um sich schlug. »Wenn du dich weiter wehrst, ertränkst du uns beide. Hörst du? Du wirst mich ertränken, Junge.«

Amos gab auf und ließ sich ziehen. Das Wasser schwappte über ihn, und er klammerte sich an das Band. Es roch stark nach Salz, so wie es ihr Haar oft getan hatte. Als sie endlich im Sand lagen, drehte Peabody ihn auf den Rücken.

»Ich lasse das nicht zu. Das geht nicht«, sagte er spuckend und prustend. »Zwei von euch auf einmal zu verlieren, ist nicht zu ertragen.« Amos setzte sich auf, und Peabody schlug ihm auf den Rücken, bis er Wasser heraushustete. »Ich habe dich genährt, habe dich gekleidet und dir alles gegeben, was ich je besessen habe. Und du gehst einfach so von mir weg.«

Ein Schrei wie der eines Kätzchens wehte vom Strand herüber.

»Ich hatte dich nicht für einen Narren gehalten. Für stumm ja, aber nicht für einen Narren, nein.« Er streckte Amos einen Arm hin und wartete darauf, dass er ihn ergriff. Das Schreien ging weiter. Amos nahm die angebotene Hand, und Peabody führte ihn zu Bess, die in seinen burgunderfarbenen Samtmantel gewickelt dalag. Amos' Haar war voller Sand und Salz, und Peabodys Kleider hingen wie ein nasser Sack an ihm herunter. Als sie die beiden sah, ließ Bess ein freudiges Quietschen hören. Amos starrte seine Tochter an, klein, rund, mit Evangelines Augen. Der Anblick schmerzte ihn.

Einen Moment lang wünschte er, sie wäre in Charlotte

vom Fluss geholt worden. Wäre Bess nicht geboren worden, wäre Evangeline noch bei ihm. Der Gedanke zog ihm den Magen zusammen, und er nahm das Kind auf den Arm.

»Guter Junge«, sagte Peabody. »Wir machen einen Vater aus dir.«

Erst zwei Tage später zogen sie weiter. Peabody war von einer grauen Traurigkeit erfüllt und schrieb sie den zurückgehenden Einnahmen zu. Er hinterfragte seine Gefühle nicht näher und klopfte auch nicht an Amos' Tür, sondern ordnete nur an, dass Essen und Ziegenmilch auf die Stufen des Les-Ferez-Wagens gestellt wurden, wobei er sich vergewisserte, dass beides nicht unberührt blieb.

Amos betrachtete seine Tochter. Fütterte sie. Schlief wenig.

Nach einigen Tagen beschlossen sie, dass er aus seinem Wagen gelockt werden musste. Benno wurde geschickt, und als sich Amos weigerte, die Tür zu öffnen, blieb ihm nichts anderes übrig, als erneut zu seinen Metallstreifen zu greifen, um in den Wagen zu kommen. Das Bild, das Amos bot, bestürzte ihn, und er murmelte einen kurzen Fluch.

Die Stoffe, mit denen das Innere des Wagens geschmückt gewesen war, lagen zerfetzt am Boden. Amos hockte über Bess, das Haar wild, die Augen eingesunken, die Arme voller tiefer roter Kratzer, die er sich selbst zugefügt hatte.

»Oh«, murmelte Benno. »Es tut mir leid. Es tut mir so leid.« Er bot Amos eine Hand an, doch der wich zurück. Benno lehnte sich gegen die Wand und rutschte auf den Boden. Amos wandte ihm den Rücken zu.

Fast eine Stunde lang saßen sie schweigend so da. Endlich sagte Benno: »Du erinnerst dich sicher nicht daran, wie du warst, als du zu uns kamst. Du warst kaum da. Meist sahen wir dich nicht, und wenn doch«, er schnitt mit der Hand durch die Luft, »*ffft* … nichts. Du warst ein leeres Glas. Zerbrechlich, dachte ich. Dann begann ich dich mit dem kleinen Pferd zu sehen, und du erinnertest mich an meinen jüngsten Bruder. Und du warst nett zu mir. Ich bin niemand, zu dem die Leute oft nett sind. Also habe ich mir gesagt, ich kümmere mich um dich. Als Madame Ryschkowa dich in die Lehre nahm, dachte ich: Gut.« Benno kratzte sich den Hinterkopf und schlug gegen die Wand. »Dann kam Evangeline.« Er spürte Amos' Blick auf sich, und ein kalter Schauer fuhr ihm in die Knochen. »Madame Ryschkowa fürchtete sie. Sie bat mich, auf dich aufzupassen. Dich zu schützen.« Ein trockenes Lachen drang aus seiner Brust, und Amos neigte den Kopf zur Seite. »Ich dachte, was kann so furchterregend sein, dass es Madame Ryschkowa vertreibt? Also beobachtete ich euch und sah, wie Evangeline sich wegschlich. Dann starb der Fluss, dann die Stadt … Es tut mir leid.«

Schweigen breitete sich zwischen ihnen aus. Amos nahm seine Tochter auf den Arm. Stundenlang saßen sie da, bis die durchs Holz fallenden schmalen Sonnenstreifen länger wurden und zu nichts verblichen. Bess hustete und nieste ein Mal.

»Das Kind«, murmelte Benno. »Es hat zu viel verloren.« Er stand auf und öffnete die Wagentür. »Es hat Lügen gegeben, so viele, und ich war daran beteiligt. Es tut mir leid, mein Freund. Ich werde Madame Ryschkowa für dich finden. Ihre Tochter Katerina, Ryschkowa wird zu ihr gefahren sein. Ich werde sie finden und ihr erklären, was geschehen ist. Sie wird zurückkommen. Du wirst wieder arbeiten und deine Tochter unterrichten. Ich tu das für dich. Du wirst nicht allein sein.« Er ging hinaus und zog die Wagentür hinter sich zu. Am Morgen war Benno nicht mehr da.

Amos' Zeit war mit geheimer Arbeit angefüllt. Seit der Nacht, als sie vom Ozean zurückgekommen waren, hatte Bess keinen Laut mehr von sich gegeben. Sie war verstummt. Stundenlang saß Amos vor seiner Tochter und versuchte sich daran zu erinnern, wie sich Evangelines Stimme angefühlt hatte, wenn er das Ohr auf ihre Brust drückte. Wenn er versuchte, einen Ton aus sich herauszubringen, erzeugte er nur ein raues Kratzen. Er hielt Bess an seine Brust und hoffte, die Resonanz des schlagenden Herzens würde sie dazu bringen, einen Laut von sich zu geben. Das tat es nicht.

Die Karten schliefen in ihrer Schachtel, unberührt. Sie waren gezeichnet mit allem, was zwischen ihnen geschehen war, zwischen Ryschkowa, ihm und Evangeline. Er würde sie reinigen müssen, wie oft, da war er sich nicht sicher, und das Reinigen würde ihm auch noch den letzten Rest Evangelines nehmen, den Teil von ihr, der noch in ihnen lebte. Es war sein Fehler gewesen, das Deck nicht gleich nach dem Verschwinden Ryschkowas gereinigt zu haben. Er hatte an der Frau festhalten wollen, die ihn so viel gelehrt hatte, doch was von ihr blieb, ihre schwelende Furcht, hatte sich in den Karten festgesetzt und war zu einem Fluch geworden, der ihre Schicksale wie ein Zopf ineinander verflocht. Er küsste Bess auf den Kopf. Er würde sie nicht lehren, so zu sprechen, wie er es tat.

Der Käfig des Wilden kehrte zurück. Der Herbst kippte, und sie zogen nach Norden und hofften, es noch bevor das Wetter umschlug, nach New York zu schaffen. Der Les-Ferez-Wagen wurde grün gestrichen und mit den Bildern eines grotesken Wilden geschmückt.

Auf einer Lichtung nördlich von Burlington richteten sie im Schutz von uralten Eichen ihr Lager ein. Der Halt stand nicht auf dem Plan, aber die Truppe war müde. Zahlenmäßig so reduziert zu sein, machte das Reisen schwieriger. Peabody klopfte an Amos' Tür. Sie öffnete sich einen winzigen Spaltbreit. Ein einzelnes dunkles Auge sah heraus.

»Mein Junge, es ist an der Zeit, dass du wieder arbeitest. Es wird deinem Geist guttun und auch dem Mädchen, wenn es dich glücklicher sieht. Die alte Nummer.« Er hustete. »Es wird sein wie früher. Ich denke, du schaffst das bestens.« Die Tür öffnete sich nicht weiter. Peabody kaute auf seiner Lippe, was seinen Bart aufrichtete. »Wir haben uns einmal gut verstanden, du und ich. Bitte, lass es uns wieder tun. Wir fangen noch einmal neu an.«

Die Tür schlug zu.

Stunden, nachdem Peabody geklopft hatte, kam Amos mit dem Kind auf dem Arm aus dem Wagen. Er war sehnig wie ein herrenloser Hund, die Kleider hingen an ihm herunter. Er durchquerte das Lager, und die Blicke der anderen folgten ihm. Jede seiner Bewegungen war von Interesse. Er klopfte an Peabodys Tür, die sich gleich öffnete. Den breitkrempigen Hut schief auf dem Kopf, lächelte Peabody ihn an.

»Schön, dich zu sehen, mein guter Junge. Und mit unserem kleinen Mädchen, das eine solche Schönheit ist. Ganz die …«

Amos drückte Bess Peabody an die Brust, sah seine Tochter eine lange Weile an, drehte sich auf einem verrotteten Absatz um und ging quer durchs Lager zurück. Peabody hielt Bess und sah, wie Amos auch am letzten Wagen vorbei in den Wald hineinlief. Als ihm einfiel, Meixel hinter ihm herzuschicken, war Amos bereits so weit weg, dass Peabody ihn nicht mehr sehen konnte. Das Kind blickte ihm in die von Falten umgebenen blauen Augen, packte das spitze Ende seines Bartes und gurrte.

»Du wundervollstes aller Mädchen«, sagte er, so sanft er konnte. »Wie geht es uns?«

Zwischen den Ästen des Waldes entledigte sich Amos seiner Schuhe. Seine nackten Füße begrüßten den Boden und gruben sich in den Lehm. Seine Jacke folgte und landete auf einem Dornenstrauch, das zerfledderte Halstuch und sein Hemd, und schließlich war es nur mehr die Haut, die Amos vom Wald trennte. Es war seltsam zu sehen, wie blass sein Körper durch die Jahre bei der Wandertruppe geworden war. Seine tiefbraunen Hände sahen aus, als gehörten sie einem anderen. Stundenlang ging er so, hügelauf, hügelab, hielt ein Stück Band um den Daumen gewickelt und streichelte es. Er stieg über Wurzeln und Steine, stumm, Fersen und Zehen drückten sich in den Boden. Wo drei hohe Felsen gemeinsam einen kleinen Gipfel bildeten, hielt er inne. Plätschern kündete von einem nahen Bach, und in seinem Wasser hörte er Evangeline flüstern: *Du bist zu Hause. Ich bin dein Zuhause.*

Er kletterte auf die Felsen, die Füße suchten nach Halt, und die Finger hielten sich in Spalten, bis er oben auf der höchsten Stelle saß. Seine Atmung wurde langsamer, er ruhte aus, saß da wie in den Tagen vor Evangeline, vor Ryschkowa und Peabody, in den Tagen, da er sich ins Haus seiner Geburt geschlichen hatte. Die Sonne machte sich an ihren Abstieg und ließ die Schatten wachsen. Ein kurzer schnaubender Eulenruf hallte von den Felsen wider. Er saß da, und sein Schatten vermischte sich mit dem von Bäumen und Büschen, schwarz wie ihr Haar. Sein Atem wurde noch langsamer und zu dem der Welt um ihn herum, eine leichte Brise, nicht mehr. Er wurde ein Teil des Waldes und der Luft, und die Linien von Beginn und Ende weichten auf. Dann versiegte die Trauer. Gerade noch hatte ein junger Mann oben auf einem hochstehenden Felsen gesessen, dann war er verschwunden.

In den folgenden Tagen fand Melina Amos' Kleider und das Band von Evangeline. Sie brachte alles zu Peabody, der verfügte, dass es sofort verbrannt wurde. Melina sagte, sie werde es tun, versteckte die Sachen aber in einer Reisetruhe, um sie Bess später geben zu können. Es sollte nicht so sein, als hätte es die beiden nie gegeben. Jedes Kind sollte wissen, wer seine Eltern waren.

Peabody kümmerte sich um Bess, als wäre sie seine eigene Tochter. Er war völlig vernarrt in sie und begann sie als die krönende Leistung seiner Jahre als Leiter seiner wandernden Menagerie zu sehen. Er sorgte dafür, dass sie schwimmen lernte. Bess bewegte sich im Wasser, als wäre sie dafür gemacht, und er freute sich zu sehen, dass sie eine bemerkenswerte Fähigkeit zum Luftanhalten besaß. Abends machte er Pläne und fertigte neben seinen langen Zahlenkolonnen in brauner Tinte Zeichnungen eines Wassertanks an. Aus Glas. Wenn es nur gelingen könnte, sich einen Tank aus Glas zu beschaffen. Das Haar des Mädchens wurde lang und schwarz wie das seiner Mutter. Bess' Augen blieben groß wie die von Amos.

Zu ihrem fünften Geburtstag schenkte Peabody ihr eine Lackschachtel mit fein gemalten Figuren, einem Prinzen und einem Feuervogel.

»Bess, mein kleines Mädchen«, brummte er, als sie sich damit abmühte, den Deckel zu öffnen. »Diese Karten sind etwas ganz Besonderes. Sie haben einmal deinem Vater gehört, einem wundervollen Mann, und in ihnen finden sich die Schlüssel zur Welt. Es ist an der Zeit, dass du lernst, sie zu lesen. Ich habe von meinem Sohn Zachary gehört. Unser Freund Benno hat eine Lehrerin für dich gefunden. Sie heißt Katja und ist die Tochter der Lehrerin deines Vaters.«

Bess' zarte Finger berührten das orangefarbene Deck und drehten die oberste Karte um. Blitz und Flammen, ein aufgerissener Himmel. Der Turm.

29

24. Juli.

Morgens klopft es an der Tür. Wir haben die Nacht überlebt. Alice steht draußen und schlägt mit dem Unterarm gegen das Glas. Sie trägt hohe grüne Gummistiefel, praktisch wie immer.

Enola erhebt sich, als ich sie wecke. Sie schüttelt Doyle.

»Kommt«, sage ich. »Helft mir die Mäntel vom Eingang wegzuschaffen, damit wir Alice reinlassen können.«

»Sie ist hier? Ich dachte, wir würden ihr die Schlüssel dalassen?«

»Sie will wahrscheinlich nach uns sehen.« Wir schieben die Sessel weg und werfen die durchtränkten Mäntel und Pullover zur Seite. Dumpf schlagen sie auf dem nassen Teppich auf. Alice hüpft auf den Zehen auf und ab. Irgendetwas stimmt nicht. Wir machen die Tür auf.

»Oh Gott«, sagt sie. »Ist alles überschwemmt? Wie schlimm ist es?«

Die Bücher. Natürlich, sie ist wegen der Bücher hier. Ich habe mir so sehr gewünscht, dass sie sich um mich sorgt, aber es geht ihr um die Bücher. »Unten ist es am schlimmsten. Ich habe gerettet, was zu retten war. Wir haben auch die Hintertür abgedichtet, viel hat es nicht genützt. Es tut mir leid. Aber das Walarchiv ist sicher.«

»Natürlich ist es das. Auf das Archiv vertrauen wir.« Ihre Worte sind matt. Sie mustert mich von Kopf bis Fuß. »Ist alles okay?«

»Klar«, sage ich. Und dann umarmt sie mich, warm und gut. Sie hat immer noch ihre Pyjamahose an. »Und bei dir?«

Sie holt Luft und hält sie an. In der Mittelschule hielten die Mädchen immer wieder die Luft an und sahen, wer es am längsten konnte. Alice ist dabei einmal ohnmächtig geworden. Jetzt purzeln die Worte in einem wahren Schwall aus ihr heraus: »Du musst mitkommen. Euer Haus wird ins Meer gespült, du musst da rausholen, was noch geht.«

Sie sagt noch etwas, was ich jedoch nicht verstehe, weil Enola »Scheiße, Scheiße, Scheiße« sagt.

»Ist es schlimm?«, frage ich.

»Ja. Die Straßen sind immer noch überflutet. Mein Dad sagt, ich soll dich holen. Er hat immer wieder angerufen, und ich wollte eigentlich nicht abnehmen, aber dann dachte ich, vielleicht ist was mit meiner Mutter.« Sie zieht an ihrem Haar und wringt es aus. »Es tut mir wirklich leid. Hör zu, ich bin mit dem Lieferwagen da. Wenn du mir hinterherfährst, lotse ich dich durch die richtigen Straßen, und du kannst alles aus dem Haus in den Wagen packen.«

Auf dem Parkplatz stehen wir bis über die Knöchel im Wasser. Wir steigen in mein Auto und folgen Alice, die mit Franks Transporter vorausfährt. Sie muss ihn bei ihm abgeholt haben, was bedeutet, dass sie das Haus gesehen hat. Sie fährt fast bis zur Inselmitte, der Hafen ist also noch unpassierbar.

Enola flucht weiter leise vor sich hin.

»Du hast die Möglichkeit, noch was zu retten«, sagt Doyle. »Das ist doch gut.«

Wir folgen Alices Rücklichtern über die mittlere Inselstraße. Rechts und links stehen Autos, eine Geisterstadt aus Fahrzeugen, dann geht es in Richtung Wasser, nach Norden, über Nebenstraßen und um umgestürzte Bäume herum. Als wir die Till Road erreichen, fängt Enola an zu weinen.

Alice fährt in Franks Einfahrt, und ich parke neben ihr. Ich befehle mir, nicht hinzusehen, bis wir ausgestiegen sind und ich der Wirklichkeit ins Gesicht sehen kann.

Das Haus ist ein Umriss, der über das Steilufer hängt, schräg wie eine irische Flatcap. Wir stehen davor, vier winzige Gestalten, nicht mehr als Papierpuppen, zwei aneinandergedrängt, winzige Funken springen zwischen ihnen hin und her. Kinder am Tor ihrer Geschichte.

»Wirf, was immer du kannst, in den Wagen und komm mit zu mir«, sagt Alice. »Du kannst bei mir wohnen.«

»Danke«, sage ich. »Es wird nicht für immer sein.«

»Wir werden sehen.« Sie drückt meine Hand. »Ich muss mit Mom reden.« Sie geht zu dem Haus hinüber, in dem sie aufgewachsen ist, und einen Moment lang kann ich nicht sagen, wer von uns beiden schlimmer dran ist, doch dann sehe ich es. Alice.

Enola sagt Doyle, er solle beim Auto warten. »Das ist eine Ausgrabung, bei der nur Watsons zugelassen sind.«

Er sagt: »Cool«, aber ich weiß, er meint: *Seid vorsichtig.*

Die Tür hat es aus den Angeln gehoben, der Wohnzimmerboden ist eine Grube. Ein weiter Spalt kriecht die Wand zur Küche hinauf. Ich kann Moms Hand sehen, wie sie sich um die Ecke legt. Mom lacht und läuft den Flur hinunter. Wir gehen an der Wand entlang und halten uns an verschiedenen Dingen fest, der Couch (ich weiß noch, wie Enola sich dahinter versteckt und gekichert hat), dem Schreibtisch und allem, was noch sicher dazustehen scheint. Enola sieht, wie ich humpele, und bietet mir ihre Schulter an.

»Nimm das Bild«, sagt sie und hebt die Hand. »Das mit mir und Mom.«

»Frank hat es gemacht.«

»Stell dich nicht an.« Sie holt es von der Wand. Meine erwachsene Schwester gibt mir das Bild ihres jüngeren Ichs. »Du wirst es irgendwann haben wollen.«

»Willst du denn nichts?«

Sie schüttelt den Kopf. »Du weißt, dass ich dich nie gebeten habe hierzubleiben. Wenn das Haus weg ist, solltest du einfach vergessen, dass es je existiert hat. Werde glücklich, okay?«

Ein scharfes Greinen schallt aus dem Flur zu uns heran. Wir versteifen uns. Enolas Finger graben sich in meine Schulter. Das Greinen wird zu einem lauten Ächzen, dann einem Bersten. Ich schlage die Hände über die Ohren, aber es ist zu spät. Enolas Lippen formen einzelne Wörter: *Was zum Teufel!* Putz regnet herab, ich schreie: »Lauf!«, und der Boden beginnt sich zu neigen. Ich drücke den Kopf gegen die Knie, werde gegen die vordere Wand geworfen, mein Rücken prallt gegen den Schreibtisch. Ein saugendes Rucken. Ein Leeren, ein lautes Reißgeräusch. Ein Stuhl fällt um, Glas zerschellt, Papier und Bücher stürzen auf mich. Luft, Luft pumpt von unten hoch.

Der Lärm versiegt, der Boden kommt zur Ruhe. In meinen Ohren dröhnt es. Die Luft ist voller Staub. Enola hockt in der Ecke beim Sofa, voller Papier, sie zittert.

»Scheiße! Alles okay? Seid ihr in Ordnung?« Doyle steht in der Tür und keucht nervös seine Fragen heraus. Tageslicht fällt durch Staub und Schutt aus dem Flur herein.

Tentakelarme heben Enola in die Höhe, dann mich, ziehen uns vors Haus ins windgepeitschte Gras. Sein Griff scheint unter Spannung zu stehen.

Am Ende liegen wir auf der Haube meines Autos. Der Schaden ist unglaublich. Eine Seite des Hauses ist eingestürzt und hat den Inhalt des Schlafzimmers meiner Eltern zusammen mit Teilen des Fundaments über den Rand des Hochufers gespuckt. Das Bett hat es am weitesten geschafft, die Matratze liegt im Strandhafer, das Kopfende hat sich in den Überbleibseln der Uferbefestigung verhakt. Dads Schuhe sind das Ufer hinunter bis ins Wasser gekullert. Ich wollte sie vor langer Zeit schon wegwerfen, habe mich aber nie dazu durchringen können.

Die Krebse sind noch da, dabei sollten sie weg sein, verschwunden, nachdem wir Franks Sachen und das Buch verbrannt haben. Sie wollten von der sich zurückziehenden Flut, die mein Haus geholt hat, mitgenommen worden sein. Das Gefühl, etwas übersehen zu haben, wird stärker. Überall liegt Papier, lauter Schneetupfer, meine Familie vom Winde verweht. Warum sind die Krebse noch hier? Hat das Feuer nicht gereicht?

»Ist das Moms Schreibmaschine?«, fragt Enola. Sie ist es. Zusammen mit ein paar Büchern (Handbüchern?) klemmt sie vor einer Kiefer. Ein Stück Kamin bricht ab. Unten am Strand graben sich Dads Werkzeuge in den Sand. Es ist verloren. Alles.

Enola nimmt die Karten aus der Tasche. Sie sind braun und abgegriffen, die Ecken so abgenutzt, dass sie fast nicht mehr da sind. Die ständigen Berührungen, Enolas Hände, Mutters Hände und die zahlloser anderer Leute vor ihnen haben ihnen eine neue Konsistenz verliehen. Sie riechen nach Staub, Papier und Frau. Enola legt sie neben sich auf die Motorhaube. Doyle beginnt auf und ab zu laufen.

»Steck die Karten weg, mein kleiner Vogel.«

»Nein.« Zu mir sagt sie: »Heb ab.«

»Okay«, sagt Doyle. »Ich muss mich bewegen, ich gehe ein Stück.« Er verdreht die Hände in der Luft und läuft die Straße hinauf.

Ich berühre die Karten, die einmal meiner Mutter gehört haben. Ich versuche, sie zu spüren, aber da ist nur weiche, zerfasernde Pappe. Ich hebe einen großen Teil ab, und ein Gedanke setzt sich in mir fest. Aber es kann nicht sein, das können nicht *die* Karten sein.

»Drei Häufchen«, sagt sie und sieht konzentriert zu, als rechne sie damit, dass etwas geschieht, und schon fliegen ihre Hände, mischen und beginnen die Karten auf der Haube auszulegen.

Ich habe so eine Legung noch nie gesehen, es ist weder das Kreuz noch das Feld mit den sechs Reihen. Enola hat sieben Karten in V-Form aufgedeckt. Sie hustet und sammelt sie wieder ein, bevor ich sie genauer ansehen kann. »Nicht gut. Heb noch mal ab.« Diesmal mischt und deckt sie die Karten noch schneller auf. Bevor sie sie erneut einsammeln kann, sehe ich Schwerter, jede Menge von ihnen, und etwas, was womöglich einmal eine Frau war. Enola schiebt die Karten zusammen und klopft auf das Deck. Sie zuckt. »Noch mal.« Ich hebe ab, sie mischt, breitet die Karten aus und rafft sie wieder zusammen. Diesmal sehe ich eine Karte, die ursprünglich schwarz gewesen sein könnte, vielleicht den Teufel oder den Turm. »Es ist immer das Gleiche«, sagt sie, mischt wieder und legt die Karten so hin, dass ich abheben kann. Ich sage, sie solle aufhören. Sie fasst meine Hand und zwingt mich abzuheben. Ein weiteres V – als sie die

Hände ausstreckt, um es wieder zusammenzuschieben, halte ich sie fest.

»Nicht«, sage ich.

»Verdammt«, sagt sie. Es ist ein perfektes V mit sieben Karten. Da liegen der Teufel, der Turm, die Königin der Schwerter, die Drei der Schwerter, der Gehängte und eine Karte, die nicht mehr erkennbar ist. Sie sagt mir, es ist der König der Schwerter. Als ich sie frage, was das zu bedeuten habe, schüttelt sie den Kopf, nimmt die Karten einzeln auf, legt sie zu den anderen und steckt sie zurück in die Tasche ihres Rocks. Sie lässt sich aufs Auto fallen, wie eine Tote. »Es sind unsere Karten«, sagt sie so leise, dass sie kaum zu verstehen ist.

»Was?«

»Es ist immer wieder das Gleiche.« Sie drückt sich den Zeigefinger in die Stirn. »Sie tauchen auf, wo sie absolut nicht hingehören. Zum Beispiel, wenn ich sie einer Frau lege, die wissen will, ob sie Kinder bekommen soll – zack, da sind sie. Turm. Teufel. Tod. Und Wasser. Scheiße, überall Wasserkarten.«

Übelkeit, dann ein Schatten. Ja, diese Karten sind *sehr* alt. Sie sind das, was Churchwarry und mir gefehlt hat. Die Karten selbst.

»Was hat Frank dir über die Karten gesagt?«

»Dass sie Mom gehört haben, und vorher ihrer Mutter. Ich weiß nicht. Es ist mehr als sechs Jahre her. Ich behalte solche Sachen nicht so wie du.«

Die Befriedigung, ein Rätsel gelöst zu haben, ist wie ein kleiner Blitz, der eine Ladung Dopamin freisetzt. Das tut er jetzt jedoch nicht, stattdessen tritt mir kalter Schweiß auf die Stirn. Die Bilder im Buch waren die von Madame Ryschkowas Karten, Amos', Evangelines. Enola hat sie herausgerissen, weil es die Bilder ihres Decks waren. Moms.

Das Buch fand Churchwarry, einen Ryschkow, als wollte es ihn zurück zu Amos führen. Es hat uns zusammengebracht, um die Geschichte aufzulösen. Und ich habe es verbrannt. »Du hast die Bilder von diesen Karten aus meinem Buch gerissen. Von *diesen* Karten. Warum?«

»Ich musste, okay?«

Ich frage sie, warum, aber sie antwortet nicht. »Enola, wirf die Karten weg.«

Sie meidet meinen Blick. »Nein.«

»Gib sie mir.«

»Nein.« Sie rutscht von der Motorhaube. Enola, das Meer, der Sand und die Küste. Sie ist straff und stark, ohne zu sehnig oder zu muskulös zu sein, zu knochig oder zu hell leuchtend wie William Blakes Tiger. Sie weiß es. Ein Teil von ihr glaubt, dass sie sterben wird.

Die Schublade einer Kommode stürzt das Ufer hinunter. Ich höre sie irgendwo aufschlagen. In ihr war Daddys Uhr, die er immer noch aufgezogen hat, als alle längst batteriebetriebene Uhren hatten. »Ich bringe es in Ordnung. Ich bin dabei«, sage ich.

»Da ist nichts in Ordnung zu bringen. Es geht einfach so.« Mir ist schlecht. Schlecht, schlecht, schlecht. Ein saurer Geschmack füllt mir den Mund.

Ich nehme sie in den Arm. Sie ist zu alt, um sie huckepack zu tragen, aber ich will uns beide von hier wegbringen. »Wir gehen weg. Ich komme mit. Wohin du willst. Es ist mir egal. Wohin auch immer. Du, ich, Doyle und Alice.«

»Bruder mein, ich lieb dich ja, aber du bist ein sehr schlechter Lügner.«

»Versprochen.« Mom muss versucht haben, die Karten loszuwerden, und Frank hat es nicht begriffen. Ein Bücherregal schlittert in die Tiefe.

Enola sieht aufs Meer hinaus. »Es ist schön hier. Ich hatte es ganz vergessen.«

»Kann ich die Karten sehen?«

»Nein.«

»Wir sterben nicht alle«, erkläre ich ihr. »Mich gibt es noch, und du schwimmst nicht mehr.« Ich sage ihr noch einmal, dass wir weggehen. Wohin auch immer sie mag. Ich sage, Bibliotheken gibt es überall, ich kann überall arbeiten. Wir vertragen uns wieder, sie und ich. Ich werde sie nicht mehr bevormunden. Versprochen. Ich sage, ich kann ihr etwas über Bücher beibringen, und sie lacht.

Irgendein Teil von uns tut es, fährt weg und kommt wieder in Ordnung. Setzt sich in ihren Wagen, lässt die Räder rollen und zählt einäugige Autos. Wirft die Karten in einen Fluss, und es ist, wie Enola gesagt hat, die Austern links und rechts wachsen wie Rüschen auf Unterwäsche. Mietet ein Haus, frisch gestrichen und neu. Fängt noch einmal an.

Aber wir bleiben doch.

Es ist ein dröhnendes Geräusch, als das Fundament unter dem Flur zerbirst und wegbricht, gefolgt von der Küche mit Kühlschrank, Anrichte, Geschirr … alles stürzt in die Tiefe. Frank rennt rufend aus seinem Haus. Schindeln hüpfen das Ufer hinunter. Es ist geschafft. Das Haus ist zerstört.

Doyle kommt die Straße heruntergejoggt. Als er uns erreicht, nimmt er Enola in den Arm und wiegt sie hin und her. Erst als sie nach ihm schlägt, setzt er sie wieder ab.

Frank steht am Uferabbruch. Sein Hut liegt hinter ihm, weggeworfen. Frank wirkt kleiner, leer.

Ich gehe zu ihm.

»Sie hat das Haus geliebt«, sagt er, als ich neben ihn trete. Als wäre es sein Leben, das da vom Meer geholt wird, nicht meines. Durchdringendes Knarren löst sich in einem harten Schlag, und Frank schiebt mich zurück. Enolas Bett kratzt über zersplitterte Bohlen und bleibt an den Resten einer Wand hängen. »Es ist alles meine Schuld.«

»Ich muss etwas über die Karten wissen, die du meiner Schwester gegeben hast. Hat meine Mutter etwas über sie gesagt?«

»Dein Dad wollte mit euch wegziehen. Ich sagte ihr, dass es mich umbringen werde, wenn ihr wegginget. Ich konnte nicht anders. Dann gab sie mir ihre Karten und sagte, ich solle auf sie aufpassen. Sie hatten ihrer Mutter und zuvor ihrer Großmutter gehört. Ich stellte mir vor, wenn sie mir so etwas gab, würde sie zurückkommen.« Er wendet den Blick von den Trümmern und sieht mich an. Die Augen blutunterlaufen wie rote Rüben, wie die toten Augen meines Vaters. »Sie haben sie vererbt, als wäre es ein Familienschmuck.«

Meine Haut kommt mir zu eng vor, ich könnte platzen. Meine Mutter muss das Ende in den Karten gesehen haben, den Karten, Enolas Karten, wie sie, wie Verona Bonn und alle zurück bis zu Madame Ryschkowa. Sie haben die Karten weitergegeben, haben Geschichte geschaffen, haben sie berührt und mit Hoffnung und Ängsten getränkt, Ängsten, die zu einem Fluch wurden. Natürlich haben sie die Karten nicht gereinigt, durch sie haben sie mit ihren Müttern gesprochen, und ist das nicht auch der Grund, warum ich hiergeblieben bin? Das Buch berichtet von einem Zerwürfnis zwischen Ryschkowa und ihrem Lehrling, einem Zerwürfnis wegen der Meerjungfrau. Enola sagt, Karten formen Geschichte – was für eine perfekte Art, jemanden zu verletzen. Die Karten gehörten ihr, Madame Ryschkowa, dann Amos und Evangeline und ihren Kindern und Kindeskindern, und alle ließen etwas von sich in ihnen zurück, zogen etwas aus ihnen, Ängste, die wie Gift wirkten.

Der Wind bläst ein Blatt Papier über ein zerbrochenes Brett. Das Einzige, was von Bedeutung war, die Karten, war nie in meinem Besitz. Enola hat sie.

»Es tut mir leid«, sagt er und wartet auf eine Antwort von mir.

»Um das Haus tut es mir leid«, sage ich, doch das stimmt nicht.

Ich lasse ihn am Abbruch stehen und um das Haus trauern. Ich höre ihn durch die Trümmer gehen und nach ihr suchen. Er hat sie zweimal verloren, ich nur einmal.

Ich sehe Enola mit der Hand tief in der Tasche. Jedes Mischen der Karten treibt ihr den Fluch weiter in die Haut. Doyle betrachtet mich über ihren Kopf hinweg. Er fragt nach Frank und scheint auf der Hut zu sein. Zu wachsam. Auch er hat die Karten berührt, Doyle, den meine Schwester belügt, weil sie Angst hat. Weil sie ihn liebt.

Alice kommt aus dem Haus der McAvoys und stapft zu ihrem Vater. Es tut weh zu sehen, wie sie ihm eine Hand auf die Schulter legt, wo es doch das Letzte ist, was sie tun möchte. Aber so ist sie, eine Tochter und eine praktisch denkende Frau, ein Mensch, der Verantwortung zeigt. Es tut weh zu sehen, wie sie ihn wegzieht von dem, was einmal mein Haus war, hin zu dem Ort, an dem ich einst leben wollte.

Ich frage Enola, ob sie mit Frank sprechen kann. »Alice sollte nicht allein mit ihm sein, und Leah wird ihn nicht umbringen, solange du da bist.«

Der Blick, mit dem sie mich bedenkt, ist finster. »Ich dachte, es würde dich glücklich machen, wenn er tot wäre.«

»Aber Alice ganz sicher nicht. Im Moment ist sie wütend auf ihn, aber das wird nicht ewig andauern.«

Enola wirft dem tätowierten Mann neben sich einen Blick

zu und sieht mich dann wieder an. »Was zum Teufel soll ich ihm sagen?«

Doyle streicht ihr durchs Haar, besitzergreifend, tröstend. Sie kaut auf ihrer Lippe.

»Bitte«, sage ich, »für mich.«

»Also gut.«

Als Doyle mit ihr gehen will, bitte ich ihn zu bleiben. Er zuckt mit den Schultern, und wir sehen zu, wie sie zu Frank hinübergeht. Mit jedem ihrer Schritte flüstere ich einen Refrain: *Sei lieb. Sei lieb. Bitte, sei lieb.*

»Du packst ihr ganz schön was auf«, sagt Doyle.

»Vielleicht.« Ich gehe in Richtung Uferabbruch, langsam, schleppend. Er folgt mir. Wieder dieser vorsichtige Blick. »Das geht schon. Sie schafft das.«

Wir treten bis ganz an den Rand, wo Dads Nachttisch seinen Inhalt ausgießt: Pillenfläschchen, Zeitschriften, Schlüssel zu Schlössern, die es nicht mehr gibt. Aus dem Westen erklingt das langsame Tuten der Fähre. Ich frage: »Woher, sagtest du noch, stammt deine Familie?«

»Mom ist aus Ohio.«

Ohio ist gut. Es klingt wie ein Ort, an den ich nie fahren würde. Ohio klingt trocken, ganz so, als gäbe es dort trockene Plätze.

»Warum bist du hergekommen? Was hat Enola dir erzählt?«

Er schiebt die Hände tief in die Taschen seiner Cargohose. Sie wölben sich vor. Er atmet tief ein und lässt ein langes Zischen hören. »Sie hat gesagt, du bist krank. Sie denkt, du wirst was tun, vielleicht was, was deine Mom getan hat, und ich dachte, sie sollte nicht allein sein. Mann, ich weiß nicht. Ich hab Geschichten von Meerjungfrauen gehört und gesehen, wie du den Atem anhältst, aber ich weiß nicht.«

»Sie hat gelogen.«

Er wird ruhig, womöglich nachdenklich. »Enola lügt mich nicht an.«

»Doch, das tut sie. Ich habe ihr beigebracht, wie man den Atem anhält. Sie ist besser darin als ich, oder war es zumindest. Sag mir, was schlimmer ist als ein Bruder, der krank ist? Schlimmer für dich. Etwas, was sie dir verheimlichen könnte.«

Seine Antwort ist ein reiner Reflex. »Wenn sie selbst krank wäre.«

Ich sage nichts.

Er ächzt und lässt den Kopf hängen. Mit seinen nackten Füßen tritt er gegen einen Kiesel, der von einem Stück Spiegel abprallt und zwischen den Krebsen verschwindet. Ein Tentakel streckt sich nach unten, windet sich um das Fußgelenk und reckt sich zu den Zehen vor. »Verdammt.«

»Du weißt einiges über meine Familie. Ich werde dir ein paar zusätzliche Dinge erzählen, über die Karten, speziell über die Karten.«

Die Sonne steht hoch, eine helle Kugel über dem Wasser. Ich erzähle ihm von der Wandertruppe, von einer Russin und einem Deck orangefarbener Karten, und dass, wer sie berührt, einen Teil von sich in ihnen zurücklässt, und dass alles zusammengenommen wie eine Art Fluch wirkt und die Gedanken, die in den Karten enthalten sind, wie ein Gift in einen fließen. Wie man manchmal an Dingen festhält, weil man in ihnen nach jemandem sucht, nach jemandem, von dem man unbedingt und verzweifelt geliebt werden will. Wie uns unsere besten Absichten umbringen.

Wir sehen zu, wie Enola und Alice Frank ins Haus bringen. Das Wasser zieht sich zurück, zäh von Pfeilschwanzkrebsen. Nach langer Zeit sagt Doyle endlich etwas.

»Willst du, dass ich ihr die Karten wegnehme?«

»Ich sollte es tun, damit du es nicht musst. Ich denke, erst wenn sie weg sind, geht es uns besser.«

»Ich kann sie ihr aus der Tasche holen«, sagt er leise. »Ich war in so was mal gut, weißt du.« Natürlich war er das. »Sie hat eine Schachtel für sie. Willst du die auch?«

»Ja.« Ich sehe ihn an, diesen Jungen, dessen Finger im Rhythmus unhörbarer Musik zucken.

»Darf ich dich was fragen?«

Ein Schulterzucken.

»Warum Kraken?«

Er wird rot, die Haut unter der Tinte wird dunkler. »Mein Papa war in der Navy. Es ist eine alte Seemannsgeschichte. Wehrt das Böse ab.«

»Darf ich dich noch was fragen?«

»Das mit dem Strom?«

Ich nicke.

Seine Mundwinkel biegen sich nach oben. »Ein Arzt hat mir mal gesagt, ich hätte zu viel Salz in mir und dass mich das supraleitend macht. Ich glaube nicht wirklich, dass er wusste, was es war. Vielleicht habe ich einfach einen Lichtschalter berührt, und er hat mich zum Brennen gebracht und nicht die Lampe. Ist es wirklich wichtig zu wissen, warum?«

»Du liebst meine Schwester.«

»Ich werde sie für dich bestehlen.«

Draußen auf dem Wasser hat die Fähre den vorgelagerten Leuchtturm passiert. Die Flut geht zurück, und die oberen Felsen heben sich aus dem Wasser. Doyle sieht mich an, schielt leicht und legt den Kopf schief. Er dreht sich um und läuft hinüber zu Franks Haus. Er läuft sehr locker, und die Tentakel bewegen sich geschmeidig mit. An der Tür ruft er ihren Namen und verschwindet nach drinnen.

Ich warte und betrachte die Überbleibsel des Hauses. Papier fliegt zwischen den Trümmern umher, und immer noch bröckelt Putz. Es war schon ein Haus, als es uns noch nicht gab, und nach unserem Tod wird nichts davon zeugen, dass es uns einmal gegeben hat, kein Haus, das unsere Geschichte erzählt. Wir alle werden im Wasser verschwinden. Aber bis da ist es noch lange hin, noch sehr lange. So weit ist es noch nicht.

In diesem Moment muss Doyles Hand in eine Tasche gleiten, vielleicht während er an ihrem Rücken vorbeistreicht, vielleicht lehnt er sich dabei über sie. Wenn er die Karten erfasst, wird es fast so sein, als saugten seine Tentakel an ihnen. Ich verspüre Hoffnung. Wenn die Karten nicht mehr sind, hört es auf.

Keine Viertelstunde später kehrt er zurück. Mit der Schachtel in der Hand kommt er durchs Gras gelaufen. Ich frage, ob sie etwas gemerkt hat. Er schüttelt den Kopf. Nein.

»Sie wird so angepisst sein«, sagt er. Aber sie wird überleben.

»Tut mir leid, dass du sie holen musstest.« Er sollte zurück zu Enola gehen, bevor sie ihn vermisst. Doyle lässt die Halswirbel knacken. Er trägt die Schuld wie eine weitere Tätowierung. Augenblicke später verschwindet er wieder im Haus auf der anderen Straßenseite.

Die Schachtel ist kleiner, als ich vermutet hatte. Ich kann sie in einer Hand halten, die runden Ecken drücken in meine Handfläche. Dunkelrotes Holz scheint unter Schichten abgesprungener Farbe hervor. Der Deckel ist mit verblichenen Illustrationen bedeckt, ein Mann mit einem Schnauzbart, ein blasser Vogel mit einem Flammenschwanz. Oh, ich erinnere mich. Ich hebe den Deckel, und ein Schlag fährt mir in die Finger. Vielleicht ist es für Doyle so, wenn er ein

Licht berührt. Das Papier innen ist orangefarben, zu Gelb verblichen, weich und rissig von den Berührungen meiner Familie. Ich schließe den Deckel wieder.

Mein rechter Fuß trifft auf den Strand, und ein Krebs läuft über ihn. Es gibt kaum Platz zum Stehen zwischen den sich windenden, krümmenden Krebsen.

Simon.

Die Krebse haben die Bojen nach draußen gezerrt und weit unter Wasser gezogen. Nicht mal mehr die Ankerbojen sind zu sehen. Ich müsste stundenlang laufen, um sie zu finden. Ich nehme die Schachtel, die ich mir unter den Arm geklemmt habe. Ich brauche Sand und Steine, um sie zu beschweren. Quarzkiesel und zerschlagene Ziegel markieren die Linie, die das Wasser bei seinem Höchststand erreicht hat. Als verstünden sie meine Absicht, bilden die Krebse eine Gasse für mich. Ich nehme so viele Steine, wie meiner Ansicht nach hineinpassen, aber die Schachtel ist so klein, dass Kiesel womöglich nicht ausreichen. Ich werde sie vergraben müssen, um sicherzugehen, dass die Karten nicht zurückkommen. Um dem Sund die Zeit zu geben, seine Arbeit zu tun.

Das Meer ist eisig, eher wie im April und nicht wie im Juli, und der erste Schritt hinein lässt mich erschaudern. Aber selbst im Wasser ist die Schachtel flammenheiß. Klauenfüße schwärmen, Krebspanzer verlangsamen meine Schritte zu einem Schlurfen. Sie drehen Kreise, wirbeln Sand auf, Schwänze schlagen mir gegen die Knöchel. Mein verletzter Fuß bewegt sich voran, und sie fangen an zu drängen und zu schieben. Scheren zwicken in mein Hosenbein, und die Krebse beginnen zu klettern, klammern sich an mich wie ein Kind an seine Eltern, als könnte ich jeden Moment davonrennen. Ich schüttele einen ab, ein anderer setzt sich an seine Stelle.

Wie beim Ausbringen der Anker muss ich mich langsam voranbewegen. Mit jedem Schritt klettern die Krebse höher und ziehen mich nach unten. Als das Wasser mir bis zur Brust steht, haben die ersten bereits mein Hemd erreicht. Ich klemme die Schachtel fest an meine Seite. Jetzt. Die Luft hinaus. Ein schneller Atemzug, der den Magen nach innen zieht. Das Zwerchfell hoch, wie eine gespannte Trommel. Den Nabel ans Rückgrat. Eins. Zwei. Drei. Dann einatmen, schnell, und jede einzelne Rippe spreizen. Der Trick besteht darin, sich weit zu füllen und nicht loszulassen. Der Trick besteht darin zu atmen, als wäre man durstig. Ein Krebs verliert den Halt und fällt auf den sandigen Grund. Ich bin unter Wasser.

Simon.

Die Stimme meiner Mutter lebt in den Wellen, wie sie es immer getan hat. Als wäre sie nie weg gewesen. Jeder Schritt ist schwer und schmerzt. Das Licht über mir verblasst, verliert sich in Algen und Tang und der wachsenden Masse von Krebsen. Wenn ich nach oben blicke, sehe ich schwache Strahlen durchs Salz schneiden. Ich muss weiter hinaus. Ich kann es nicht riskieren, dass sie an Land gespült werden. Ein spitzer Schwanz sticht mir unter den Arm und klopft gegen die Schachtel. Ich komme an einem halb in Sand und Steinen begrabenen Fahrrad vorbei, mit Seepocken besetzt und voller Krebse. Es ist zu einem Teil des Sunds geworden. Mein Magen flattert, ich stoße etwas Luft auf. Gehe weiter.

Ein Krebsbein kratzt mir über den Nacken und wühlt sich in mein Haar. Ich bekomme eine Gänsehaut. Elektrische Spannung. Halt an. Schlag ihn weg. Er fällt meinen Rücken hinunter und klackt über die anderen. Mehr Verhaken, mehr Kratzen. Zwicken. Schüttele sie ab.

Simon, flüstert sie. Psst, psst, ich habe zu arbeiten.

Mehr Kratzen, Stechen. Das Gewicht. Wieder muss ich aufstoßen. Schlag sie herunter. Die Schachtel fällt. Ein Wimpernschlag, langsam senkt sie sich auf den Grund. Der Deckel öffnet sich, die Karten wehen auseinander, treiben dahin. Pfeilschwanzkrebse nehmen die Schachtel ein. Prinz Iwan wird gepackt, der Feuervogel ertränkt. Aufstoßen. Wieder entweicht Luft. Ich greife nach den Karten, aber meine Arme wollen sich nicht heben. Zu viele Krebse hängen mir an den Ärmeln. Bis oben zum Hals reichen sie. Der Turm treibt dahin und wird von einem Krebs geschnappt. Ich trete, vertreibe die Viecher. Der verrenkte Fuß kippt weg, ich falle, sacke auf den Grund. Die Krebse kommen. Oh Gott. Tausend Beine, hundert Schwänze, auf meinem Bauch, dem Brustkorb, sie stoßen mich zurück. Ich sehe nach oben. Ein Lichtstrahl, schwach, von Algen und Salz vernebelt.

Simon. Lieb sagt sie es, ruft mich nach Hause. Ich höre, wie sie mir sagt, dass ich ein guter Sohn bin, und spüre die Eierschalen jenes letzten Morgens unter den Fingernägeln.

Meine Beine wollen sich nicht heben, meine Brust dehnt sich nicht. Mehr Atem geht unter dem Gewicht verloren. Vielleicht suchen sie am Ufer nach mir. Meine Finger berühren etwas Glattes. Eine Karte. Etwas Kleines, Einfaches. Wasser und Salz werden die Tinte wegfressen, das Bild verwischen. Gut. Das Verbrennen war zu schnell. Ein langsamer Fluch muss langsam gebrochen werden. Das Orange wird in den Sund schwitzen, das Fett unserer Hände weggewaschen werden, die Pappe wird sich auflösen und im Sand verschwinden, im Mund des Wassers. Und mit den Karten verschwinden wir.

Kraken als Glücksbringer. Das ist okay. Sie werden den Wohnwagen nach Ohio ziehen, Enola wird einen Arm aus dem Fenster halten und die Hand über den Wind gleiten lassen. Seine Familie wird groß und herzlich sein.

Ich habe sie gerettet.

Da ist eine Frau mit den Augen meiner Schwester, das Haar lang und tintenschwarz – meine Mutter, nein, ein stummer Mann ist neben ihr, und dann die Meerjungfrauen, die Tauchköniginnen, die Wahrsagerinnen und Zauberassistentinnen, ein Meer schwarzhaariger Frauen mit seltsamen Augen, weiten Brustkörben zum Schwimmen und Atemanhalten und einem Lachen wie zerschellende Teller. Die Hände kleiner Mädchen, aufgekratzte, von mir verbundene Beine, knubblige Knie auf meinen Schultern, wenn ich sie zum Strand hinuntertrug, das Mädchen, das mich verlassen hat, weil es leben wollte.

Ah, und da zwischen all dem schwarzen Haar und dem angehaltenen Atem, den Schicksalen und Ertrunkenen ein einzelner langer roter Zopf. Sommersprossige Hände graben sich zu meinen in den Sand, französische Konjugationen, das Schimpfen auf meine Familie, als ich nicht durfte, der süßeste Geschmack unten am Hals, die sanfte Rundung eines Armes, der oben in ein Bibliotheksregal greift. Ein Leben neben meinem. Ich bin nicht allein. Ich kann sie spüren. Ich war nie allein.

Da. Die letzte Luft. Das Getöse des Wassers um mich herum. Ich werde ertränkt, aber es fühlt sich an, als würde ich in die Höhe gehoben, die Hände des Himmels erfassen mich und ziehen mich aus dem Meer, während ich davon verschluckt werde. Licht. Salzlake. Und eine Stimme.

Du bist zu Hause.

Die Finger um meine Handgelenke sind heiß, fast brennen sie. Vielleicht ist es aber auch das Feuer kalter Haut. Eine Träne im Schwarz, eine Winzigkeit Licht. Es sticht tiefer als die Berührung.

Mein Name in tausend Stimmen.

Ein hartes elektrisches Klacken, eisig. Hell.

Würgen.

Luft.

Eine sanfte Stimme. Zwei Stimmen. Von weit hinten kommen ferne Kleckse näher. Mein Rücken schmerzt, juckt, wird nicht warm. Lauter. Wieder mein Name. Zwei Geräusche, ein Zischen, ein Murmeln. Eine Stimme jetzt.

Simon.

Meine Lunge, mein Gedärm stößt Wasser aus, kein Husten, ein Umstülpen, das Innere nach außen, das Äußere nach innen, ich trockne. Trocken. Trocken, nur einmal möchte ich trocken sein. Arme umschließen mich, schlagen mir auf die Schultern, auf den Rücken, halten mich. Sie sind nass. Tropfnass.

Ein Stück Haut, von einer Angelrute hart und glatt geschliffen.

Als erneut Licht hereinsickert, ist es versöhnlich und kommt in Punkten, die in Helligkeit und mehr Licht aufgehen, dann in Sandkörnern, dann sind es wieder Punkte, bräunlich rosa. Alices Arme buntscheckig wie die Küste.

Ich spucke Sintfluten in den Sand. Salzwasser, Algen. Einmal, als Kind, bin ich auf dem Spielplatz bei der Grundschule vom Klettergerüst gefallen und bekam keine Luft mehr. Mit flatterndem Zwerchfell lag ich auf der Erde, keuchte und wartete, dass sich die Leere in mir füllte. Wasser zu spucken, ist das Gegenteil: Was voll ist, leert sich, um neues Leben aufnehmen zu können. Meine Lippen bewegen sich. Ein Wort formt sich, ein kratziges »Hey«.

Enola antwortet, winzig, wütender, als ich sie je gehört habe: »Du Arschloch.«

Und dann lächle ich.

Ich liege auf dem Sofa im Wohnzimmer der McAvoys und lasse meinen Finger über den Rand von Alices Daumennagel wandern, obwohl ich weiß, dass sie das verrückt macht. Fingernägel geben eine so feste Sicherheit, der harte Panzer auf einem der zartesten Teile von uns. Ich klopfe auf die Spitze, und sie zuckt zusammen, verfestigt ihren Griff aber noch, statt die Hand wegzuziehen. Ich starre die Kratzer auf meiner Haut an, von den Krebsbeinen, und die frischen Blutergüsse auf den Innenseiten meiner Arme. Es war nicht leicht, mich nach oben zu ziehen. Ich könnte ihr von ihren Händen erzählen und von all den Frauen um mich herum, all dem Wasser, dem Ertrinken, den Stimmen – und dass es ihre Hände waren, immer. Aber das Sprechen schmerzt. Der Sund hat mir die Kehle wundgerieben.

Doyle redet, läuft auf und ab und erzählt Enola und Alice, was ich ihm erklärt habe. Mit seinen Nuancierungen und kippenden Ausdrücken lässt er meine Worte ein wenig wie Wind erscheinen. Ich sehe zu, wie sich seine langen Zehen auf dem Wohnzimmerboden krümmen, und erinnere mich an das Beißen von Funken auf meiner Haut. Er muss mich, als ich frisch aus dem Wasser war, berührt haben.

»Ich habe nicht gedacht, dass er das tun würde, mein kleiner Vogel«, sagt er. »Ich schwöre, dass ich gedacht habe, er verbrennt sie, sonst hätte ich sie nie geholt.«

»Es ist nicht dein Fehler«, sagt Enola. »Er war immer schon so.«

Ich lasse sie reden, als wäre ich nicht da. Ich bin müde. Über Alices Schulter hinweg sehe ich mich im Zimmer um, sehe ihre Wirbel hervorstehen und das immer noch feuchte Gewicht ihres Zopfes. Frank sitzt in der Küche, vorgebeugt, erschüttert. Leah bewegt sich hin und her, sie kocht Tee. Sie bewegt sich zielgerichtet und gibt meiner Schwester eine Tasse in die Hand, ganz ruhig, als wäre ihre Welt nicht zusammengebrochen. Enola bemerkt womöglich gar nicht, woher die Tasse kommt, aber sie trinkt. Ich sehe Alices Mutter an und erhasche den Anflug eines Lächelns. Unterschwellig, als wolle sie sagen: *Lass sie reden.*

Alices Stimme ist sanft, aber kräftig. Die wütende Bibliothekarin. »Er hat sich für dich totgearbeitet, weißt du. Hat sich Sorgen gemacht und sich gefragt, ob du je zurückkommen würdest. Simon hat sich über die Jahre deinetwegen halb umgebracht.«

Enola sagt leise: »Denkst du nicht, dass ich das weiß?«

Jetzt sagt Doyle: »Scheiße, was macht er jetzt? Das bei Rose's wird so nichts.«

»Scheiße«, sagt Enola.

Meine Familie so sehen zu müssen, nachdem ich gestorben und wieder aufgewacht bin, ist eine Schande. Sie stellen sich vor, wie ich dreimal pro Abend in Roses Wassertank abtauche, und überlegen, was sie mit mir machen sollen, ob ich von jetzt an vielleicht beobachtet werden muss. Ich bin es nicht gewohnt getragen zu werden, aber es gibt Verpflichtungen innerhalb einer Familie, nach denen für dich gesorgt wird, wenn es nötig ist. Keiner von ihnen scheint zu bemerken, dass Enolas Hände nicht mehr zucken und Doyle aufgehört hat, unbemerkt ein Auge auf sie zu haben. Die Nervosität ist von ihr gewichen und macht sie zu jemandem, der weit mehr der Enola gleicht, die ich als kleines Mädchen gekannt habe. Das nimmt allem die Peinlichkeit. Ich habe gewonnen. Sollen sie sich ruhig noch etwas um mich sorgen.

Mich zu beobachten, lässt sie die Veränderung in der Atmosphäre nicht bemerken, in der Art, wie das Salz riecht. Auch nicht das, was sich in uns gewendet hat.

»Er kann bei mir bleiben«, sagt Alice. Enola fängt an zu fragen, was ich machen, wo ich hier arbeiten soll. Ich schalte ab und stelle mir das Mobile in Alices Schlafzimmer mit seinem winzigen Pfeilschwanzkrebs vor und das Foto, das ihr Vater von ihr gemacht hat.

Wir tragen unsere Familien wie Anker mit uns herum, die uns in Stürmen erden und dafür sorgen, dass wir nicht davontreiben und bleiben, wer wir sind. Wir tragen unsere Familien mit uns, wie wir unseren Atem mit unter Wasser nehmen – sie lassen uns schwimmen und halten uns am Leben. Ich hebe Anker, seit ich achtzehn bin. Den Atem habe ich schon angehalten, als ich noch gar nicht geboren war.

»Nein.« Niemand hört mich, also sage ich es ein zweites Mal. Als es still wird, füge ich hinzu: »Ich bleibe nicht hier. Ich habe eine Verabredung.«

Enola kriegt große Augen, Alice lässt meine Hand los.

30

27. Juli und später

Der Sand ist heiß und voller Steine und für einen Mann seines Alters barfuß nicht begehbar. Es dauert ein ganzes Leben, um Füße zu bekommen, mit denen man durch diesen Sand gehen kann. Harte Füße. Seine Einsamkeit ist unerwartet, obwohl er schon seit einer ganzen Weile ohne seine Frau zu verreisen pflegt. Marie kümmert sich um den Laden und gibt vor, ihm damit etwas Gutes tun zu wollen. Sie hat gesehen, wie besorgt er war, und es war nett von ihr, ihn herfahren zu lassen. Hätte sie ihn nicht sanft dazu gedrängt, wäre er wohl nicht gekommen. Ihre geduldige Unterstützung seiner Träumereien. Er ist ein glücklicher Mann, wahre Partnerschaft ist ein flüchtiger Schmetterling. Er stellt einen Fuß ins Wasser. *Großer Gott, ist das eisig.* Er vermisst seine Frau und die warme Decke des Sommers in Iowa. Das hier ist der Nordosten, denkt er, bitter und kalt, bis ins Innerste. Er fragt sich, wie das jemand ertragen kann.

Eine schwer in Mitleidenschaft gezogene Treppe führt das Ufer hinauf. Ein Mann kommt die Stufen herunter, älter schon, seinem Schritt nach zu urteilen, aber doch jünger als der Mann am Strand. Der Herunterkommende ist stämmig, trägt eine Fischermütze und sieht aus wie ein Schreiner.

Er geht an einem Haufen Trümmer vorbei, den Überbleibseln eines Hauses.

»Das hier ist Privatbesitz. Sind Sie der Gast von jemandem?«, ruft der Mann mit der Mütze beim Näherkommen.

»Sind Sie zufällig Franklin McAvoy?«, fragt der Mann auf dem Strand.

Verwirrung erscheint auf dem Gesicht des Mannes mit der Mütze, dann folgt ein knappes Nicken.

»Mein Name ist Martin Churchwarry, ich bin ein Freund von Simon Watson. Er hat sehr nett von ihnen gesprochen. Wissen Sie, ob er hier ist?«

Als Simons Name fällt, verschließt sich Frank McAvoys Ausdruck.

Churchwarrys Knie zittern leicht, doch schon fasst er sich wieder. »Ist mit ihm alles in Ordnung? Ich habe das Haus gesehen«, sagt er und bewegt sich aufs Hochufer zu.

»Es geht ihm gut, er ist nur nicht hier.« Frank schüttelt langsam den Kopf. »So eine verdammte Schande. Seit dem 17. Jahrhundert stand das Haus da, und dann wird es in einer Nacht weggespült. Er hat Glück, dass es ihn nicht mit erwischt hat.«

»Sehr.« Churchwarrys Erleichterung ist mit Händen zu greifen. Es ist seltsam, so für jemanden zu empfinden, den er nie persönlich kennengelernt hat, aber er hat Simon ins Herz geschlossen, so unerklärlich es sein mag. Die Männer gehen zum Wasser und stellen die Füße hinein, ohne zuzugeben, wie kalt es ist.

»Churchwarry, sagten Sie?«

»Hat er mich erwähnt?« Churchwarrys Brauen schnellen in die Höhe.

»Ein, zwei Mal.« Frank mustert den Mann neben sich, seine leicht zerzauste Erscheinung, die Hose bis zu den Knien aufgekrempelt, wildes metallgraues Haar, eine vor langer Zeit gebrochene Nase. »Woher kennen Sie Simon?«

Churchwarry steckt die Hände in die Taschen seiner fadenscheinigen Hose. Er lässt sich den Wind in den Rücken blasen und überlegt, was um alles in der Welt Simon über ihn gesagt haben mag. Er entschließt sich für etwas Einfaches. »Unsere Familien standen sich mal nahe.«

»Sie sind der Buchhändler, oder? Der ihm das Buch geschickt hat«, sagt Frank.

»Ich dachte, er könnte es unterhaltsam finden«, antwortet Churchwarry. »Es war ein Stück Familiengeschichte. Sie kannten seine Eltern, nehme ich an?«

»Ja«, sagt Frank und zuckt zusammen, als die Rede auf Daniel und Paulina kommt. *Ich habe sie getötet. Ich bin ein Mörder.*

»Kommt Simon bald zurück? Was denken Sie?«

»Das bezweifle ich. Er hat mir einen Brief für Sie hinterlassen. Ich bin noch nicht dazu gekommen, ihn loszuschicken.«

»Einen Brief? Wie wundervoll.« Churchwarry stolpert fast, als eine Welle an seinen Schienbeinen hochschwappt. Das Wasser ist wirklich eisig, und er ist nicht mehr so jung, wie er es einmal war.

»Ich habe ihn gelesen«, sagt Frank.

»Natürlich haben Sie das«, antwortet Churchwarry. »Es ist unmöglich, einen Brief ungeöffnet zu lassen.« Ein Stück weit draußen im Meer springt ein Blaubarsch in die Luft, dreht sich und platscht zurück ins Wasser.

»Es ist hauptsächlich ein Dankesbrief und eine Entschuldigung dafür, dass er Ihre Bücher verloren hat. Darüber hinaus bittet er Sie um Ihre Mithilfe bei einer Art Projekt, das für mich keinen großen Sinn ergibt. Soll es wohl auch nicht, denke ich.« Er zuckt mit den Schultern und erscheint nicht im Geringsten verlegen. »Der Brief ist oben im Haus. Sie können mitkommen, wenn es Ihnen nichts ausmacht, die Treppe hinaufzusteigen.« Er sieht zu den Stufen hinüber und denkt, vielleicht hätte er erst Leah fragen sollen. Früher wäre er nie auf den Gedanken gekommen, aber er lernt seine Frau gerade noch einmal neu kennen, und das hat etwas von einem Barfußspaziergang über die Felsen.

»Das würde ich gern«, willigt Churchwarry ein. Der Gedanke, mit Frank McAvoy zusammenzusitzen, hat etwas Angenehmes. Frank strahlt eine Vertrautheit aus, die weit über ein bekannt erscheinendes Gesicht hinausgeht. Es ist eine besondere Art von Déjà-vu, die Churchwarry genießt.

»Er hat im Moment kein Telefon, aber er hat gesagt, er meldet sich, wenn sie was gefunden haben. Er ist mit seiner Schwester unterwegs.« Das Wort *sie* hat einen bitteren Klang.

»Oh, natürlich. Er zieht um. Das hätte ich gleich wissen müssen, als ich das Haus sah.« Churchwarry kratzt sich am Nacken. »Ein Neuanfang kann eine sehr gute Sache sein«, sagt er und sieht zum Haus hinauf. Simons Schwester lebt. Erleichtert lässt Churchwarry etwas Luft entweichen, ohne dass ihm bewusst gewesen ist, dass er den Atem angehalten hat. Er spürt, wie Frank ihn mustert und zu durchschauen versucht. »Sie haben eine Tochter, richtig? Ich glaube, Simon hat sie mal erwähnt.«

Frank nickt. »Sie ist mit ihnen gefahren. Alice, Simon und Enola, sie sind zusammen weg.«

Churchwarry lächelt. Wie passend, denkt er. Ein kleiner weißer Blitz rollt über eine Welle, weit draußen. Churchwarry wartet, dass er näher kommt. »Simons Familie, Ihre, meine, da gibt es eine gemeinsame Geschichte.« Im Einzelnen ist es schwer auszudrücken. »Auf eine merkwürdige Weise kennen wir einander, Mr. McAvoy. Sie haben Großeltern, ein paar Generationen zurück, die Peabody hießen.«

Ein Murmeln. »Das stimmt. Und?«

»Ich hatte gehofft, es Simon erzählen zu können. Ich glaube, er fände es wichtig. Sagt Ihnen der Name Ryschkow etwas? Oder vielleicht Ryschkowa?«

Frank schüttelt den Kopf.

»Hmm, ist auch nicht so wichtig. Haben Sie sich je gefragt, warum man sich zu bestimmten Menschen hingezogen fühlt?«

»Darüber habe ich mir noch keine großen Gedanken gemacht«, sagt Frank, obwohl er weiß, dass das eine Lüge ist.

Churchwarry atmet tief ein. Leute ohne Neugierde hat er nie verstanden. Aber Frank McAvoy ist ein Bootsbauer, also muss da irgendwo ein Funken Kunst in ihm stecken. Ein kleines weißes Rechteck wird von den Wellen herangespült und hebt und senkt sich mit ihnen. Churchwarry beugt sich vor, um es näher zu betrachten. Die nächste Welle trägt das Weiß so nahe zu ihm heran, dass er es zu fassen bekommt. Ein Stück dünner Karton, durchweicht, zerstört. Draußen auf dem Wasser zeigt sich ein weiteres Stück. Churchwarrys Hände zittern. Ein scharfer Schmerz sticht ihm durch die Brust, aber schon folgt die Erleichterung. Er berührt Geschichte. Seine Geschichte.

»Was ist das?«, fragt Frank.

»Eine Tarotkarte, glaube ich«, sagt Churchwarry. Das Bild ist mehr als verwaschen, der schwache Umriss von etwas, das vielleicht einmal das Bein eines Mannes war, mit einem kleinen Hund neben dem Fuß. Der Narr. Er sieht zu, wie auch der letzte Rest Tinte verläuft und nichts mehr darauf hindeutet, was da einmal zu sehen war.

»Gott im Himmel. Das waren Paulinas«, murmelt Frank.

Churchwarry sucht nach mehr Karten in den Wellen. Er denkt an das, was Simon ihm erzählt hat und an was er sich aus dem Buch erinnert, so wenig es auch ist. *Natürlich, es waren die Tarotkarten.* An den Skizzen war mehr, etwas, das über das alte Buch hinauswies.

Es scheint nur folgerichtig, denkt er, dass eine Familie von Meerjungfrauen einen Fluch mit Wasser zerstört. Das klingt weit vernünftiger, als Dinge zu verbrennen. Er gluckst. *Und es ist poetischer.* Er sieht den Mann neben sich an und denkt an den anderen, jüngeren, den er nie getroffen hat. Churchwarry weiß, dass es kaum darauf ankommt, wie viel *er* davon glaubt, nur, dass Simon es glaubt. Und er würde es auch gern glauben. So weit das Wasser reichen mag, die Stadt in der er lebt, fühlt sich eng und isoliert an. Aber vielleicht hat das Buch ja eine Tür geöffnet. Bücher haben so eine Art, Dinge aufzuwerfen. Er sieht eine Karte unter der weißen Krone einer Welle verschwinden, sieht eine Hoffnung in der Gischt so hell, dass es schmerzt.

An der Wasserlinie treibt ein dunkler Umriss Richtung Sand. Churchwarry kann ausmachen, wie sich der spitze Schwanz bewegt. Er beugt sich weiter hinab. »Ein Pfeilschwanzkrebs«, sagt er leise und lächelt Frank an, den Nachkommen dessen, der das Buch geschrieben hat. »Großartige Wesen.« Er denkt daran, wie sie wachsen und ihre Panzer abwerfen, und jede neue Haut ist zu Anfang weich und glänzend. Seit Jahrtausenden krabbeln sie dahin, ziehen von einem Ort zum anderen und verwischen ihre Spuren mit dem Schwanz. Voller Geduld. Er lächelt.

»Mr. McAvoy, dürfte ich den Brief jetzt sehen? Und dann, denke ich, sollten wir uns ein Glas gönnen, wenn Sie dazu geneigt sind. Ich glaube, wir könnten Freunde werden.«

Das Auto verbreitet für fast zweihundert Kilometer das einzige Geräusch, selbst wenn sie eine Stadt durchqueren, als hätte sich die Welt um sie herum schlafen gelegt. Die Mautkassierer geben keinerlei Kommentar zu dem verbeulten gelben Anhänger und dem Wagen davor ab, der gerade noch vom Rost zusammengehalten wird.

»Er sieht fürchterlich aus, aber der Motor ist noch gut«, sagt Enola.

Alice weiß nicht, ob sie ihr glauben soll, oder ob es überhaupt lohnt, sich deswegen Sorgen zu machen. In Delaware zu stranden, wäre ihr immer noch lieber, als in Napawset hängen zu bleiben. Es tut ihr leid, dass sie ihre Mutter allein lässt, aber zu bleiben wäre schlimmer gewesen. Unmöglich. Ihre Mutter wollte, dass sie geht. *Es ist nicht gut für Kinder, wenn sie sehen, wie ein Elternteil vor dem anderen zu Kreuze kriecht,* hat ihre Mutter ihr auf der Veranda gesagt. *Geh für eine Weile. Komm zu Besuch, wenn du in der Gegend bist, und wir telefonieren.* Alice kennt ihre Mutter und weiß, wie sie einen mit einem einzigen Blick beschämen kann. Ihr Vater wird den Kopf einziehen müssen. Fast tut er ihr leid, doch es ist leichter, nicht an ihn zu denken.

Als sie an den schilfbewachsenen Salzmarschen vorbeikamen und sie die Muschelsucher in Lehm und Dreck hocken sah, begriff sie, dass sie sie zum letzten Mal sah und sie vermissen würde. Alice starrt auf den Highway und weiß, dass sie auch den Rhythmus ihrer Tage vermissen wird, das Fischen in der Morgendämmerung auf dem Pier, den Blick auf das Haus des Theaterautors und den Gedanken, was für heiße Affären darin wohl stattfinden. Im Spiegel sieht sie die beiden Männer auf dem Rücksitz schlafen. Simons struppiges schwarzes Haar drückt sich auf das rissige Vinyl des Sitzes. Er schläft, als müsse er jahrelanges Wachsein ausgleichen. Nein, schön ist er nicht, aber er gehört ihr. Doyle schnarcht leise. Hin und wieder springt ein kleiner blauer Funken von einer seiner Fingerspitzen, wenn sie einer Scheibe zu nahe kommt.

Enola dreht sich auf dem Beifahrersitz zu Alice hin und flüstert: »Es ist, als würdest du an einem Penny lecken.« Alice antwortet nicht, und so fährt Enola fort: »Die Leute fragen sich immer, wie es ist, ihn zu küssen. Er schmeckt wie ein frischer Penny.«

Alice bleibt stumm. Fünfzig, sechzig Kilometer weiter durch New Jersey sagt Enola: »Danke.« Und dann, leiser: »Ich konnte nicht zu ihm hin. Es ging einfach nicht.«

Alice nimmt eine Hand vom Steuer, ergreift Enolas schlanke Finger und drückt sie, weil sie nicht gut im Erklären ist. Alles, was sie sagen könnte, ist, dass man für einen Menschen, den man sein ganzes Leben kennt, einige Dinge einfach tut, und dass ihn aus dem Wasser zu ziehen noch das Geringste davon ist.

In Maryland legen sie einen Halt ein. In einem Laden gibt es besonderes, sich alt anfühlendes Papier mit ungleichmäßigem Rand, Papier von der Sorte, die Füllfederhalter mag und Schreibfedern liebt. Er möchte Leder, aber dafür reicht das Geld nicht. Sie bezahlen bar, mit Enolas Geld, zerknitterten Zwanzigern, die Doyle in einer seiner Taschen gehortet hat, Geld von Alice und den hundert Dollar, die Frank ihr aufgedrängt hat, als sie ihm sagte, sie würden weggehen. Die Augen des Verkäufers werden ganz groß, als er all das Geld sieht. Doyle hat Schwierigkeiten, die Papierbündel zu heben.

Abends, in kratzigen Motelbetten auf dem Weg nach Savannah, bleibt Simon wach, um zu schreiben. Wenn sein Kopf wegzunicken beginnt, beugt sich Alice über ihn und küsst ihn auf die dunkel verfärbten Arme, die Blutergüsse, die sie ihm beim Herausziehen aus dem Sund zugefügt hat. Lebensmale nennt sie sie und ist dankbar für das jahrelange Heben von schweren Büchern, das Fischen und all die anderen Dinge, die ihr Kraft gegeben haben. Später, wenn sie sich umdreht und ihr Rücken gegen seinen Bauch drückt, flüstert er: »Es tut mir leid, so leid, so leid«, und sie hört: »Danke.«

Er schreibt das Buch neu. Als sie die bärtigen Bäume erreichen, die den wahren tiefen Süden erkennen lassen, fragt sie sich, ob das einfach nur eine weitere Obsession ist. Sie fragt ihn, warum es wichtig ist, wo sie doch noch einmal neu anfangen, und er sagt: »Ich bin dieses Manuskript.« Die Worte hängen schwer zwischen ihnen, bis sie sieht, wie er die einfache Skizze eines schwarzhaarigen Kindes anfertigt, und weiß, das ist Enola. Er stellt seine Geschichte zusammen, mit der Menagerie am Anfang und danach all seinen Notizen über die vergessenen Frauen, die Ryschkowas, die Peabodys und sie.

»Was wirst du tun, wenn du nicht genug herausfindest?«

»Churchwarry wird mir helfen«, antwortet er. »Einiges werden wir erfinden. Das schmutzige Geheimnis von Geschichte besteht darin, wie viel von ihr Spekulation ist.« Er zuckt mit den Schultern. »Wir füllen die Lücken aus. Sie waren gut darin, sich zu erfinden.« Er meint die Frauen, die toten, die ihn so beschäftigt haben, aber auch sich selbst. Er sagt jetzt *wir*. Das hat er vorher nicht getan.

Sie weiß, dass auch ihr Name Eingang finden wird in seine Spekulationen. Genau wie seiner. Weil es diese Dinge gibt, die man für Menschen tut, die man sein ganzes Leben schon kennt. Man lässt sich von ihnen retten, nimmt sie in seine Bücher und schenkt ihnen einen neuen Anfang.

Danksagung

[illegible]

Danksagung

Bei Büchern gibt es unglaublich viele Aufgaben und Beteiligte; hier sind die wichtigsten:

Meine Agentin Michelle Brower brachte Ordnung in ein Durcheinander und zuckte nicht zusammen, als ich ihr eröffnete, ich wolle die Manuskripte selbst von Hand binden. Sie riet mir immer, mich hinzusetzen, bevor sie mir gute Nachrichten überbrachte. Sie hatte in allen Dingen recht.

Meine Lektorin Hope Dellon lenkte dieses Buch und mich mit sanfter Begeisterung. Sie und mein Verlag St. Martins Press sind einfach fantastisch.

Große Teile dieses Buchs wurden in der öffentlichen Bibliothek von Brooklyn und der Comsewogue Public Library verfasst. Zirkusgeschichte ist wild und knifflig und ein wunderbarer Grund, in einer Bücherei zu schreiben. Wenn ich keine Städte erfinden konnte, nahm ich die Hilfe der Historischen Gesellschaften von Charlotte, North Carolina, New Castle, Delaware und Burlington, New Jersey, in Anspruch. Eventuelle Fehler sind mir zuzuschreiben.

Hier sollte eine lange Liste von Namen stehen, aber es sind zu viele. Es gäbe dieses Buch nicht ohne Rick Rofihe und Matt de la Peña. Stephanie Friedberg rief mich mitten in der Nacht an und schrie mir eine Kapitelnummer zu, um mich wissen zu lassen, dass ich da an etwas Großem dran sei. Karen Swyler war auf eine Art hilfreich, wie nur Geschwister es sein können.

Und schließlich Robert. Von den Unmengen Kaffee bist du die beste Tasse!